Serie: Romantik am Arbeitsplatz

Bücher Betten und Benefits

alia smith

BAL KON media

BÜCHER, BETTEN UND BENEFITS

Erschienen bei Balkon Media

ISBN der Taschenbuchausgabe: 978-1-916970-15-1
Auch als E-Book erhältlich

© 2025 Alia Smith

Das Recht von Alia Smith, als Urheberin dieses Werkes genannt zu werden, wird ausdrücklich geltend gemacht.

Alle Rechte vorbehalten. Kein Teil dieses Buches darf ohne ausdrückliche schriftliche Genehmigung des Verlags in irgendeiner Form oder mit irgendwelchen Mitteln – elektronisch, mechanisch, durch Fotokopie, Aufzeichnung oder in anderen Informationsspeicher- und -abrufsystemen – vervielfältigt oder verbreitet werden, mit Ausnahme kurzer Zitate zu Zwecken der Rezension.

Kein Teil dieses Buches darf in irgendeiner Form für das Training von Technologien oder Systemen der künstlichen Intelligenz verwendet oder reproduziert werden.

Alle Figuren und Ereignisse in diesem Buch sind frei erfunden. Etwaige Bezüge zu historischen Ereignissen, realen Personen oder tatsächlichen Orten dienen der Fiktion. Alle anderen Namen, Figuren, Orte und Handlungen sind Produkte der Fantasie der Autorin; Ähnlichkeiten mit lebenden oder verstorbenen Personen, tatsächlichen Ereignissen oder Orten sind – abgesehen von satirischen Zwecken – rein zufällig.

Lektorat: Hanna Elizabeth
Umschlagillustration & -gestaltung: graphichouse123

Impressum
Balkon Media B-08-12, Rivervale Condominium, Lorong Stutong 11B3
93350, Kuching, Sarawak, Malaysia jon@balkonfilms.com +60 016 400 4579
www.balkon.media

WEITERE WERKE VON ALIA SMITH

LIEBE AM ARBEITSPLATZ-REIHE
The Plus-One Clause (Englischsprachige Novelle)
Bücher, Betten und Benefits

Für die, die beweisen, dass die besten Paare manchmal ausgerechnet die sind, die überhaupt nicht zusammenpassen.

EINS

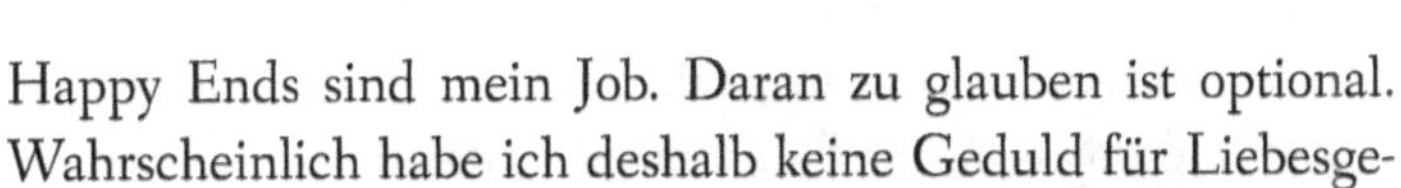

Happy Ends sind mein Job. Daran zu glauben ist optional. Wahrscheinlich habe ich deshalb keine Geduld für Liebesgeschichten, die auf dem Papier keinen Sinn ergeben.

Ich umkreise einen weiteren holprigen Satz, die Ränder ertrinken bereits in Korrekturen. Es ist Kapitel zehn – oder vielleicht elf – von *Liebende in den Cotswolds*, und ich stecke bis zum Hals in der Entwirrung einer Nebenhandlung, die einfach unlogisch ist. Eine große romantische Geste von einem Charakter, der das ganze Buch über emotional unnahbar war? Mutige Entscheidung, Melissa. Mutig. Mein Rotstift schwebt über den auf meinem Schreibtisch ausgebreiteten Seiten, bereit für den nächsten chirurgischen Schlag.

»Zeigen, nicht erzählen ...«, murmele ich und streiche einen weiteren Absatz durch, in dem die Heldin drei Sätze lang beschreibt, wie sehr sie Sonnenuntergänge *liebt*. »Wir haben es verstanden. Der Himmel ist orange. Mach weiter.«

Diese Arbeit hat einen Rhythmus, beruhigend in ihrer Vorhersehbarkeit. Probleme tauchen auf, ich löse sie. Geschichten haben Formen, Regeln, und ich übe eine allmächtige Macht über verirrte Kommas, den Missbrauch von

Adverbien und obskure Metaphern aus. Ordnung und Präzision. Zufriedenheit summt in meiner Brust, wenn die Prosa unter meiner Hand schärfer wird.

Ich rücke meine Brille zurecht – zum dritten Mal in fünf Minuten – und greife nach meinem Kaffee. Er ist kalt. Natürlich ist er kalt. Ich verziehe das Gesicht, nehme aber trotzdem einen Schluck, abgelenkt von der nächsten Notiz, die sich in meinem Kopf formt.

Melissa, schreibe ich auf Seite fünfundneunzig an den Rand, *erwägen Sie, hier emotionale Einsätze einzuführen, anstatt noch mehr inneren Monolog. Die Leser brauchen etwas, wofür sie mitfiebern können.*

Und dann, gerade als ich in Fahrt komme, brummt mein Telefon. Fionas Name leuchtet auf meinem Bildschirm auf wie ein warnendes Leuchtsignal.

»Großartig.« Wenn Fiona anruft, anstatt eine E-Mail zu schreiben, sind das nie gute Nachrichten. Normalerweise geht mit diesen Anrufen ein Ton einher, der andeutet, dass ich die Katastrophe, die sie gleich über mir abladen wird, schon so gut wie gelöst haben sollte.

»Hallo, Fiona«, sage ich, während ich das Telefon zwischen Schulter und Ohr klemme und weiter Korrekturen schreibe. Multitasking: das Lebenselixier des Verlagswesens.

»Lassen Sie alles stehen und liegen«, schnappt Fiona, wie immer kurz angebunden und effizient. Ich kann ihre manikürten Nägel förmlich auf ihren Schreibtisch trommeln hören. »Besprechungsraum. Sofort.«

»Geht es um das neue Coverkonzept?«, frage ich, während meine Augen weiter durch das Manuskript scrollen, als könnte mich die Beendigung dieses Satzes retten. »Denn wenn es wieder ein Aquarelldesign ist, schwöre ich Ihnen ...«

»Nicht das Cover. Ein größeres Problem. Kommen Sie einfach.«

»Wie groß ist denn ...« Doch die Leitung ist tot. Typisch Fiona.

Ich seufze, klappe meinen Laptop zu und schnappe mir mein Notizbuch. Was auch immer das ist, es ist ernst genug, um meinen sorgfältig geplanten Arbeitsablauf zu unterbrechen, was bedeutet, dass es mir garantiert den Tag vermiesen wird. Auf dem Weg zum Besprechungsraum wappne ich mich innerlich. Fionas Notfälle haben normalerweise mit Bestsellerautoren mit Gottkomplexen oder Last-Minute-Anfragen zu tun, die sich sowohl der Logik als auch den Gesetzen der Zeit widersetzen.

Als ich die Tür aufstoße, läuft Fiona bereits auf und ab, ein klares Zeichen dafür, dass sie im vollen Kampfmodus ist. Sie blickt nicht einmal auf, als ich eintrete.

»Rachel ist schwanger«, verkündet sie, als ob das irgendwie meine Schuld wäre.

»Äh ... herzlichen Glückwunsch an Rachel?«

»Sie geht in den Mutterschutz. Mit sofortiger Wirkung.«

»Wow.« Ich blinzle. »Das ist ... plötzlich. Hat sie es gerade erst erfahren?«

»Seien Sie nicht lächerlich, Lara. Sie wusste es seit Monaten, hat es aber irgendwie versäumt, mich zu informieren. Anscheinend wollte sie ›kein großes Aufhebens‹ darum machen.« Fionas Gänsefüßchen in der Luft könnten Stahl durchschneiden. »Was sie auch nicht tun wollte, war, mich darüber zu informieren, dass Rory Keane mit seinem Manuskript *Monate* im Verzug ist. Monate.«

Ah. Da ist es. Der Groschen fällt so hart, dass ich den Nachhall in meiner Wirbelsäule spüre. Rory Keane. Der Goldjunge des Scott & Drake Verlags. Bestsellerautor. Liebling der Liebesromanszene. Der unglaublich gut aussehende, chronische Terminschieber ... ist mit seiner Arbeit im Rückstand.

»Lassen Sie mich raten«, sage ich trocken und lasse mich

auf einen Stuhl fallen. »Es ist nicht nur spät dran, es ist nicht einmal annähernd fertig.«

»Nicht annähernd«, bestätigt Fiona und bleibt mitten im Schritt stehen, um mich mit einem Blick zu mustern. Ihre Augen sind grimmig, unnachgiebig. »Rachel hat ihn gedeckt und mich mit vagen Updates hingehalten. Und jetzt ist sie weg und hinterlässt uns einen Scherbenhaufen, den wir aufräumen müssen.«

»Klingt nach einem Problem von Rachel«, biete ich an, obwohl ich genau weiß, worauf das hinausläuft.

»Nicht mehr. Jetzt ist es Ihr Problem.«

»Natürlich ist es das.«

»Wir haben Zehntausende Vorbestellungen für *Ganz und für immer*«, verkündet Fiona, ihre Stimme schneidet wie eine Guillotine durch die sterile Luft des Besprechungsraums. »Das Marketing hat seit Monaten die Werbetrommel gerührt. Der Veröffentlichungstermin steht fest. Wir haben Fernsehspots am Vormittag arrangiert. Dieses Buch *muss* pünktlich erscheinen, Lara.«

Ich verschränke die Arme und lehne mich in dem zu steifen Stuhl zurück, wobei ich versuche, unter ihrem stechenden Blick nicht die Borsten aufzustellen. Der Geruch von verbranntem Kaffee aus irgendeiner vergessenen Tasse in der Nähe vermischt sich mit dem dezenten Hauch von Fionas frischem, zitronigem Parfüm. Sie ist wie immer tadellos gefasst, aber unter ihrer üblichen Haltung brodelt eine Spannung. Es ist, als würde man einen eleganten Schwan anstarren, von dem man weiß, dass er einem den Finger abbeißen könnte, wenn man ihn provoziert.

»Lassen Sie mich das richtig verstehen«, sage ich langsam und halte meinen Tonfall neutral. »Rachel hat monatelang den Babysitter für Rory Keane gespielt, während er ... was? Seinen inneren gequälten Künstler rausgelassen hat? Und jetzt, weil sie sich entschieden hat, uns zugunsten von Babyschühchen und Geburtsvorbereitungskursen im Stich zu lassen, soll ich einfliegen und den Tag retten?«

»So ziemlich«, antwortet Fiona, ohne mit der Wimper zu zucken. Ihre Miene verzieht sich nicht einmal. Beeindruckend.

»Verstehe.« Ich atme langsam aus. »Und mit ›den Tag retten‹ meinen Sie, ein Manuskript in Form zu bringen, von dem ich annehme, dass es weniger ein Roman ist als ... eine existenzielle Krise in Form eines Word-Dokuments?«

»Genau«, sagt sie und faltet ihre Hände ordentlich auf dem polierten Tisch. »Sie haben sechs Wochen Zeit.«

»Sechs Wochen?« Meine Stimme wird höher, als mir lieb ist, und ich räuspere mich, um sie wieder zu senken. »Fiona, sechs Wochen sind nicht genug Zeit, um das Lektorat für einen von Rory Keanes Romanen zu machen, geschweige denn, größere Probleme mit der Handlung zu beheben. Vorausgesetzt, er hat überhaupt schon etwas geschrieben.«

»Deshalb brauche ich Sie«, sagt sie mit unnachgiebiger Stimme, als sei das alles völlig vernünftig. Als hätte sie mir nicht gerade ein Päckchen voller Chaos mit einer hübschen Schleife drum überreicht. »Sie sind die beste Lektorin, die wir haben, Lara. Sie werden das schon schaffen.«

»Schmeicheleien sind ja nett, aber das ändert nichts an der Tatsache, dass das unmöglich ist.« Ich deute vage zur Decke, wo Rory Keanes Name genauso gut in goldenen Lettern prangen könnte. »Der Mann ist für seine Allergie gegen Abgabetermine berüchtigt. Und gegen Struktur. Und, ich wage es zu sagen, gegen Verantwortung.«

»Und deshalb vertraue ich darauf, dass *Sie* mit ihm fertigwerden.« Fiona beugt sich vor, ihre Augen verengen sich auf diese Weise, die mir das Gefühl gibt, Beute zu sein. »Denken Sie darüber nach, was hier auf dem Spiel steht. Wir steuern auf einen PR-Albtraum zu. Stornierte Vorbestellungen. Keine Warenträger am Point-of-Sale. Eine öffentliche Blamage für

Scott & Drake. Ganz zu schweigen davon, dass unsere Konkurrenten nichts lieber hätten, als unseren Starautor krachend scheitern zu sehen. Sowohl Colleen als auch Emily bringen im Herbst Bücher heraus, also müssten wir alles auf das nächste Frühjahr verschieben. Ein totaler Albtraum.«

»Klingt nach Spaß.«

»Spaß hin oder her, es wird passieren«, schnauzt sie mich an, ihre Stimme schnalzt wie eine Peitsche. »Es sei denn, Sie möchten lieber, dass ich das jemand anderem übergebe? Vielleicht jemandem, der nicht so fähig ist wie Sie? Jemandem, der dieses ganze Projekt vielleicht implodieren lässt und unseren Ruf gleich mit in den Abgrund reißt?«

Ah. Da ist sie ja. Die Drohung im Samthandschuh. Klassisch Fiona. Ich sehe sie mit zusammengekniffenen Augen an, während meine Gedanken rasen. Irgendwo tief in mir weiß ich, dass sie recht hat. Es steht astronomisch viel auf dem Spiel, und wenn es jemand schaffen kann, dann wahrscheinlich ich. Aber das macht die Aussicht nicht weniger nervenaufreibend.

»Schön«, sage ich schroff und richte mich auf. »Aber um das klarzustellen: Rory Keane und ich werden uns einiges zu sagen haben. Sehr viel sogar. Und das vermutlich nicht gerade leise.«

»Gut.« Fiona lächelt schwach, die Art von Lächeln, das ihre Augen nicht erreicht. »Ehrlich gesagt, er hat einen ordentlichen Tritt in den Arsch verdient. Sie werden sich morgen hier mit ihm treffen.«

Fionas Stimme dröhnt weiter, klar und befehlend, aber ich bekomme nur jedes dritte Wort mit. Irgendetwas darüber, wie viel angenehmer das Verlagswesen wäre, wenn wir uns nicht mit Autoren herumschlagen müssten. Mein Blick bleibt immer wieder an der Tischkante hängen, wo meine Finger in einem nervösen Stakkato auf das polierte Holz trommeln. Ich zwinge sie, damit aufzuhören, und balle meine Hand stattdessen zu einer Faust. Professionell. Beherrscht. So sollte ich jetzt sein.

»Hören Sie überhaupt zu, Lara?« Fionas Ton reißt mich zurück ins Zimmer wie ein Gummiband, das auf nackte Haut schnellt.

»Natürlich«, erwidere ich, richte mich in meinem Stuhl auf und schiebe mit einem bedächtigen Finger meine Brille zurecht. »Rory Keane retten. Das Buch retten. Scott & Drake vor einer öffentlichen Demütigung bewahren. Habe ich etwas vergessen?«

»Ja, den Teil, in dem Sie aufhören, so zu tun, als wäre das hier optional.« Sie fixiert mich mit diesem laserscharfen Blick, und ich nicke widerwillig meine Zustimmung.

Mein Magen dreht sich um, nicht wegen ihrer Worte, sondern wegen dem, was sie bedeuten. Rory Keane. Der *Rory Keane*. Der Goldjunge der Liebesromane, dessen letzte acht Bücher unserem Verlag Millionen eingebracht haben, der Interviewer und Leser gleichermaßen mit diesem lässigen Grinsen bezaubert, als hätte er in seinem beneidenswerten Leben noch nie einen Tag voller Schwierigkeiten gekannt. Charmant, talentiert, unzuverlässig. Eine Dreifaltigkeit von allem, was ich sowohl bei Autoren als auch bei Menschen vermeide.

Als ich den Raum verlasse, überkommt mich eine seltsame Mischung aus Furcht und Entschlossenheit. Das wird eine Katastrophe werden. Eine Katastrophe, die ich irgendwie abwenden muss. Aber wenn jemand mit Rory Keane und seinem unvollendeten Meisterwerk fertigwird, dann bin ich das. Wahrscheinlich.

ZWEI

Ich muss einen von Rory Keanes Sätzen dreimal lesen, nur um sicherzugehen, dass es auch wirklich die Worte sind, die auf der Seite stehen; eine Zeile, so zuckersüß, dass es mir in den Zähnen schmerzt.

»,Liebe strömte aus seiner Seele wie Sonnenlicht, das durch ein offenes Fenster flutet.'« Ich lese die Zeile leise vor mich hin, und wenn Sarkasmus eine Tonart hätte, hätte ich sie gerade perfekt getroffen. Mein Gesicht verzieht sich unwillkürlich – halb Grimasse, halb spöttisches Lächeln. Flutendes Sonnenlicht? Seine Seele? Ich kritzle eine Notiz an den Rand: *Überladen. Zu abstrakt. Wo ist der emotionale Anker?*

Meine Finger trommeln jetzt schneller, während ich zum wohl dritten Mal in fünf Minuten auf die Uhr schiele. Zu spät. Natürlich ist er zu spät. Von Rory Keane, dem Nummer-eins-Bestsellerliebling der *Sunday Times* und der literarischen Sensation, kann man ja unmöglich erwarten, pünktlich aufzutauchen wie wir Normalsterblichen. Nein, Pünktlichkeit würde wohl mit seinem sorgfältig gepflegten Image der mühelosen Brillanz kollidieren.

Ich lehne mich zurück, verschränke die Arme vor der

Brust und versuche, mir nicht vorzustellen, wie er mit diesem typischen Grinsen hereinspaziert – dem, das Millionen von Taschenbüchern verkauft, Tausende von Herzen bricht und es irgendwie schafft, sowohl *Vertrau mir* als auch *Viel Glück dabei, mich zu durchschauen* auszudrücken. Es ist zum Verrücktwerden, wie jemand auf seinem Autorenfoto auf der Buchrückseite so makellos aussehen und gleichzeitig Sätze schreiben kann wie *Ihre Liebe war ein Leuchtturm, der sein schiffbrüchiges Herz leitete.*

Noch eine Notiz: Die nautischen Metaphern müssen aufhören.

Gerade als ich überlege, ob ich noch Zeit habe, mir einen weiteren Kaffee einzuschenken, bevor er sich dazu herablässt, mich mit seiner Anwesenheit zu beehren, quietscht die Tür auf. Und da ist er. Der Mann der Stunde, in all seiner lässig zerzausten Pracht, der in den Raum schlendert, als gehöre ihm nicht nur dieses Treffen, sondern die Zeit selbst.

»Hallo, Rory. Ich bin Lara Yates. Ich übernehme für Rachel.« Ich biete ihm die Hand an und er schüttelt sie.

»Guten Tag«, sagt er, seine Stimme warm und gemächlich, als wären wir alte Freunde, die sich zum Mittagessen treffen, und nicht zwei Berufstätige mit einer dräuenden Deadline. Sein dunkles Haar ist zerzaust, als hätte er den Morgen damit verbracht, sich in tiefen kreativen Gedanken durch die Haare zu fahren – oder vielleicht ist er auch nur aus dem Bett gerollt. Die Ärmel seines zerknitterten weißen Hemdes sind bis zu den Ellbogen hochgeschoben und geben Unterarme frei, die zweifellos irgendwo zu Fanfiction inspirieren, und seine Jeans sind für ein Geschäftstreffen gerade noch so angemessen.

»Schön, dass Sie sich mir anschließen«, erwidere ich barsch. Ich mache mir nicht die Mühe, die Verärgerung in meiner Stimme zu verbergen; diese Höflichkeit hat er nicht verdient.

Er schenkt mir ein breites, uneinsichtiges Lächeln, wobei

ein Grübchen wie ein Satzzeichen am Ende seiner Charmeoffensive erscheint.

»Das würde ich mir nicht entgehen lassen«, sagt er und lässt sich mit einer lässigen Anmut auf den Stuhl mir gegenüber fallen, die mich die Augen so sehr verdrehen lassen möchte, dass sie vielleicht nie wieder herunterkommen. Seine Tasche sackt auf den Boden, der Inbegriff der Nachlässigkeit.

Ich blicke auf das Manuskript vor mir, dann wieder zu ihm. Der Kontrast zwischen uns könnte nicht größer sein. Mein Jackett ist makellos, meine Notizen sind farblich sortiert und ordentlich gestapelt. Rory sieht aus, als wäre er aus einem unkonventionellen Künstlerloft hereingewandert, wo er gerade eine angeregte Debatte über den Sinn des Lebens bei Zigarren und Cognac beendet hat.

»Fangen wir an«, sage ich knapp und ignoriere, wie sein Grinsen breiter wird, als fände er meine sachliche Art unendlich unterhaltsam. Gott steh mir bei, ich bereue schon jetzt, diesem Treffen zugestimmt zu haben.

»Ihre Heldin, Sophie«, beginne ich und blättere zur ersten markierten Seite im Manuskript, »ist ungefähr so emotional verfügbar wie ein Holzbrett.« Zur Betonung klopfe ich mit einem manikürten Nagel auf die Tischkante. Meine Stimme ist ausdruckslos, meine Worte präzise, und ich sehe Rory nicht einmal an. Augenkontakt fühlt sich an, als würde ich nachgeben, und ich bin heute nicht in großzügiger Stimmung.

Mir gegenüber spüre ich, wie er sich in seinem Stuhl ausstreckt, jede Bewegung bedächtig, ohne Eile. Als ich schließlich doch aufblicke, zuckt sein Mundwinkel in einem Ausdruck, der schreit: *amüsiert, nicht alarmiert.*

»Fahren Sie fort«, sagt er in einem leichten, sogar einladenden Ton. Als würde ich bei einem Drink eine fesselnde Geschichte erzählen und nicht systematisch sein Lebenswerk auseinandernehmen.

»Richtig«, fahre ich ihn an und blättere mit der Präzision

von jemandem, der eine Anklageschrift durchgeht, zu einem anderen markierten Abschnitt. »Diese Szene hier? Seite achtundfünfzig? Wo sie eigentlich über ihr gemeinsames Kindheitstrauma eine Verbindung aufbauen sollen, aber stattdessen nur … unbeholfen flirten? Das funktioniert nicht. Sie haben hier Dialoge, die als Ersatz für Substanz dienen, und es sind nicht einmal gute Dialoge. Vieles davon liest sich wie Füllmaterial oder wie Notizen an sich selbst, die Sie später ersetzen wollten.«

»Füllmaterial?«, wiederholt er und zieht das Wort in die Länge, als würde er eine neue Eissorte probieren. Das Grinsen wird breiter, zähnezeigender, und ich schwöre, es kostet mich alles, das Manuskript nicht über den Tisch zu schleudern. »Interessante Wahl der Kritik.«

»Finden Sie?«, frage ich und ziehe eine Augenbraue hoch, weigere mich, mich von ihm ködern zu lassen. »Denn was ich hier sehe, sind zwei Charaktere, die sich vermutlich ineinander verlieben, aber eher klingen, als würden sie Stichwortkarten für ein Video über Arbeitssicherheit und Gesundheitsschutz vorlesen.«

Sein Zeigefinger streicht über die leichten Bartstoppeln, die sein Kiefer säumen, eine lässige Geste, die deutlich macht, dass er nichts davon ernst nimmt.

»Ich muss zugeben, der ist neu. Bekomme ich Punkte für Originalität?«

»Wollen Sie Punkte oder ein funktionierendes Manuskript?«

»Warum nicht beides?«, kontert er geschmeidig und beugt sich vor, die Ellbogen auf den Tisch gestützt, als wären wir Verschwörer in einem großen Plan und nicht Lektorin und Klient im Kampf. Seine Augen bekommen leichte Fältchen an den Winkeln, die echte Belustigung verraten. »Ich meine, ist das nicht der Traum?«

»Nicht meiner«, feuere ich zurück. »Mein Traum ist es,

dass Autoren Manuskripte abliefern, bei denen ich nicht an jedem einzelnen Kapitel eine Not-OP durchführen muss.«

»Ah, richtig, und dabei dachte ich, wir tanzen hier eine Art kreativen Tango. Sie wissen schon, gemeinsam künstlerische Grenzen verschieben, Magie geschehen lassen.«

»Magie geschieht nicht, wenn Ihre Figuren siebzig Prozent ihrer Zeit damit verbringen, über Pizzabeläge zu streiten.«

»He, nun mal einen Moment«, wirft er ein und hebt einen Finger, als hätte ich eine heilige Grenze überschritten. »Das war eine metaphorische Auseinandersetzung über Kompromisse.«

»Sicher«, sage ich, »und Metaphern sind großartig, wenn sie denn zünden. Ihre? Eine Bruchlandung.«

Sein Grinsen weicht nicht, aber ich erhasche den flüchtigsten Anflug von etwas anderem darunter. Wenn ich es nicht besser wüsste, würde ich denken, es sei mir gelungen, einen Treffer zu landen. Aber dann rutscht er in seinem Sitz zurecht, lässt die Schultern kreisen, als schüttle er die Schwere des Augenblicks ab, und das spöttische Lächeln kehrt mit voller Wucht zurück.

»Erinnern Sie mich daran, Sie niemals zu meiner Geburtstagsparty einzuladen«, witzelt er mit gespielter Verletztheit in der Stimme. »Sie würden wahrscheinlich den Kuchen kritisieren.«

»Nur, wenn er halbgar ist«, erwidere ich, ohne mit der Wimper zu zucken. »Seite einhundertsiebenundachtzig. Oliver gesteht seine Liebe während einer ... Trommelwirbel, bitte ... einer Verfolgungsjagd. Einer *Verfolgungsjagd*, Rory. Denn nichts sagt so sehr ›Seelenverwandter‹ wie das Ausweichen vor Sattelschleppern auf der Autobahn.«

»Hoher Einsatz«, bietet er an und zuckt mit einer Schulter, als wäre das eine brillante Verteidigung. »Adrenalin. Leidenschaft. Quietschende Reifen – das ist alles sehr kinoreif.«

»Sicher, wenn Sie versuchen, *Fast & Furious: Valentine Edition* zu schreiben«, fauche ich und schlage die Seite mit mehr Kraft als nötig um. Meine Stimme wird lauter, aber ich zügle mich und versuche, kühl und professionell zu klingen. Ich scheitere spektakulär. »Aber eine Romanze? Eine echte Romanze? Da geht es um Verbindung. Verletzlichkeit. Nicht um ... Pferdestärken.«

»Vergessen Sie die Lachgaseinspritzung nicht«, sagt er, und sein Grinsen wird breiter, als wüsste er genau, wie sehr er mich damit auf die Palme bringt.

»Rory.« Meine Hände pressen sich flach auf den Schreibtisch, so fest, dass ich die Maserung des Holzes in meiner Haut spüren kann. »Einige Teile dieses Buches sind wirklich wunderschön. Die beschreibende Prosa ist souverän, das Gespür für den Schauplatz ist hervorragend. Kapitel vier hat mich zu Tränen gerührt. Ich bin mit ihnen dort auf den sanften Hügeln, schmecke dieselbe Luft und hoffe, dass Oliver einfach ihre Hand nimmt.«

»Aber?«, fragt er und legt den Kopf schief.

»Aber ... die meisten Dialoge sind erschreckend schlecht. Abgedroschen, billige Wortspiele, es fühlt sich faul an, und ich *weiß*, dass Sie es besser können. Sie haben ganze Kapitel geschrieben, in denen Ihre Figuren buchstäblich vor Explosionen davonlaufen. Wie soll der Leser glauben, dass sie sich verlieben, wenn sie keine fünf Minuten am Stück miteinander reden?«

»Reden ist nicht ihre Sprache der Liebe«, kontert er. »Sie kommunizieren durch Handlungen. Und gemeinsam Splittern auszuweichen, schafft Vertrauen. Das ist wissenschaftlich erwiesen.«

»Nein, Rory. Wissenschaftlich erwiesen ist, dass ich meinen Blutdruck unterhalb der Schlaganfallgrenze halte, jedes Mal, wenn ich eine weitere dieser unglaubwürdigen, überzogenen Szenen lese. Sehen Sie sich das an«, ich steche erneut auf die Seite, deren Ränder unter meinem Fingernagel knittern. »Der große romantische Moment findet statt, während sie eine Bombe entschärfen. Eine buchstäbliche Bombe. Was *soll* das überhaupt?«

»Symbolik«, sagt er geschmeidig und neigt den Kopf. »Die Liebe ist schließlich die ultimative tickende Zeitbombe.«

»Das ist keine Symbolik«, schieße ich zurück und starre ihn wütend an. »Das sind Sie, der zu viele Actionfilme schaut und versucht, es als emotionale Tiefe zu verkaufen.«

»Wäre es Ihnen lieber, ich ließe sie sich bei Kaffeedates und peinlichem Schweigen ineinander verlieben?« Sein Ton ist unbeschwert, neckend, aber jetzt hat er eine gewisse Schärfe – eine leichte Welle unter der ruhigen Oberfläche. »Weil das schon zu Tode geritten wurde. Ich bin hier innovativ, Lara. Ich breche mit den Konventionen.«

»Sie brechen definitiv etwas«, erwidere ich, »und es sind nicht die Konventionen. Es ist mein Lebenswille.«

Er lacht, laut und hemmungslos, und trotz meiner selbst spüre ich ein Kribbeln, das gefährlich nahe an Belustigung grenzt. Verdammt sei er. Verdammt sei dieses dümmliche, jungenhafte Lachen, das irgendwie die harten Kanten seiner Arroganz aufweicht.

»Kommen Sie schon«, sagt er, und seine Stimme wird wärmer, schmeichelnder. »Sagen Sie mir nicht, dass Ihnen die Szene im brennenden Lagerhaus nicht wenigstens gefallen hat. Die war pures Gold.«

»Wenn Sie mit Gold vollkommen lächerlich meinen, dann sicher. Pures Gold.«

»Lächerlich kann charmant sein, sehen Sie uns an.«

»Uns?«, wiederhole ich, und das Wort fühlt sich auf meiner Zunge absurd an. Als würde ich ein Paar Schuhe anprobieren, das zwei Nummern zu klein ist. »Es gibt kein ›uns‹, Rory. Es gibt Sie, mich und dieses Manuskript, das noch lange nicht reif für die Veröffentlichung ist. Und ich glaube, das wissen Sie. Das müssen Sie.«

»Hart«, sagt er und greift sich mit gespieltem Schmerz an die Brust. »Aber ich finde, hier gibt es eine gewisse Chemie. Finden Sie nicht?«

»Die einzige Chemie, die ich im Moment spüre, ist der Drang, Salzsäure auf diesen Vorwand von einer Handlung zu schütten.«

»Sehen Sie?«, grinst er wieder, breit und zum Verrücktwerden. »Dieses Feuer. Diese Leidenschaft. Das ist inspirierend.«

»Nutzen Sie mich *nicht* als Inspiration«, warne ich ihn und zeige mit dem Finger in seine Richtung. »Was auch immer das hier ist«, ich gestikuliere vage zwischen uns, hauptsächlich aus Frustration, »es bleibt aus Ihrem Buch draußen.«

»Verstanden«, sagt er, obwohl das Funkeln in seinen Augen mir verrät, dass er lügt, dass sich die Balken biegen. »Aber nur fürs Protokoll, ich denke, wir wären ein großartiger Nebenhandlungsstrang.«

»Dann ist es ja gut, dass dies eine rein geschäftliche Beziehung ist«, sage ich, und meine Stimme ist scharf wie ein Messer. Trotzdem kriecht eine Hitze meinen Nacken hoch, und ich hasse es, dass er es sehen kann. Schlimmer noch, ich hasse es, dass er es zu genießen scheint.

»Rein geschäftlich«, wiederholt er in einem leichten, neckischen Ton.

»Rory«, sage ich, während mein Geduldsfaden reißt. »Sie können sich nicht einfach mit einem Grinsen aus Ihrem Veröffentlichungstermin herauswinden. Das hier«, ich steche mit dem Finger auf das zwischen uns ausgebreitete Manuskript, »das funktioniert nicht, es hat absolut keine Ähnlichkeit mit Ihren früheren Büchern. Es ist ... nicht gut genug.«

Sein Grinsen erstirbt, nur ein Zucken, aber ich bemerke es. Seine Finger hören auf, gegen die Armlehne seines Stuhls zu trommeln, und zum ersten Mal, seit er mit diesem teuflisch-sorglosen Charme zu spät hereingeschlendert kam, wirkt er ... still. Als hätte die Wucht meiner Worte einen wunden Punkt getroffen.

»Nicht gut genug?«, wiederholt er, leiser, als ich erwartet hatte. In seinem Gesichtsausdruck liegt etwas Rohes – etwas Ungeschliffenes, Unbewachtes. Seine Stimme sinkt in eine Tonlage, die ich noch nie zuvor von ihm gehört habe. »Glauben Sie, ich wüsste das nicht?«

Ich blinzle, durch die plötzliche Ehrlichkeit aus dem Konzept gebracht. Der Rory Keane, den ich zu erwarten gelernt habe – derjenige, der mit einem Witz und einem aufblitzenden Lächeln ablenkt –, ist nirgends zu finden. Stattdessen gibt es diese Version von ihm: düster, verletzlich und beunruhigend menschlich.

»Sie haben eine Erfolgsformel. Warum versuchen Sie, etwas anderes zu machen?« In meiner Stimme schwingt mehr Vorwurf als Neugier mit. Ich hasse es, wie abwehrend ich klinge, als wäre seine Verletzlichkeit eine Art Hinterhalt, auf den ich nicht vorbereitet war.

»Weil ich ihn nicht mehr habe«, gibt er zu und fährt sich mit einer Hand durchs dunkle Haar. Es steht danach leicht ab, unordentlich und unperfekt, und irgendwie lässt ihn dieses Detail echter wirken als je zuvor. »Den Funken, das ... was auch immer es war, das mich gut darin gemacht hat, dieses Zeug zu schreiben. Er ist weg.« Er macht eine vage Geste, als würde er versuchen, etwas Unsichtbares zu ergreifen, das gerade außer Reichweite ist. »Ich dachte, vielleicht könnte ich es vortäuschen – mich auf das verlassen, was früher funktioniert hat –, aber offensichtlich durchschauen Sie das sofort.«

»Offensichtlich«, wiederhole ich leise, obwohl die übliche Genugtuung, die ich beim Aufdecken von Schwächen empfinde, ausbleibt. Stattdessen spüre ich einen Schmerz in meiner Brust, unwillkommen und hartnäckig, wie das Brennen eines Papierschnitts.

»Hören Sie«, fährt er fort, sein Blick auf den Stapel Seiten zwischen uns gerichtet, anstatt auf mich. »Ich bin nicht stolz darauf, okay? Aber es ist schwer, über die Liebe zu schreiben, wenn ...« Er zögert, seine Lippen zu einem schmalen Strich zusammengepresst. »Wenn man sie schon lange nicht mehr gefühlt hat.«

Bei diesem Geständnis verkrampft sich etwas tief in mir. Es fühlt sich zu persönlich an, zu intim für diesen sterilen Konferenzraum mit seiner Neonbeleuchtung und den Büromöbeln. Ich sollte das Thema wechseln, uns zurück auf sicheres Terrain lenken. Aber das tue ich nicht.

Stattdessen mustere ich ihn – die Anspannung in seinem Kiefer, die Art, wie seine Hände regungslos auf dem Tisch liegen, so ganz anders als ihre übliche rastlose Energie. Hier gibt es keine Spur von dem selbstbewussten Playboy-Autor, nur einen Mann, der leise zugibt, dass er verloren hat.

»Rory ...« Ich bin unsicher, worauf ich überhaupt hinauswill. Mitgefühl gehört nicht zu meiner Jobbeschreibung. Empathie schon gar nicht. Und doch sitze ich hier und empfinde beides im Übermaß.

Er sieht mir in die Augen, und zum ersten Mal gibt es kein spöttisches Funkeln, kein Grinsen – nur Aufrichtigkeit, roh und entwaffnend.

»Sie wollten es ernst, Lara. Nun, hier haben Sie es. Ich weiß nicht, wie ich das in Ordnung bringen soll, weil ich nicht mehr weiß, wie man es fühlt.«

Mein Hals schnürt sich zu, und ich zwinge mich, wegzusehen und mich stattdessen auf die rote Tinte zu konzentrieren, die über sein Manuskript gekritzelt ist. Die klaren Linien meiner Korrekturen verschwimmen leicht, und ich stelle mit Erschrecken fest, dass dieser Moment – dieser dämliche, verletzliche Moment – jede einzelne Grenze auf die Probe stellt, die ich sorgfältig zwischen uns errichtet habe.

»Das ist nicht mein Problem«, sage ich barsch. Ich schiebe die Seiten unnötigerweise hin und her, brauche etwas – irgendetwas –, um meine Hände zu beschäftigen. »Mein Job ist es, Ihnen zu helfen, ein besseres Buch zu schreiben, nicht, die Therapeutin für Ihre Existenzkrise zu spielen.«

»Fair genug«, sagt er leise und lehnt sich wieder in seinem Stuhl zurück. Aber die Verletzlichkeit verschwindet nicht ganz; sie verweilt in seinen Augen, ein Schatten, der sich weigert, sich zurückzuziehen.

Ich sage mir, ich solle mich auf die Arbeit konzentrieren, auf die Deadline, die wie eine Guillotine über uns schwebt. Aber seine Worte bleiben hängen, hartnäckig und aufdringlich, als hätten sie sich in einer verborgenen Ecke meines Gehirns festgesetzt. Denn die Wahrheit ist, ich weiß, wie es ist, diesen Funken zu verlieren – auf eine leere Seite zu starren und sich zu fragen, ob man sie jemals wieder mit etwas Bedeutungsvollem füllen kann. Ich kenne es nur zu gut.

»Bleiben wir einfach beim Manuskript«, sage ich schließlich, mein Tonfall knapp, aber an den Rändern zitternd.

Wenn er es bemerkt, kommentiert er es nicht. Stattdessen nickt er nur kurz, gedämpft und seltsam respektvoll.

»Wie Sie meinen, Captain Kritik«, sagt er, aber der Spitzname hat keinen Biss. Nur Resignation.

Es sollte sich wie ein Sieg anfühlen. Stattdessen fühlt es sich wie ein Waffenstillstand an.

»Vielleicht ist das das Problem«, sagt Rory, seine Stimme sanft wie Honig, aber mit einem bestimmten Unterton, der mich von meinen Notizen aufblicken lässt. Seine Finger sind ineinander verschränkt, als ob er im Begriff wäre, eine bahnbrechende Enthüllung zu verkünden. »Ich versuche, über die Liebe zu schreiben, ohne ... na ja, Sie wissen schon, sie tatsächlich zu fühlen.«

Ich sehe ihn mit zusammengekniffenen Augen an, unsicher, worauf das hinausläuft, aber bereits genervt.

»Und wessen Schuld ist das?«

»Touché.« Er grinst, ohne jede Reue. »Aber hören Sie mich an. Vielleicht brauche ich keine weitere Vorlesung über emotionale Tiefe oder Handlungsbögen.« Sein Blick zuckt – nein, verweilt – auf mir, und etwas verschiebt sich in der Luft zwischen uns, subtil, aber unverkennbar. »Vielleicht muss ich Romantik hautnah erleben. Wissen Sie, zu Recherchezwecken.«

Oh, nein. Absolut nicht. Ich lege meinen Stift mit überlegter Präzision ab. »Sagen Sie mir bitte, dass Sie scherzen.«

»Nicht ganz«, sagt er. »Denken Sie darüber nach. Wie kann ich etwas Authentisches schreiben, wenn ich es nicht fühle? Und wer könnte mir besser dabei helfen als meine geschätzte Lektorin, die offensichtlich alle Antworten darauf hat, wie die Liebe aussehen sollte?«

»Stopp.« Ich hebe eine Hand und unterbreche ihn, bevor er sich noch tiefer in diese Absurdität verstricken kann. »Erstens ist es Ihr Job, Fiktion zu erschaffen, nicht sie zu leben. Wenn jeder Autor eigene Erfahrungen bräuchte, um überzeugend zu schreiben, würde die Hälfte des Fantasy-Genres nicht existieren. Zweitens« – ich schiebe meine Brille auf dem Nasenrücken hoch, eine Geste, die mir eine halbe Sekunde verschafft, um meine Fassung wiederzuerlangen – »ist das, was Sie vorschlagen, äußerst unprofessionell, ganz zu schweigen von lächerlich.«

»Lächerlich?« Seine Augenbrauen heben sich in gespielter Beleidigung. »Ich finde, es ist innovativ. Immersives Erzählen. Method Writing.«

»Method Writing gibt es nicht«, fahre ich ihn an, »und selbst wenn, werde ich Sie nicht ... nicht *daten*, um eines Manuskripts willen.«

»Wer hat etwas von Daten gesagt?« Sein Grinsen vertieft

sich, und ich bereue sofort meine Wortwahl. »Sie haben eine blühende Fantasie, Lara. Kein Wunder, dass Sie so eine gute Lektorin sind.«

»Rory.« Mein Tonfall ist pures Eis, mein Gesichtsausdruck sorgfältig neutral, trotz der Hitze, die mir den Hals hochkriecht. »Konzentrieren. Sie. Sich. Auf. Das. Manuskript.«

»Schon gut, schon gut«, gibt er nach, hebt die Hände zur Kapitulation, sieht aber viel zu zufrieden mit sich aus. »Es war nur eine Idee. Eine gute, wenn Sie mich fragen.«

»Was ich nicht getan habe«, sage ich und blättere durch die Seiten vor mir. Mein Puls ist ärgerlich schnell, und ich hasse es, dass er genau weiß, wie er mich auf die Palme bringen kann, wie er Reaktionen aus mir herauskitzeln kann, die ich lieber verborgen halten würde. »Nun, wenn wir mit dem Brainstorming für Ihre außerschulischen Aktivitäten fertig sind, können wir uns dann bitte wieder darum kümmern, die völlige Abwesenheit von emotionaler Entwicklung bei Ihrer weiblichen Hauptfigur zu beheben?«

Er antwortet nicht sofort, und als ich aufschaue, beobachtet er mich mit einem undurchschaubaren Ausdruck. Das spöttische Lächeln ist immer noch da, schwach, aber präsent, doch seine Augen ... sie sind jetzt weicher, ruhiger.

»Sicher«, sagt er schließlich mit tieferer, beinahe nachdenklicher Stimme. »Zurück zum Manuskript.«

»Gut.« Ich nicke knapp und tue so, als hätte ich nicht gerade eine unsichtbare Schlacht verloren. Tue so, als hätte sich seine frühere Bemerkung nicht irgendwo in meiner Brust festgesetzt, hartnäckig und unwillkommen.

»Rory, Sie müssen etwas verstehen.« Ich lege meinen Stift mit einem absichtlichen Klicken auf der Glasplatte ab und sehe ihm dabei direkt in die Augen. »Die Deadline ist kein willkürlich gesetztes Datum. Dieses Manuskript ist für den Sommer-Slot eingeplant, um es auf all die *Beste Strandlektüre-*

Listen zu schaffen. Das Marketing-Team lässt seine Kampagne bereits auf Hochtouren laufen. Die Vorbestellungen gehen ein, und wir haben Verkaufsaufsteller in Hunderten von Buchhandlungen gebucht und bezahlt. Wenn das hier nichts wird ...« Ich atme tief durch und zwinge mich, nicht wie bei einem Vortrag für einen widerspenstigen Teenager zu klingen, obwohl die Versuchung groß ist. »Es steht nicht nur Ihr Ruf auf dem Spiel. Sondern auch der des Verlags. Und, ehrlich gesagt, meiner.«

»Ihrer?« Er zieht eine Augenbraue hoch. »Ich wusste nicht, dass Sie persönlich an meinem Erfolg beteiligt sind, Lara.«

»Das ist mein Job. Mein Name ist mit diesem Projekt genauso verbunden wie Ihrer. Wenn es floppt, weil Sie beschlossen haben, sich hier durchzumogeln, verlieren wir beide.«

»Durchmogeln? Autsch.«

Ich schiebe das Manuskript zu ihm hinüber, darauf erpicht, weiterzumachen, während mein Finger auf eine der vielen markierten Stellen tippt. »Seite dreiundsiebzig. Ihr Protagonist gesteht der Heldin nach drei Dates seine Liebe. Drei. Das ist überstürzt, es ist oberflächlich, und es liest sich wie ... wie ...«

»Wie jemand, der schon länger nicht mehr verliebt war?«, bietet er trocken an, und ich erstarre mitten in der Bewegung.

»Das wollte ich nicht sagen«, erwidere ich, aber die aufsteigende Röte in meinen Wangen verrät mich.

»Aha.«

»Lassen Sie mich eines klarstellen.« Ich stehe auf und sammle die auf dem Tisch verstreuten Papiere zusammen, jede Bewegung präzise und überlegt. »Das ist kein Spiel, Rory. Es mag Ihnen vielleicht gefallen, den charmanten Schurken zu spielen, aber wenn dieses Buch die Erwartungen nicht erfüllt, wird Sie kein Augenzwinkern und kein Grinsen der Welt retten. Oder mich.«

Ich klappe mein Notizbuch mit einem entschlossenen Rums zu, das Geräusch unterstreicht das Ende dieses wahnsinnig unproduktiven Treffens. Die Seiten sind jetzt mit unordentlichen Notizen und Sternchen gefüllt, jede davon eine Erinnerung an Rory Keanes Unfähigkeit – oder Weigerung –, sein Manuskript mit etwas anzugehen, das auch nur annähernd an Konzentration erinnert.

»Sie haben mehr als genug zu tun.« Meine Stimme ist kurz angebunden, rein geschäftlich, auch wenn mein Kopf bereits mit weiteren potenziellen Lösungen für das Wrack rotiert, das er mir als Manuskript getarnt übergeben hat.

»Mehr als genug ist eine Untertreibung«, antwortet Rory.

»Sie müssen mit diesen Überarbeitungen anfangen, und zwar heute noch. Nur dann haben wir vielleicht eine Chance, das hier vor der Deadline zu retten.« Zur Sicherheit rücke ich meine Brille zurecht.

»Retten. Welch glühender Vertrauensbeweis. Wissen Sie, für jemanden, der so viel Zeit damit verbringt, Liebesromane zu analysieren, sind Sie erstaunlich rücksichtslos, was das Thema angeht.«

»Rücksichtslosigkeit führt zu Ergebnissen«, kontere ich, stehe auf und hänge mir meine Tasche über die Schulter. »Und soweit ich weiß, sind Ergebnisse genau das, was Sie gerade brauchen.«

Ich gehe zur Tür, aber er rührt sich nicht vom Fleck.

»Wäre da noch etwas?«, frage ich und ziehe eine Augenbraue hoch. Meine Geduld schwindet, aber meine Neugier – so scheint es – nicht. Eine gefährliche Kombination.

»Sie sind irgendwie faszinierend, wenn Sie in Ihrem Lektorinnen-Modus sind. Furchteinflößend, sicher. Aber faszinierend.«

Ich mache einen Schritt zur Tür. »Wenn das alles ist, ich habe tatsächlich Arbeit zu erledigen.«

»Wissen Sie, für jemanden, der behauptet, dies sei kein Spiel, spielen Sie Ihre Rolle verdammt gut.«

»Und welche Rolle wäre das?«

»Die unantastbare Perfektionistin«, sagt er leichthin, aber hinter den Worten liegt ein Gewicht, das mich überrumpelt. »Alles Ecken und Kanten und kein Raum für Fehler. Ich frage mich, ob Sie sich jemals erlauben, einen Fehltritt zu begehen. Auch nur einen kleinen.«

Die Luft zwischen uns spannt sich, und ich hasse es, dass mein Puls schneller wird. »Meine persönlichen Gewohnheiten gehen Sie nichts an«, erwidere ich kühl und ziehe die Tür auf. »Konzentrieren Sie sich darauf, Ihr Manuskript zu überarbeiten. Das ist das Einzige, was hier zählt.«

»Richtig«, sagt er und steht endlich auf. Als ich durch die Tür trete, folgt mir seine Stimme, tief und warm, mit einem Unterton, den ich nicht ganz einordnen kann. »Aber vielleicht ... wenn Sie jemals darüber reden wollen, was *wirklich* zählt, wissen Sie ja, wo Sie mich finden.«

Ich schaue nicht zurück. Ich traue mir nicht zu, es zu tun.

DREI

♥

Seit fünfzehn Minuten sitze ich nun hier und starre einfach nur auf den Bildschirm. Mein Laptop ist aufgeklappt, mein Posteingang quillt über und das Manuskript, das ich eigentlich lektorieren sollte, liegt direkt vor mir. Aber anstatt mir Notizen zu machen, bin ich einfach ... wie erstarrt. Gelähmt.

Meine Vernunft weiß, dass ich heute im Homeoffice bin, weiß, dass die Deadline naht, weiß, dass ich etwas – *irgendetwas* – Produktives tun sollte. Aber der Rest von mir? Der Teil, dem Rorys lächerlicher Vorschlag immer noch im Kopf herumspukt? Dieser Teil spielt einfach nicht mit.

Method Writing ... die Dreistigkeit dieses Mannes.

Als wäre er irgendein gequälter Künstler, der eine Muse braucht, und nicht ein Bestsellerautor, der seine Karriere buchstäblich darauf aufgebaut hat, Romanzen zu erfinden. Als wäre das hier – *was auch immer das sein soll* – nur ein weiteres Handlungselement, das getestet, optimiert und perfektioniert werden muss.

»Konzentrier dich«, sage ich leise und umklammere die Armlehnen meines Stuhls, als könnte allein meine Willenskraft meine Gedanken an die anstehende Aufgabe fesseln.

Aber egal, wie sehr ich auf den Bildschirm starre, es ändert nichts an der Tatsache, dass meine Gedanken alles andere als hier sind.

Stattdessen kreisen sie – nein, sie geraten außer Kontrolle – bei der Erinnerung an seine Stimme: sanft, warm und beiläufig, als hätte er nicht gerade einen Hurrikan in meinem sorgfältig aufgeteilten Leben entfesselt.

Als hätte er nicht gerade das lächerlichste, unprofessionellste und absolut unpassendste Arrangement mit einer derart ernsten Lässigkeit vorgeschlagen, mit der man vielleicht fragen würde, ob man einen Kaffee trinken gehen will.

Als wäre ich die Unvernünftige, weil ich davon völlig perplex war.

Ich stoße mich vom Schreibtisch ab und die Rollen meines Stuhls schrammen mit einem Ächzen über den Boden.

»Diese Unverfrorenheit«, sage ich laut und presse meine Handflächen an meine Schläfen, als könnte ich die Irritation physisch aus meinem Schädel massieren. »Wer *macht* denn so was?«

Es war nicht nur das, was er gesagt hatte – es war die Art, wie er es gesagt hatte, mit diesem halben Lächeln, bei dem man unmöglich sagen konnte, ob er es ernst meinte oder sich nur einen Spaß mit mir erlaubte. Einen Vorschlag hatte er es genannt. Als würden wir irgendein Geschäftsabkommen aushandeln.

»‚Arbeiten Sie enger mit mir zusammen, Lara‘«, ahme ich seine Stimme nach, tief und samtig, triefend vor Charme. Mein Magen zieht sich zusammen und Hitze steigt mir in den Nacken, weil sich der Klang seiner Stimme selbst jetzt noch so leicht in meinen Ohren festsetzt. »*Neue kreative Möglichkeiten ausloten*‘«, füge ich hinzu und unterstreiche die Worte mit sarkastischen Anführungszeichen in der Luft.

Vielleicht möchten Sie, dass ich meine redaktionellen

Vorschläge durch das Medium des Tanzes zum Ausdruck bringe. Ist Ihnen das kreativ genug?

Ich drücke mir den Nasenrücken und zwinge mich, tief durchzuatmen. Es geht nicht um ihn. Nicht wirklich. Es geht um mich, darum, die Kontrolle zu behalten, darum – wie hatte er es genannt? Ach ja. Mich *zu lockern*. Als wäre ich irgendeine verklemmte Jungfer, die eine Flasche Wein köpfen und alle Vorsicht in den Wind schlagen muss.

Aber unter meiner Verärgerung verbirgt sich noch etwas anderes. Etwas Unwillkommenes. Ein Funke Faszination vielleicht. Oder Neugier. Oder das leiseste Flüstern von Versuchung.

Nein. Auf keinen Fall. Absolut nicht. Was auch immer Rory Keane glaubt, mit diesem unerträglichen Grinsen und diesen wahnsinnig ausdrucksstarken Augen anzubieten, ich falle nicht darauf herein.

Inzwischen laufe ich auf und ab. Meine Arme sind fest vor der Brust verschränkt, die Finger in meine Ärmel gekrallt, als würde das physische Zusammenhalten mich irgendwie davon abhalten, mental die Fassung zu verlieren. Spoiler-Alarm: Es funktioniert nicht.

Meine Füße tragen mich beinahe von selbst zum Wohnzimmerfenster und ich drücke meine Handflächen leicht gegen das kühle Glas. Draußen erstreckt sich die Stadt im frühen Abendlicht, weit und glitzernd, ein Mosaik aus Gebäuden und belebten Straßen, die vor Leben summen. Von hier oben sehen alle so zielstrebig aus. So sicher.

»Wie lange ist das her?«

Die Frage rutscht mir heraus, bevor ich sie aufhalten kann, leise und ungewohnt, als würde ich das Gewicht von etwas Zerbrechlichem in meinen Händen prüfen. Wie lange ist es her, dass mich jemand so angesehen hat, wie Rory es in diesem Moment getan hat? Mich nicht nur gesehen, sondern mich *gewollt* hat. Mich, nicht die auf Hochglanz polierte Lektorin in ihren vernünftigen Absätzen und maßgeschneiderten Sakkos, sondern die Person unter all dem.

Dieser Gedanke ist beunruhigend. Faszinierend auch, aber vor allem, wenn ich ehrlich bin, schmeichelhaft.

Mit der Fingerspitze zeichne ich einen kleinen Kreis auf meine inzwischen eiskalte Teetasse. Es ist nicht so, dass ich mich unattraktiv fühle. Nicht direkt. Aber es gibt einen Unterschied, ob man für seine Arbeit geschätzt – oder sogar bewundert – wird, oder ob man wahrhaftig *begehrt* wird. Auf eine Weise begehrt zu werden, die sich elektrisierend, magnetisch, leichtsinnig anfühlt.

Leichtsinnig, das ist ein Wort, das sich so anfühlt, als gehöre es nicht in meinen Wortschatz. Weil es das nicht tut. Zumindest nicht mehr.

Ich schüttle den Kopf und trete vom Fenster zurück, wobei ich das leise Ziehen in meiner Brust ignoriere, als ich mich von der Aussicht abwende. Was auch immer Rory zu sehen glaubt, wenn er mich ansieht – welcher Funke Wahnsinn ihn auch immer auf die Idee gebracht hat –, es ist besser, es unerforscht zu lassen. Sicherer. Sauberer. Kontrollierter. Grenzen gibt es aus einem Grund.

Rory, mit seiner nervtötenden Art, den Kopf schief zu legen, wenn er etwas klarmachen will, scheint das nicht zu verstehen. Oder vielleicht tut er es doch und genießt es einfach, mich zappeln zu sehen. So oder so, ich werde ihn nicht die Linien durchbrechen lassen, die ich sorgfältig gezogen habe – egal, wie attraktiv er sein mag. Linien, die seit einiger Zeit sicher verankert sind und die Dinge vorhersehbar, geordnet und sicher halten.

Mein Blick bleibt an dem gerahmten Foto an der Wand über meinem Schreibtisch hängen. Es ist ein altes Bild, an den Rändern leicht verblasst, aber die Personen sind immer noch klar zu erkennen: meine Eltern, Seite an Seite auf dem Sofa in unserem Wohnzimmer sitzend. Meine Mutter trägt ihr übliches höfliches Lehrerlächeln; mein Vater starrt ausdruckslos, fast wie unter Schock, geradeaus. Sie sehen eher aus wie Kollegen aus verschiedenen Abteilungen, die für einen Social-Media-Post der Firma posieren, als zwei Menschen, die sich einst das Jawort gegeben haben.

Ich nehme den Rahmen in die Hand und fahre mit dem Daumen über den Rand, das kühle Glas erdet mich, während unerwünschte Erinnerungen an die Oberfläche sprudeln. Ihre Ehe war – und ist – funktional, nehme ich an. Effizient, wie eine gut geölte Maschine. Sie teilten sich die Logistik – Finanzen, Termine, Einkaufslisten –, aber Leidenschaft? Zuneigung? Verlangen? Das waren Fremdwörter, abgetan als Frivolitäten.

»Liebe ist nicht praktisch, Lara«, pflegte meine Mutter zu sagen, wann immer ich fragte, warum sie nicht viel lachten, sich nicht oft berührten oder ... nicht viel *fühlten*. »Und Praktikabilität ist das, was einen Haushalt am Laufen hält.«

Praktikabilität. Der Grundpfeiler ihrer Beziehung. Und das langsame, leise Gift, das ihr jede Farbe entzog. Ich würde darüber spotten, wäre mir nicht bewusst, dass ein wenig von diesem Pragmatismus auf mich abgefärbt hat.

Ich wende den Blick von dem Foto meiner Eltern ab. Ich will dieses Leben nicht. Das wollte ich nie. Aber die Alternative – das Chaos, die Ungewissheit, der Herzschmerz – macht mir genauso viel Angst. Vielleicht sogar mehr.

Genau deshalb kann man Gefühlen nicht trauen. Sie trüben das Urteilsvermögen. Sie führen zu schlechten Entscheidungen. Sie ...

Mein Gedanke verliert sich, als Rorys Stimme in meinem Kopf widerhallt, tief und neckend. »*Sie sind zu zugeknöpft, Yates. Öffnen Sie doch mal den obersten Knopf.*«

»Arschloch«, zische ich. Aber selbst als ich meine Maus bewege, um meinen Bildschirm aufzuwecken, zittern meine

Finger. Denn ein Teil von mir kennt die Wahrheit – die Art von Wahrheit, die ich niemals laut aussprechen würde.

Das Problem ist nicht nur Rory. Es ist die Tatsache, dass mich zum ersten Mal seit Jahren jemand dazu gebracht hat, mich zu fragen, wie es sich wohl anfühlen würde, den obersten Knopf zu lockern. Auch nur ein einziges Mal. Besser noch, er könnte ihn vielleicht sogar für mich lockern.

Der letzte Mensch, den ich geliebt habe, hatte nicht Rorys verwegenes Grinsen oder seine wahnsinnig machende Selbstsicherheit. Ein anderes Gesicht taucht vor meinem inneren Auge auf. Ein beständigeres. Sanfteres. Vorhersehbares.

»James«, flüstere ich. Und genau in diesem Moment zieht mich die Erinnerung in ihren Bann.

Die Luft riecht nach frisch gemähtem Gras und Sonnencreme, ein Sommergrillfest summt um uns herum, während James Burger mit der gleichen Präzision wendet, die er bei jeder Aufgabe an den Tag legt. Sein Hemd steckt in seiner Khakihose – Khakihose! – und sein Gesichtsausdruck ist tief konzentriert, die Stirn leicht gerunzelt, als er den Pfannenwender in seiner Hand zurechtrückt.

»Entspann dich, Gordon Ramsay«, necke ich ihn und stoße ihn spielerisch mit der Hüfte an. Er blickt mich eine halbe Sekunde lang erschrocken an, bevor sich sein Mund zu diesem vertrauten Lächeln verzieht. Warm. Angenehm. Sicher.

»Jemand muss dafür sorgen, dass die hier nicht anbrennen«, sagt er in einem belustigten, aber beherrschten Ton. Immer beherrscht. James war nichts, wenn nicht vorhersehbar. Die Art von Mann, die nie eine Nachricht unbeantwortet ließ, nie deine

Kaffeebestellung vergaß, nie die Stimme erhob, selbst wenn er wütend war. Ein Mann, mit dem man sich ein Leben aufbauen konnte, weil man immer genau wusste, woran man war.

Und doch … als ich ihm dabei zusehe, wie er sorgfältig einen weiteren Burger wendet, erinnere ich mich an den dumpfen Schmerz, der in diesen letzten Monaten zu wachsen begonnen hatte. Als hätte ich in einem Haus mit perfekt gestrichenen Wänden, aber ohne Möbel gelebt. Ohne Wärme. Nur … Leere.

»Willst du jemals mehr als das?«, hatte ich ihn einmal gefragt, die Frage war mir herausgerutscht, bevor ich sie aufhalten konnte. Wir saßen auf seiner makellosen grauen Couch – natürlich war sie grau – und sahen uns Wiederholungen irgendeiner Sitcom an, die uns beide nicht wirklich interessierte. Er sah mich damals verwirrt an.

»Mehr als was?«

»Mehr als Bequemlichkeit. Mehr als … Vorhersehbarkeit.«

Er runzelte die Stirn und versuchte offensichtlich zu verstehen. »Bequemlichkeit ist nichts Schlechtes, Lara. Bequemlichkeit bleibt. Leidenschaft brennt aus.« Er machte eine Pause und fügte dann fast schüchtern hinzu: »Ist das hier nicht genug?«

Ich schüttle den Kopf, als wollte ich die Erinnerungen abschütteln, die an mir haften. James' schiefes Lächeln löst sich in Rorys wölfischem Grinsen auf, und plötzlich fühle ich mich, als wäre ich in eine Art emotionales Tauziehen geraten, dem ich nie zugestimmt habe.

Chaotisch.

Der Bildschirmschoner meines Monitors läuft weiter in einer Schleife, das Manuskript, das ich eigentlich lektorieren sollte, unberührt. Aber es ist nicht die Tastatur, die meinen Blick fängt – es ist mein Handy. Es liegt da, verspottet mich, fordert mich heraus.

Gedankenlos nehme ich das Handy in die Hand, sein glattes Gewicht erdet mich für eine halbe Sekunde, bevor ich Rory in meinen Kontakten finde. Sein Profilbild – nur seine Initialen, weil ich mich weigere, ihm etwas Persönlicheres zuzuordnen – starrt mich an. Mein Daumen schwebt über seinem Namen, nur Millimeter davon entfernt, die Nachricht zu öffnen oder, Gott bewahre, ihn anzurufen.

»Tu es nicht, Lara«, flüstere ich, meine Stimme kaum hörbar, aber fest. »Aus impulsiven Entscheidungen entsteht nichts Gutes. Das weißt du.«

Und doch spüre ich die Anziehung. Dieselbe magnetische Anziehungskraft, die ich spürte, als er heute über den Konferenztisch grinste und sagte: »*Sie sind zu verklemmt, Yates. Wann haben Sie das letzte Mal etwas nur zum Spaß gemacht?*«

»*Lektorieren macht Spaß*«, hatte ich verteidigend zurückgeschossen, bevor ich mich zurückhalten konnte. Er hatte nur gelacht, tief und voll und vollkommen zu selbstsicher, als wüsste er bereits, wie diese Geschichte endet.

Jetzt sitze ich hier und halte mein Handy wie eine Handgranate, bei der der Stift schon halb gezogen ist. Mein Daumen nähert sich dem Bildschirm, streift den Rand seines Namens. Ein Tippen, und ich könnte diesen lässigen, neckenden Tonfall wieder hören. Ein Tippen, und ...

»Nein.« Ich lasse das Handy auf den Schreibtisch fallen, als hätte es mich verbrannt, und rolle sicherheitshalber mit meinem Stuhl vom Schreibtisch zurück. »Passiert nicht.«

Es dauert eine ganze Minute, bis sich mein Puls beruhigt, obwohl mir das Handy, das immer noch schwach leuchtet, schmerzlich bewusst ist. Ich weiß, dass ich seine Nummer nicht löschen werde – so dramatisch bin ich nicht –, aber ich weiß auch, dass ich nicht bereit bin, diese Tür zu öffnen. Nicht heute. Vielleicht niemals.

Mein Blick fällt wieder auf das gerahmte Foto meiner Eltern. Ihr steifes und wenig überzeugendes Lächeln, eine Erinnerung an alles, womit ich mich nicht zufriedengeben oder was ich nicht riskieren wollte, wie ich mir geschworen hatte.

Ich mache keine komplizierten Sachen.

Rorys Name schwebt in der Luft, unausgesprochen, aber unmöglich zu ignorieren.

Und ich hasse den Teil von mir, der sich bereits fragt, was er als Nächstes sagen wird.

»Tee«, verkünde ich in den leeren Raum, denn anscheinend macht es das laute Aussprechen offiziell. »Tee bringt alles in Ordnung.« Eine Lüge, offensichtlich, aber wenigstens gibt es mir etwas mit meinen Händen zu tun, das nicht beinhaltet, dieses verdammte Handy wieder in die Hand zu nehmen.

Ich konzentriere mich auf die alltäglichen Bewegungen – das Gewicht des Wasserkochers, der gleichmäßige Strahl, der ihn genau bis zur richtigen Höhe füllt, das befriedigende Rauschen, als ich ihn einschalte. Rituale sind gut. Praktisch. Rational. Ganz und gar nicht wie der lächerliche Vorschlag, den ich in meinem Kopf immer wieder durchspiele, egal wie sehr ich versucht habe, ihn zu verdrängen.

Während der Wasserkocher langsam zum Kochen kommt, lehne ich mich an die Arbeitsplatte zurück. Mein Blick fällt auf die angeschlagene Tasse neben dem Waschbecken, die zu ersetzen ich nie dazu gekommen bin. Ein Wichtelgeschenk, das ich bei meinem ersten Weihnachten bei Scott & Drake bekommen habe. Darauf steht *Keep Calm and Edit On*, der Schriftzug ist vom jahrelangen Gebrauch schon verblasst. Eigentlich passend. Wenn es nur so einfach wäre, ruhig zu bleiben, wie die Worte auf Keramik zu klatschen.

»Lockerlassen«, spotte ich vor mich hin. Lockerlassen ist etwas, das Leute wie Rory mühelos tun – er kam wahrscheinlich schon mit diesem Funkeln in den Augen und einem perfekt zerzausten Haarschopf auf die Welt. Ich hingegen habe mein ganzes Erwachsenenleben damit verbracht, Mauern zu bauen, die höher sind als jedes Märchenschloss, zur Sicherheit komplett mit Wassergraben und Drachen.

Der Wasserkocher klickt und reißt mich aus meinen Gedanken. Ich fahre danach, als wäre er meine Rettungsleine, und gieße das dampfende Wasser über den Teebeutel, der in meiner Tasse wartet. Der Duft von Kamille steigt auf, sanft und vertraut, erdet mich und hilft mir zu erkennen, warum das hier auf so vielen Ebenen falsch ist.

Punkt eins: Rory Keane ist ein Klient.

Punkt zwei: Sein Vorschlag – dieser lächerliche, dreiste *Vorschlag* – würde erfordern, dass ich *noch* mehr Zeit mit ihm verbringe, als vertraglich für die Fertigstellung seines Buches vorgeschrieben ist.

Punkt drei: Er hat ein Gesicht, das auf ein Filmplakat für irgendeinen grüblerischen Independent-Film gehört. Allein dieses Gesicht bedeutet Ärger. Zweifellos würde er diesen Mund benutzen, um Sprüche über »kreative Synergie« zu klopfen, während ich dem Drang widerstehe, ihn mit seinem eigenen Schal zu erwürgen. Trägt er überhaupt Schals? Wahrscheinlich Krawattenschals. Er wirkt wie der Typ dafür.

Punkt vier: Ungezwungene Arrangements – ich *mache* keine ungezwungenen Sachen. Jedenfalls nicht gut. Nicht, ohne mich im Dickicht der Gefühle und Erwartungen und all den Dingen zu verfangen, die ich mein halbes Leben lang vermieden habe.

Und Punkt fünf: Hier geht es nicht um Gefühle. Hier geht es um Kontrolle. Und wenn es eine Sache gibt, die ich hasse, dann ist es, die Kontrolle zu verlieren.

Aber so sehr ich auch versuche, mich selbst zu überzeugen,

da ist dieses nagende kleine Flüstern in meinem Hinterkopf – ein Vorschlag, kaum hörbar, aber hartnäckig. *Was, wenn Loslassen nicht bedeutet, die Kontrolle zu verlieren? Was, wenn es ... Freiheit bedeutet?*

Gott steh mir bei, trotz aller gegenteiligen Beweise hat die Vorstellung etwas Verführerisches. Nur für einen Moment. Nur um zu sehen, wie es ist, mit dem Nachdenken aufzuhören, mit dem ständigen Hinterfragen, mit dem Sezieren jeder Interaktion nach verstecktem Subtext und Hintergedanken. Begehrt zu werden – nicht für meine Fähigkeit, Logiklöcher zu stopfen und Dialoge zu straffen, sondern um *meinetwillen.*

»Brillant«, stöhne ich und lasse mich wieder in meinen Stuhl sinken. »Jetzt diskutiere ich schon mit mir selbst. Fantastisch. Alles gut. Völlig in Ordnung.«

Die Tasse Tee steht immer noch auf dem Schreibtisch, unberührt und lauwarm. Ich nehme sie trotzdem, halte sie in meinen Händen, als könnte sie mir helfen, den heutigen Abend zu überstehen. Tut sie natürlich nicht. Kamille hat ihre Grenzen.

Morgen.

sage ich mir entschieden, obwohl das Wort bitter auf meiner Zunge schmeckt. »Ich werde mich morgen darum kümmern.«

VIER

♥

Der morgige Tag kommt jedoch schneller, als es mir lieb ist, und ich bin wieder im Büro, nur um festzustellen, dass sich die Götter des Verlagswesens verschworen haben, um sicherzustellen, dass es keinen sanften Start in den Tag geben wird. Die E-Mail prangt auf meinem Bildschirm, ein leuchtender Vorbote des Unheils. Betreff: *Vollkommen, für immer*/R. *Keane – Kritische Einnahmequelle*. Subtil.

Ich überfliege die Zeilen zum dritten Mal, aber sie werden auch beim Wiederlesen nicht freundlicher. Wendungen wie »wichtiges Geschäftsquartal« und »prognostizierte Gewinnspanne« springen mir ins Auge und schnüren mir die Brust zu wie ein Schraubstock. Die Zahlen sind schwindelerregend – ein hoher sechsstelliger Betrag, der gefährlich nahe an die sieben Stellen heranreicht. Es geht nicht einmal mehr um Rorys Ego, es geht um das Geschäftsergebnis des Unternehmens. Fiona hätte genauso gut schreiben können: »Kein Druck, Lara, aber wenn dieses Buch floppt, sind wir alle am Arsch. Schönen Tag noch!«

Dafür habe ich mich doch gemeldet, oder? Kaputte Geschichten reparieren. Zitternde Autorenhände halten.

Den Verlagstag retten, eine verirrte Nebenhandlung nach der anderen. Aber Rory Keane? Bestsellerautor und preisgekrönter Rory Keane? Er sollte doch unantastbar sein. Der Mann atmet förmlich den Erfolg. Und jetzt liegt es an mir, dafür zu sorgen, dass sein neuestes Manuskript Scott & Drake nicht in den finanziellen Ruin stürzt. Keine große Sache.

Mein Blick wandert zu dem gerahmten Druck auf meinem Schreibtisch – ein schlichtes Schwarz-Weiß-Zitat von Dorothy Parker: *Ich hasse es zu schreiben, ich liebe es, geschrieben zu haben.*

Geht mir genauso, Dorothy. Genauso. Nur dass ich seit Jahren nichts mehr geschrieben habe, wenn man von bissigen Randbemerkungen absieht, und die zählt niemand.

Als ich den Besprechungsraum betrete, schlägt mir ein Schwall kalter Luft aus der Klimaanlage entgegen. Es fühlt sich kälter an als sonst, oder vielleicht holt mich auch nur meine Nervosität ein. Ich finde Rory Keane, den Mann, der im Alleingang dafür sorgt, dass bei uns die Lichter anbleiben, am anderen Ende des Tisches sitzend.

»Wow«, sage ich, bevor ich mich zurückhalten kann. »Du bist pünktlich?«

Rory blickt erschrocken auf und mir fallen sofort zwei Dinge auf: Erstens ist sein Haar zerzaust – mehr als sonst –, als wäre er den ganzen Morgen mit den Händen hindurchgefahren, und zweitens spielt er nervös mit einem Stift herum und lässt ihn zwischen seinen Fingern hin und her schnellen. Rory Keane ist nicht nervös. Er lümmelt. Er grinst spöttisch. Er bezaubert. Diese ... nervöse Energie? Völlig untypisch für ihn.

»Kling nicht so schockiert«, sagt er mit einem schnellen Grinsen. »Das ist fast schon beleidigend.«

»Fast?« Irgendetwas stimmt nicht – etwas Ungeschliffenes unter seiner sonst so polierten Fassade. Der Stift rutscht ihm aus den Fingern, klappert auf den Tisch und er flucht leise vor sich hin, während er ihn aufhebt, als enthielte er den Sinn des Lebens.

»Harter Morgen?«, frage ich leichthin und lasse mich auf meinen Stuhl gleiten. Mein Ton ist lässig, sogar professionell, aber mein Lektorengehirn katalogisiert bereits jedes Detail: die Anspannung in seinen Schultern, die leichte Falte zwischen seinen Brauen, die Art, wie sein Knie unter dem Tisch wippt, als würde er versuchen, einem Gedanken zu entkommen, den er nicht einholen will.

»So was in der Art«, sagt er und lässt den Stift wieder kreisen.

»Na gut«, sage ich schneidig, »dann wollen wir mal sehen, ob wir das Ding hier noch retten können, bevor deine existenzielle Krise noch schlimmer wird.«

»Leg los, Yates«, sagt er, seine Stimme wieder geschmeidig. Poliert. Wieder ganz der Alte.

»Ich heiße Lara«, erinnere ich ihn.

»Ich bevorzuge Yates. Ein starker literarischer Name. Passt zu dir.«

Ich habe ihm zu viel über sein Manuskript zu sagen, um mich mit ihm darüber zu streiten. Wenn er meinen Rat befolgt und mir seine Überarbeitungen schnell zurückschickt, kann er mich nennen, wie er will.

»Also gut, machen wir uns an die Arbeit. Wir haben eine Menge zu besprechen, wenn das hier etwas Veröffentlichungsfähiges werden soll.«

Sein Blick schnellt wieder zu mir, aber die Art, wie er ihn fokussiert, ist seltsam. Als wäre er körperlich anwesend, aber geistig nicht ganz bei der Sache.

»Rory«, sage ich auffordernd und halte meine Stimme betont professionell, obwohl meine Neugier an den Rändern zerrt. »Gibt es einen Grund, warum du mich ansiehst, als wäre dir gerade eingefallen, wo du deine Autoschlüssel gelassen hast?«

»Ich denke nur nach«, sagt er leichthin und lässt den Stift immer noch kreisen. Es ist eine Antwort, die harmlos klingen soll, aber das Gewicht in seinem Ton passt nicht dazu. Bevor ich entscheiden kann, ob ich nachhaken oder es auf sich beruhen lassen soll, fügt er fast beiläufig hinzu: »Weißt du, es ist schon komisch. All die Änderungen, die du bei Sophies Charakter vorschlägst – die erinnern mich an dich.«

Der Wechsel ist so abrupt, dass ich blinzele. »Ach ja?« Sein Ton ist zu lässig, zu kalkuliert.

»Ja.« Sein Blick fixiert mich mit beunruhigender Präzision. »Du willst, dass ich Sophie so ... skeptisch gegenüber der Romantik mache. Fast so, als würde sie überhaupt nicht daran glauben.«

Und da ist sie. Die Falle, perfekt ausgelegt. Ich spüre, wie meine Verärgerung aufsteigt, bevor ich sie unterdrücken kann.

»Willst du gerade ernsthaft deine eigene Figur psychoanalysieren?«, entgegne ich und werfe ihm einen spitzen Blick über den Rand meiner Brille zu. »Denn wenn ja, würde ich vorschlagen, du hebst dir das für die Therapie auf und konzentrierst dich stattdessen darauf, ihre Motivation zu verbessern.«

»Wenn überhaupt, dann psychoanalysiere ich dich«, kontert er geschmeidig und zieht eine Augenbraue hoch. »Und was noch wichtiger ist, du hast es nicht bestritten.«

»Das liegt daran, dass es absurd ist«, erwidere ich, meine Stimme bissig, aber trotz allem amüsiert. »Sophies Skepsis ist vollkommen in ihrer Hintergrundgeschichte begründet. Es bedeutet, dass sie auf ihrer emotionalen Reise einen weiteren Weg zurücklegen muss. Das nennt man *Charakterentwicklung*. Das solltest du vielleicht auch mal ausprobieren.«

»Werde ich. Versprochen.«

»Gut. So. Ich habe noch ein paar Anmerkungen zum Konflikt in der Mitte. So wie es jetzt ist, gibt es nicht genug Spannung, die die Entscheidungen der Charaktere vorantreibt. Wir brauchen einen stärkeren emotionalen Katalysator

– etwas, das sich unvermeidlich, aber trotzdem überraschend anfühlt.«

»Du weißt wirklich, wie man die Stimmung verdirbt, oder?«

»Irgendjemand muss es ja tun«, erwidere ich, mache mir eine kurze Notiz, bevor ich wieder zu ihm aufblicke. »Und da du entschlossen zu sein scheinst, heute jegliche tatsächliche Arbeit zu vermeiden, bin dieser Jemand wohl ich.«

»Hart«, sagt er, »aber fair.«

»Schön, dass wir uns da einig sind ... endlich«, erwidere ich und blättere mit einer betont schwungvollen Bewegung eine weitere Seite im Manuskript um. Ich konzentriere mich ganz auf die Worte vor mir, obwohl ich spüre, wie sein Blick auf mir ruht und mich mustert. Soll er doch gucken. Soll er doch denken, was er will. Ich habe eine Aufgabe zu erledigen, und ich weigere mich, mich von ihm – oder seinem wahnsinnig machenden Grinsen – davon ablenken zu lassen.

»Wenn du für den Mittelpunkt noch nicht bereit bist, lass uns wenigstens die Anfangsszene in Angriff nehmen.«

»Du liebst sie, nicht wahr?«

»Ich hasse sie.«

»Oh.«

»Nach drei exquisiten, beschreibenden Absätzen beginnt Sophie ihren Morgen damit, dass sie sich mit ihrer Katze über ein verbranntes Toastbrot streitet. Das ist nicht gerade der Stoff, aus dem Bestseller-Romanzen gemacht sind.«

»Hey, meine Leser lieben Katzen«, kontert er, »und verbranntes Toastbrot ist nachvollziehbar. Mir geht es hier um Authentizität.«

»Authentizität ist großartig«, erwidere ich und kritzele eine schnelle Notiz an den Rand seines Manuskripts. »Aber deine Leser nehmen dieses Buch nicht wegen blumiger, beschreibender Prosa in die Hand. Sie wollen Konflikte, hohe Einsätze, etwas, das sie an der Gurgel packt und nicht mehr loslässt. Im Moment ist es eher ein höflicher Händedruck.«

»Warte«, unterbricht er mich und hebt eine Hand. »Was, wenn – und hör mir mal zu – die Katze nicht nur zur reinen Belustigung da ist? Vielleicht habe ich sie eingebaut, weil sie ... eine Metapher ist?«

Ich blinzle ihn an. »Eine Metapher wofür?«

»Für Einsamkeit«, sagt er ernst. »Denk mal drüber nach. Die Katze repräsentiert ihre Angst vor Bindung. Sie ist ihr sicherer, vorhersagbarer Begleiter, weil sie zu verängstigt ist, jemand anderen an sich heranzulassen.«

»Oder sie ist einfach nur eine Katze. Und anstatt eine unnötige Metapher mit dem Holzhammer einzubauen, könnten wir den Platz nutzen, um tatsächlich ihre emotionale Wunde zu etablieren. Weißt du, das, was ihren Handlungsbogen antreibt?«

»Sag mir mal was, Yates«, sagt er mit leiser, verschwörerischer Stimme, als teilten wir irgendein großes Geheimnis, anstatt unter den Neonröhren eines seelenlosen Konferenzraums zu sitzen. »Glaubst du überhaupt an die Liebe?«

Ich blinzle ihn an, einmal, zweimal, und lasse die Frage wie einen besonders üblen Geruch im Raum hängen.

»Was?«

»Nur aus reiner Neugier«, sagt er sanft, beugt sich näher und fixiert mich mit beunruhigender Intensität. Diese dämlichen dunklen Augen von ihm funkeln, und ich hasse es, dass es mir auffällt. »Du verbringst so viel Zeit damit, Liebesgeschichten in Erzählschritte zu zerlegen, die zu einem bestimmten Zeitpunkt erreicht werden müssen, dass ich mich langsam frage, ob du überhaupt glaubst, dass sie echt oder nur erfunden ist.«

»Lass das«, warne ich ihn und hebe eine Hand, als wollte ich eine schlechte Idee abwehren.

Aber es ist zu spät. Rory Keane glaubt, er habe Blut geleckt, und er wird jetzt nicht mehr loslassen.

»Ich glaube, du bist diejenige, die sich von der Liebe entliebt hat, und bewusst oder unbewusst leitet das deine Vorstellung von Sophies Charakter. Jede einzelne Notiz drängt auf Vorsicht, Sorgfalt, Misstrauen … und Angst. Ich glaube, du siehst sie in dir … und dich in ihr.« Das Grinsen, das an seinen Lippen zerrt, ist die Art, die mich dazu bringt, etwas Kleines, Hartes und Unzerbrechliches nach ihm werfen zu wollen. Vorzugsweise an seinen Kopf.

»Liebe ist sehr real«, erwidere ich kühl. »Sie ist auch subjektiv, höchst vermarktbar und anfällig für Klischees. Deshalb ist es mein Job, dafür zu sorgen, dass *deine* Version davon die Leser nicht in einen diabetischen Schock versetzt. Gern geschehen, übrigens.«

»Ah, da haben wir es ja.« Er zeigt mit dem Stift auf mich, als hätte er gerade einen uralten Code geknackt. »Die klinische Distanz. ›Liebe ist subjektiv.‹ ›Liebe ist vermarktbar.‹ ›Liebe ist ein Klischee.‹ Das könntest du auf eine Kaffeetasse drucken lassen. Hörst du dich eigentlich selbst? Kein Wunder, dass du denkst, Sophie sei allergisch gegen emotionale Verletzlichkeit.«

»Ich habe nicht gesagt, dass sie *allergisch* ist«, erwidere ich und kritzele etwas Unsinniges in meine Notizen, nur um ihn nicht direkt ansehen zu müssen. »Ich sagte, sie muss vorsichtiger sein. Realistischer. Und ehrlich gesagt ist es das, was deinem gesamten Manuskript fehlt: Realismus.«

»Realismus«, wiederholt er und dehnt das Wort. Sein Gesichtsausdruck verändert sich – jetzt weniger spöttisch, mehr nachdenklich. »Okay, dann. Testen wir doch mal deinen Realismus, was meinst du?«

»Lass uns das lieber nicht tun«, sage ich schnell und sehe ihn über den Rand meiner Brille an. Das fühlt sich wie eine Falle an, und mir gefällt nicht, worauf das hinausläuft.

»Nur hypothetisch«, drängt er unbeirrt. »Was wäre, wenn ich dir beweisen könnte, dass Liebe nicht nur irgendein ... Konstrukt oder ein Handlungselement ist, das man analysieren und bis zur Unterwerfung bearbeiten kann? Was wäre, wenn ich dir zeigen könnte, dass sie real ist? Greifbar. Sogar für jemanden, der so ... ›vorsichtig‹ ist wie du.«

»Beweisen?«, wiederhole ich ungläubig. Ein kurzes, verächtliches Lachen entfährt mir, bevor ich es unterdrücken kann. »Was genau schlägst du vor? Eine Feldstudie? Soll ich bis Ende der Woche eine Präsentation mit Statistiken und Balkendiagrammen erwarten?«

»Vielleicht«, schießt er ohne mit der Wimper zu zucken zurück, und sein Grinsen kehrt mit voller Wucht zurück. »Oder vielleicht etwas ... Erfahrungsbasierteres.«

»Erfahrungsbasierteres«, wiederhole ich trocken, denn anscheinend bin ich jetzt darauf reduziert, seinen Unsinn nachzuplappern. »Und was genau beinhaltet das? Romantische Schnitzeljagden? Abendessen bei Kerzenschein? Lange Spaziergänge am Strand, bei denen du mir Gedichte über Mondlicht und Schicksal vorträgst?«

»Könnte lustig werden«, sagt er. »Aber nein. Ich dachte an etwas Einfacheres. Eine Art Abmachung.«

»Auf gar keinen Fall«, sage ich sofort und setze mit endgültiger Geste die Kappe wieder auf meinen Stift. Was auch immer das ist, es muss aufhören, bevor es noch lächerlicher wird.

»Komm schon, Yates.« Sein Ton ist leicht, fast spielerisch, aber darunter lauert etwas – eine kaum verhüllte Herausforderung. »Tu mir den Gefallen. Wenn ich gewinne, musst du zugeben, dass du dich in Bezug auf die Liebe irrst. Nur ein einziges Mal. Laut. Mir gegenüber.«

»Und wenn ich gewinne?«, frage ich, hauptsächlich, um *ihm* den Gefallen zu tun.

»Dann schreibe ich Sophies gesamten Handlungsbogen um, wie auch immer du ihn haben willst. Ohne Widerworte.«

Ich kneife die Augen zusammen, suche in seinem Gesicht nach Rissen in seiner Rüstung, aber alles, was ich finde, ist Selbstvertrauen. Zu viel Selbstvertrauen. Es ist zum Verrücktwerden.

»Deine hypothetische Abmachung entbehrt jeder Logik oder Professionalität«, stelle ich fest und greife bereits nach meinen Notizen. »Daher lehne ich sie natürlich ab.«

»Natürlich«, wiederholt er, als hätte er bereits etwas gewonnen. Und irgendwie ist das ärgerlicher als alles, was er bisher gesagt hat.

»Du bist lächerlich«, sage ich trocken.

Eine Abmachung. Er will, dass ich eine *Abmachung* treffe. Als ob dieses Manuskript – dieses Projekt, das gefährlich zwischen Katastrophe und Rettung schwebt – nicht schon genug Druck wäre, ohne auch noch persönliche Einsätze hinzuzufügen.

Meine Gedanken rasen und spielen jede mögliche Konsequenz durch. Wenn ich Ja sage, lasse ich mich auf ihn ein, gebe ihm die Erlaubnis, uns noch weiter vom Kurs abzubringen – und wofür? Um irgendeinen abstrakten Punkt über die Liebe zu beweisen? Und doch ... wenn ich Nein sage, wird er sich dann noch mehr sperren? Wird Sophies Handlungsbogen derselbe fadenscheinige Mist bleiben, weil ich mich geweigert habe mitzuspielen?

»Du denkst darüber nach«, sagt er.

»Auf keinen Fall.« Ich schnappe die Worte instinktiv hervor, aber sie klingen hohl, sogar für mich selbst.

»Ganz sicher nicht«, sagt er mit seidenweicher Stimme. »Diese Sorgenfalte auf deiner Stirn? Hat damit absolut nichts zu tun. Wahrscheinlich denkst du nur über ... die richtige Kommasetzung nach.«

»Die Kommasetzung *ist* wichtig«, entgegne ich, weil es

einfacher ist, als die Wahrheit anzusprechen, die zwischen uns im Raum steht. Ich zögere. Herrgott, ich zögere tatsächlich.

Ich rede mir ein, dass es nur an der Deadline liegt. Das ist alles, worum es hier geht – die Geschichte muss überarbeitet werden, und wenn ich Rorys Spielchen mitspiele und ihn so zur Kooperation bewegen kann, ist es das vielleicht wert. Aber irgendwo, tief in der stillen Ecke meines Gehirns, die ich lieber nicht so oft besuche, blitzt ein anderer Gedanke auf: *Was, wenn er recht hat? In Bezug auf mich. In Bezug auf die Liebe. In Bezug auf alles, was ich jahrelang zynisch zerpflückt und abgetan habe.*

»Okay«, sage ich schließlich und ziehe das Wort in die Länge, während ich mich zwinge, seinem Blick standzuhalten. »Also pass auf, *Keane* – ich habe keine Zeit für welchen romantischen Komödien-Nebenstrang auch immer, in dem wir deiner Meinung nach gerade feststecken. Ich bin hier, um dein Buch zu retten, nicht, um deine Launen zu unterhalten.«

»Zur Kenntnis genommen«, sagt er, aber sein Grinsen weicht nicht. Wenn überhaupt, wird es breiter, unerträglicher. »Aber du hast nicht Nein gesagt.«

»Weil es unter meiner Würde ist, diesen Unsinn mit einer richtigen Antwort zu würdigen«, schieße ich zurück. »Und jetzt kehren wir zu dem Teil zurück, bei dem ich deine Karriere vor ihrem unausweichlichen Absturz bewahre, ja?«

»Ablenkung«, sinniert er und tippt sich mit einem Finger ans Kinn, als würde er ein Rätsel lösen. »Interessante Strategie, Yates.«

»Beobachtung«, kontere ich. »Offensichtlich nicht deine Stärke.«

Er lacht – ein leises, echtes Lachen, das die Stimmung sofort auflockert. »Du bist gut darin, weißt du. In diesem ganzen eiskalte-Lektorin-Ding. Sehr überzeugend. Hättest mich für eine Sekunde fast gehabt.«

»Schön zu sehen, dass du endlich schaltest.«

»Na schön, du hast gewonnen«, sagt er endlich. »Reden wir über das Manuskript. Vorerst.«

»Danke«, erwidere ich und kritzele bereits Notizen an den Rand der Seite vor mir. Meine Stimme ist ruhig, professionell, genau so, wie sie sein muss. Aber in meinem Hinterkopf hallen seine Worte nach, so beunruhigend wie unbestreitbar: *Du hast nicht Nein gesagt.* Er weiß es. Irgendwie weiß er, dass er mir unter die Haut gegangen ist, und schlimmer noch, er genießt es. Selbstgefälliger Mistkerl.

Das Café riecht nach gerösteten Kaffeebohnen und frisch gebackenen Croissants, aber der Lärmpegel ist fast ohrenbetäubend – zischende Milchaufschäumer, klirrende Tassen, jemand, der sein Gespräch mit aggressiven Schlägen eines Löffels auf eine Untertasse untermalt, und das Gemurmel unzähliger, sich überlagernder Gespräche. Ich dränge mich durch die Menge und weiche einem Typen mit einem Laptop-Bildschirm aus, der so groß ist, dass er auch als Heimkinoanlage durchgehen könnte. Mein Blick scannt den Raum, bis er auf Danny an unserem üblichen Ecktisch landet, der bereits grinst, als wüsste er etwas, was ich nicht weiß.

Und natürlich tut er das.

»Lara«, ruft er und hebt seine Tasse, als wäre er auf dem Oktoberfest. »Du siehst heute Morgen herrlich ... durchgeknallt aus.«

»Charmant«, sage ich und schlängele mich durch ein Labyrinth aus Stühlen und Ellbogen, um ihn zu erreichen.

»Nimm mir das nicht übel«, sagt er und beugt sich vor, als ich mich auf den Stuhl ihm gegenüber fallen lasse, »aber du siehst aus, als hättest du gerade zwölf Runden gegen einen defekten Drucker gekämpft und haushoch verloren.«

»Wow. Das ist ... inspirierend.« Ich streife meine Jacke ab und werfe sie über die Lehne meines Stuhls. »So schön zu wissen, dass mein bester Freund nebenberuflich als wandelnder Beleidigungsgenerator arbeitet.«

»Ich tue nur meine Bürgerpflicht«, witzelt er und gestikuliert theatralisch mit seiner Kaffeetasse. »Aber mal im Ernst ...« Sein Blick wandert zu meiner leicht schiefen Brille und dem zerzausten Dutt, der wackelig auf meinem Kopf thront. »Rory Keane, was? Der Mann, der Mythos, die ... Migräne?«

»Lass es«, ich hebe eine Hand, aber Dannys Grinsen wird nur breiter.

»Wie fühlt es sich an, mit dem literarischen Äquivalent eines menschlichen Golden Retrievers zu arbeiten?« Seine Stimme ist neckend, aber in seinen Augen blitzt es auf – dieses Funkeln, das verrät, dass er gleich in die Vollen gehen wird.

»Anstrengend«, antworte ich tonlos, obwohl ich das Lächeln, das sich auf meinen Lippen bildet, nicht unterdrücken kann. »Und zu deiner Information, Rory Keane ist eher ein ... hyperaktiver Border Collie als ein Golden Retriever. Aber danke für die Analyse.«

»Jederzeit«, erwidert Danny und verschränkt die Hände unter dem Kinn, als wolle er weise Ratschläge erteilen. »Ich meine, seien wir ehrlich, Lara. Du hast diesen ganzen ...« Er gestikuliert vage in meine Richtung und nimmt alles von meiner zerknitterten Bluse bis zum schwachen Tintenfleck auf meinem linken Handgelenk wahr. »*Überarbeitete-Lektorin-Chic* drauf. Das ist ehrlich beeindruckend. Ein wenig tragisch, aber beeindruckend.«

»Erinnerst du mich daran, warum ich dich in meiner Nähe behalte?«, frage ich und greife nach der Speisekarte, obwohl ich schon weiß, dass ich wie immer den gleichen schwarzen Kaffee bestellen werde.

»Weil ich dein nicht-schwuler-bester-Freund bin«, sagt er ohne mit der Wimper zu zucken. »Und ich hoffe, dass du dich eines Tages, wenn du dich entscheidest, sesshaft zu werden, für mich entscheidest.«

»Iiiih. Nein.«

»Ich würde mich auch mit einer lockeren Affäre zufriedengeben.«

»Doppel-Iiiih.«

»Okay, schön, weil du es tief im Innern liebst, wenn dir jemand die Wahrheit sagt, anstatt dich mit höflichen Lügen abzuspeisen. Gib es zu – ich bin dein Zyniker zur emotionalen Unterstützung.«

»Eher mein Kopfschmerz zur emotionalen Unterstützung«, entgegne ich, aber mein Lächeln verrät mich. Danny weiß genau, wie weit er gehen kann, und balanciert auf dem schmalen Grat zwischen zur Weißglut treibend und seltsam tröstlich mit der Präzision von jemandem, der das schon seit Jahren macht.

»Also? Raus damit. Wie schlimm ist Herr Border Collie?«

Ich seufze, als würde ich die Frustration eines Jahrzehnts auf einmal ausstoßen, und lasse mich gegen die Rückenlehne meines Stuhls sinken.

»Katastrophal ist noch milde ausgedrückt. Er ist bei Weitem nicht fertig. Abgesehen von ein paar genialen Kapiteln ist das, was er geschrieben hat, nicht mal gut genug, um es abgedroschenen Mist zu nennen, und ich glaube nicht, dass wir auch nur die geringste Chance haben, die Deadline einzuhalten. Gar kein Druck, was?«

»Kein bisschen«, sagt er fröhlich, nimmt seine Tasse und nippt daran. »Klingt für mich nach einem ganz normalen Dienstag für dich.«

»Außer, dass das nicht irgendein Dienstag ist«, entgegne ich und beuge mich vor, als ob die Nähe ihn irgendwie die Absurdität meiner Lage verstehen lassen könnte. »Das ist …

ein Rory-Keane-Dienstag, der übrigens jetzt offiziell eine eigene Stresskategorie in meinem Leben ist. Er schneit mit diesem dämlichen Lächeln herein ...«

»Charmanten Lächeln«, unterbricht Danny.

»Dämlichen«, beharre ich und funkle ihn an, während er in seinen Kaffee schmunzelt. »Und er ist nur so glatte Sprüche und müheloses Selbstbewusstsein. Währenddessen behandeln ihn alle oben, als hätte er persönlich die menschlichen Gefühle erfunden oder so. Und hier bin ich und soll, was? Auf magische Weise seine kreative Krise beheben, während ich nicht unter der Last der Erwartungen, die sie auf mich abgeladen haben, zusammenbreche? Klar. Absolut in Ordnung. Ich rette einfach mal so nebenbei den Tag wie eine Art Lektorats-Superheldin.«

»Das schaffst du schon, du schaffst es immer.«

»Danny, das ist mein Ernst. Der Typ ist ein Bestsellerautor. Seine Bücher werden verfilmt. Es gibt Fan-Accounts, die seinen Charakteren gewidmet sind. Heute Abend ist er für einen Rose Award nominiert. Und sein neustes Werk ist ... furchtbar.«

»Wollen wir jetzt wirklich so tun, als würdest du es nicht insgeheim genießen, das Chaos anderer Leute zu beseitigen? Denn ich meine, mich zu erinnern, dass du bei dem letzten Thriller, den du zerpflückt hast, regelrecht aus dem Häuschen warst.«

»Das war anders.« Ich schüttle den Kopf. »Das war ein Autor aus dem Mittelfeld, der, um fair zu sein, das Fundament schon gelegt hatte. Das hier ist Rory fucking Keane. Er ist praktisch der Hochadel des Verlagswesens. Und anscheinend bin ich die glückliche Bäuerin, die den Haufen polieren darf, den er abgeliefert hat, damit er seine Krone behalten kann.«

»Lara, Liebling«, sagt Danny und stellt seine Tasse mit einer theatralischen Geste ab, »du siehst das alles völlig falsch.«

»Ach ja?«, frage ich und ziehe eine Augenbraue hoch.

»Ja«, sagt er bestimmt. »Hör zu, ich versteh's ja. Großer Name, viel auf dem Spiel, bla, bla, bla. Aber das hier? Das ist dein Moment. Dein *Rampenlicht*. Du kannst dir *Rory Keane*, den internationalen König der Liebesromane, schnappen und der Welt wieder zeigen, warum Lara Yates die Lektorin ist, die jeder an seiner Seite haben will.« Er klopft zur Betonung auf den Tisch. »Du polierst nicht nur Scheißhaufen – du baust Throne. Das ist das Projekt, das deine Karriere in die Stratosphäre katapultieren wird.«

»Wow.« Ich blinzle ihn an, gefangen irgendwo zwischen Belustigung und Unglauben. »Das war vielleicht die dramatischste Motivationsrede, die du mir je gehalten hast.«

»Danke«, sagt er grinsend. »Aber mal im Ernst, hör auf, dich unter Wert zu verkaufen. Wenn jemand mit Rory Keane und seinen Scheißhaufen fertigwird, dann du. Nutz das. Zeig ihnen, was in dir steckt. Verdammt, zeig *ihm*, was in dir steckt.«

»Das«, sage ich und winke ab, »war fast schon inspirierend.«

»Fast?« Seine Augenbrauen schießen dramatisch in die Höhe. »Schätzchen, bei mir gibt es kein *fast*. Meine Motivationsreden sind reif für einen TED-Talk. Gib's zu – du fühlst dich schon gestärkt.«

»Gestärkt, um wegzulaufen und mich zu verstecken? Sicher.« Ich ziehe mich mit einem Schluck meines Kaffees zurück und lasse mich von seiner bitteren Wärme ablenken. »Hör zu, ich weiß deine ganze ›Hopp, hopp, Lara‹-Nummer zu schätzen, aber seien wir mal ehrlich. Ich bin kein kreatives Genie. Ich habe keine Vision oder eine Stimme. Ich bin nur eine Lektorin – eine glorifizierte Rechtschreibprüfung, die den Leuten gelegentlich sagt, dass ihre Wendungen in der Handlung scheiße sind.«

»Ah ja, die Bescheidenheitsnummer.« Danny verdreht die

Augen. »Erstens bist du nicht ›nur‹ irgendetwas. Und zweitens« – er beugt sich vor und senkt seine Stimme, als würden wir etwas Illegales aushecken – »hast du mehr Visionen als die Hälfte der Autoren, die du bemuttern musst. Glaub ja nicht, dass ich die ganzen Story-Ideen vergessen habe, die aus dir heraussprudeln, nachdem du ein, zwei Gläser Prosecco zu viel hattest.«

»Das sind keine … Das ist nichts. Nur … Ideen. Wort-Gekritzel, eigentlich. Nicht genug, um einen Roman zu tragen.«

»Siiiicher«, sagt er und zieht das Wort in die Länge, als würde er keine einzige Silbe glauben, die über meine Lippen kommt.

»Hör auf«, fahre ich ihn an, obwohl keine wirkliche Schärfe dahintersteckt. Hauptsächlich, weil er einen wunden Punkt getroffen hat.

»Schon gut, schon gut«, sagt er und hält die Speisekarte wie einen Schild hoch. »Aber eines Tages, merk dir meine Worte, wirst du aufhören, die Happy Ends anderer Leute zu überarbeiten, und anfangen, dein eigenes zu schreiben.«

»Wohl kaum«, sage ich, obwohl meine Stimme so sehr zittert, dass ich zusammenzucke.

Ich werfe einen Blick auf mein Handy und seufze. »Ich sollte zurück ins Büro. Ich muss noch ein paar Dinge erledigen, bevor heute Abend die RNA Awards sind. Nicht, dass ich Lust hätte hinzugehen.«

Danny wird hellhörig. »Nein? Kostenloser Wein und überenthusiastische Liebesromanautoren sind kein ausreichender Anreiz?«

Ich schüttle den Kopf. »Ich würde lieber arbeiten. Uns läuft die Zeit davon. Und Rory sollte tief in seinem Manuskript vergraben sein, anstatt sich mit Bookstagrammern zu präsentieren.«

Danny summt nachdenklich und grinst dann. »Komisch.

Du redest die ganze Zeit davon, dass du dich konzentrieren musst, und doch denkst du irgendwie nur an ihn.«

Ich schnaube, stehe auf und schnappe mir meinen Mantel. »Auf Wiedersehen, Danny.«

Er hebt lachend die Hände zur Kapitulation. »Viel Spaß heute Abend! Oder tu wenigstens so.«

SECHS

Der Champagner ist lauwarm, die Beleuchtung aufdringlich stimmungsvoll, und ich überlege gerade, ob es verpönt wäre, den gesamten Inhalt meiner Flöte auf einen Zug zu leeren.

Denn ich bin bei den RNA Awards, der glamourösesten Veranstaltung der Branche, die nur dem gegenseitigen Schulterklopfen dient, bei der sich Liebesromanautoren, Lektoren und PR-Teams im Grosvenor House Hotel versammeln, um die Besten der Besten zu feiern. Und mit »feiern« meine ich, dass wir uns volllaufen lassen, während wir so tun, als wäre es uns egal, wer gewinnt.

Scott & Drake hat einen erstklassigen Tisch in der Nähe der Bühne, was bedeutet, dass wir *technisch gesehen* wichtig sind. Das Marketing-Team summt nur so vor Vorfreude, halb beobachten sie die anderen Tische, um zu sehen, wer hier ist, halb entwerfen sie im Kopf schon die morgigen Social-Media-Posts mit den Worten: »Herzlichen Glückwunsch an unseren Rory Keane!«. Denn, seien wir mal ehrlich, er wird gewinnen.

Und wo wir gerade von dem Mann selbst sprechen –

»Oh, sieh dich nur an.« Rory lässt sich auf den Stuhl

neben mir gleiten, sein Ausdruck ist heiter und amüsiert. »Miss Yates, du strahlst heute Abend ja förmlich.«

Ich blicke von meiner Speisekarte auf – ein absolut sinnloses Dokument, denn wir alle wissen, dass diese Veranstaltungen zu neunzig Prozent aus Canapés und zu zehn Prozent aus zerplatzten Träumen bestehen.

»Du hast dich aber auch ganz schön in Schale geworfen«, erwidere ich. »Ein echter Smoking. Ich bin beeindruckt. Hat dich jemand da hineingezwängt oder hast du einfach nur eine Wette verloren?«

Er grinst und fährt sich mit einer Hand durch seinen widerspenstigen Haarschopf. Das Stimmungslicht fällt auf die markanten Züge seines Kiefers, und für eine kurze, entsetzliche Sekunde wird mir klar, dass ich ihn – objektiv betrachtet – vielleicht attraktiv finden würde, wenn ich nicht so genau mit seiner nervtötenden Persönlichkeit vertraut wäre. Sehr attraktiv.

Zum Glück *bin* ich damit vertraut.

»Ich habe es ganz allein geschafft, mich anzuziehen, sogar die Fliege. Eine echte, wohlgemerkt.« Er grinst.

Ich verschränke die Arme und mustere ihn mit gespielter Bewunderung. »Unglaublich. Wirklich bahnbrechend. Haben sie schon angerufen, um dir dein Abzeichen als ›hoffnungslos zerzauster Schriftsteller‹ abzuerkennen, oder darfst du es aus sentimentalen Gründen behalten?«

»Lebenslanges Mitglied, und es gibt tatsächlich ein Abzeichen. Ich habe es hier irgendwo.« Rory klopft seine Taschen ab, um es zu finden …

»Sehr gut.« Ich stelle mein Glas ab und blicke mich im Ballsaal um. »Magst du solche Veranstaltungen?«

»Nur, wenn ich gewinne«, sagt er leichthin. »Nichts schreit so sehr nach *objektivem künstlerischem Wert* wie tausend Leute im Smoking, die für das Buch klatschen, das dieses Jahr das meiste Geld eingebracht hat.«

Ich muss kurz lachen. »Wetten, du hast schon eine Rede und alles vorbereitet?«

»Nun«, er beugt sich vor, seine Stimme ist warm und spitzbübisch, »wir wollen doch die Fans nicht enttäuschen, oder?«

Ich verdrehe die Augen, aber die Art, wie er mich ansieht – eine Mischung aus leichter Belustigung und etwas anderem, das ich nicht ganz einordnen kann –, hat etwas an sich.

Bevor ich es herausfinden kann, richtet sich Rory auf und blickt zum Eingang. »Ich werde eine Runde drehen, bevor es losgeht«, verkündet er und schiebt seinen Stuhl zurück. »Versuch, mich nicht zu sehr zu vermissen.«

Ich lege den Kopf schräg. »Ich werde mein Bestes geben.«

Und damit verschwindet er in der Menge.

Sobald er weg ist, wende ich mich wieder meinem Champagner zu und versuche, ein normaler, funktionierender Erwachsener zu sein, indem ich Höflichkeiten mit dem PR-Team austausche – die alle neu in der Firma und, dem Anschein nach, ungefähr vierzehn Jahre alt sind.

Bis mein Blick auf der anderen Seite des Ballsaals an ihm hängen bleibt.

Genauer gesagt, an der Person, mit der er spricht.

Auf den ersten Blick ist es nichts Ungewöhnliches – nur Rory, ganz Charme und Lässigkeit, der sich mit einer jungen Frau an einem der Tische eines konkurrierenden Verlags unterhält.

Aber dann –

Dann sehe ich sie lachen, eine Hand auf seinen Arm legend, mit großen, bewundernden Augen.

Ah.

Ich weiß genau, wer sie ist.

Alice Morgan. Die Debütautorin im Bereich Dark Romance. Eine virale Sensation. Ihr Buch – ein schmutziges, dramatisches, bei TikTok umschwärmtes Werk – ist für den Preis für den Debütroman des Jahres nominiert. Jeder Verlagsleiter will ein Stück von ihr. Einschließlich, so scheint es, Rory Keane.

Ich schaue weg. Denn das hier? Das geht mich nichts an.

Er ist ein Bestsellerautor. Er kann flirten, mit wem er will.

Und doch –

Da ist ein kleines, nerviges Zucken in meiner Magengegend.

Es ist keine Eifersucht. Offensichtlich. Es ist nur ... es ist unprofessionell. Das ist alles.

Er sollte hier sein, am Tisch seines eigenen Verlags. Nicht da drüben, wo er der Konkurrenz seine Grübchen zeigt.

Ich wende meine Aufmerksamkeit demonstrativ wieder meinem Tisch zu. Das PR-Team von Scott & Drake unterhält sich über Verkaufszahlen, völlig ahnungslos über meine plötzliche und *völlig ungerechtfertigte* Verärgerung.

Die Lichter werden gedimmt, was den Beginn der Zeremonie signalisiert. Ich werfe einen letzten Blick zurück.

Rory ist immer noch da drüben.

Und als der Moderator uns bei den Romantic Novelists' Association Awards willkommen heißt, als sich alle hinsetzen, um zuzusehen, als er hätte zurückkommen können, um sich neben mich zu setzen –

Tut er es nicht.

Er bleibt.

Sitzt direkt neben ihr.

Ich nippe an meinem Champagner und tue so, als wäre es mir egal.

In dem Moment, als Rorys Name als Gewinner für den Liebesroman des Jahres bekannt gegeben wird, bricht der Raum in Applaus aus.

Ich klatsche natürlich – denn, nun ja, das tut man eben so, und das ist gut für Scott & Drake –, aber mein Gesichtsausdruck ist vollkommen neutral.

Rory zeigt unterdessen sein typisches Grinsen, als er sich

von seinem Stuhl erhebt. Und wer hätte es gedacht? Die Debütautorin neben ihm funkelt ihn förmlich vor Bewunderung an und gibt ihm eine enthusiastische, lange Umarmung, bevor er sich auf den Weg zur Bühne macht.

Natürlich tut sie das.

Ich nippe an meinem Champagner. Überhaupt nicht gereizt.

Die Rede ist klassisch Rory – charmant, selbstironisch und genau die richtige Dosis Gefühl. Er dankt seinen Lesern, seinem Agenten, seinen Lektoren (im Plural, natürlich, was ich bewusst nicht überbewerte) und endet dann mit einer großen Bemerkung darüber, wie Liebesgeschichten uns zusammenbringen.

Das Publikum frisst es ihm aus der Hand.

Dann, mit dem Preis in der Hand, macht er sich endlich auf den Weg zurück zu unserem Tisch.

Zu mir.

Das Team überschüttet ihn mit Glückwünschen, als er bei uns ankommt, und jeder will sich im Glanz des Sieges sonnen. Ich rühre mich nicht von meinem Platz, habe die Arme locker verschränkt, und mein Champagnerglas ist immer noch halb voll.

»Mehrfach preisgekrönter Autor Rory Keane«, sagt er und neigt seine Trophäe leicht in meine Richtung, wobei seine Stimme einen neckischen Unterton hat. »Man kann wohl mit Recht sagen, dass ich ein Fan von solchen Veranstaltungen bin.«

»Natürlich bist du das«, sage ich trocken.

Er grinst, als würde er erwarten, dass ich ihm schmeichle, viel Aufhebens mache oder – Gott bewahre – beeindruckt aussehe.

Stattdessen hebe ich eine Augenbraue.

»Schön, dass du dich wieder zu uns gesellst«, sage ich geschmeidig und deute vage auf den Tisch, an dem er den größten Teil der Zeremonie verbracht hat. »Mir war nicht klar, dass Scott & Drake nur ein Zwischenstopp in deinem Terminkalender war.«

Die Wärme in seinen Augen flackert auf.

Ah. Das ist angekommen. Gut.

Er fängt sich natürlich schnell wieder – er ist schließlich Rory Keane, der Profi-Charmeur –, aber ich kenne den Unterschied zwischen seinem echten und seinem aufgesetzten Lächeln.

Dieses hier? Ein wenig gezwungen.

»Ach komm schon, Yates«, sagt er leichthin und rückt die Trophäe in seiner Hand zurecht. »Ich hätte dich nicht für den eifersüchtigen Typ gehalten.«

Ich blinzle. »Eifersüchtig?«

Er beugt sich leicht vor, seine Stimme wird gerade so leise, dass nur ich ihn hören kann. »Denn wenn du es bist, wäre das sehr interessant.«

Ich schnaube. Denn Schnauben ist würdevoll.

»Rory«, sage ich in scharfem Ton. »Es ist mir egal, wo du sitzt.«

»Richtig«, nickt er langsam. »Deshalb sprichst du es auch an.«

»Ich spreche es an«, sage ich, »weil es kein gutes Bild abgibt, wenn ein Autor seinen eigenen Verlag am wichtigsten Abend des Jahres für die Branche ignoriert. Keine tolle PR-Aktion.«

Er beobachtet mich, seine grünen Augen sind undurchschaubar.

Dann, gerade als ich denke, ich hätte diesen Kampf, was auch immer es sein mag, gewonnen, kräuseln sich seine Lippen zu einem wissenden Grinsen.

»Du denkst, sie hat mit mir geflirtet«, sagt er.

Ich erstarre. Der Mistkerl genießt das.

»Sie *hat* mit dir geflirtet«, erwidere ich tonlos.

Er legt den Kopf schief. »Hat sie das?«

Ich werfe ihm einen wütenden Blick zu. »Oh, stell dich nicht dumm, Rory. Die Hand auf dem Arm, das gehauchte Lachen, die rehbraunen, schmachtenden Blicke – wie aus dem Lehrbuch.«

Sein Grinsen wird breiter. »Und das alles ist dir aufgefallen?«

Mein Kiefer spannt sich an. Er ist unmöglich.

»Entspann dich«, sagt er schließlich, immer noch mit deutlicher Belustigung in der Stimme. »Sie steht nicht auf mich.«

»Ach, bitte.«

»Sie ist verheiratet.«

Das lässt mich innehalten.

»Mit einer liebenswerten Frau namens Jessica, die zufälligerweise Bausachverständige ist.«

Ich blinzle.

Er beugt sich wieder vor, seine Stimme ist jetzt sanfter, ohne den neckischen Unterton. »Sie ist eine meiner Autorinnen. Ich habe vor vier Jahren eine Online-Schreibgruppe für Liebesromane gegründet, und sie war eine meiner ersten Schülerinnen. Ich wollte sie heute Abend nur unterstützen.«

Etwas in meiner Brust zieht sich zusammen.

Für eine kurze, flüchtige Sekunde fühle ich –

Oh nein. Absolut nicht.

Ich weigere mich, dieses unwillkommene Gefühl, das sich in mir breitmacht, anzuerkennen.

Stattdessen zwinge ich mich zu einem beiläufigen Schulterzucken. »Na dann. Gut für sie.«

Er beobachtet mich noch eine Sekunde länger – als ob er überlegte, ob er die Sache weiterverfolgen soll oder nicht –, doch dann lässt er es gut sein und wechselt plötzlich das Thema.

»Weißt du, was es bei dieser Veranstaltung nicht gibt?«, sagt er und hebt seinen Preis leicht an. »Anständiges Essen.«

Ich schnaube. »Einverstanden. Es ist eine dreistündige Zeremonie, und alles, was sie uns gefüttert haben, war eine traurige, hauchdünne Scheibe Rindfleisch, zwei Bratkartoffeln von der Größe von Radieschen und einen Löffel Soße.«

Sein Grinsen kehrt zurück, doch diesmal ist es sanfter. »Lass uns etwas essen gehen.«

Ich ziehe eine Augenbraue hoch. »Fragst du mich schon wieder nach einem Date, Keane?«

»Nein.« Er grinst. »Kein Date. Nur zwei Kollegen, die gemeinsam unter dem durch Kanapees verursachten Hunger leiden und eine Mahlzeit zu sich nehmen.«

Ich zögere.

Dann, bevor ich zu sehr darüber nachdenken kann, nicke ich. »In Ordnung.«

Denn es ist kein Date.

Es ist nur Essen.

Und ich bin ausgehungert.

Rory wählt ein Café, das bis spät in die Nacht geöffnet hat, zwei Straßen weiter, die Art von Ort, die für Taxifahrer und Touristen mit Jetlag nach Mitternacht offenbleibt. Alles ist in Neonlicht getaucht, Resopal-Theken und im Hintergrund das leise Dröhnen von House-Musik, die irgendwo spielt.

Ich rede mir ein, dass der Ort nicht wichtig ist.

Denn es ist *kein* Date.

Die Kellnerin führt uns zu einer ruhigen Nische in der Ecke, und in dem Moment, in dem ich mich hinsetze, spüre ich es – die *winzigste* Veränderung in der Luft zwischen uns. Vielleicht ist es nur der Kontrast zwischen dem lauten, champagnergetränkten Chaos der RNA Awards und der relativen Ruhe des Restaurants. Vielleicht liegt es daran, dass ich nach Stunden in zu hohen Absätzen endlich sitze. Vielleicht ist es auch gar nichts.

Aber Rory beobachtet mich, wie ich die Speisekarte

aufhebe, sein Blick verweilt auf eine Weise, die ich nicht ganz ignorieren kann.

Ich räuspere mich, brauche irgendetwas – *irgendetwas* –, um die seltsame Spannung zu durchbrechen, die sich breitmacht. »Wenn du auch nur andeutest, etwas zu bestellen, das weniger als tausend Kalorien hat, gehe ich.«

Er lacht leise auf und überfliegt die Speisekarte. »Würde mir nicht im Traum einfallen. Ich denke an Steak. Pommes. Vielleicht eine Portion Zwiebelringe als Beilage. Etwas, das sich tatsächlich als Mahlzeit *qualifiziert*.«

Ich nicke zustimmend. »Gute Wahl.«

Die Kellnerin kommt zurück, nimmt unsere Bestellung auf und lässt einen Krug Wasser und zwei Gläser auf dem Tisch stehen. Ich schenke uns beiden ein, nur um etwas zu tun zu haben.

»Also«, sagt Rory und lehnt sich in der Ledernische zurück. »Du wirst es also wirklich nicht zugeben?«

Ich blicke auf. »*Was* zugeben?«

»Dass du ein kleines bisschen eifersüchtig warst.«

Ich stoße ein Geräusch hinten in meiner Kehle aus – irgendwo zwischen einem Schnauben und einem Stöhnen. »Rory.«

»Was? Es ist eine einfache Frage.«

»Und eine *lächerliche*.«

Er grinst. »Du warst irritiert.«

Ich nippe langsam an meinem Wasser. »Ich war *gelangweilt*.«

»Du hast *wütend gestarrt*.«

»Ich habe *gewartet*, dass die Zeremonie anfängt.«

Er summt, eindeutig nicht überzeugt, lässt es aber gut sein.

Die Kellnerin bringt unser Essen – barmherzigerweise schnell – und für eine Weile essen wir in relativem Schweigen. Es ist... tatsächlich *schön*. Ich hatte nicht gemerkt, wie hungrig ich war, bis ich den ersten Bissen meines Steaks nahm, und ich gebe mir nicht die Mühe, etwas anderes vorzutäuschen.

Rory bemerkt es.

»Du siehst *sehr* ernst aus bei dieser Mahlzeit«, bemerkt er amüsiert.

Ich zeige mit meinem Messer auf ihn. »Ich habe gerade drei Stunden erzwungenen Branchen-Smalltalk ertragen, während unser Starautor mit unserer größten Konkurrenz geflirtet hat. Ich *verdiene* diese Mahlzeit.«

Er kichert und schneidet in sein eigenes Steak. »Kein Flirten.«

»Das sagst du *immer wieder*.«

Sein Blick schnellt wieder zu mir, jetzt sanfter. »Ich würde mich sowieso lieber mit dir unterhalten.«

Es ist so eine einfache Bemerkung. Fast *beiläufig*. Aber sie *trifft* mich an einer Stelle, wo sie es nicht sollte, und sendet eine Welle der Wärme durch mich.

Ich rutsche leicht auf meinem Stuhl hin und her und versuche, meinen Puls zu beruhigen. »Tja. Schätze dich glücklich, mehrfach preisgekrönter Autor Rory Keane.«

»Oh, das tue ich«, sagt er leichthin.

Und einfach so kommt das Gespräch ins Fließen.

Wir reden über die Veranstaltung, über die Branche, über den neuesten Klatsch und Tratsch aus der Verlagswelt. Er erzählt mir, wie er vor Jahren zum ersten Mal eingeladen wurde und wie *entsetzliche* Angst er hatte, einen Raum voller Autoren zu betreten, die er bewunderte. Ich teile eine besonders peinliche Anekdote von dem Mal, als ich versehentlich einen *Debüt*-Autor jemandem als einen *verstorbenen* Autor vorgestellt habe.

»Zu meiner Verteidigung«, sage ich, »sein Name *klang* einem Dichter aus dem 19. Jahrhundert sehr ähnlich.«

Rory lacht – *richtig* lacht –, so sehr, dass er seine Gabel ablegen muss, und ich ertappe mich dabei, wie ich *lächle*, noch bevor ich es überhaupt merke.

Es ist einfach.

Es ist *zu* einfach.

Und genau deshalb spüre ich plötzlich, als die Teller abgeräumt werden und die Rechnung kommt, ein *Störgefühl* in meinem Hinterkopf. Eine *Alarmglocke*, leise, aber eindringlich.

Rory beugt sich leicht vor, die Ellbogen auf dem Tisch. »Also?«

Ich blinzle. »Also ... was?«

»Wirst du es sagen?«

Ich runzle die Stirn. »*Was* sagen?«

»Dass sich das wie ein Date *angefühlt* hat.«

Ich wackle mit dem Finger. »Es *war* kein Date.«

»Aber es hat sich wie eins *angefühlt*«, hakt er nach.

Ich verdrehe die Augen. »Du bist unausstehlich.«

Er grinst. »Und trotzdem bist du noch hier.«

Kein Date, ermahne ich mich. *Nur Essen. Nur ein Essen unter Kollegen.*

Und doch –

Ich werde das Gefühl nicht los, dass sich *etwas* verändert hat.

Die Nachtluft ist kühl, als wir aus dem Restaurant treten, eine willkommene Erleichterung nach der Wärme der Brasserie. Die Straßen sind jetzt ruhiger, abgesehen von gelegentlich vorbeisausenden Taxis und dem leisen Summen von spätabendlichen Gesprächen aus den nahegelegenen Bars. Ich schlinge meinen Mantel enger um mich und hoffe, dass die frische Luft meinen Kopf freimacht.

Rory schiebt die Hände in die Hosentaschen und geht in entspanntem Tempo neben mir her. Ausnahmsweise füllt er die Stille nicht mit spöttischen Bemerkungen oder selbstgefälligen Beobachtungen, und ich weiß nicht, ob das diesen Moment besser oder schlechter macht.

Ich werfe ihm einen verstohlenen Blick zu. Er hat wieder diesen Blick drauf – der, der andeutet, dass er über etwas *nachdenkt*. Ein *nachdenklicher* Rory Keane ist gefährlich.

Ich halte meine Stimme neutral. »Du bist verdächtig leise.«

Er lacht leise auf. »Ich genieße nur den Augenblick.«

Ich kneife die Augen zusammen. »Lügner.«

»Na gut.« Er legt den Kopf schief und überlegt. »Ich habe über etwas nachgedacht, was du vorhin gesagt hast.«

»Oh Gott«, stöhne ich. »Was jetzt?«

Er bleibt stehen und dreht sich leicht zu mir um. »Drinnen am Tisch, als du sagtest, du hättest dir das Essen *verdient*.«

Ich runzle die Stirn, überrumpelt. »Was ist damit?«

»Du sagtest, du hättest den Abend damit verbracht, mir dabei zuzusehen, wie ich mich durch den Raum geflirtet habe.« Er hält inne, seine Augen suchen meine. »Hat es dich wirklich *gestört*?«

»Ich habe dir doch gesagt, das sendet die falschen Signale an die Branche.«

»Darum geht es mir nicht.«

Ich trete von einem Fuß auf den anderen, mein Puls ist plötzlich *zu* laut in meinen Ohren. »Ich war nicht direkt *gestört*. Es war …«, ich mache eine vage Handbewegung, um Zeit zu schinden. »Andere hätten es als Zeichen deuten können, dass du mit deinem jetzigen Verlag nicht zufrieden bist. Sei nicht überrascht, wenn dein Agent dich morgen mit ein paar Angeboten von interessierten Parteien anruft.«

Er summt unüberzeugt. »Genau. *Interessierte Parteien.*«

Ich seufze entnervt. »Rory.«

Seine Lippen zucken. »Du *warst* genervt.«

Ich verschränke die Arme. »Du *hast* dein Team *sitzen lassen*, um dich zu jemand anderem zu setzen.«

»Für fünf Minuten«, kontert er und tritt näher. »Und seien wir mal ehrlich – es geht hier nicht um Scott & Drake, oder?«

Ich antworte nicht.

Weil ich es nicht *kann*.

Weil ich es nicht *weiß*.

Er beobachtet mich, wartet.

Und plötzlich *hasse* ich ihn dafür. Dafür, dass er immer zwischen den Zeilen liest. Dafür, dass er immer drängt, stichelt, mich irritiert, bis ich nicht mehr weiß, wo oben und unten ist.

Ich wende den Blick ab und zwinge meine Stimme, unbeschwert und distanziert zu klingen. »Es ist egal.«

Aber tief im Inneren ist es das nicht.

Das ist nicht *nur* beiläufiges Geplänkel. Es ist nicht *nur* freundschaftliches Necken.

Es ist ein langsames, gefährliches Abgleiten in etwas völlig anderes.

Und plötzlich mache ich mir Sorgen. Wenn er mich nach einem richtigen Date fragt ... bin ich mir nicht sicher, wie ich antworten würde.

SIEBEN

Ich würde gerne ein ernstes Wörtchen mit dem Sadisten reden, der es für eine gute Idee hielt, eine Preisverleihung an einem Abend unter der Woche zu organisieren.

Als ich den Konferenzraum erreiche, habe ich es geschafft, mich davon zu überzeugen, dass letzte Nacht einfach nur zwei Kollegen waren, die die Gesellschaft des anderen genossen haben. Oder ich habe mich zumindest mit mir selbst darauf geeinigt, alle gegenteiligen Gedanken in eine saubere kleine Kiste mit der Aufschrift *Nicht vor der Veröffentlichung öffnen* zu stecken.

Der hämmernde Katerschädel erweist sich jedoch als besonders widerwillig, eingepackt zu werden, und macht es sich stattdessen auf dem bequemen Stuhl direkt über meiner linken Augenhöhle gemütlich, womit er klarmacht, dass er vorhat, länger zu bleiben, und es für alle Beteiligten besser wäre, sich einfach verdammt noch mal mit dem Gedanken abzufinden.

Ich rücke meine Brille zurecht, streiche meine Jacke glatt und atme tief durch, bevor ich eintrete.

Und da ist er. Rory Keane. Gewinner des Preises für den

Liebesroman des Jahres. Der Mann, der Liebesgeschichten schreibt, die erwachsene Frauen zum Weinen bringen. Wenn Selbstvertrauen eine Währung wäre, wäre er Milliardär.

»Guten Morgen«, sage ich und zwinge meine Stimme in einen Tonfall, der einer professionellen Neutralität ähnelt.

»Morgen«, erwidert Rory, seine Stimme warm und sanft, als spräche er für eine Kaffeewerbung vor. »Ich war nicht ganz sicher, ob du zurückkommen würdest.«

»Tja«, sage ich, stelle meinen Laptop auf den Tisch und achte auf zügige Bewegungen, »die Wahrheit ist, ich bin nur hier, weil mich jemand dafür bezahlt.«

Sein Grinsen wird breiter, völlig unbeeindruckt von dem Seitenhieb. Natürlich ist er das nicht. Rory Keane ist in seinem Leben wahrscheinlich noch keiner Situation begegnet, in der Charme nicht sofort jegliche Spannung neutralisiert hätte.

»Lass mich raten«, sagt er, »du hast bereits alle Notizen von gestern in einer Stichpunktliste zusammengefasst, die alles enthält, was ich korrigieren muss, nicht wahr?«

Ich nicke.

»Und darauf sollen wir uns heute konzentrieren, aber ein kleiner Teil von dir kann nicht ganz aufhören, an unsere Abmachung zu denken.«

»Da liegst du so was von falsch. Na ja, nicht mit den Stichpunkten. Davon habe ich jede Menge«, erwidere ich und begegne seinem Blick mit einem ebenso festen. »Also, wenn wir mit dem Geplänkel fertig sind, schlage ich vor, wir kommen direkt zur Sache.«

»Kann es kaum erwarten«, sagt er, seine Augen funkeln belustigt.

Ich setze mich, entschlossen, den letzten Rest an Autorität zu bewahren, den ich aufbringen kann. Das ist nur ein weiteres Meeting, sage ich mir. Ein weiteres Projekt. Ein weiterer Kunde. Es spielt keine Rolle, dass er geradezu vor

Charisma trieft oder dass mehr als nur ein kleiner Teil von mir dachte: *Was wäre, wenn ...* Es hilft auch nicht wirklich, dass Dannys Worte über Throne und Könige und, um ehrlich zu sein, polierte Kackhaufen, mir immer noch im Kopf herumspuken. Was zählt, ist, Professionalität zu wahren. Kontrolle. Distanz.

»Sollen wir anfangen?«, frage ich, klappe meinen Laptop auf und sehe dabei absichtlich nicht sein nervtötend perfektes Lächeln an.

»Unbedingt«, sagt Rory in seinem gewohnt unbekümmerten Ton. »Hier ist die Sache, Lara. Ich habe einen Vorschlag.«

Die Art, wie er »Vorschlag« sagt, lässt mich die Augen am liebsten so weit nach hinten verdrehen, dass ich mein eigenes Gehirn sehen könnte. Stattdessen rücke ich meine Brille zurecht und werfe ihm den leeren Blick zu, der schon weniger bedeutende Autoren dazu gebracht hat, ganze Kapitel umzuschreiben.

»Einen Vorschlag«, wiederhole ich tonlos. »Klingt ja ominös.«

»Nicht ominös. Inspiriert.« Er setzt sich auf, trommelt leicht mit den Fingern auf den Tisch. »Ich brauche deine Hilfe bei einer Recherche.«

»Wofür? Ein neues Buch? Oder planst du jetzt, auf investigativen Journalismus umzuschwenken?«

»Witzig«, sagt er und schenkt mir ein weiteres Megawatt-Lächeln. »Nein, es ist für *dieses* Buch. Das, das du gerade mit der Begeisterung von jemandem lektorierst, der gezwungen wird, IKEA-Möbel ohne Anleitung aufzubauen.«

»Lektorieren ist mein Job«, erwidere ich kühl und ignoriere den Seitenhieb. »Und zufälligerweise bin ich sehr gut darin.«

»Natürlich bist du das«, sagt er, »aber es geht hier nicht

ums Lektorieren. Es geht um Authentizität. Darum, die Geschichte aufzuwerten. Die Charaktere. Die Romantik.«

»Stimmt, denn wenn diesem Buch eins fehlt, dann ist das ja wohl Authentizität.«

»Genau!«, Er schnippt mit den Fingern. »Deshalb musst du mit mir ausgehen.«

Ich blinzle. »Wie bitte?«

»Ein Date«, wiederholt er, als sei das der vernünftigste Vorschlag der Welt. »Weißt du – für die Recherche.«

»Recherche?«

»Ja. Recherche.« Er lehnt sich wieder vor, so nah, dass ich den schwachen Duft seines Aftershaves wahrnehme – etwas Warmes, Holziges und wahnsinnig Ablenkendes. »Wenn ich überzeugend darüber schreiben soll, wie man sich verliebt, muss ich es erleben. Oder zumindest ... vortäuschen. Und mit wem könnte ich das besser vortäuschen als mit meiner brillanten, brutal ehrlichen Lektorin? Du wirst mich auf dem Boden der Tatsachen halten, mir sagen, wenn ich lächerlich bin, und – als Bonus – weißt du bereits, wie man jeden einzelnen meiner Fehler auseinandernimmt. Es ist perfekt.«

»Perfekt«, wiederhole ich, meine Stimme von Skepsis durchzogen. »Abgesehen von dem Teil, wo das nicht passieren wird.«

»Warum nicht?«, fragt er, völlig unbeeindruckt von meiner Antwort. »Du musst es nicht einmal ein Date nennen, wenn du dich damit besser fühlst. Wir können es ... eine Exkursion nennen.«

»Rory«, sage ich und presse mir die Finger auf den Nasenrücken. »Das ist lächerlich, selbst für dich.«

»Ist es das?«, kontert er, sein Gesichtsausdruck plötzlich auf eine Weise ernst, die mich überrumpelt. »Denk mal drüber nach, Lara. Wie kann ich über Liebe schreiben – echte, chaotische, komplizierte Liebe –, wenn ich nicht darin eintauche?

Wenn ich keine Risiken eingehe? Sagen wir das nicht immer zu Autoren? Schreib, was du kennst?«

»Ja, aber im Allgemeinen meinen wir damit nicht: ›Geh und bedränge deine Lektorin, für Spaß und Profit einen romantischen Abend zu simulieren.‹«

»Komm schon«, drängt er, als er den kleinsten Riss in meiner Entschlossenheit spürt, und sein Grinsen kehrt zurück. »Es wird ein professionelles Treffen. Genau wie gestern Abend. Nicht mehr. Nur zwei Kollegen, die zu Abend essen – oder Kaffee trinken, oder was auch immer du willst – und über die Liebe reden. Nur zu Forschungszwecken.«

»Hörst du dir eigentlich gerade selbst zu? Merkst du überhaupt, wie absurd das klingt?«

»Vielleicht. Aber das ist die Liebe auch, findest du nicht? Und ist es nicht genau das, was wir versuchen einzufangen? Die Absurdität. Die Unvorhersehbarkeit. Die ... Chemie.«

»Chemie«, spotte ich, obwohl das Wort länger als es sollte irgendwo in meinem Hinterkopf verweilt.

»Genau«, sagt er und senkt seine Stimme gerade so weit, dass es sich wie ein Geheimnis anfühlt, das nur für mich bestimmt ist. »Also, was sagst du?«

»Ich sage, du solltest deinen Ansatz für kreative Inspiration überdenken«, erwidere ich. Meine Antworten fühlen sich unter der Last seines Blicks merkwürdig fadenscheinig an, und ich hasse es. Ich hasse, wie er es irgendwie schafft, selbst die lächerlichsten Ideen fast plausibel klingen zu lassen. Fast.

»Denk einfach darüber nach«, sagt er. »Kein Druck. Keine Erwartungen. Nur ein Experiment. Für eine großartige Geschichte.«

»Na schön. Ein Drink«, sage ich. Die Worte verlassen meinen Mund, bevor ich den Verrat meiner eigenen Stimme vollständig verarbeitet habe. »Aber rein beruflich. Um des Buches willen und sonst nichts. Das ist ganz sicher kein Date, also keine Spirenzchen.«

Rorys Grinsen wird breiter, langsam und selbstgefällig, als hätte er gerade eine Wette gewonnen, von der niemand sonst wusste. »Spirenzchen? Ich?«

»Ich meine es ernst, Rory«, fahre ich ihn an und zeige zur Betonung mit dem Finger in seine Richtung. »Das ist für die Recherche. *Deine* Recherche. Denk nicht eine Sekunde, dass das hier – was auch immer das ist – irgendetwas anderes bedeutet.«

»Streng beruflich. Wie zwei Kollegen, die ... ein immersives kreatives Erlebnis teilen.«

»Du klingst wie eine prätentiöse Broschüre einer Kunsthochschule.«

»Hey, ich mache die Regeln nicht«, sagt er mit einem Achselzucken und greift nach seinem Mantel von der Stuhllehne. »Ich folge nur dorthin, wohin die Inspiration mich führt. Komm schon, es ist Freitagabend. Wir fangen sofort an.«

Die Bar, die er auswählt, ist zum Verrücktwerden charmant, mit warmem Licht und alten Holzakzenten. Es ist die Art von Ort, die sich sowohl intim als auch zwanglos anfühlt, mit leise im Hintergrund summendem Jazz und flackernden Kerzen auf jedem Tisch. Natürlich würde Rory einen Schauplatz wählen, der direkt aus einer Nicholas-Sparks-Verfilmung gerissen scheint.

»Lass mich raten«, sage ich, als wir in eine Nische in der Ecke schlüpfen, »du bringst all deine ›Forschungsprojekte‹ hierher?«

»Nur die besonderen«, erwidert er geschmeidig.

»Was für ein Glück für mich«, sage ich ausdruckslos und nehme die Karte zur Hand. Ich überfliege sie und konzentriere mich auf die winzige Schrift, als ob sie den Schlüssel enthielte, um diese Nacht mit intakter Würde zu überstehen.

»Keine Sorge«, sagt er. »Ich verspreche, nicht zu beißen. Außer natürlich, es dient der Authentizität.«

Ich senke die Karte gerade so weit, dass ich ihn über den Rand hinweg böse anfunkeln kann. »Redest du immer so, oder nur, wenn du versuchst, mich zu irritieren?«

»Würde mir nicht im Traum einfallen, dich zu irritieren«, sagt er, sein Ton trieft vor geheuchelter Aufrichtigkeit. »Du bist meine Lektorin. Meine kreative Partnerin. Meine Muse.«

»Hör auf«, stöhne ich und lege die Karte nun ganz weg, denn Lesen ist eindeutig unmöglich, wenn er dasitzt und so verdammt zufrieden mit sich selbst aussieht. »Wenn du mich noch ein einziges Mal deine ›Muse‹ nennst, gehe ich hier raus, und du schreibst dein Buch ohne jegliche lektorische Unterstützung.«

»Na gut, keine ›Muse‹ mehr. Wie wäre es mit Mitarbeiterin? Mitverschwörerin? Partner in Crime?«

»Wie wäre es mit ›Person, die es schon bereut, hier zu sein‹?«, schieße ich zurück und verschränke die Arme vor der Brust.

»Na, na«, sagt er und hebt sein Whiskeyglas – das, welches er irgendwie bestellen konnte, während ich damit beschäftigt war zu schmollen. »Stoßen wir auf neue Erfahrungen an. Auf eine großartige Geschichte. Und auf dich, Lara Yates, weil du dich auf eine verrückte Idee einlässt.«

»Übertreib es nicht«, warne ich, hebe aber widerstrebend mein Wasserglas, um mit seinem anzustoßen. Unsere Gläser klirren leise, und für einen Moment liegt etwas fast ... Aufrichtiges in der Art, wie er mich ansieht. Fast.

»Auf uns«, sagt er. Seine Stimme ist jetzt tiefer, sanfter, als würde er gerade genug von dieser Schicht Charme abblättern, um etwas Echteres darunter zu enthüllen.

»Auf das Buch«, korrigiere ich schnell und breche den

seltsamen Zauber, der sich zwischen uns gelegt hat. Ich nehme noch einen Schluck Wasser und ignoriere die Wärme, die meinen Nacken hochkriecht, während ich mich – wieder einmal – daran erinnere, dass dies rein geschäftlich ist.

»Richtig, das Buch.«

»Genau«, erwidere ich bestimmt und zwinge meine Konzentration zurück auf die anstehende Aufgabe. »Und da dies für das Buch ist, lass uns zur Sache kommen. Was genau erhoffst du dir von diesem kleinen Experiment?«

»Ich habe es dir gesagt. Authentizität«, antwortet er sofort. »Ich will Charaktere schreiben, die sich echt anfühlen. Die die Menschen genau hier ansprechen« – er klopft sich auf die Brust – »und nicht nur hier« – er tippt sich an die Schläfe.

»Das ist großartig«, sage ich und nicke langsam. »Aber dir ist klar, dass ich eine Lektorin bin, kein Method Actor, oder? Du brauchst mich dafür nicht.«

»Ah, aber da liegst du falsch«, sagt er. »Denn du, Lara, bist die ehrlichste Person, die ich kenne. Genauer gesagt, auf brutale Weise. Wenn ich dich überzeugen kann, kann ich jeden überzeugen.«

»Wovon überzeugen?«, frage ich und ziehe eine Augenbraue hoch.

»Dass die Liebe, in all ihrer Absurdität, es wert ist, daran zu glauben.«

Einen Moment lang antworte ich nicht. Denn bei all seiner Angeberei und seinen cleveren Wortspielen liegt etwas verblüffend Ernsthaftes in seinem Gesichtsausdruck. Etwas, das es schwer macht, ihn rundweg abzutun.

»Viel Glück dabei«, sage ich schließlich und weigere mich, meine Deckung noch weiter fallen zu lassen. »Da hast du einiges an Überzeugungsarbeit zu leisten.«

»Herausforderung angenommen«, erwidert er, und sein Grinsen kehrt mit voller Wucht zurück. »Nun, sag mir, bist du ein Fan von Live-Musik? Denn ich habe gehört, dass hier bald eine ziemlich fantastische Band anfängt zu spielen ...«

Und einfach so verändert sich der Moment wieder – zurück zum Geplänkel, zurück zur Sicherheit unserer gewohnten Dynamik.

Die Band ist lauter, als ich erwartet hatte. Nicht ohrenbetäubend, aber gerade laut genug, um es schwerer zu machen, mich zu konzentrieren. Die gemütliche Bar, die Rory ausgesucht hat – *das perfekte Ambiente für Nachforschungen*, wie er es nannte – hat alle Merkmale eines Ortes, der stolz auf seinen Charme ist: unverputzte Ziegelwände, gedämpftes Licht und der zarte Duft von Vanille, der von den auf jedem Tisch verstreuten Kerzen ausgeht. Sie ist darauf ausgelegt, zu entwaffnen, zu verführen, und langsam glaube ich, dass Rory genau wusste, was er tat, als er sie auswählte.

»Okay, wir sind jetzt seit zwei Stunden hier, und ich verstehe immer noch nicht, inwiefern das als ›Recherche‹ durchgeht.«

»Du hast Spaß. Gib es zu.«

»Spaß ist nicht gerade das Wort, das ich verwenden würde.«

»Wie *würdest* du das denn nennen? Die reinste Qual? Leichte Irritation? Oder« – sein Grinsen wird breiter – »eine widerwillig gute Zeit?«

»Irgendwo zwischen leichter Irritation und einer widerwillig guten Zeit«, sage ich trocken. »Mit starker Tendenz zur Irritation.«

Er hebt sein Glas. »Na denn, auf die leichte Irritation.«

Ich verdrehe die Augen, hebe aber mein Glas – jetzt Gin Tonic, weil ich etwas Klares und Ablenkendes brauche – und stoße leicht gegen seins. »Auf deine unvergleichliche Fähigkeit, meine Geduld auf die Probe zu stellen.«

»*Sláinte*«, sagt er lachend, wobei sein Blick einen Herzschlag zu lang auf mir verweilt, bevor er einen weiteren Schluck nimmt.

Und da ist sie wieder – diese Veränderung. Subtil, aber unbestreitbar, wie der Moment, in dem man merkt, dass sich die Gezeiten geändert haben und man nicht mehr auf festem Boden steht. Ich schaue weg und tue so, als wäre ich von der zwischen uns flackernden Kerze fasziniert, aber meine Gedanken sind plötzlich ein einziges Wirrwarr, unkooperativ.

Die Band beginnt ein neues Lied, eine langsame, gefühlvolle Melodie, die den Raum zwischen uns füllt. Für einen Moment sagt keiner von uns etwas. Rory rückt ein wenig näher, sein Arm streift meinen, als er seinen Ellbogen auf der Tischkante abstützt.

»Kann ich dir was sagen?«, fragt er mit so leiser Stimme, dass es sich anfühlt, als wäre sie nur für mich bestimmt.

»Kommt drauf an«, sage ich und versuche, meinen Tonfall lässig zu halten. »Beinhaltet es ein weiteres Verkaufsgespräch darüber, warum ich an die Liebe glauben sollte?«

»Vielleicht«, sagt er, und seine Lippen verziehen sich zu diesem wahnsinnig machenden halben Lächeln. »Oder vielleicht ist es auch nur eine Beobachtung.«

»Na dann, schieß los«, sage ich, obwohl ich mir nicht ganz sicher bin, ob ich das überhaupt will.

»Du unterschätzt dich«, sagt er einfach.

Die Worte überrumpeln mich – nicht, weil sie besonders tiefgründig wären, sondern wegen der Art, wie er sie sagt, als wären sie eine unbestreitbare Tatsache.

»Rory ...«, fange ich an, aber welche Ablenkung ich ihm auch immer an den Kopf werfen wollte, sie stirbt mir auf der Zunge.

»Nur etwas zum Nachdenken«, sagt er mit festem, unerschütterlichem Blick.

Der Abstand zwischen uns fühlt sich jetzt unmöglich klein an, die Grenzen zwischen beruflich und privat verschwimmen auf eine Weise, die mir den Atem raubt. Ich sollte mich zurückziehen, die Grenzen wiederherstellen, die ich so mühsam aufrechterhalten habe, aber aus irgendeinem Grund tue ich es nicht.

»Vorsicht«, sage ich und zwinge mich zu einem Grinsen, um die plötzliche Verletzlichkeit zu verbergen, die an die Oberfläche zu dringen droht. »Du fängst an, aufrichtig zu klingen.«

»Wer sagt, dass ich es nicht bin?« Sein Lächeln wird weicher, und für einen Moment ist in seinem Gesicht keine Spur von Neckerei zu sehen. Nur stille, ungeschützte Intensität.

Das Lied wechselt zu etwas Lebhafterem und bricht den Zauber. Ich ergreife die Gelegenheit, mich zurückzulehnen und einen kleinen Abstand zwischen uns zu schaffen.

»Nun«, sage ich und räuspere mich. »Wenn das deine Vorstellung von Recherche ist, solltest du deine Methoden vielleicht noch einmal überdenken.«

»Nur, wenn du versprichst, mir dabei zu helfen«, sagt er, sein Tonfall ist wieder leicht, obwohl seine Augen diesen beunruhigenden Fokus nicht verloren haben.

»Lass uns nichts überstürzen«, erwidere ich und weigere mich, meine Deckung weiter fallen zu lassen. Aber selbst als ich das Gespräch auf sicherere Themen zurücklenke, werde ich das Gefühl nicht los, dass sich etwas Unausgesprochenes zwischen uns verändert hat – etwas, dem ich mich noch nicht stellen will.

ACHT

Die kühle Nachtluft schlägt mir entgegen, als wir aus der Bar treten, ein starker Kontrast zu der Wärme drinnen. Auf der Straße pulsiert das Leben – Scheinwerferlicht, das sich auf dem nassen Asphalt spiegelt, das leise Gemurmel von Gesprächen, das sich mit dem gelegentlichen Hupen eines Autos vermischt. Meine Absätze klackern auf dem Bürgersteig, ein gleichmäßiger Rhythmus, der meinen Fokus nach vorne und weg von dem Mann an meiner Seite lenkt.

»Vorsicht!«, durchdringt Rorys Stimme den Lärm, genau in dem Moment, als sich seine Hand um mein Handgelenk schließt, fest und überraschend.

Der Ruck – sowohl seine Berührung als auch das plötzliche Ziehen – lässt mein Herz einen Satz machen, als ich einen Schritt zurückstolpere und den verschwommenen Schemen vor mir kaum wahrnehme. Ein Radfahrer schießt vorbei, die Reifen zischen auf dem feuchten Asphalt, nah genug, dass ich einen neongelben Blitz erhasche.

»Willst du überfahren werden, oder ist das eine Art dramatischer Abgang?«

»Lass los«, fauche ich, mehr aus Reflex als aus wirklicher Empörung. Aber das tut er nicht. Jedenfalls nicht sofort.

Seine Finger bleiben um mein Handgelenk geschlossen, warm und fest, und halten mich, als könnte ich ohne Aufsicht wieder auf die Straße rennen. Ich nehme den schnellen Puls, der unter seinem Griff an meinem Handgelenk pocht, viel zu deutlich wahr.

»Entspann dich«, sagt er, während sein Daumen leicht über meine Haut streicht, auf eine Art, die sich ... beabsichtigt anfühlt. »Ich lasse doch nicht zu, dass du überfahren wirst. Dafür bist du für die Verlagswelt viel zu wertvoll.«

»Wertvoll?«, frage ich und ziehe eine Augenbraue hoch, während ich meinen Arm mit mehr Kraft als nötig zurückreiße. Seine Hand fällt herab, doch der Geist seiner Berührung bleibt wie statische Elektrizität zurück. »Du hast eindeutig zu viel getrunken, wenn du jetzt mit Komplimenten um dich wirfst.«

»Ich sage nur, was ich sehe«, meint er.

»Na ja, nächstes Mal versuch es, ohne mich gleich zu packen.«

Ich mache einen Schritt zurück, aber der Augenblick hängt an mir – seine Berührung, seine Stimme, dieses verdammte Grinsen. Mein Arm fühlt sich ohne seine Hand nackt und ungeschützt an. Es ist lächerlich. Ich habe schon Autoren die Hand geschüttelt, Kollegen auf Betriebsfeiern umarmt, sogar die gelegentlichen peinlichen Wangenküsse von übereifrigen Freiberuflern über mich ergehen lassen. Und doch packt Rory Keane für eine halbe Sekunde mein Handgelenk, und plötzlich beschließt mein Gehirn, sein eigenes Feuerwerk zu veranstalten.

»Hey.« Seine Stimme ist jetzt sanfter, was meine Aufmerksamkeit wieder auf ihn lenkt, ob ich will oder nicht. Er beobachtet mich, den Kopf leicht geneigt, amüsiert, aber ...

wartend. Worauf? Auf meine spontane Selbstentzündung? Eine Entschuldigung?

Sein Blick ist ruhig, zu ruhig, und ich hasse, wie sehr ich ihn wahrnehme. Ihn wahrnehme. Die Art, wie sein dunkles Haar leicht zerzaust ist, als wäre er sich die ganze Nacht mit den Händen hindurchgefahren. Die Art, wie ein weiterer Knopf an seinem Hemd aufgegangen ist und ihm diesen sorglosen Feierabend-Charme verleiht, der einfach zu gut für die Augen ist. Und diese Augen – durchdringend, eindringlich, als könnte er jeden Gedanken sehen, den ich so verzweifelt zu unterdrücken versuche.

»Danke, dass du mich gerettet hast. Ich habe nicht aufgepasst.«

Er sagt nichts. Er sieht mich einfach nur an, ohne Eile, als würde er die Stille für sich sprechen lassen. Es ist beunruhigend. Nein – es ist *gefährlich*.

Denn die Sache ist die: Ich weiß es besser. Ich *weiß* es besser, als mich in diesen Moment hineinziehen zu lassen, der nichts bedeuten sollte, der nichts bedeuten *darf*. Rory Keane ist ein Klient. Ein Bestsellerautor, unantastbar und eine Plage, dessen aktueller Entwurf von Logiklöchern durchzogen ist, die er anscheinend nicht in Eile beheben will. Wir müssen in wenigen Wochen ein fertiges Manuskript abliefern, und nichts, absolut gar nichts, darf dem im Wege stehen. Schon gar nicht eine Komplikation, die ich selbst heraufbeschworen habe.

Ich sollte verärgert sein. Ich *bin* verärgert. Und doch ... Ein Teil von mir schreit: *Was wäre, wenn?* Warum muss das nichts bedeuten? Kann ich dem Mann nicht einen veröffentlichungsreifen Roman entlocken und ... *das hier* erkunden, wenn ich will? Schließen sich die beiden Dinge wirklich gegenseitig aus?

Genauso nachdrücklich fleht der andere Teil von mir – die vernünftige, auf Sicherheit bedachte, risikoscheue Lara –, diesen Weg nicht einzuschlagen. Nicht noch einmal. Nicht in Gedanken und schon gar nicht in die Tat umsetzen, es sei denn, ich will eine Wiederholung der ganzen James-Sache.

Der Straßenlärm verblasst, gedämpft vom Pochen meines Pulses, als ich das schwächste Flimmern von etwas hinter seinem Gesichtsausdruck wahrnehme. Etwas Vorsichtiges, Erwartungsvolles. Als würde er mich herausfordern, die Distanz zwischen uns zu überbrücken, aber nicht den ersten Schritt machen. Mein Hals schnürt sich zu, Hitze sammelt sich tief in meinem Bauch, während mein Verstand verzweifelt nach festem Boden sucht.

Das passiert nicht. Das *kann* nicht passieren. Nur dass es das tut, denn ich stehe hier, wie angewurzelt, starre ihn an wie eine Idiotin, ignoriere meine eigene abschreckende Geschichte, während die Luft zwischen uns dicker, schwerer, elektrisch wird. Mein Herz hämmert lauter, als es sollte, und übertönt jeden vernünftigen Gedanken, den ich je über Grenzen, Professionalität und gesunden Menschenverstand hatte.

»Rory«, fange ich an, aber meine Stimme bricht. Sein Name kommt leiser als beabsichtigt heraus, schwebt zwischen uns wie ein Geständnis.

Und dann, bevor ich es mir ausreden kann – oder vielleicht, weil ich es nicht kann –, bewege ich mich.

Es ist nicht kalkuliert oder anmutig oder irgendetwas, das auch nur im Entferntesten an ein gutes Urteilsvermögen erinnert. Es ist reiner Impuls, angetrieben von einem Cocktail aus Frustration, Adrenalin und etwas, das ich nicht zu benennen wage. Ich lehne mich vor, schließe die Lücke mit einer schnellen, rücksichtslosen Bewegung und presse meine Lippen auf seine.

Seine Lippen sind warm und weicher, als ich erwartet hatte, aber der Kuss ist alles andere als sanft. Er ist schnell, ungestüm – wie ein Streichholz, das an einer Reibefläche entzündet wird – und für eine schwindelerregende Sekunde kann ich mich nur darauf konzentrieren, wie er schmeckt. Eine Mischung aus Whiskey und etwas, das ureigen *er* ist, etwas, das meinen Magen auf eine Weise in den freien Fall stürzt, mit der ich nicht umzugehen bereit bin.

Die Welt kippt zur Seite. Meine Finger krallen sich instinktiv in die Vorderseite seines Sakkos und geben mir Halt, während eine Hitzewelle wie eine Welle durch meinen Körper rauscht. Rory zögert nicht – nicht einmal für einen Herzschlag. Seine Hand gleitet nach oben, fest und sicher, bis seine Handfläche meinen Kiefer umschließt, sein Daumen streicht knapp unter meinem Wangenknochen. Die Empfindung jagt Funken über meinen Rücken, und ich schwöre, meine Knie drohen zu meutern.

Er beugt sich näher zu mir, vertieft den Kuss und ich spüre es überall – es strahlt durch meine Brust, zieht sich tief in meinem Bauch zusammen und lässt den Rest der belebten Straße im Rauschen untergehen. Sein Griff wird gerade so fest, dass er mich am Boden hält, mich davon abhält, völlig abzuheben, und für einen flüchtigen, wahnsinnig machenden Moment vergesse ich, warum das eine furchtbare Idee ist.

Die Stadt verschwimmt an den Rändern und wird unter seiner schieren Intensität dunkler. Da ist kein Verkehrslärm, kein leises Geplapper von Passanten – nur das Rauschen meines Blutes in den Ohren und der Druck seines Mundes auf meinem. Jeder Nerv fühlt sich lebendig an, hyper-wachsam, wo wir verbunden sind, wo seine Finger über meinen Kieferknochen streichen oder leicht in mein Haar gleiten.

Ich weiß nicht, wann ich aufgehört habe zu atmen – vielleicht irgendwo zwischen der ersten gestohlenen Sekunde und jetzt –, aber jeder Teil von mir sehnt sich danach, ihn näher an mich heranzuziehen, dem Funken nachzujagen, bevor die Realität uns einholt.

Ich ziehe mich abrupt zurück, als wäre mir gerade wieder eingefallen, wie man atmet, und als wäre es das Dringendste auf der Welt. Meine Lippen kribbeln von dem Nachhall seines Kusses, mein Puls hämmert, als wäre ich gerade zwanzig Stockwerke hochgesprintet. Was zum Teufel habe ich da gerade getan?

»Okay«, stoße ich hervor, obwohl ich keine Ahnung habe, was ich mit diesem einen, nutzlosen Wort auszudrücken versuche. Meine Stimme klingt atemlos – verräterisch – und ich hasse es, wie sie zwischen uns hängt, nackt und unverstellt.

Rory rührt sich nicht sofort. Seine Hand verweilt einen Augenblick länger in der Nähe meines Gesichts, als hätte er noch nicht ganz begriffen, dass ich dem Ganzen ein Ende gesetzt habe. Langsam sinken seine Finger herab, streifen meine Schulter, bevor sie sich ganz zurückziehen. Und dann grinst er.

Kein kleines Grinsen. Nicht höflich oder verlegen. Nein, das ist die volle Rory-Keane-Show: breit, wölfisch und so unerträglich selbstzufrieden, dass ich es ihm am liebsten aus dem Gesicht schlagen möchte. Oder es wieder küssen. Gott, nein. Nicht das.

»Okay«, ahmt er mich nach, seine Stimme tief und nervtötend sanft. »Das war unerwartet.«

»Lass das.« Das Wort schießt aus mir heraus, scharf und abwehrend, mein letzter verzweifelter Versuch, einen Rest von Würde zu bewahren. Ich mache einen Schritt zurück und schaffe kostbare Zentimeter Abstand zwischen uns, aber es hilft nichts. Er sieht mich immer noch an, als wäre ich gerade seine liebste Wendung in der Geschichte geworden.

»Lass das ... was?«, fragt er gedehnt und neigt den Kopf, als wolle er wirklich eine Erklärung, aber das Funkeln in seinen Augen verrät etwas anderes. Er weiß *ganz genau*, was ich meine.

»Mach da jetzt kein Ding draus.« Meine Hände sind jetzt unruhig, streichen über die Vorderseite meiner Jacke, rücken meine Brille zurecht – alles, um seinem Blick nicht direkt begegnen zu müssen. »Es ist kein Ding.«

»Stimmt. Kein Ding«, wiederholt er, sichtlich amüsiert. Er verschränkt die Arme vor der Brust und verlagert sein Gewicht auf ein Bein, mit dieser mühelosen Art, die er an sich hat, ganz lässiges Selbstvertrauen. »Nur ein total spontaner, völlig unprovozierter Kuss mitten auf der Straße. Passiert ständig.«

»Genau.« Ich nicke einmal, kurz und bestimmt, als ob meine Zustimmung die Sache irgendwie weniger peinlich machen würde. »Ein kurzer Aussetzer. Nichts weiter.«

»Kurz, hm?« Er lässt das Wort in der Luft hängen und rollt es auf der Zunge, als wäre es ein Leckerbissen. Dann, weil er nicht anders kann, fügt er hinzu: »Bist du dir da sicher?«

»Rory.« Endlich sehe ich ihm in die Augen, und es ist ein Fehler. Sie sind jetzt weich – immer noch neckend, ja, aber da ist auch noch etwas anderes. Wärme. Neugier. Eine leise Art von Freude, die mir das Gefühl gibt, im Rampenlicht zu stehen.

»Entspann dich, Lara«, sagt er sanft. »Ich beschwere mich nicht.«

»Stimmt. Also. Ich sollte …« Meine Stimme klingt erstickt, die Silben stolpern übereinander, als versuchten sie, vom Tatort zu fliehen, bevor ich es kann. Wie passend.

Ich deute vage hinter mich, als wäre die Richtung meiner Flucht eine ausgemachte Sache und nicht etwas, das ich gerade aus dem Stegreif erfinde. »Mir ist gerade eingefallen – E-Mails. Manuskripteinsendungen. Notfälle im Verlag.« Mein Mund bewegt sich weiter, aber nichts davon ergibt einen Sinn, nicht einmal für mich. »Du weißt ja, wie das ist.«

»E-Mails«, wiederholt Rory. Seine Augenbrauen heben sich leicht, aber er rührt sich nicht, tritt nicht zurück, tut nichts Hilfreiches, wie es mir leichter zu machen. Stattdessen bleibt er genau da, wo er ist, die Arme immer noch verschränkt, und sieht viel zu amüsiert aus für jemanden, der gerade in der Öffentlichkeit mit einem Kuss überfallen wurde.

»Ja. E-Mails.« Ich nicke schnell, als ob dieses eine Wort alles erklärt: meine plötzliche Fassungslosigkeit, die Art, wie mein Herz gegen meine Rippen hämmert, die Tatsache, dass ich gerade Rory Keane geküsst habe. Und, oh Gott, ich *habe* Rory Keane *geküsst*.

»Dringende, lebensverändernde E-Mails«, füge ich hinzu, denn anscheinend ist es mein neues Hobby, mich um Kopf und Kragen zu reden. »Und wahrscheinlich muss ich irgendwo ein Feuer löschen. Metaphorisch gesprochen.«

»Siiiicher«, erwidert er und zieht das Wort in die Länge, sodass es vor Belustigung trieft.

»Okay, tolles Gespräch.« Ich drehe mich so schnell auf dem Absatz um, dass ich mir beinahe den Knöchel verknackse, aber Schwung ist hier alles. Wenn ich langsamer werde, fange ich wieder an zu denken, und Denken führt zu Fühlen, und daraus kann nichts Gutes entstehen. Nicht, wenn das betreffende Gefühl die Wärme seiner Hand ist, die immer noch auf meinem Handgelenk nachklingt, oder die Art, wie seine Lippen waren – Nein. Darüber denke ich nicht nach.

Ich beginne, einen Fuß vor den anderen zu setzen. Jeder Schritt ist eine Erklärung: Ich *verlasse diese Situation*. Meine Jacke flattert leicht im Wind und ich ziehe sie enger um mich, als könnte ich mich so vor dem nachklingenden Prickeln auf meiner Haut abschirmen.

»E-Mails«, sage ich leise vor mich hin, halb Mantra, halb Alibi. Die Straßenlaternen verschwimmen an den Rändern meiner Sicht und ich konzentriere mich bewusst auf sie, lasse mich von ihrem sanften Schein erden. Konzentriere mich auf buchstäblich alles außer der Elektrizität, die immer noch in meinen Adern pulsiert, oder dem dämlichen, selbstzufriedenen Grinsen von Rory, das sich nun für immer in mein Gedächtnis eingebrannt hat. Warum muss er die ganze Zeit so aussehen? Als wäre er ständig fünf Sekunden davon entfernt, dir den ganzen Tag zu ruinieren – und dich irgendwie noch dankbar dafür zu machen?

Ich schaue nicht zurück. Ich wage es nicht. Denn wenn ich ihn jetzt sehe – wenn ich auch nur einen flüchtigen Blick auf diese wissenden Augen erhasche –, könnte ich tatsächlich explodieren. Oder schlimmer, ich könnte stehen bleiben. Und stehen zu bleiben wäre katastrophal. Stehen zu bleiben würde bedeuten zu bleiben, und bleiben würde bedeuten, mich dem zu stellen, was gerade passiert ist. Was *ich* gerade getan habe.

Also gehe ich weiter. Schnelle, entschlossene Schritte, jeder einzelne entfernt mich von dem Moment, in dem ich meine Deckung fallen ließ und sich alles veränderte.

Ein schwarzes Taxi spritzt durch eine Pfütze, irgendwo die Straße runter hupt ein Auto, und alles um mich herum fühlt sich zu laut, zu hell, *zu viel* an. Aber es ist gut. Es ist alles gut. Ich muss nur nach Hause kommen, ohne zurückzublicken.

Natürlich blicke ich zurück.

Es ist nur ein Blick, kaum eine halbe Sekunde, aber er trifft mich mit der Wucht eines Meteoriteneinschlags. Rory steht genau da, wo ich ihn zurückgelassen habe, die Hände lässig in den Manteltaschen vergraben, als hätte er nicht die geringste Sorge auf der Welt. Und dieses Grinsen – diese langsame, umwerfende Biegung seines Mundes – breitet sich auf seinem Gesicht aus. Seine dunklen Augen fangen meinen Blick ein und halten mich für einen verräterischen Moment zu lange gefangen.

Ach, komm schon. Wer *sieht* denn so aus, nachdem er von einem Kuss überfallen wurde? Zufrieden, amüsiert, als würde er das hier bereits als eine Art Sieg verbuchen. Er legt den Kopf leicht schief, eine seiner Augenbrauen zuckt zu einer unausgesprochenen Herausforderung hoch, und ich weiß – ich *weiß* es einfach –, dass er darauf wartet, dass ich mich umdrehe und zu ihm zurückgehe. Oder vielleicht wieder über meine eigenen Füße stolpere. Jede der beiden Optionen würde ihm wahrscheinlich den Abend versüßen.

Was habe ich mir nur dabei gedacht? Ernsthaft, welcher Teil von mir dachte, es wäre auch nur annähernd eine gute Idee, Rory Keane zu küssen – einen Mann, der von Chaos und Charme lebt wie Pflanzen vom Sonnenlicht?

Spoiler-Alarm: Kein einziger Teil von mir hielt das für eine gute Idee. Weder mein Gehirn, noch mein Herz und schon gar nicht die winzige, vernünftige Lektorenstimme in meinem Kopf, die mich normalerweise davon abhält, solch leichtsinnige, karrierezerstörende Dinge zu tun. Nein, das war ein reiner, ungefilterter Impuls. Die Art von Impuls, die Leute zu abschreckenden Beispielen bei Happy Hours mit den Kollegen werden lässt.

»Gott, du bist so eine Idiotin«, flüstere ich, meine Stimme wird vom Lärm der Stadt verschluckt. Ich beschleunige meine Schritte, als könnte ich der Erinnerung an Rorys Blick, der sich in mich bohrt, davonlaufen. Aber es funktioniert nicht. Natürlich funktioniert es nicht. Denn die Wahrheit ist, ich laufe nicht vor Rory davon.

Ich laufe vor der Tatsache davon, dass ich ihn – für einen wahnsinnigen, schwerelosen Moment – wieder küssen wollte.

Und das macht mir mehr Angst als alles andere. Denn das hier ist nicht nur kompliziert – es ist katastrophal. Rory ist nicht einfach irgendein Typ in einer Bar. Er ist *Rory Keane*, mein Klient und das größte Kapital meiner Firma. Das ist keine Affäre, kein Flirt oder welches Wort auch immer die Leute benutzen, um schlechte Entscheidungen zu rechtfertigen. Das ist Arbeit. Das ist mein Job. Mein sorgfältig strukturiertes Leben. Und jetzt, dank eines impulsiven Kusses, wankt alles am Rande des Ruins.

NEUN

Ich schließe die Tür zu meiner Wohnung und sacke sofort an ihr zusammen und hyperventiliere, als wäre ich gerade zehn Stockwerke hochgesprintet, anstatt nur den fünfminütigen Fußweg von der U-Bahn-Station hinter mich zu bringen. Meine Finger schweben einen Moment über dem Schloss, bevor ich es umdrehe, als ob diese zusätzliche Barriere irgendwie die Realität der letzten Stunden davon abhalten könnte, hinter mir her hineinzuschleichen, um mir ins Gewissen zu reden und mich aufzufordern, über mein Verhalten nachzudenken.

Denn, dieser Kuss? Dieser *lächerliche*, leichtsinnige, absolut unprofessionelle Kuss?

Ich weiß nicht, was zum Teufel ich mir dabei gedacht habe.

Ich streife meine Schuhe ab, durchquere den Raum wie auf Autopilot und ignoriere das Durcheinander aus halb gelesenen Manuskripten und herumliegenden roten Stiften, die meinen Couchtisch übersäen. Mein Laptop ist aufgeklappt, der Bildschirm leuchtet, ein blinkender Cursor wartet darauf, dass ich wieder an die Arbeit gehe. Stattdessen nehme ich ein

Glas aus dem Küchenregal und fülle es am Wasserhahn, schlinge das Wasser hinunter, als könnte es die Hitze wegspülen, die immer noch unter meiner Haut brodelt.

Aber nichts wäscht das Gefühl seiner Hände auf mir weg, die Art, wie er meinen Kuss erwiderte, als ob er es ernst meinte, als wäre ich etwas, das er wollte.

Ich schüttle den Kopf und stelle das Glas zu hart ab. *Reiß dich zusammen.*

Es war nur ein Kuss. Ein Moment der ... was? Schwäche? Ein Impuls? Eine schlechte Entscheidung?

Ich presse meine Handflächen gegen die kühle Kante der Arbeitsplatte und zwinge mich zu atmen, rational zu sein – aber das Problem ist, dass ich dort nicht rational war. Ich war leichtsinnig, und Leichtsinn ist nicht mein Ding. Ich lasse mich nicht vom Augenblick mitreißen. Ich initiiere *nichts*, ohne es vorher durchdacht zu haben. Und doch war ich da, habe meine Finger in Rory Keanes Haar vergraben und ihn näher an mich gezogen wie eine Romanheldin in einer Geständnisszene im dritten Akt.

Ich kniffe die Augen fest zu. Das ist eine Katastrophe.

Ich hätte mich niemals mit ihm allein lassen dürfen. Hätte meine Deckung niemals fallen lassen dürfen – nicht für eine Sekunde, nicht einmal für einen Kuss. Und jetzt? Jetzt stecke ich in Schwierigkeiten.

Mein Handy auf dem Tisch brummt und mein Magen dreht sich um, als ich auf den Bildschirm schaue. Nicht Rory. Nur Danny.

Erleichterung durchströmt mich, was dumm ist – warum sollte Rory mir eine SMS schreiben? Er hat wahrscheinlich nicht halb so viel über diesen Kuss nachgedacht wie ich.

Und das ist das eigentliche Problem, nicht wahr?

Denn wenn ich jetzt etwas sage – wenn ich es zur Sprache bringe, wenn ich zugebe, dass es mir etwas *bedeutet* hat – stehe ich als die Dumme da. Die *Hoffnungslose*. Und ich weigere mich, diejenige zu sein, die einen Moment der Anziehung mit etwas mehr verwechselt.

Nicht schon wieder. Nicht nach James. Nicht, nachdem ich vor drei Jahren in einer Küche stand, eine Hochzeitseinladung in der Hand, und mich fragte, wie zum Teufel ich mich dazu hatte hinreißen lassen, an etwas zu glauben, das nie existiert hatte.

Ich atme langsam und kontrolliert aus. Was auch immer das ist – was auch immer *das* war – es spielt keine Rolle.

Denn Rory Keane ist nur ein Job, und ich bin professionell.

Ich nehme mein Handy und schreibe Danny zurück:

Hey, gehe gerade ins Bett. Wir quatschen am Wochenende. Alles gut xx

---

Ich bin nicht bereit, Details preiszugeben. Ich habe die Auswirkungen noch nicht ganz verarbeitet und das Letzte, was ich brauche, ist ein *Ich-hab's-dir-ja-gesagt* von Danny, selbst per SMS. Um eine Kommunikationssperre zu gewährleisten, schiebe ich mein Handy tief zwischen die Sofakissen und lasse mich darauf fallen.

Aber es ist unmöglich, sich zu entspannen. Ich spiele den Abend immer und immer wieder durch, in der Hoffnung, dass ich sowohl das Ergebnis ändern als auch die Empfindungen noch einmal spüren kann.

Es ist nur Lust. Mehr ist es nie. Mehr bleibt es nie.

Denn, Liebe? Liebe ist etwas ganz anderes. Etwas, das für immer verspricht, aber immer einen Weg findet, in die Brüche zu gehen.

Diese Lektion habe ich auf die harte Tour gelernt.

Das letzte Mal, als ich mich dazu hinreißen ließ, an die Ewigkeit zu glauben, war ich in einer Wohnung wie dieser, ein Verlobungsring an meinem Finger, meine Stimme rau von Worten, die nichts geändert hatten.

James stand mir in der Küche gegenüber, die Arme verschränkt, der Kiefer angespannt, die Augen auf den Boden gerichtet, als wäre er schon mit einem Bein aus der Tür.

Und vielleicht war er das auch. Vielleicht war er schon seit Monaten auf dem Absprung. Vielleicht habe ich einfach nicht aufgepasst.

»Ich weiß nicht, was du von mir hören willst«, sagt er schließlich mit knapper Stimme.

Ich umklammere die Arbeitsplatte, um nicht zu zittern. »Du könntest mit der Wahrheit anfangen.«

Er lacht hohl und fährt sich mit einer Hand durch die Haare. »Die Wahrheit? Die Wahrheit ist, du hast bereits entschieden, wie dieses Gespräch endet, Lara.«

Ich zucke zusammen – nicht wegen seiner Worte, sondern weil sie so wahr klingen. Als ob er mich besser kennen würde als ich mich selbst.

»Ich verstehe einfach nicht, wie es so weit kommen konnte«, sage ich und hasse es, wie meine Stimme zittert. Hasse es, dass ich *flehe*.

James atmet betont aus und tritt einen Schritt zurück, als würde er versuchen, sich der Last dieses Gesprächs physisch zu entziehen. »Lara, wir sind schon eine Weile an diesem Punkt.«

Die Worte treffen mich wie ein Schlag ins Gesicht.

»Nein, *du* bist an diesem Punkt«, schnauze ich. »Du hast dich zurückgezogen, hast Ausreden erfunden, mich behandelt, als wäre ich einfach – einfach nur *da* –«

»Du *bist* ja auch nur hier!«, unterbricht er mich und die Frustration bricht aus ihm heraus. »Du bist immer hier. Sitzt an deinem Schreibtisch, in deiner Arbeit vergraben, korrigierst die Worte aller anderen, aber verlierst nie auch nur ein verdammtes Wort darüber, was du eigentlich *willst*.«

Ich taumle zurück, seine Worte treffen ein wenig zu sehr ins Schwarze, sind ein wenig zu wahr.

»Das ist nicht fair.«

»Ist es nicht?« Seine Stimme wird weicher, aber nicht auf eine beruhigende Art. Sondern auf eine Weise, die mich erkennen lässt, dass dieser Moment – dieses *Ende* – bereits beschlossen ist.

Ich presse die Lippen zusammen und schlucke den Kloß in meinem Hals hinunter.

»James«, sage ich, jetzt ganz leise. »Wenn du nicht hier sein willst, dann sag es einfach.«

Er sieht mich an, sieht mich wirklich an, und ich weiß – ich weiß –, was jetzt kommt.

»Lara, ich glaube, mit uns ist es vorbei.«

Ich nicke, obwohl es sich anfühlt, als hätte man mir den Boden unter den Füßen weggezogen.

»Klar.« Meine Stimme ist gleichmäßig, kühl, als hätte ich gewusst, dass dies unvermeidlich war. »Das war's also?«

James zögert. »Ich wollte nicht, dass es so endet.«

»Warum ist es dann so gekommen?«

Er antwortet nicht. Vielleicht hat er keine Antwort.

Vielleicht hat er eine, und ich will sie einfach nicht hören.

Die Stille breitet sich zwischen uns aus. Es ist das ehrlichste Gespräch, das wir seit Monaten geführt haben.

Schließlich seufzt James. Er nimmt seinen Mantel vom Stuhl, schwingt ihn sich über den Arm und verweilt einen halben Augenblick zu lang. Als ob er darauf wartet, dass ich meine Meinung ändere. Als ob er darauf wartet, dass ich ihn aufhalte.

Ich tue es nicht.

Denn Liebe ist nicht genug.

Denn egal, wie sehr man sich wünscht, dass jemand bleibt, manchmal … tut er es einfach nicht.

Manchmal hatte er es von Anfang an gar nicht vor.

Die Tür fällt hinter ihm ins Schloss, und ich atme aus.

Und einfach so höre ich auf, an die Liebe zu glauben.

Denn sie ist nicht real. Nicht so, wie sie in Büchern dargestellt wird.

Es ist Lust, Anziehung, Chemie – wie auch immer man es nennen will. Aber echte Liebe? Die Art, die hält? Die Art, die nicht einfach im Sande verläuft oder zerbricht, sobald das Leben unbequem wird?

Das ist Fiktion.

Und ich für meinen Teil ziehe es vor, meine Erwartungen *realistisch* zu halten.

Die Erinnerung hängt immer noch in der Luft, wie der Geruch von verbranntem Toast in einer Küche, lange nachdem die verkohlten Reste draußen in der Mülltonne gelandet sind.

Ich liege zusammengekauert auf meinem Sofa, ein Glas Wein in der einen Hand, und versuche, mein Handy nicht unter dem Kissen hervorzuholen und der lächerlichen Versuchung zu widerstehen, Rory eine Nachricht zu schreiben. *Natürlich nichts Bedeutungsvolles. Nur etwas Beiläufiges. Lässiges.*

Etwas, das nicht offensichtlich machen würde, dass ich die letzte Stunde damit verbracht habe, mir immer wieder vorzustellen, wie er mich geküsst hat.

Was zum Teufel tue ich hier eigentlich?

Ich lehne meinen Kopf an die Kissen zurück und stöhne auf. Ich kann nicht fassen, dass ich das zugelassen habe. *Ich habe ihn geküsst.* Ich habe damit angefangen. Es war kein Moment romantischer Fügung, in dem wir von Kräften mitgerissen wurden, die außerhalb unserer Kontrolle lagen. *Nein. Ich wusste genau, was ich tat.* Und ich habe es trotzdem getan.

Ich ziehe die Knie an die Brust, versuche, mich zu etwas Kleinerem zusammenzufalten, etwas, das weniger Platz einnimmt. Als ob ich meine Gefühle physisch auf ein beherrschbares Maß schrumpfen könnte.

Denn das hier? Das ist nicht beherrschbar. Das ist ein Problem.

Ich weiß, wie diese Geschichte endet.

Ich habe es bei James gelernt. Ich habe es bei meinen Eltern gesehen, die sich immer noch wie Mitbewohner statt wie Partner umeinander bewegen. Liebe – echte Liebe – *hält nicht.* Sie beginnt mit Leidenschaft, mit Chemie, mit einem unerträglichen *Bedürfnis,* beieinander zu sein, und dann ... verblasst sie. Sie kühlt ab. Sie wird zu etwas Abgestandenem oder, schlimmer noch, zu etwas Bitterem.

Und die Vorstellung, das noch einmal zuzulassen – jemanden nah genug an mich heranzulassen, um mich wieder so zu verletzen? Nein. Absolut nicht.

Ich wette, Rory sitzt nicht da und analysiert unseren Kuss, fragt sich nicht, was er bedeutet. Dass es ihm bestens geht, er an seinem Manuskript tippt und *überhaupt nicht an mich denkt.*

Und warum sollte er auch?

Das hier ist nicht so eine Art von Sache, ermahne ich mich. *Er ist nicht diese Art von Kerl.* Rory Keane macht Spaß. Er ist ein Flirt. Er ist *vorübergehend.*

Und das ist perfekt. Das ist genau das, was ich brauche.

Nicht diese komplizierte, Hals-über-Kopf-verlieben-Sache, von der ich mir geschworen hatte, sie nie wieder zu tun.

Ich nehme noch einen Schluck Wein und verdränge die Erinnerung an James – an dieses letzte Gespräch, an die Jahre, in denen ich mich selbst davon überzeugt habe, dass wir für immer wären.

Diesmal werde ich nicht denselben Fehler machen.

Diesmal werde ich *klüger* sein.

Ich werde nicht zulassen, dass Gefühle ins Spiel kommen.

Ich *kann* es nicht.

Ich stelle mein Weinglas mit mehr Kraft als nötig ab, das laute Klirren, als es auf den Couchtisch trifft.

Genug.

Diese Spirale endet jetzt.

Ich stehe auf und strecke meine Glieder, als würde ich die Last der Erinnerung abschütteln. Das Zimmer ist schummrig beleuchtet, das Summen der Stadt draußen ist eine konstante, stetige Präsenz. Ich atme langsam und kontrolliert aus und gehe geradewegs zu meinem Schreibtisch. Wenn mein Gehirn schon darauf besteht, sich zwanghaft mit Rory zu beschäftigen, dann werde ich diese Energie in etwas Produktives lenken.

Das Manuskript. Das, worauf ich mich von Anfang an hätte konzentrieren sollen.

Ich blättere durch meine Notizen, überfliege die neuesten Seiten, die Rory geschickt hat, und ignoriere, wie sich bei dem Gedanken an ihn mein Magen leicht zusammenzieht.

Denn das ist alles, was es ist. Eine körperliche Reaktion. Eine flüchtige Anziehung.

Und ich weiß, wie man Dinge voneinander trennt.

Ich halte bei einer Passage inne – einem romantischen Geständnis von Oliver an Sophie.

»Ich weiß nicht, wann es passiert ist, aber es ist passiert. Eines Tages warst du einfach da. Und jetzt kann ich mir ein Leben ohne dich nicht mehr vorstellen.«

Ich schlucke und presse die Lippen zusammen. Zu sentimental. Die Art von Zeug, die die Leute glauben lässt, Liebe sei unvermeidlich.

Ich ersetze es durch etwas Sichereres, etwas Logischeres.

»Ich bin gern in deiner Nähe. Das reicht mir.«

Viel besser.

Ich mache weiter und schiebe die Gedanken beiseite, die an den Rändern meines Verstandes kratzen. Das ist es, was ich tue. Ich bringe Dinge in Ordnung. Ich mache sie sauberer, glatter, weniger gefährlich.

Und genau so werde ich mit Rory Keane umgehen.

Wir haben uns geküsst. Das ist alles, was es war. Es muss nichts bedeuten.

Morgen werde ich ihn sehen. Wir werden über das Buch sprechen.

Ich werde eine Grenze zwischen uns ziehen und verdammt sicherstellen, dass keiner von uns sie wieder überschreitet.

Ich schließe den Ordner mit dem Manuskript und lege ihn ordentlich auf meinen Schreibtisch. Alles ist an seinem Platz. Das Buch. Meine Gedanken. Mein Entschluss.

Und doch …

Meine Finger schweben zögernd über der Datei. Mein Herzschlag ist gleichmäßig, kontrolliert – aber darunter liegt etwas. Ein Flackern von etwas, dem ich keinen Namen geben will.

Denn als ich Rory geküsst habe, hat es sich *anders* angefühlt.

Nicht nur leichtsinnig, nicht nur Hitze oder Anziehungskraft oder ein Augenblick der Unbesonnenheit.

Etwas Tieferes. Etwas Gefährliches.

Und das macht es zehnmal beängstigender.

Ich muss ins Bett gehen, den heutigen Tag und besonders die heutige Nacht hinter mir lassen. Diesen Weg werde ich nicht noch einmal einschlagen. Ich kann es nicht.

Ich stehe vom Sofa auf, greife nach dem Lichtschalter und knipse ihn mit mehr Kraft als nötig aus.

Das ist keine Liebe. Das ist Lust.

Und solange ich mich daran erinnere, wird alles gut gehen.

Es ist Samstagnachmittag und das rhythmische Summen meiner Tastatur ist das einzige Geräusch in meinem Wohnzimmer, abgesehen von dem gelegentlichen genervten Seufzer, der mir entfährt, wenn ein Satz einfach nicht so will wie ich. Meine Finger schweben nun regungslos über den Tasten, während ich auf den blinkenden Cursor über den neuen Kapiteln starre, die Rory mir geschickt hat.

»Nur arbeiten«, grummle ich leise vor mich hin und versuche, mich selbst zu überzeugen. Meine Brille rutscht mir auf die Nase und ich schiebe sie wieder hoch – ein Ritual, das anscheinend häufiger vorkommt, wenn ich sein Manuskript bearbeite. Zufall? Wohl kaum.

Ich scrolle erneut durch das Dokument und überfliege die Szene, bei deren gemeinsamer »Recherche« er so hartnäckig gewesen war. Das fiktive Paar – zu meiner großen Scham kaum verhüllte Versionen von uns – steckt mitten in einem Wortgefecht, ihr Dialog knistert vor Flirts, die als Rivalität getarnt sind. Es ist ärgerlich gut. Schlimmer noch, es ist schwindelerregend vertraut. Ich kann Rorys Stimme in jeder Zeile hören, sehe, wie sich die Fältchen in seinen Augenwinkeln bilden, wenn er besonders mit sich zufrieden ist. Die Erinnerung an sein schiefes Grinsen von gestern Abend stupst mich an wie ein Ellbogen in die Rippen.

»Hör auf damit«, befehle ich mir selbst und schüttle den Kopf so heftig, dass mein Pferdeschwanz hin und her schwingt. »Hier geht es nicht um ihn. Es geht um die Arbeit.«

Aber das Problem ist, es geht nicht mehr nur um die Arbeit. Wir haben uns geküsst. Wir haben uns tatsächlich geküsst, und ich war diejenige, die damit angefangen hatte. Rory Keane hat es geschafft, sich in meinem Gehirn festzusetzen wie ein Splitter, den ich anscheinend nicht herausziehen kann. Und vielleicht will ich das auch gar nicht.

Der Gedanke schockiert mich so sehr, dass ich beinahe meine Kaffeetasse vom Schreibtisch stoße. Ich greife sie gerade noch rechtzeitig und meine Finger krallen sich um die Keramik, als ob mich das Festhalten daran stabilisieren würde. Kaffee ist sicher. Vorhersehbar. Rory ist beides nicht.

»Konzentrier dich«, flüstere ich und starre angestrengt auf den Bildschirm. Der Cursor blinkt mir entgegen, wenig hilfreich wie immer.

Mein Handy vibriert neben der Tastatur und schreckt mich auf. Ich sehe auf die Benachrichtigung. Eine SMS von Danny:

> Wie geht's mit dem Manuskript des Border Collies voran? Widerstehst du immer noch seinem offensichtlichen Charme, oder soll ich schon mal euren Hochzeits-Hashtag planen?

»Ugh«, stöhne ich, aber ich kann mir ein aufsteigendes Lachen nicht verkneifen. Natürlich würde Danny ›eine Erschütterung der Macht‹ spüren. Ich bin immer noch nicht bereit, ihm irgendetwas zu erzählen, und ich tippe schnell zurück:

> Es ist in Ordnung. Alles ist in Ordnung. Es ist keinerlei Widerstand gegen seinen Charme nötig.

Eine dreiste Lüge, aber eines Tages wird er mir verzeihen.

Sobald ich auf Senden drücke, taucht eine weitere Nachricht auf. Diese ist nicht von Danny. Sie ist von Rory:

Denkst du noch an letzte Nacht? Keine Sorge – ich fange schon mal an, unseren nächsten Recherche-Ausflug zu planen. Gern geschehen. winking face

Ich starre auf den Bildschirm, während mir die Hitze den Hals hochkriecht. Die Dreistigkeit dieses Mannes. Aber auch … die absolute Unverfrorenheit meines dummen Herzens, einen Schlag auszusetzen, als sein Name mein Handy aufleuchten lässt.

Ich sollte ihn ignorieren. So tun, als hätte ich es nicht gesehen. Besser noch, mit einer bissigen Bemerkung antworten, die klarstellt, dass das, was gestern passiert ist, definitiv eine einmalige Sache war. Aber stattdessen schwebt mein Daumen unentschlossen über der Tastatur.

»Lass dich nicht darauf ein«, sage ich mir streng. »Lass dich auf *gar keinen Fall* darauf ein.«

Und doch, wider besseres Wissen – oder vielleicht gerade deswegen – ertappe ich mich dabei, wie ich zurückschreibe.

Berufliche Neugier. Mehr war das nicht. Bilde dir nichts darauf ein, Keane.

Ich tippe auf Senden, bevor ich es mir anders überlegen kann, und bereue sofort, wie flirtend es klingt. Flirten war nicht das Ziel. Professionelle Grenzen waren das Ziel. Oder?

Die Punkte, die anzeigen, dass er tippt, erscheinen sofort. Ich lege das Handy mit dem Display nach unten auf den Schreibtisch, entschlossen, ihm heute keinen weiteren Platz in meinem Kopf zu geben. Außer, dass ich es natürlich dreißig Sekunden später wieder aufhebe.

Fühle mich trotzdem geschmeichelt.

Viel Spaß mit den neuen Kapiteln, Lara. Deine Recherchemethodik hat wirklich geholfen.

»Verdammt seist du.« Doch ich ertappe mich beim Lächeln. *Verdammter Kerl.*

Entschlossen klappe ich den Laptop zu, lehne mich in meinem Stuhl zurück und starre an die Decke. Das hier sollte eigentlich einfach sein. Das Buch lektorieren. Professionell bleiben. Die magnetische Anziehungskraft von Rory Keanes unglaublichem Charisma ignorieren.

Ich versage auf ganzer Linie.

»Nur arbeiten«, sage ich ein letztes Mal laut, aber die Worte klingen jetzt hohl. Denn tief in meinem Inneren kenne ich die Wahrheit. Nichts von alldem fühlt sich mehr wie *nur Arbeit* an. Dieser Kuss war nicht nur ein Fehler. Er war eine Verschiebung – eine tektonische – und jetzt gibt es kein Zurück mehr.

Ich nehme mir fest vor, dass alle zukünftigen Redaktionssitzungen online stattfinden werden; es gibt absolut keinen Grund für uns, im selben Raum zu sein. Das lässt sich alles problemlos aus der Ferne regeln.

ZEHN

Der Kies knirscht unter meinen Füßen, während ich meinen Koffer den schmalen Gartenweg hochhieve, und meine Laptoptasche schlägt mir bei jedem unbeholfenen Schritt gegen die Hüfte. Vor mir ragt das Cottage auf – malerisch, idyllisch und durch und durch irritierend. Natürlich musste Fiona das für eine gute Idee halten. Nichts schreit so sehr nach »professioneller Zusammenarbeit« wie zwei Leute in einem Landhaus mit fragwürdigem WLAN und einer Vorgeschichte voller schlechter Entscheidungen zu isolieren.

Offensichtlich weiß Fiona nichts von dem Kuss letzter Woche.

Offensichtlich konnte ich ihr nicht den wahren Grund nennen, warum ich nicht nach Somerset wollte.

Also bin ich jetzt hier. Offensichtlich.

»Bezaubernd, nicht wahr?«, dringt Rorys Stimme über meine Schulter, viel zu amüsiert für meinen Geschmack. Er trottet hinter mir her, sein Rollkoffer gleitet mühelos dahin, denn wie sollte es auch anders sein.

»Bezaubernd«, wiederhole ich tonlos und umklammere den Griff meiner Tasche, als könnte sie Flügel bekommen und davonfliegen, wenn ich losließe. »Wenn man auf übertrieben niedliche Ästhetik und erzwungene Nähe steht.«

»Erzwungene Nähe kann Spaß machen«, sagt er und schlendert an mir vorbei die Stufen zur Haustür hinauf. »Kommt auf die Gesellschaft an.«

Ich schlucke die bissige Erwiderung herunter, die mir auf der Zunge liegt, und folge ihm hinein, fest entschlossen, mich nicht auf ihn einzulassen. Die Luft riecht schwach nach Lavendel und altem Holz, die Art von Duft, die zu überteuerten Kerzen gehört, die an Frauen vermarktet werden, die noch nie Stress erlebt haben. Es ist auf eine ärgerliche Weise beruhigend, was mich nur noch mehr irritiert.

Rory mustert bereits den Raum, die Hände in den Taschen, und strahlt eine entspannte Selbstsicherheit aus wie Sonnenlicht. Ich hasse es, wie wohl er sich hier zu fühlen scheint, als ob er hierhergehört, als ob diese ganze lächerliche Situation ein großer Witz ist, den er in vollen Zügen genießen will. Währenddessen stehe ich im Eingangsbereich und umklammere meine Sachen wie ein verrücktes Maultier, während ich versuche, nicht über den unebenen Steinboden zu stolpern.

»Gemütlich«, verkündet er und dreht sich zu mir um. »Was meinst du?«

»Dass ich Fiona Schmerzensgeld in Rechnung stellen werde«, nörgle ich und husche an ihm vorbei, um die nächstbeste freie Fläche als meinen Arbeitsplatz zu beanspruchen. Der Esstisch wird es tun – solide, funktional und praktischerweise weit weg vom Kamin, wo Rory sich bereits wie eine literarische Salon-Echse in einen Sessel drapiert hat.

Während ich meinen Laptop heraushole und meine Notizbücher mit klinischer Präzision anordne, spüre ich seinen Blick auf mir. Sein Blick hat eine Schwere, eine Hitze, die meine Haut unter meiner Jacke kribbeln lässt. Ich halte meinen Blick starr auf den Tisch gerichtet und tue so, als würde ich es nicht bemerken.

»Brauchst du Hilfe beim Aufbauen?«, bietet er an, sein Tonfall ist leichtherzig, aber mit etwas durchzogen, das sich wie eine Herausforderung anfühlt.

»Ich glaube, ich schaffe es, einen Laptop ohne Hilfe einzustecken, danke«, erwidere ich, rücke meine Brille zurecht und konzentriere mich fest auf meinen Bildschirm. Meine Finger schweben über der Tastatur, obwohl ich noch nichts tippe. Ich muss nur beschäftigt aussehen. Abgelenkt. Uninteressiert.

»Wie du meinst.« Ein Rascheln ist zu hören, als er sich in seinem Sessel bewegt, gefolgt von einem leisen Kichern, bei dem sich bei mir alles zusammenzieht. »Wirst du immer so ernst, wenn du mit jemandem zusammenarbeitest, oder gilt das nur mir?«

»Manche von uns nehmen ihren Job eben ernst«, sage ich und hebe den Blick gerade lange genug, um ihm einen vielsagenden Blick zuzuwerfen.

»Ah, also bin ich etwas Besonderes.«

»‚Besonders‘ ist ein Wort dafür«, murmle ich und konzentriere mich wieder darauf, die Kanten meines Notizbuchs mit militärischer Präzision auszurichten. Wenn ich meine Hände beschäftige, kann ich mich vielleicht von der Erinnerung an seine Lippen auf meinen ablenken, von der Art, wie mein Herz in diesem Sekundenbruchteil gestolpert war, bevor die Vernunft eingeschritten war und alles ruiniert hatte.

»Komm schon, Lara«, sagt er nach einem Moment, seine Stimme ist jetzt sanfter, fast schmeichelnd. »So schlimm ist das doch nicht, oder? Ein kleiner Ausflug aufs Land, frische Luft, ein bisschen kreative Zusammenarbeit ...«

»Bleiben wir einfach bei der Zusammenarbeit«, unterbreche ich ihn. Seine Augenbrauen heben sich, aber er drängt nicht weiter, und dafür bin ich dankbar.

Rory schlendert herüber und setzt sich zu mir an den

Esstisch. Er sieht zum Wahnsinnigwerden unbeschwert aus, als wären wir für ein lockeres Gespräch hier und nicht für eine Notoperation an seinem katastrophalen zweiten Akt.

»Okay«, sage ich und breche endlich die Stille. »Fangen wir mit dem offensichtlichen Problem an.«

»Nur zu«, erwidert er geschmeidig und macht eine Geste mit seiner freien Hand, als würde er mich einladen, ihn zu vernichten. Sein Selbstbewusstsein ist, ich schwöre es, sowohl anstrengend als auch … Nein, es ist einfach nur anstrengend.

»Dein Protagonist, Oliver« – ich betone den Namen, als wäre er eine persönliche Beleidigung – »verbringt die Hälfte des zweiten Aktes damit, Trübsal zu blasen, weil er verlassen wurde, wenn er sich nicht gerade mit Verfolgungsjagden und Explosionen beschäftigt, aber wir sollen glauben, dass er sich in jemand Neues verliebt. Das ist emotional widersprüchlich. Du kannst keinen Tiefgang haben, wenn du nur an der Oberfläche kratzt.«

»Ah, ja«, sagt Rory und nickt ernst. »Tiefgang. Der erklärte Erzfeind des gepflegten Trübsalblasens.«

»Rory«, fahre ich ihn an, »das ist mein Ernst. Du vermeidest die emotionale Arbeit. Oliver muss tatsächlich etwas anderes *fühlen* als Selbstmitleid. Sonst werden dir deine Leser die Romanze nicht abkaufen.«

»Aber was ist, wenn Olivers Selbstmitleid Teil des Ganzen ist? Vielleicht hat er Angst, etwas Echtes zu fühlen, weil es ihn verletzlich macht. Verletzlichkeit ist furchteinflößend, Lara. Findest du nicht auch?«

»Verletzlichkeit schafft eine Verbindung zum Leser«, entgegne ich gleichmütig. »Aber nur, wenn sie verdient ist. Im Moment liest sich Oliver wie ein mürrischer Teenager, der nicht weiß, was er will.«

»Kommt mir bekannt vor«, sagt Rory leise, gerade laut genug, dass ich es hören kann.

»Wie bitte?«

»Nichts«, sagt er unschuldig. »Aber im Ernst, du meinst, der Mangel an emotionalem Tiefgang ist das größte Problem?«

»Eines davon«, gebe ich zu und lasse meinen Blick auf dem Manuskript. »Das Pacing ist auch schlecht, und einige der neuen Dialoge fühlen sich ... unnatürlich an. Als ob du zu sehr versuchst, clever zu sein.«

»Ich glaube, ich habe mich ein bisschen verrannt. Es war seltsam, sich letzte Woche nicht persönlich zu treffen, um an der Überarbeitung zu arbeiten. Ich habe das vermisst, weißt du. Mit dir zu arbeiten.«

»Mit mir zu arbeiten oder mit mir zu streiten?«, frage ich misstrauisch.

»Gibt es da einen Unterschied?«, witzelt er, aber in seinem Ton schwingt ein aufrichtiger Unterton mit.

»Kommen wir zurück zu Oliver«, sage ich forsch. »Er braucht einen klaren emotionalen Bogen. Frag dich zuerst, wovor er Angst hat. Was hält ihn zurück?«

»Angst vor Ablehnung, vielleicht.« Rorys Antwort kommt schnell, aber seine Augen verweilen ein wenig zu lange auf mir, als würde er vorfühlen. »Oder die Angst, wieder verletzt zu werden. Das kann man nachvollziehen, oder?«

»Sicher«, erwidere ich. »Solange es nicht zu einer Ausrede für ihn wird, sich dem Wachstum zu entziehen. Die Leser wollen sehen, wie er sich entwickelt, nicht wie er stagniert.«

»Schon gut«, gibt er nach. »Was, wenn er ihr einen Brief schreibt? Etwas Rohes, Ungeschliffenes. Verletzliches.«

»Endlich«, sage ich und atme aus, als hätte ich die ganze Zeit darauf gewartet, dass er zu dieser offensichtlichen Schlussfolgerung kommt. »Jetzt kommen wir voran. Aber es muss verdient sein. Keine Klischees über Sonnenuntergänge oder den Vergleich ihrer Augen mit Edelsteinen.«

»Auch keine Saphire?«, neckt er mich.

»Besonders keine Saphire.«

»Okay, verstanden. Obwohl ich, nur fürs Protokoll, den

Satz genial finde.« Er holt seinen Laptop heraus und fängt an zu schreiben. Langsam finden wir zu unserem früheren Rhythmus zurück, während wir uns die Ideen gegenseitig zuwerfen. Es macht fast ... Spaß, so zu arbeiten. Wenn er nicht gerade unausstehlich selbstgefällig ist, hört Rory tatsächlich zu. Und wenn ich nicht hyperkritisch bin, genieße ich vielleicht sogar die Art und Weise, wie unsere Gedanken ineinandergreifen. Es ist wahnsinnig produktiv. Fast schon gefährlich.

Während Rory tief in die Überarbeitung seines Endes des ersten Aktes vertieft ist, ergreife ich die Gelegenheit, mich oben umzusehen. Meine anfängliche Befürchtung, Fiona hätte nicht daran gedacht, zu prüfen, ob es zwei Schlafzimmer gibt, wurde schnell zerstreut. Es gibt zwei, und beide sind wunderschön. Es ist Landhaus-Idylle pur und ich bin sofort ein Fan. Ich nehme das kleinere der beiden für mich in Anspruch. Nicht, weil ich mich besonders großmütig fühle, sondern weil es das mit eigenem Bad ist. Seit ich vor zwei Jahren dreißig geworden bin, habe ich festgestellt, dass meine Blase nachts hyperaktiv wird, und das Letzte, was ich gebrauchen kann, ist, in den frühen Morgenstunden dabei gesehen zu werden, wie ich im Schlafanzug aus dem Gemeinschaftsbad zurückrenne.

Es dauert nur wenige Minuten, meinen Koffer auszupacken, und das Cottage fühlt sich sofort wie ein zweites Zuhause an. Ich lege mich auf die Bettdecke, um meinen Augen eine Pause zu gönnen, und dank des lächerlich frühen Starts und der langen Fahrt schlafe ich ein.

Als ich aufwache, bin ich voller Energie und aufgeregt, und ich stürme die Treppe hinunter, mit großer Lust auf einen Kräutertee. Rory ist so tief ins Schreiben von neuem Material vertieft, dass ich versuche, ihn nicht zu stören. Stattdessen stöbere ich durch die kleine, aber vielseitige Auswahl an Kochbüchern, die neben dem Wasserkocher aufgereiht sind.

Mit einem Tajine-Rezept im Gedächtnis und dem feierlichen Versprechen, es irgendwann diese Woche zu kochen, setze ich mich an den Küchentisch und strecke mich, um einige Verspannungen in meinem Rücken zu lösen.

Rory ahmt meine Bewegung nach, nur dass er, anstatt sich zu strecken, mit seinem Stuhl auf zwei Beinen nach hinten kippt und gefährlich balanciert.

»Tu das nicht«, warne ich automatisch. »Du schlägst dir noch den Schädel ein, und ich fahre dich nicht ins Krankenhaus.«

»Gut zu wissen, woran ich bei dir bin.« Er lässt den Stuhl auf alle vier Beine zurückplumpsen, dann verschränkt er die Arme hinter dem Kopf. »Also ... wegen dieses Kusses.«

Die Luft zwischen uns verändert sich so plötzlich, ich schwöre, ich kann es spüren. Mein Rücken versteift sich. »*Welcher* Kuss?«

»Komm schon, du hast ihn nicht vergessen.«

»Natürlich nicht, aber er ist irrelevant.«

»Ist er das? Denn ich glaube nicht.«

»Tja, da liegst du falsch. Wir sind hier, um zu arbeiten, erinnerst du dich? Nicht, um irgendeinen ... irgendeinen Aussetzer wieder aufzuwärmen.« Meine Stimme stockt bei den letzten Worten leicht, und ich hasse mich dafür.

»Interessante Wortwahl.«

»Lass es gut sein, Rory.«

»In Ordnung. Wenn du darauf bestehst. Zurück an die Arbeit?«

»Zurück an die Arbeit«, wiederhole ich und zwinge meinen Fokus zurück auf die Seite. Aber die Spannung bleibt, elektrisierend und ungelöst, und summt in der Luft zwischen uns.

»Chemie«, sagt er plötzlich und bricht die Stille wie ein Kieselstein, der in stilles Wasser geworfen wird.

Ich blicke auf, die Stirn in Falten gelegt. »Was ist damit?«

»Im Buch«, stellt er klar, obwohl die Art, wie sein Blick zu mir schweift, andeutet, dass er nicht *nur* über das Buch spricht. »Du hast vorhin gesagt, dass es der Romanze an Chemie fehlt. Dass sie sich ... flach anfühlt.«

»Ja, weil es so ist«, antworte ich, wobei sich meine Lektorenstimme automatisch einschaltet. »Die Interaktionen zwischen deinen Hauptfiguren sind immer noch zu oberflächlich. Es gibt keinen echten Funken, nichts von der emotionalen Tiefe deiner anderen Bücher. Sie spulen nur ...« Ich mache eine Pause und suche nach dem richtigen Wort. »Ihr Programm ab.«

»Dann verrate mir mal eins. Glaubst du, man kann Chemie künstlich herstellen? Oder ist es etwas, das bereits existieren muss?«

»Tun wir das jetzt wirklich?«

»Warum nicht? Es ist relevant.« Er steht auf und beginnt, auf und ab zu gehen. »Wenn das Problem bei Sophie und Oliver ein Mangel an glaubwürdiger Chemie ist, sollten wir vielleicht untersuchen, was Chemie glaubwürdig macht.«

»Viel Glück dabei. Chemie ist ironischerweise kein wissenschaftliches Experiment, Rory. Man kann sie nicht einfach« – ich gestikuliere vage mit meinem Stift – »konstruieren.«

»Ich stimme zu, es ist keine Wissenschaft. Es ist menschliche Verbindung. Chaotisch, kompliziert, unvorhersehbar. Ist es nicht das, was ich deiner Meinung nach auf der Seite einfangen muss?«

Der zweite Akt seines Manuskripts ist *tatsächlich* flach. Der Romanze fehlt es an Leben, an Spontaneität. Sie liest sich zu einstudiert, zu geprobt – als ob die Charaktere ihre Rollen spielen, anstatt sie zu leben. Und wenn ich ehrlich zu mir selbst bin (ein großes *Wenn*), habe ich mehr Nächte, als ich zugeben möchte, an meine Decke gestarrt und mich gefragt, warum es mir so wichtig ist, das zu korrigieren. Mich gefragt, warum sich sein Scheitern so persönlich anfühlt.

»Hör auf damit.«

»Womit?«

»Sinn zu ergeben.«

Rory lacht, steht auf und schenkt sich selbst etwas zu trinken ein.

Ich kneife die Augen zusammen. »Du hast diesen Blick drauf.«

Rory lehnt sich voller lässiger Selbstsicherheit an die Arbeitsplatte mir gegenüber und rührt Zucker in seinen Tee, als würde er nicht gleich etwas Lächerliches sagen. »Welchen Blick?«

»Den, der normalerweise einer furchtbaren Idee vorausgeht.«

Er grinst und hebt seine Tasse an die Lippen. »Was, wenn es eine großartige Idee ist?«

»Höchst unwahrscheinlich.«

Er mustert mich einen Moment lang, als wäge er seine Vorgehensweise ab, dann stellt er seine Tasse mit einem entschlossenen Klirren ab. »Zwischen uns ist offensichtlich etwas.«

Ich ziehe eine Augenbraue hoch. »Etwas?«

»Du weißt schon.« Er macht eine lässige Handbewegung zwischen uns. »Chemie. Spannung. Dieses ganze ‚Kriegen-sie-sich-oder-kriegen-sie-sich-nicht'-Ding, um das wir herumtanzen, seit wir uns neulich geküsst haben.«

Ich schnaube und ignoriere die Hitze, die bei der Erinnerung auf meiner Haut prickelt. »Mir war nicht bewusst, dass wir um irgendetwas herumtanzen.«

»Oh, doch, das tun wir.« Er legt den Kopf schief, als würde er das hier viel zu sehr genießen. »Und anstatt dagegen anzukämpfen, schlage ich vor, wir ... lassen uns darauf ein.«

Ich atme aus und drücke meine Finger an meine Schläfen. »Darauf einlassen?«

Er grinst. »Freundschaft plus.«

Ich blinzle ihn an. »Du machst Witze.«

»Mein voller Ernst.« Er verschränkt die Arme und spiegelt meine Haltung. »Wir hängen die nächsten vier Wochen zusammen, um an diesem Buch zu arbeiten. Du bist meine Lektorin. Ich bin dein widerwilliges Manuskript-Desaster. Da ist Anziehung – das wissen wir beide. Warum also nicht ein bisschen Spaß dabei haben? Keine Verpflichtungen, keine Komplikationen.«

Ich starre ihn an und warte auf die Pointe. Sie kommt nicht.

»Du glaubst, wenn wir miteinander schlafen, hilft dir das, dein Buch fertigzustellen?«

Er zuckt zusammen. »So würde ich es nicht ganz formulieren.«

»Wie würdest du es denn formulieren?«

»Ich würde sagen, wir beide haben etwas von dieser Vereinbarung.«

Ich stoße ein trockenes Lachen aus. »Du benutzt das Schreiben tatsächlich als Ausrede für Sex?«

»Keine Ausrede«, sagt er grinsend. »Eher ein Anreiz.«

Ich schüttle den Kopf und trinke den letzten Rest meines Tees, um Zeit zu gewinnen, bevor ich etwas Lächerliches tue, wie zum Beispiel es tatsächlich in Erwägung zu ziehen.

»Und wenn uns das Ganze unweigerlich um die Ohren fliegt?«, frage ich.

Er zuckt mit den Schultern, völlig unbeeindruckt. »Wird es nicht. Wir sind beide erwachsen. Keine Erwartungen, kein Druck. Nur ... ein chemisches Experiment.«

Ich verdrehe die Augen. »Du bist eine echte Plage.«

»Das sagst du, aber du denkst darüber nach.«

Verdammt, das tue ich.

»Entschuldigung«, sagt er, obwohl er keineswegs entschuldigend klingt. »Das ist eine schlechte Angewohnheit. Gehört wohl dazu, schätze ich.« Er macht eine vage Geste, als wäre seine ganze Existenz eine einzige lange Übung in müheloser Überzeugungskraft. »Aber mal im Ernst, was hält dich zurück? Angst, die Kontrolle zu verlieren?«

»Kontrolle ist nicht das Problem«, lüge ich und verschränke die Arme. »Hier geht es um Professionalität. Um Grenzen.«

»Grenzen können flexibel sein«, entgegnet er mit leiser, geschmeidiger Stimme. »Besonders, wenn sie zu besserer Kunst führen.«

»Rory, du bist unglaublich.«

»Danke«, sagt er und grinst, als hätte ich ihm gerade ein Kompliment gemacht. »Hör zu, ich verstehe – du bist vorsichtig. Bedacht. Aber manchmal, Lara, ist das Eingehen von Risiken der einzige Weg, um etwas Außergewöhnliches zu schaffen.«

»Risiken«, wiederhole ich, während vor meinem geistigen Auge die tausend Arten aufblitzen, wie das hier grandios schiefgehen könnte. Mein Ruf ruiniert, meine Gefühle in einem Chaos verstrickt, und eine von uns – *nämlich ich* – mit gebrochenem Herzen zurückgelassen; ein Fehler, den ich nach James schwor, nie wieder zu machen. Aber dann ist da noch ein anderer Gedanke, leiser, schwerer zu ignorieren: *Was, wenn er recht hat?*

»Denk mal drüber nach«, sagt er, seine Haltung trügerisch entspannt, während sein Blick auf mir haftet. »Du forderst mich heraus, ich fordere dich heraus. Während der Arbeitszeit bleiben wir professionell, und danach ...« Er lässt den Satz provokativ in der Luft hängen.

»Und danach, was?«

»Danach sehen wir, was passiert«, beendet er den Satz mit einem breiter werdenden Grinsen. »Ohne Verpflichtungen. Nur – für das Buch, natürlich.«

»Natürlich«, wiederhole ich schwach, obwohl sich nichts daran selbstverständlich anfühlt. Oder sicher. Oder vernünftig.

»Komm schon, Yates.« Seine Stimme wird sanfter, neckisch, aber nicht unfreundlich. »Du bist die beste Lektorin, mit der ich je gearbeitet habe. Lass mich beweisen, dass ich der Aufgabe gewachsen bin. Im wahrsten Sinne des Wortes.« Er grinst, und ich stöhne und vergrabe mein Gesicht in meinen Händen.

Hilf mir, Gott, denke ich, obwohl ich nicht sagen könnte, ob es ein Gebet oder ein Fluch ist.

»Na gut«, sage ich, das Wort kratzt sich aus mir heraus, als wäre es mit einem Brecheisen gelöst worden. Meine Arme sind so fest vor der Brust verschränkt, dass es mich wundert, dass ich mir noch nichts ausgerenkt habe. »Ich werde es mir *überlegen*.«

»Überlegen?«, wiederholt Rory, die Brauen ungläubig hochgezogen, während sein Grinsen ihn gleichzeitig jungenhaft und viel zu selbstsicher aussehen lässt. »Lara Yates, hast du gerade zugestimmt, ... gegenseitig vorteilhaft zu sein?«

»Übertreib es nicht.« Ich werfe ihm einen Blick zu, der die meisten Männer zusammenzucken lassen würde. Rory natürlich sieht nur noch amüsierter aus.

»Kein Übertreiben. Nur Chemie.« Seine Stimme wird etwas leiser, und die Art, wie er es sagt – sanft, neckisch, aber auch bedacht – jagt ein unerwünschtes Flattern durch meine Brust.

»Grenzen«, verkünde ich und ignoriere, was auch immer das war. Ich schnippe zur Betonung mit den Fingern, als würde ich diese lächerliche Sitzung zur Ordnung rufen. »*Falls*

– und das ist hypothetisch – falls wir das tun, wird es Regeln geben.«

»Regeln.« Er nickt feierlich, obwohl das Zucken in seinem Mundwinkel ihn verrät. »Ich liebe Regeln.«

»Irgendwie bezweifle ich das.« Ich rücke meine Brille zurecht, hauptsächlich, damit ich ihm nicht direkt in die Augen sehen muss, wenn ich den nächsten Teil sage. »Das hier bleibt getrennt von der Arbeit. Vollständig. Das Manuskript hat Vorrang. Wenn das hier« – ich mache eine vage Geste zwischen uns, als würde ich auf eine unsichtbare, idiotische Vereinbarung in der Luft deuten – »im Weg steht, ist es vorbei. Sofort.«

»Verstanden.« Er nippt an seinem Getränk und beobachtet mich jetzt zu aufmerksam. Es ist beunruhigend, wie Rory mich ansehen kann, als wäre ich nicht nur eine Ansammlung von Lektoratsregeln und beruflichen Grenzen, sondern eine echte Person. Ich bevorzuge es, wenn die Leute sich an Ersteres halten.

»Außerdem«, fahre ich fort und räuspere mich, »keine öffentlichen Zurschaustellungen. Diskretion ist nicht verhandelbar.«

»Diskretion.« Rory blickt auf und tut so, als würde er darüber nachdenken. »Also kein ‚Rory + Lara‘ an irgendwelche Toilettenkabinen schmieren? Kein ‚Du vervollständigst mich‘ von den Dächern schreien?«

»Genau.« Ich mustere ihn mit einem bedeutungsvollen Blick. »Und wenn du mich auch nur ein einziges Mal Babe oder Schätzchen nennst, bist du mit deinem Buch auf dich allein gestellt.«

»Zur Kenntnis genommen.« Er grinst, aber sein Ausdruck wird weicher, nur ein ganz klein wenig. »Sonst noch was, oder darf ich das hier offiziell als die beste Idee betrachten, die ich je hatte?«

»Werd nicht übermütig«, sage ich und senke meinen Blick

auf das Notizbuch vor mir. Ich schlage es auf und fange an, Unsinn zu kritzeln, nur um dem Mann nicht ansehen zu müssen, der es gerade geschafft hat, mich zu überreden zu – was eigentlich? Einer Vereinbarung? Einer Katastrophe, die nur darauf wartet, zu passieren? Beidem?

»Hey«, sagt Rory nach einem Moment, sein Ton jetzt leiser, weniger verspielt. »Danke, dass du mir hierbei vertraust. Ich weiß, es ist ... kompliziert.«

Kompliziert beschreibt es nicht einmal ansatzweise, aber ich korrigiere ihn nicht. Stattdessen blicke ich auf und fange einen Ausdruck auf seinem Gesicht ein, den ich nicht erkenne. Nicht das arrogante Grinsen, nicht das charmante Lächeln. Eher etwas, das Aufrichtigkeit nahekommt, gefärbt von Unsicherheit. Es wirft mich so aus dem Gleichgewicht, dass ich nur ein kurzes Nicken zustande bringe, bevor ich wieder nach unten schaue.

»Na dann«, sagt er und setzt sich an den Esstisch. »Zeit, mich wieder der Rettung meines literarischen Meisterwerks zu widmen, was?«

»Endlich kommt mal was Vernünftiges aus deinem Mund.« Ich klammere mich an den Themenwechsel wie an einen Rettungsanker und blättere mit weit mehr Enthusiasmus zu meinen Notizen zurück, als man für strukturelle Änderungen jemals empfinden sollte. »Kapitel zwölf muss übrigens immer noch komplett überarbeitet werden. Diese ganze Szene, in der Sophie seine Entschuldigung so schnell annimmt? Unglaublich klischeehaft.«

»Ah, ja. Die Versöhnungssex-Szene.« Er grinst und greift nach seinem Laptop. »Was du nicht verstehst, Yates, ist, dass sie *romantisch* ist. Weißt du, so wie wir.«

ELF

Ich lehne an der Küchentheke und starre auf mein schwaches Spiegelbild im dunklen Fenster. Ich hatte vergessen, wie still es auf dem Land ist. Kein Verkehr, keine Sirenen, keine lauten Nachtschwärmer auf dem Weg in den oder aus dem Pub.

Rorys Stimme hallt aus dem Wohnzimmer, irgendetwas darüber, dass schlechte Filmdialoge im Grunde ein Verbrechen an der Menschheit sind. Ich höre nur mit halbem Ohr zu und nicke gelegentlich, damit er denkt, ich würde aufpassen.

Denn das kann ich nicht. Nicht wirklich.

Diese *Abmachung* zwischen uns – sie ist in Ordnung. Sie ist locker. Unverbindlich. Keine chaotischen Gefühle. Nur zwei erwachsene Menschen, die zufällig eine umwerfende Chemie miteinander haben.

Ich zerdenke schon wieder alles.

Die Wahrheit ist, ich habe mir selbst Regeln aufgestellt. Grenzen. Ich habe sie mit der Präzision einer meiner redaktionellen Anmerkungen gezogen: klare Linien, keine Zweideutigkeit. Rory passt in keiner Weise in mein Leben, die über ... das hier hinausgeht. Er kann es nicht. Dafür habe ich keine Kapazitäten, nicht, wenn ich noch so viel erreichen will, nicht, wenn –

»Grübelst du immer noch, Yates?« Seine Stimme reißt mich aus meiner Gedankenspirale, und ich schaue auf und sehe ihn im Türrahmen lehnen, eine Schulter gegen den Rahmen gestützt. In seinem weißen Leinenhemd hatten selbst die Falten noch Falten, und in der Art, wie er mich musterte, lag eine lässige Selbstsicherheit, als wüsste er genau, was ich dachte.

»Grübeln ist deine Spezialität, Keane«, erwidere ich und halte meinen Tonfall leicht. So ist es einfacher – Geplänkel ist sicher. Geplänkel hat keine Konsequenzen.

»Aha.« Er tritt einen Schritt näher, und mein Puls gerät ins Stolpern. »Rede dir das nur weiter ein.«

»Irgendwer muss es ja tun.« Ich greife nach meinem Wasserglas und tue so, als bräuchte ich etwas, um meine Hände zu beschäftigen.

»Komisch«, sagt er und schließt nun die Lücke zwischen uns vollständig. Er ist viel größer als ich, was ärgerlich ist, weil es ihm einen unfairen Vorteil verschafft. Als er den Kopf neigt, heften sich seine Augen auf meine, und plötzlich habe ich das Gefühl, mich einfach an seine Brust kuscheln zu wollen.

»Rory«, beginne ich, was eine Warnung sein soll, aber es kommt schwächer heraus, als ich beabsichtigt hatte.

»Entspann dich«, flüstert er. »Heute Nacht wird nicht nachgedacht. Nur ... das hier.«

Und dann küsst er mich.

Der Kuss ist wohlüberlegt, als hätte er ihn stunden-, vielleicht tagelang geplant. Seine Lippen sind warm, weich, aber an der Art, wie sie meine beanspruchen, ist nichts Zögerliches. Seine Hand gleitet zu meinem Nacken, sein Daumen streicht über meinen Kiefer, und mit einem Mal gerät die Welt aus den Fugen.

Ich vergesse alles – die Regeln, die Grenzen, die faden-

scheinigen Ausreden, an die ich mich wie an einen Rettungsanker geklammert hatte. Alles, woran ich denken kann, ist er.
Die Hitze seines Mundes, das sanfte Kratzen der Bartstoppeln
auf meiner Haut, die Art, wie er nach Kamillentee und etwas
Süßerem schmeckt, das ich nicht benennen kann.

Mir stockt der Atem, als er den Kuss vertieft. Seine andere
Hand findet meine Taille und zieht mich näher, als könnte er
den Gedanken an den Abstand zwischen uns nicht ertragen.
Mein Wasserglas gleitet mir aus der Hand und landet mit
einem dumpfen Schlag irgendwo auf der Theke, aber ich
nehme das Geräusch kaum wahr.

Es ist verzehrend. Er ist verzehrend. Und zum ersten Mal
frage ich mich, ob ich vielleicht unterschätzt habe, wie gefährlich Rory Keane wirklich ist.

Sein Kuss ist eine Frage, deren Beantwortung ich, soweit
ich mich erinnere, nicht zugestimmt habe.

Meine Hände drücken gegen seine Brust – vielleicht, um
ihn wegzustoßen, vielleicht, um mich abzustützen –, aber in
der Sekunde, in der ich die Wärme von ihm unter meinen
Fingern spüre, zerstreuen sich alle Gedanken an Widerstand
wie lose Blätter im Wind. Sein Mund bewegt sich mit einer
Zielstrebigkeit, die mir den Atem raubt und ihn durch etwas
viel Gefährlicheres ersetzt: Verlangen.

»Warte«, schaffe ich es zwischen den Küssen, die mich
schwindelig und haltlos machen. »Wir sollten nicht ...«

»Was sollten wir nicht?«, haucht Rory gegen meine
Lippen, seine Stimme so tief, dass meine Knie weich werden.
Er hört nicht wirklich auf, mich zu küssen. Seine Lippen
streifen meinen Mundwinkel, dann meinen Kiefer, dann
direkt unter mein Ohr, wo er genau zu wissen scheint, wie er
mich völlig aus der Fassung bringen kann.

»Denken«, platzt es aus mir heraus, obwohl ich schon beim
Aussprechen höre, wie wenig überzeugend ich klinge. Mein
Gehirn ist bereits Matsch, und die Art, wie seine Zähne sanft

an meinem Ohrläppchen knabbern, ist dabei keine große Hilfe.

»Denken wird überbewertet«, sagt er, seine Worte heiß auf meiner Haut, und in seiner Stimme liegt ein verdammtes Grinsen. Natürlich tut es das.

Anstatt einen Schritt zurückzutreten, kralle ich mich am Stoff seines Hemdes fest und ziehe ihn näher, als wollte ein verräterischer Teil von mir sich an ihm verankern. Der logische Teil meines Verstandes – der, der nach Grenzen und schlechten Ideen schreit – verliert rapide an Boden. Es ist schwer, mit Logik zu argumentieren, wenn der Puls hämmert und der Körper jede Berührung genießt.

Plötzlich hält er inne und zieht sich zurück. »Ich weiß, was wir vorhin vereinbart haben. Aber ich muss es wissen. Ist es das, was du willst?«

»Rory«, sage ich, sein Name kommt sanft und atemlos über meine Lippen. »Ja. Ja, das ist es.«

»Ja?« Seine Lippen finden wieder meine. Diesmal küsst er mich langsam und tief, eine bewusste Art von Qual, die keinen Raum für einen klaren Gedanken lässt.

Ich weiß nicht, wer sich zuerst bewegt, aber plötzlich stolpern wir rückwärts oder vorwärts oder seitwärts – ich habe keine Ahnung, in welche Richtung, denn alles, worauf ich mich konzentrieren kann, ist er. Seine Hände liegen auf meiner Taille, meine in seinem Haar, und irgendwie schaffen wir es in den Flur und die Treppe hinauf, ohne übereinanderzufallen.

»Tür«, sagt Rory mit rauer Stimme, und ich merke, dass er darauf wartet, dass ich ihm den Weg zeige.

»Richtig«, murmle ich und taste hinter mir nach dem Griff der nächstgelegenen Schlafzimmertür. Mein Herz pocht so laut, dass ich überrascht bin, dass keiner von uns etwas dazu sagt. Endlich gibt die Tür nach, und wir stolpern in sein

Schlafzimmer, ohne dass sich unsere Münder voneinander lösen.

Die Dringlichkeit zwischen uns ist elektrisierend, sie sprüht bei jeder Berührung und jedem Geräusch Funken. Mein Rücken prallt gegen die Wand, und ich keuche, aber er ist da und fängt den Laut mit einem weiteren Kuss auf. Seine Hände gleiten hinab zu meinen Hüften und jagen Schauer über meine Haut, selbst durch die Stoffschichten hindurch.

»Denkst du immer noch zu viel nach?«, neckt er, und seine Stimme ist voller Belustigung und etwas Dunklerem, das meinen Magen kribbeln lässt.

»Halt den Mund«, fahre ich ihn an, aber es klingt eher verzweifelt als verärgert, besonders als ich ihn am Bund seiner Jeans näher zu mir ziehe.

Sein Lachen ist leise und verwegen, und bevor ich mir eine schlagfertige Erwiderung ausdenken kann, liegen seine Lippen schon wieder auf meinen und bringen alles zum Schweigen, außer dem Lauffeuer, das sich zwischen uns ausbreitet.

Das Bett findet uns – oder vielleicht finden wir es; die Details sind mir mittlerweile egal. Alles, was ich weiß, ist, dass der Raum zwischen uns vollständig verschwindet und die Welt auf seine Wärme und die Art, wie seine Hände genau zu wissen scheinen, wohin sie gehören, zusammenschrumpft.

»Ärger«, hauche ich an seinen Mund, obwohl ich nicht sicher bin, ob ich ihn oder mich meine. Wahrscheinlich uns beide.

»Guter Ärger«, entgegnet er, und ich hasse es, wie viel Sinn das gerade ergibt.

Seine Hände finden meine Hüften, fest und doch wahnsinnig sanft, als ob er etwas aus mir herauslocken würde, von dem ich nicht wusste, dass es da war. Rory verlagert uns mühelos, seine Bewegungen sind selbstbewusst, aber nicht überhastet, und ich erkenne mit einer Mischung aus Frustration und

Faszination, dass er die Führung übernimmt – mich leitet wie in einem komplizierten Tanz, bei dem nur einer von uns die Schritte kennt.

»Entspann dich«, flüstert er an meinem Ohr, sein Atem ist warm und ärgerlich beruhigend.

»Wer sagt denn, dass ich nicht entspannt bin?«

»Mm, das hättest du mich glauben machen können«, neckt er und zieht sich gerade so weit zurück, dass er mich ansehen kann. Es ist beunruhigend und aufregend zugleich. »Aber keine Sorge, Yates. Ich bin sehr gut im Ablenken.«

»Arroganter geht's wohl nicht?«, schieße ich zurück und versuche, einen Rest von Kontrolle wiederzuerlangen. Aber dann streicht sein Daumen über meine Kieferpartie, neigt mein Gesicht zu sich, und welche schlagfertige Antwort ich auch immer hatte, sie erstickt auf meiner Zunge.

»Selbstbewusst«, korrigiert er, »da gibt es einen Unterschied.«

Bevor ich widersprechen kann – nicht, dass ich noch irgendwelche zusammenhängenden Argumente hätte –, küsst er mich wieder, diesmal langsam und bedächtig, als würde er mich herausfordern, weiter nachzudenken, anstatt zu fühlen. Und verdammt, ich fühle alles – seinen Mund, fest und doch weich, die Art, wie seine Hände meine Hüften hinaufgleiten und Funken unter meiner Haut entfachen, die Hitze, die sich zwischen uns aufbaut.

»Besser«, flüstert er, als wir endlich Luft holen, seine Stimme ist aufgeraut von etwas Ursprünglichem und unglaublich Süchtig machendem. Eine seiner Hände verfängt sich in meinem Haar und zieht sanft daran, während die andere meinen Rücken hinabgleitet, die Rundung meiner Taille findet und sich dort niederlässt, als gehöre sie dorthin.

»Werd nicht überheblich«, schaffe ich es zu sagen. Meine Nägel ziehen leicht über seine Brust, und ich tue so, als würde ich nicht bemerken, wie sein Atem stockt, wie sich seine

Pupillen als Reaktion darauf weiten. Wenigstens bin ich nicht die Einzige, die hier die Beherrschung verliert.

»Zu spät«, witzelt er, aber unter der Prahlerei verbirgt sich eine Weichheit, eine Aufmerksamkeit, die mich immer wieder überrumpelt. Sie liegt in der Art, wie er nach jeder Berührung, nach jedem Kuss mein Gesicht beobachtet, als würde er auf eine Erlaubnis warten, selbst während er die Führung übernimmt. Es ist entwaffnend, berauschend.

Ich bin kurz davor, etwas zu sagen – was genau, habe ich keine Ahnung –, als er mich mit einer fließenden und sicheren Bewegung auf das Bett hebt. Die Matratze gibt unter meinem Gewicht nach, und bevor ich die Verlagerung verarbeiten kann, schwebt er über mir, sein Blick fesselt meinen mit einer Konzentration, die illegal sein sollte.

»Denkst du immer noch zu viel nach?«, fragt er und wiederholt damit seine frühere Bemerkung, aber jetzt liegt kein Humor mehr in seinem Ton, nur noch eine leise Herausforderung. Seine Finger streichen so über meinen Arm, dass sich eine Gänsehaut bildet.

»Halt den Mund«, hauche ich und ziehe ihn zu mir herunter, weil Worte jetzt offiziell nutzlos sind. Die Spannung zerreißt, und plötzlich gibt es keinen Abstand, kein Zögern, nur uns – perfekt aufeinander abgestimmt, als hätten wir das schon tausendmal getan und könnten immer noch nicht genug bekommen.

Jede Berührung fühlt sich sowohl absichtsvoll als auch instinktiv an, als würden wir uns gleichzeitig entdecken und erinnern. Seine Hände finden nackte Haut unter meiner Bluse, und der Kontrast zwischen kühler Luft und seinen warmen Handflächen lässt einen Schauer durch mich laufen. Er bemerkt es, natürlich bemerkt er es, und das zufriedene Grinsen, das folgt, reicht aus, um mich dazu zu bringen, ihm eine Ohrfeige geben zu wollen – oder ihn fester zu küssen. Ich entscheide mich für Letzteres.

»Ärger«, sage ich noch einmal, meine Stimme an seiner Schulter gedämpft.

»Guter Ärger«, wiederholt er, seine Worte eine leise Vibration an meinem Schlüsselbein. Seine Lippen hinterlassen dort eine Spur und entzünden Nervenenden, von deren Existenz ich nichts wusste, und mir wird schlagartig klar, dass ich ihm hoffnungslos, vollkommen unterlegen bin.

Aber dann fängt er meinen Blick wieder ein, sein Lächeln wird weicher, fast ehrfürchtig, und für eine Sekunde – nur eine Sekunde – fühlt es sich weniger wie ein Spiel an und mehr wie die Schwerkraft: unvermeidlich und unbestreitbar.

Sein Mund bewegt sich, als würde er mich besser kennen als ich mich selbst – zielgerichtet, verzehrend, umwerfend. Irgendwann verliere ich den Überblick, wo seine Hände sind, ja, wo meine sind, denn er ist überall auf einmal. Es gibt einen Moment, flüchtig, aber elektrisierend, in dem unsere Bewegungen stocken, und dann lachen wir – leise, atemlos, die Art von Lachen, die das Ganze nur noch brisanter macht. Seine Finger zeichnen Muster auf meiner Wirbelsäule und ziehen mich näher an sich.

»Testest du Grenzen aus, Keane?«, schaffe ich es zu sagen, obwohl meine Stimme mehr zittert, als mir lieb ist.

»Ich stelle nur sicher«, haucht er an meinem Ohr, »dass du immer noch mit etwas Unverbindlichem einverstanden bist.«

Der Satz ist eine als Frage getarnte Herausforderung. Mein Lachen bleibt mir im Hals stecken und verwandelt sich in etwas, das eher einem Keuchen ähnelt, als seine Lippen eine Stelle direkt unter meinem Kiefer finden, die klares Denken zu einer Herkulesaufgabe macht.

»Halt den Mund«, sage ich schließlich, aber dahinter steckt keine Bosheit, nur Hingabe.

Wir sind ein Gewirr aus Gliedmaßen und Atem und Haut, jede Bewegung ist wohlüberlegt und doch forschend, als könnte keiner von uns ganz glauben, dass wir das tun dürfen.

Und oh, er ist gründlich – seine Hände, seine Lippen, sein Körper – ein Mann, der eine Seite nicht nur überfliegt; er liest jedes Wort, zweimal, und sucht nach dem, was zwischen den Zeilen steht. Als wir schließlich zusammensinken, fühlt sich der Raum anders an, als hätte sich die Luft selbst verschoben, um dem Platz zu machen, was gerade zwischen uns passiert ist.

Ich starre an die Decke, während mein stoßweiser Atem allmählich ruhiger wird. Meine Haare kleben an meiner Stirn, meine Beine fühlen sich an wie Wackelpudding, und irgendwo in meinem Hinterkopf bearbeite ich diesen Moment bereits, um ihn zu etwas weniger ... Monumentalem zu machen. Etwas, das den morgigen Tag nicht unmöglich machen wird.

Okay, denke ich bei mir und versuche, meine Gedanken unter Kontrolle zu bringen. *Das ist in Ordnung. Normale Leute machen das ständig. Unverbindlich. Spaß. Keine Verpflichtungen. Keine Probleme.*

Aber die Wahrheit ist, während ich hier mit ihm liege – sein Arm an meinen gepresst, sein rhythmisch gleichmäßiges Atmen sowohl erdend als auch unerträglich –, fühle ich mich alles andere als unverbindlich. Es ist nicht nur mein Körper, der müde ist; es sind auch meine Entschlossenheit, meine sorgfältig errichtete Mauer zwischen Logik und Gefühl. Denn das hier hätte nicht so ... viel sein sollen.

Ich werfe ihm einen verstohlenen Blick aus dem Augenwinkel zu. Er sieht absolut unbeeindruckt aus, wie jemand, der gerade erfolgreich ein Flugzeug gelandet hat, von dem er nicht einmal wusste, dass es abstürzt. Meine Brust zieht sich zusammen, nicht aus Reue oder Scham, sondern aus krasser, erschreckender Klarheit: Ich stecke bis zum Hals drin. Und was noch schlimmer ist? Mir gefällt es vielleicht sogar.

Das Bett bewegt sich, als Rory sich neben mir rührt und das zerbrechliche Gleichgewicht stört, das ich so krampfhaft zu wahren versucht habe. Ich lasse meinen Blick starr an der Decke haften, als stünden alle Antworten irgendwo in den Rissen des Putzes geschrieben, wenn ich nur fest genug die Augen zusammenkneife.

»Du denkst nach«, sagt er, seine Stimme tief und aufreizend amüsiert. »Ich kann die Rädchen in deinem Kopf von hier aus förmlich arbeiten hören.«

»Das ist unmöglich«, erwidere ich todernst und starre immer noch nach oben. »Denken kann man nicht hören.«

»Deins schon«, kontert er geschmeidig, und ich spüre, wie die Matratze erneut nachgibt, als er sich auf einen Ellbogen stützt. Er ist jetzt näher, und ich spüre, wie er mich ansieht, mich mit dieser unerschütterlichen Selbstsicherheit mustert, die in mir den Wunsch weckt, ihn gleichzeitig wieder zu küssen und etwas Schweres nach ihm zu werfen.

»Na, dann mach schon«, erwidere ich. »Sag, was auch immer für eine selbstgefällige Bemerkung du offensichtlich unbedingt loswerden willst.«

»Oh nein«, sagt er leichthin. »Ich genieße nur den Moment. Weißt du, ich mache mir Notizen ... für Forschungszwecke.«

Das erregt meine Aufmerksamkeit. Mein Kopf schnellt so schnell zu ihm herum, dass ich mir fast etwas gezerrt hätte. »Forschung?«

»Mm-hm«, summt er und amüsiert sich eindeutig viel zu sehr. »Übrigens nicht schlecht. Für die Forschung.«

»Willst du mich verarschen?«, bringe ich hervor, obwohl die Worte schwach und halb atemlos herauskommen, was verrät, wie nervös ich bin. Was sein Grinsen natürlich nur noch breiter werden lässt.

»Warum sollte ich über etwas so Wichtiges Witze machen?«, erwidert er unschuldig, aber das Funkeln in seinen Augen verrät mir, dass er *genau* weiß, was er tut. Er versucht, mich aus der Reserve zu locken, und schlimmer noch, er hat Erfolg damit.

»Unglaublich«, sage ich. Diese Nerven. Diese *Dreistigkeit*.

»Entspann dich«, sagt er, und sein Ton wird gerade so weich, dass er mich noch mehr entwaffnet. »Ich mache nur Spaß. Nur, damit du's weißt ... ich habe nicht gelogen, als ich sagte, dass es nicht schlecht war.«

»Nicht schlecht«, wiederhole ich tonlos. Ein Kissen trifft sein Gesicht, bevor ich überhaupt merke, dass ich es geschwungen habe. Es ist auch ein guter Treffer – wuchtig, direkt –, obwohl das befriedigende *Wumms* nur von kurzer Dauer ist, als Rory nur leise und unbekümmert lacht, als hätte er es erwartet.

»Wirklich?« Seine Stimme ist honigsüß vor Belustigung, als er das Kissen, das jetzt in seinem Schoß liegt, zurechtrückt und sich lässig gegen das Kopfteil lehnt, als hätte ich nicht gerade den Krieg erklärt. »Das ist deine Antwort? Du greifst zu Gewalt?«

Meine Finger krallen sich um den Rand eines anderen Kissens, und ich überlege, einen zweiten Angriff zu starten. »Wenn du *das* für gewalttätig hältst, dann kennst du mich eindeutig nicht sehr gut.«

Er hebt die Arme zum Waffenstillstand, und ich lege mich wieder hin und kuschle mich an seine Brust. Sein rechter Arm schlingt sich um meine Schulter, und es fühlt sich unglaublich gut an, gehalten zu werden. Begehrt zu werden.

Das hier sollte einfach sein. Zwanglos. Ein bisschen Spaß, um Dampf abzulassen, mehr nicht. Aber als ich hier in seinem Bett liege und an die Decke starre, spüre ich, wie die Last der Wahrheit auf mich drückt: Ich stecke in Schwierigkeiten. Großen, chaotischen, herzförmigen Schwierigkeiten.

Die Stille dehnt sich, erfüllt von all dem Ungesagten. Ich kann ihn dort spüren, nur Zentimeter entfernt, und es kostet mich jede Unze Willenskraft, meinen Kopf nicht zu bewegen.

Ihn nicht wieder anzusehen und zu riskieren, noch tiefer in was auch immer das hier ist hineinzugeraten.

»Nacht, Lara«, sagt er schließlich.

»Nacht«, antworte ich, kaum mehr als ein Flüstern.

Ich liege noch lange da, nachdem sein Atem gleichmäßig geworden ist, und starre auf die schwachen Umrisse der Schatten, die über die Wände tanzen. So soll sich das nicht anfühlen. Es soll sich nicht ... *groß* anfühlen.

Aber das tut es.

Und das macht mir eine Heidenangst.

ZWÖLF

Ich wache in einer Stille auf, die sich zu laut anfühlt. Das helle Morgenlicht fällt durch die Jalousien, grell und unbarmherzig, und erhellt das Chaos in meinem Kopf weitaus wirksamer, als mir lieb ist. Mein Körper regt sich, bevor mein Verstand nachkommt – das Muskelgedächtnis zieht mich aufrecht, die Beine schwingen über die Bettkante, die Füße suchen nach meinen Hausschuhen, die ich wohlüberlegt neben meinem Bett bereitgestellt hatte ... in dem Zimmer auf der anderen Seite des Flurs. Scheiße, ich habe die Nacht in seinem Zimmer verbracht.

Er liegt da im Bett und schläft tief und fest. Ich kann ihn riechen. Warme Haut, Zedernseife und wonach auch immer unüberlegte Entscheidungen riechen. Unverbindlich, erinnere ich mich. Wir waren uns einig. Zwei Erwachsene, die fragwürdige Entscheidungen treffen, es aber unkompliziert halten.

»Unkompliziert« ist eine Lüge, die ich mir um 22:37 Uhr erzählt habe, als ich ihn in der Küche und den ganzen Weg die Treppe hinauf geküsst habe, und noch eine, die ich mir eingeredet habe, als seine Hände auf eine Weise über meinen

Rücken glitten, die sich alles andere als unverbindlich anfühlte.

Ich stehe auf und entdecke meine Bluse, die über der Rückenlehne eines Stuhls hängt – Gott sei Dank für die kleinen Dinge. Wenigstens muss ich nicht nach verschwundener Unterwäsche suchen oder die Scherben meiner Würde vom Boden aufsammeln. Ich schlüpfe in den kühlen Stoff, richte den Kragen und mustere mich kurz im Spiegel. Haare: zerzaust, aber zu retten. Make-up: nicht vorhanden, aber immerhin ist meine Brille da, wo sie sein sollte, auf dem Nachttisch. Professionelles Auftreten: intakt, auch wenn sich die Person, die es an den Tag legt, fühlt, als wäre sie von emotionalen Splittern getroffen worden.

»Reiß dich zusammen«, sage ich, während ich meine Haare zu einem tiefen Pferdeschwanz binde. Das ist inzwischen mein Mantra, so verlässlich wie Kaffee oder Abgabetermine.

Mein Handy auf dem Nachttisch summt, was eine willkommene Ablenkung ist. Ich schnappe es mir, bevor es Dornröschen wecken kann, und scrolle durch E-Mails, Nachrichten und einen Gruppenchat mit Kollegen, in dem gefragt wird, wer heute Abend auf einen Drink unter der Woche Lust hat (Spoiler: ich nicht). Die Arbeit ist auch da und wartet wie immer, beständig und verlässlich in ihren Anforderungen. Eine E-Mail vom Marketing zu Rorys Buch, Betreff: *Dringend – brauche schnellstmöglich Feedback.*

»Natürlich braucht ihr das«, seufze ich und öffne sie. Feedback ist meine Komfortzone. Es ist schwarz-weiß, umsetzbar, frei von allem Chaotischen und Unklaren – anders als diese Sache mit Rory.

Unverbindlich. Ich wiederhole das Wort, als wäre es ein Zauberspruch, der mein Gehirn vor dem Durchbrennen bewahrt. Hier ist kein Platz für Komplikationen, kein Raum für persönliche Gefühle, die ins Berufsleben überschwappen.

Ich habe zu hart gearbeitet, zu viel von mir selbst geopfert, um diese Karriere aufzubauen, um sie wegen einer ... okay, zwei Nächten voller schlechter Entscheidungen, die in guten Absichten verpackt waren, scheitern zu lassen.

Ich versuche mich zu konzentrieren und überfliege die E-Mail. Marketing-Jargon, überarbeitete Verkaufszahlen, Fragen zur Zielgruppe – das ist sicheres Terrain, herrlich unpersönlich. Meine Brust lockert sich ein wenig, der vertraute Rhythmus der Arbeit verdrängt alles andere an den Rand.

Erst die Arbeit, dann die Gefühle, sage ich mir, obwohl ich verdammt gut weiß, dass »später« nicht in meinem Kalender steht. Nicht jetzt, niemals.

Ich gehe durchs Zimmer, den Rock in der einen Hand, das Jackett über dem anderen Arm. Meine Bluse ist zugeknöpft – na ja, fast. Die letzten beiden Knöpfe sind immer noch verschwunden, aber ich habe nicht vor, auf dem Boden herumzukriechen, um nach ihnen zu suchen. Zwanglose Nummern haben kein Fundbüro.

Ich erreiche die Tür, meine Hand schwebt über dem Knauf, und ich halte gerade lange genug inne, um Luft zu holen. Einatmen, ausatmen. Neustart. Das ist okay. Das *ist* okay. Letzte Nacht war ... schön. Leichtsinnig, sicher, aber auch begrenzt. Eine saubere Sache: großartiger Sex, verschnürt mit einer Schleife gegenseitigen Einverständnisses: keine Verpflichtungen, keine Komplikationen, keine Gefühlsduselei.

Eine einmalige Sache. Keine große Sache.

Und dann, weil das nun mal mein Leben ist, höre ich seine Stimme hinter mir.

»Gehst du schon? Was ist mit Kaffee? Kein Abschiedskuss?« Rorys Tonfall ist leicht, von Belustigung durchzogen, als wäre das alles eine charmante Routine am Morgen danach, die wir schon hundertmal geprobt hätten.

»Das ist ziemlich anmaßend«, sage ich und drehe mich

gerade so weit um, dass ich über meine Schulter blicken kann. Er lehnt am Kopfende des Bettes, die Laken um seine Hüften drapiert, als wäre er der Star in einer Werbekampagne für »selbstzufriedene Mistkerle«. Sein Haar ist zerzaust, dunkle Strähnen fallen ihm in die Stirn, auf eine Weise, die um – Wie spät ist es? Sieben Uhr morgens? Neun? Wer weiß das schon? – nicht so gut aussehen sollte. Die Zeit verliert an Bedeutung, wenn man versucht, unbemerkt zu entkommen.

»Anmaßend?«, wiederholt er und zieht eine Augenbraue hoch. »Lara, du hast dich aus dem Bett geschlichen, als würdest du vom Tatort fliehen. Verzeih mir, wenn ich dachte, dir Koffein anzubieten, wäre einfach nur nachbarschaftlich.«

»Ich bin spät dran. Die Arbeit, erinnerst du dich? Das Ding, wofür die Leute mich bezahlen, damit du deine Fristen einhältst?«

»Ah, ja. Die Arbeit. Wo wir so tun werden, als hättest du die letzte Nacht nicht gerade als ›die Sache‹ bezeichnet.«

»Letzte Nacht war genau das, was sie sein musste«, sage ich mit gleichmäßiger Stimme. »Nicht mehr und nicht weniger.«

»Verstehe.« Er legt den Kopf schief und mustert mich, als wäre ich ein besonders komplizierter Plot-Twist, bei dem er noch nicht entschieden hat, ob er ihn lieben oder hassen soll. »Und ich dachte immer, Lektorinnen wären schonungslos ehrlich.«

»Schonungslose Ehrlichkeit erfordert keine weiteren Ausführungen«, schieße ich zurück, die Hand wieder am Türknauf. »Sie ist effizient. So wie zu gehen, bevor es Frühstück gibt.«

»Wenn du meinst.«

Ich antworte nicht. Stattdessen öffne ich die Tür und trete hinaus, lasse sie hinter mir mit einer Endgültigkeit ins Schloss fallen, die ich nicht ganz fühle.

Meine Hand verweilt eine Sekunde länger als nötig auf

dem Knauf, als ob mein Körper dem sorgfältig ausgearbeiteten Fluchtplan meines Gehirns noch nicht ganz folgen könnte.

Aber seine Stimme – *Und ich dachte immer, Lektorinnen wären schonungslos ehrlich* – klebt an mir wie ein Post-it, auf dem ein halber Satz gekritzelt steht. Unfertig. Unvollständig.

»Effizient« erklärt nicht, warum sich meine Brust eng anfühlt oder warum ich bewusst meinen Kiefer entspannen muss, bevor ich mich in die Zuflucht meines eigenen Zimmers begebe.

Als ich geduscht und es nach unten geschafft habe, um den Tag offiziell zu beginnen, hat der Duft von Kaffee bereits die Luft erfüllt, dank Rorys Ausflug in die Häuslichkeit. Der Mann kann eine Menge bezaubern, einen Bestseller schreiben und anscheinend auch eine anständige Kanne Kaffee kochen. Ein weiterer Punkt auf der Liste der Gründe, warum ich ihn nicht an mich heranlassen sollte. Zu viel Charme ist gefährlich; das weiß jeder.

Ich setze mich an das Kopfende des Tisches, wo mich Stapel von Manuskriptseiten wie eine Anklage anstarren. Perfekt. Etwas Greifbares. Etwas Echtes. Nicht ... die letzte Nacht. Oder seine Sticheleien. Oder die Art, wie er mich angesehen hat, als wäre ich gleichzeitig ein Rätsel und die Lösung. Nur die Arbeit.

Arbeit ist sicher. Arbeit ist berechenbar. Arbeit verlässt einen nicht ...

»Guten Morgen«, sagt er und lässt sich auf den Stuhl mir gegenüber gleiten. Er hält zwei Tassen in der Hand, von denen er eine in meine Richtung schiebt. Der Kaffee duftet kräftig, dunkel und viel zu verlockend – ein bisschen so wie sein Überbringer, wenn ich geneigt wäre, einen solchen Vergleich anzustellen. Was ich natürlich nicht bin.

»Danke«, sage ich mit knapper Stimme, obwohl meine Hand mich verrät, indem sie sofort nach der Tasse greift. Ich nehme einen Schluck und lasse die Wärme durch mich hindurchsickern, während ich meinen Blick starr auf das Manuskript vor mir gerichtet halte. Nicht darauf eingehen. Nicht ermutigen. Einfach nur ... lektorieren.

»Wo sollen wir anfangen?«

»Ich habe eine Liste«, sage ich und tippe mit meinem Stift auf den Rand von Seite siebenundvierzig.

»Warum überrascht mich das nicht?«

»Angefangen mit dieser Adjektiv-Häufung hier. Musstest du ihr Lächeln wirklich auf drei verschiedene Arten beschreiben? Wir haben es verstanden. Sie ist strahlend, leuchtend *und* umwerfend.«

»Sie ist die Angebetete«, sagt er und zuckt mit den Schultern. »Ich dachte, du würdest etwas Abwechslung zu schätzen wissen.«

»Abwechslung wird überbewertet«, schieße ich zurück und kreise die störenden Wörter ein. »Entscheide dich für eins. Sonst liest es sich, als könntest du dich nicht entscheiden.«

»Okay. Was noch?«

»Beim Übergang zum dritten Akt sind Olivers Beweggründe immer noch nicht klar«, erkläre ich in professionellem, distanziertem Ton. »Du baust seinen inneren Konflikt die ganze Zeit über auf, aber dann ... vergibt er ihr einfach? Ohne Zögern? Ohne Konsequenzen? Das fühlt sich unverdient an.«

»Okay, das ist ein guter Punkt«, sagt Rory und nickt langsam. »Was wäre also, wenn ... was wäre, wenn wir eine Szene einfügen, in der er sie zuerst zur Rede stellt? So als ob er wirklich alles auf den Tisch legt, bevor er entscheidet, ob er ihr verzeihen kann oder nicht?«

»Das könnte funktionieren«, gebe ich zu, widerwillig beeindruckt davon, wie schnell er umschwenkt. »Aber es braucht mehr als nur eine Konfrontation. Es muss auch einen Moment geben, in dem er sich selbst hinterfragt – ob er bereit ist, wieder zu vertrauen. Mach es kompliziert.«

»Verstanden.«

»Lass außerdem das Dachterrassen-Klischee weg«, füge ich hinzu und deute auf die Notiz, die ich mit roter Tinte unten auf die Seite gekritzelt hatte. »Niemand hat wirklich tiefgreifende Offenbarungen, während er bei Sonnenuntergang auf einer Skyline steht. Das ist schon zu Tode geritten worden.«

»Hey, ich *mag* Dachterrassen«, protestiert Rory, aber in seinen Augen blitzt es verspielt. »Sie sind romantisch.«

»Sie sind faul«, entgegne ich. »Und du bist besser als faul.«

»Wow«, nickt er. »Ein Kompliment und eine Beleidigung im selben Satz. Botschafterin, du verwöhnst mich wirklich.«

»Gewöhn dich nicht dran«,

Wir vertiefen uns in den dritten Akt und werfen uns die Ideen zu wie bei einem verbalen Ping-Pong-Spiel. Und irgendwo zwischen der Debatte über die Vorzüge einer großen Geste gegenüber einer leisen Versöhnung wird mir etwas Seltsames klar. Er ... hört zu. Wirklich zu. Und nicht auf diese gespielte, nur nickende und lächelnde Art, wie es die meisten Autoren tun, wenn ich ihre Lieblinge zerpflücke. Er ist engagiert, voller Energie und lässt sich vom Schwung unseres Gesprächs mitreißen, als ob gerade der Akt der Zusammenarbeit etwas in ihm entfacht. Er will wirklich, dass *Ganz und für immer* das bestmögliche Buch wird. Er ist bereit, ganze Kapitel umzuschreiben, wenn es die Geschichte verbessert.

Und nervigerweise entfacht es auch etwas in mir.

»Warte«, sagt er plötzlich und schnippt mit den Fingern. »Was, wenn der große Wendepunkt nicht darin besteht, dass sie sich bei ihm entschuldigt? Was, wenn es darum geht, dass er erkennt, dass er ihre Entschuldigung nicht braucht, um damit abzuschließen? Dass sein innerer Frieden aus ihm selbst kommt, nicht von ihr.«

Ich blinzle, überrascht von dem Perspektivwechsel. Das ist ... gut. Wirklich gut. Besser als alles, was ich vorgeschlagen habe. Mein Stift schwebt über dem Manuskript, während ich versuche, das unbekannte Gefühl zu verarbeiten, das sich in meiner Brust zusammenrollt. Stolz? Bewunderung? Nein. Definitiv Hunger.

»Das ... könnte funktionieren«, sage ich vorsichtig und traue mir nicht zu, mehr zu sagen. Denn die Wahrheit ist, es funktioniert nicht nur – es ist brillant. Und die Tatsache, dass ich vielleicht eine kleine Rolle dabei gespielt habe, ihm zu helfen, dorthin zu gelangen, ist zu gleichen Teilen berauschend und erschreckend.

»Siehst du?«, sagt Rory und schenkt mir ein triumphierendes Grinsen. »Ich hab dir doch gesagt, Dachterrassen sind romantisch.«

Er klappt seinen Laptop auf, weckt den Bildschirm und scrollt zur entsprechenden Seite im Dokument, um die Szene zu schreiben. Doch dann hält er inne und blickt auf.

»Hey, Lara?«

»Ja?«

»Danke.« Seine Stimme ist leise. Als ich endlich aufblicke, ist sein Lächeln sanfter, weniger einstudiert. Echter.

»Wofür?«, frage ich, meine eigene Stimme kaum mehr als ein Flüstern.

»Dass du mir hilfst, es besser zu machen«, sagt er schlicht.

Und verdammt, die Art, wie er mich gerade ansieht – als wäre ich mehr als nur seine Lektorin, mehr als nur eine flüchtige Ablenkung.

Rorys Hand streift meine, als er nach einem Stift greift, der nicht einmal auf *seiner* Seite des Tisches liegt. Die Berührung ist flüchtig, beiläufig genug, um sie als zufällig abzutun – nur fühlt sie sich alles andere als das an. Ich erstarre mitten im Satz, die Worte verfliegen wie Dampf über heißem Asphalt.

»Hör auf damit«, sage ich und ziehe eine Augenbraue hoch.

»Womit aufhören?« Seine Stimme wird tiefer, geschmeidiger, der spöttische Unterton weicht etwas Wärmerem. Gefährlicherem.

»Du sollst Ideen sammeln und nicht ... mich grüblerisch anstarren.«

»Grüblerisch?« Er kichert, und das Geräusch ist voll, tiefer als zuvor. »Ich grüble nicht. Ich schmachte. Da gibt es einen Unterschied.«

»Diskutabel«, sage ich, aber ich will lachen. Verdammt sei er.

»Gib es zu«, sagt er, sein Grinsen wird breiter. »Du lächelst. Du findest mich witzig.«

»Na ja, irgendjemand muss es ja tun«, schieße ich zurück. Denn die Wahrheit ist, er *ist* witzig. Und schlagfertig. Und auf entwaffnende Weise gut darin, mich vergessen zu lassen, warum ich Abstand halten sollte.

Die Stille dehnt sich, gespannt und summend. Ich sollte wegschauen, aber ich tue es nicht. Ich sehe stattdessen ihn an, und plötzlich fühlt sich der Tisch zu klein an, der Raum zu warm.

Bevor ich ganz begreife, was ich tue, stehe ich auf. Der Stuhl scharrt über den Boden, laut genug, um mich in die Realität zurückzuholen, doch ich halte nicht an. Ich trete um den Tisch herum und schließe die Lücke zwischen uns mit drei schnellen Schritten.

»Ich teste eine Theorie«, sage ich kurz angebunden, meine Stimme fester, als ich mich fühle.

»Und die wäre?« Sein Gesichtsausdruck verändert sich, Überraschung blitzt darin auf, aber die Erwartung in seinen Augen ist unverkennbar.

»Ob du schmachtest oder nicht«, erwidere ich, und dann küsse ich ihn.

Es ist nicht zögerlich oder vorsichtig oder irgendetwas von dem, was ich mir über Jahre antrainiert habe zu sein. Es ist

Hitze und Reibung und rücksichtslose Hingabe, und zum ersten Mal in meinem Leben sind mir die Konsequenzen egal.

Rory reagiert sofort, seine Hände umgreifen meine Taille, als er mich näher an sich zieht und den letzten Hauch von Abstand zwischen uns beseitigt. Der Kuss wird tiefer, sein Mund bewegt sich auf meinem mit einem Hunger, der meinem eigenen entspricht. Eine Hand gleitet meinen Rücken hinauf, die Finger verfangen sich in meinem Haar, während die andere mich fest an Ort und Stelle hält.

Ich schnappe an seinen Lippen nach Luft, und er nutzt die Gelegenheit aus, seine Zunge in meinen Mund gleiten zu lassen, auf eine Art, die mir die Knie weich werden lässt. Meine Hände krallen sich in sein Hemd.

»Immer noch am Grübeln?«, sagt er, sein Atem heiß und unregelmäßig.

»Halt den Mund«, bringe ich hervor und zerre ihn vom Stuhl hoch, mir entgegen.

Das Manuskript vergessen, wird der Esstisch zum Schlachtfeld – einem Zusammenprall aus Verlangen, Frustration und unausgesprochenen Wahrheiten. Seine Lippen wandern meinen Kiefer hinab zu der empfindlichen Stelle direkt unter meinem Ohr, und ich unterdrücke ein Stöhnen, lege den Kopf in den Nacken, um ihm besseren Zugang zu gewähren.

»Gott, Lara«, flüstert er, seine Stimme rau und gebrochen, als würde ich ihm genauso den Verstand rauben wie er mir. Und vielleicht tue ich das. Vielleicht rasen wir beide auf etwas zu, das wir nicht kontrollieren können, etwas, das uns unweigerlich zerbrechen wird.

Aber im Moment ist mir das egal. Im Moment gibt es nur ihn – seine Berührung, seine Wärme, sein Alles – und zum ersten Mal lasse ich mich einfach fallen.

Die kühle Luft vom offenen Fenster streicht über meine nackten Schultern, und ich erkenne zu spät, dass ich immer noch mitten in der Küche stehe, zerzaust und völlig aufgelöst. Mein Blick fällt auf die Manuskriptseiten, die über den Tisch verstreut sind – vergessene Opfer unseres ... Abstechers – und ein Schuldgefühl schnürt mir die Brust zu. Ich sehe zu Rory hinüber.

»Nicht«, sage ich und hebe eine Hand, bevor er etwas sagen kann. »Was auch immer du jetzt sagen willst, lass es einfach.«

»Was sagen?«, Er zuckt mit den Schultern, viel zu zufrieden mit sich selbst. »Dass du gut aussiehst, wenn du ein bisschen durch den Wind bist? Denn das stimmt.«

»Rory.«

»Schon gut, schon gut. Ich sage kein Wort.«

»Gut.« Ich schnappe mir meine Bluse von der Stuhllehne, zum zweiten Mal an diesem Morgen, und schlüpfe hinein. Ich knöpfe sie mit mehr Kraft als nötig zu. »Denn wir reden nicht darüber. Niemals.«

»Wirklich? Niemals?« Sein Ton ist leicht, neckisch. »Das wäre wirklich schade. Ich meine, wir haben doch gerade ganz gute Fortschritte gemacht bei ...«

»Nein«, unterbreche ich ihn, diesmal lauter. »Das ändert gar nichts. Wir sind immer noch hier, um an deinem Roman zu arbeiten, und das ist alles. Keine Komplikationen. Keine Ablenkungen.«

»Sicher«, sagt er leichthin, »wenn du das so spielen willst.«

»Genau so will ich das spielen.«

DREIZEHN

—— ♥ ——————

Dritter Tag. Der Reiz der ländlichen Abgeschiedenheit ist offiziell verflogen und der Alltag ist eingekehrt – wenn man die Gratwanderung zwischen Schreiben, Lektorieren und dem Vermeiden der unterschwelligen sexuellen Spannung als Alltag bezeichnen kann.

Wir haben die wichtigsten Änderungen besprochen, uns auf die Richtung geeinigt, und jetzt ist Rory in seinem Manuskript vergraben, die Stirn gerunzelt, die Finger fliegen in diesem fieberhaften, tranceähnlichen Zustand über die Tastatur, der darauf hindeutet, dass er vielleicht tatsächlich Fortschritte macht. Ich würde den Sieg ja genießen, aber ich habe auf die harte Tour gelernt, dass man den Tag nicht vor dem Abend loben sollte.

Während er arbeitet, nutze ich die Gelegenheit, mir das Manuskript einer anderen Autorin anzusehen, das in meinem Posteingang gelandet ist. Normalerweise wechsle ich nicht gerne zwischen Projekten, weil es Zeit kostet, den richtigen Kopf für ein Projekt zu bekommen und wieder freizukriegen. Ich mache eine Ausnahme, weil ich mich darauf gefreut habe, Rebeccas neustes Buch zu lesen, seit Scott &

Drake bekannt gegeben haben, dass sie nach ihrem wunderbaren Debüt einen Vertrag über zwei Bücher unterzeichnet hat.

Aber es war eine schlechte Idee. Ich habe den Satz jetzt dreimal gelesen, und ich kann beim besten Willen nicht sagen, ob er brillant oder unerträglich ist.

»Du starrst auf den Bildschirm, als wolltest du ihn zu einer Schlägerei auf dem Parkplatz herausfordern«, durchbricht Rorys Stimme die Stille, sanft und nur ein klein wenig amüsiert. Er lehnt sich am anderen Ende des Tisches zurück, die Arme vor der Brust verschränkt, eine Augenbraue in gespielter Besorgnis hochgezogen.

»Vielleicht habe ich das vor«, sage ich. »Außerdem könnte ich es wirklich vertragen, mir die Beine zu vertreten.«

»Ah, na ja, in dem Fall ...« Er neigt den Kopf zum Fenster, durch das die späte Nachmittagssonne durch die Vorhänge scheint. »Wie wär's, wenn wir für heute Schluss machen? Einen Spaziergang machen. Etwas frische Luft schnappen, bevor dir die Augen endgültig überkreuz stehen.«

»Schluss machen?«, frage ich ungläubig und sehe auf. »Du musst einen Abgabetermin einhalten, Keane. Abgabetermine machen keine Spaziergänge.«

»Stimmt«, sagt er und stößt sich mit einer lässigen Eleganz, die nur jemandem gelingt, der nervtötend groß ist, vom Tisch ab. »Aber Lektorinnen tun das. Und Autoren. Sagt man mir zumindest.« Sein Grinsen ist entwaffnend, aber ich weigere mich, mich davon beeindrucken zu lassen. Ich habe meine ganze Karriere darauf aufgebaut, gegen Charme immun zu sein – besonders gegen seinen.

»Musst du nicht ein Kapitel umschreiben?«, kontere ich, verschränke die Arme und werfe ihm meinen besten ‚Du-kommst-mir-nicht-aus-der-Nummer-raus'-Blick zu.

»Alle Experten sagen, man sollte nicht länger als fünfundvierzig Minuten am Stück vor einem Computer sitzen«, schießt er zurück und geht bereits zur Tür. »Komm schon, es ist herrlich draußen.«

Ich zögere und blicke auf dieselbe Seite auf meinem Bildschirm und die halb leere Teetasse daneben. Frische Luft klingt gut, sicher, aber frische Luft mit Rory? Das ist ... kompliziert.

»Na gut«, murmele ich, stehe auf und streiche die Falten aus meiner Bluse. »Aber wenn das zu so einer Art inspirierendem Naturspaziergang wird, bei dem du anfängst, David Attenborough nachzumachen, lasse ich dich im Wald zurück.«

»Abgemacht«, sagt er und hält mir mit einer übertriebenen Geste die Tür auf. »Aber nur, weil ich mich ohne dich wahrscheinlich verlaufen würde.«

Der Pfad ist weich unter unseren Füßen, gesprenkeltes Sonnenlicht filtert durch das Blätterdach über uns. Irgendwo in der Ferne zwitschern Vögel, und der Duft von Kiefern liegt schwer in der Luft. Es ist idyllisch. Malerisch. Wie aus einem seiner Romane.

Und doch kann ich mich nur auf die Stille zwischen uns konzentrieren. Nicht direkt unangenehm – eher die Art von Stille, die sich voll anfühlt, geladen mit etwas Unausgesprochenem. Ein Teil von mir will sie füllen, irgendetwas sagen, das den Bann bricht, während ein anderer Teil sich an die Stille klammert wie an einen Rettungsanker.

Rory geht einen Schritt vor mir, die Hände lässig in den Hosentaschen vergraben. Er hat hier draußen eine Leichtigkeit an sich, seine übliche rastlose Energie wird durch den Rhythmus des Weges gedämpft. Ich frage mich, ob er es auch spüren kann – das seltsame Gewicht der letzten Nacht, das auf uns lastet. Die Art und Weise, wie sich alles verschoben hat, fast unmerklich, wie eine tektonische Platte, die sich unter der Oberfläche bewegt.

Nicht, dass ich über letzte Nacht nachdenke. Kaum.

»Du bist aber still«, sagt Rory plötzlich und blickt mit einem neckischen Lächeln zu mir zurück. »Sollte ich mir Sorgen machen?«

»Ich genieße nur die Ruhe«, erwidere ich und halte meinen Tonfall leicht. »Es ist selten, dass du so still bist. Das sollte ich auskosten, solange ich kann.«

»Ja, aber mal im Ernst, ist alles in Ordnung? Du wirkst ... anders.«

»Anders wie?«

»Nicht sicher«, sagt er und richtet seinen Blick wieder auf den Weg vor uns. »Muss wohl weitergehen, um das herauszufinden.«

Da ist sie wieder – diese Veränderung, subtil, aber unbestreitbar. Ich beiße mir auf die Innenseite meiner Wange und widerstehe dem Drang, ihn zu drängen, zu fragen, was er meint. Stattdessen lasse ich die Stille sich wieder zwischen uns ausbreiten, jeder Schritt trägt uns tiefer in den Wald und weiter weg von dem sicheren Abstand, den wir zuvor noch hatten wahren können.

»Vorsicht«, sage ich, als Rory mit der Anmut eines neugeborenen Rehs über eine Wurzel steigt. »Nicht, dass sich der große Liebesromanautor in der Wildnis den Knöchel verstaucht. Stell dir die Schlagzeilen vor.«

»Stell dir die Verkaufszahlen vor«, schießt er zurück und blickt über seine Schulter zu mir. »Autor überlebt schreckliche Tortur im Wald. Findet Inspiration. Schreibt Meisterwerk. Millionen weinen.«

»Ich würde gutes Geld dafür bezahlen, dich dabei zu sehen, wie du versuchst, hier draußen zu überleben. Ich bin mir ziemlich sicher, deine Vorstellung von ‚das Leben in der rauen Natur‘ beinhaltet lauwarmen Zimmerservice.«

»Hey, ich habe einmal ein ganzes Wochenende lang gezeltet, wenn ich bitten darf.« Er lässt die Muskeln spielen. »Kein WLAN. Keine Minibar. Natur pur. Nur ich, die Sterne und eine sehr wütende Kuh, die nicht sonderlich erfreut war, dass ich beschlossen hatte, in ihrem Revier ein Zelt aufzuschlagen.«

»Wahrhaft heldenhaft.« Seine alberne Art ist fast schon liebenswert. Fast.

Wir gehen ein Stück weiter, und das Geräusch von knirschendem Laub unter unseren Füßen füllt die Stille zwischen uns. Das Geplänkel ist vertraut, ungezwungen – als würde man in einen alten Pullover schlüpfen. Nur dass dieser spezielle Pullover aus der Form geraten ist, gezerrt von Gedanken, die ich nicht mehr einfach so in kleine, ordentliche Schachteln packen kann.

»Deine Eltern«, sagt Rory plötzlich, und sein Tonfall ändert sich gerade so sehr, dass er meine Aufmerksamkeit erregt. »Was halten sie von dem, was du tust?«

Ich zögere, nicht weil ich die Antwort nicht wüsste, sondern weil ich sie schon so oft geprobt habe. »Sie sind … praktisch veranlagte Menschen.« Meine Stimme bleibt gleichmäßig, kontrolliert. »Dad ist Buchhalter in einer Ingenieurfirma, Mum ist Geschichtslehrerin. Sie mögen Dinge, die sie beziffern können. Erfolg in Zahlen, Fortschritt in klaren Schritten. Meine Karriere hat nicht gerade einen Fahrplan, den sie verstehen.«

»Schwer, die Genialität einer Lektorin in Zahlen zu fassen?«, fragt er.

»So was in der Art«, sage ich mit einem Schulterzucken, obwohl die Worte sich schwerer anfühlen, als ich beabsichtige. »Ich glaube, sie dachten immer, ich würde etwas Stabileres machen. Jura vielleicht. Finanzen. Definitiv nicht das Verlagswesen. Aber, tja, hier bin ich.«

»Hier bist du«, wiederholt er, seine Stimme nun sanfter.

»Und lass mich raten – sie fragen immer noch, wann du dir einen ›richtigen Job‹ suchst?«

»Nicht mit diesen Worten«, gebe ich mit einem leichten Lächeln zu. »Aber ja, da ist immer dieser Unterton von … Enttäuschung. Als wäre ich eine Art Puzzleteil, das sie nicht passend gemacht bekommen.«

»Das ist lächerlich«, sagt Rory und runzelt die Stirn. »Wenn überhaupt, sollten sie auf jeder Dinnerparty mit dir angeben. Du bist brillant, Lara.«

Seine Worte überrumpeln mich, und eine seltsame Wärme steigt mir den Nacken hoch. Ich weiche aus, denn was soll ich auch sonst tun? »Du hast sie offensichtlich noch nicht kennengelernt. Komplimente sind nicht ihre Sprache der Liebe.«

»Trotzdem«, beharrt er mit ernstem Gesichtsausdruck. »Du tust etwas, für das du brennst. Das ist mehr wert, als irgendwelchen Erwartungen zu entsprechen.«

»Gesprochen wie ein Mann, der sich wahrscheinlich nie um Erwartungen scheren musste.«

»Ah, aber da liegst du falsch«, sagt er und weicht einem tief hängenden Ast aus. »Aber die Geschichte hebe ich mir für später auf, für wenn wir die Flasche Wasser und die Packung Kekse mit Puddingcreme intus haben, die ich aus Versehen im Flur habe liegen lassen, als ich meine Stiefel angezogen habe.«

»Nicht dein Ernst?«

»Doch. Tut mir leid.«

»Du absoluter Vollidiot.«

»Jep. Vor allem, weil ich jetzt für einen Keks morden könnte.«

Rory zuckt mit den Schultern und geht weiter, die Bündchen seiner Jacke streifen bei jedem Schritt den Denim seiner Jeans. Er pfeift – natürlich pfeift er – und die Melodie ist wahnsinnig fröhlich, ein krasser Gegensatz zum Knirschen der toten Blätter unter den Füßen und dem gelegentlichen Knacken eines Zweiges.

»Hört das jemals auf?«, rufe ich ihm nach und jogge fast, um mitzuhalten. »Die Charmeoffensive, meine ich. Oder bist du einfach genetisch darauf programmiert, so unerträglich optimistisch zu sein?«

Er blickt über seine Schulter zurück. »Unerträglich? Autsch. Und ich dachte, ich wäre entzückend.«

»Entzückend wäre, wenn du mich das Tempo bestimmen lassen würdest.«

»Nicht meine Schuld, dass du Beine wie ein Kobold hast«, schießt er grinsend zurück.

»Charmant *und* diskriminierend wegen meiner Größe. Was für ein Fang«, erwidere ich, aber jetzt lächle ich auch. Wider besseres Wissen. Es ist ärgerlich schwer, es nicht zu tun, wenn er mich so ansieht – schiefes Grinsen, Fältchen in den Augenwinkeln, als würde er eine noch bessere Pointe zurückhalten.

»Na gut, ich werde langsamer.« Er passt sich meinem Schritt an, sein Arm streift meinen für den kürzesten Augenblick, bevor er wieder sinkt. Es ist eigentlich nichts, aber ich spüre es trotzdem, wie ein winziger elektrischer Schlag.

»Gern geschehen«, sagt er großmütig, als hätte er mir gerade den Mond geschenkt.

»Wow«, sage ich ausdruckslos. »Ein Gentleman und ein Gelehrter.«

»Gelehrter?« Er lacht, ein tiefes, sattes Geräusch, das durch die Bäume zu rieseln scheint. »Das habe ich schon eine Weile nicht mehr gehört.«

»Versuch gar nicht erst, es abzustreiten«, sage ich schmunzelnd. »Alleine aufgrund deines frechen Grinsens würde ich wetten, dass du der Liebling deiner Eltern warst. Bist immer mit allem durchgekommen, während alle anderen die schwere Arbeit machen mussten.«

»Okay, erstens« – er hebt einen Finger – »nennt man das findig sein, nicht mit allem durchkommen. Und zweitens« – ein zweiter Finger gesellt sich dazu – »solltest du wissen, dass es an einem zehrt, für seine Schönheit und nicht für seinen Verstand bekannt zu sein. Also bin ich in Wirklichkeit das Opfer in all dem hier.«

»Klar«, sage ich und kann ein Lachen nicht unterdrücken. »Armer Rory. Es muss *so* schwer gewesen sein, als ihr Augapfel aufzuwachsen.«

»Hör zu, es ist nicht meine Schuld, dass ich objektiv der Süßeste war«, sagt er. »Der Jüngste zu sein bedeutet nur, dass du in einer anderen Art von Rampenlicht stehst. Alle anderen hatten ihr Leben schon auf die Reihe gekriegt – und dann war da ich, der Gedichte auf Servietten kritzelte und sagte, ich wolle vom Bücherschreiben leben.«

»Skandalös«, sage ich, obwohl meine Stimme jetzt leiser und weniger verspielt ist. In der Art, wie er es formuliert, liegt etwas – ein Anflug von Selbstironie vielleicht –, das mich dazu bringt, vorsichtig aufzutreten.

»Wem sagst du das«, meint er mit einem spöttischen Lächeln. »Sie haben nicht gerade Paraden für diese Idee veranstaltet. Außer Aoife natürlich. Sie war die Einzige, die mich nicht angesehen hat, als hätte ich den Verstand verloren.«

» Deine Schwester?«, frage ich und lege den Kopf schief.

»Ja.« Sein Blick wandert zum Pfad vor uns, sein Kiefer spannt sich fast unmerklich an. »Sie ... sie hat es einfach verstanden, weißt du? Dieses ganze Bedürfnis, kreativ zu sein. Sie war immer diejenige, die mich angetrieben hat, größer zu denken, lauter zu träumen. Sie hat mich glauben lassen, dass ich es wirklich schaffen könnte.«

»Klingt, als wäre sie dein größter Fan gewesen«, sage ich leise.

»Das war sie«, sagt er, seine Stimme nun fast ein Flüstern.

»Ist sie immer noch, glaube ich. Auch wenn sie nicht ...« Seine Worte hängen wie Nebel in der Luft.

Ich bohre nicht nach. Ich kann das Gewicht spüren, von dem, was er nicht sagt, wie sorgfältig er es hinter dem lockeren Charme und den schnellen Ablenkungen verschlossen hält. Stattdessen lasse ich die Stille zwischen uns sich ausdehnen und biete den wenigen Freiraum an, den ich konnte.

»Wie auch immer«, sagt er schließlich und zwingt sich zu einem Lächeln, das seine Augen nicht ganz erreicht. »Genug von mir. Lass uns mehr über deine Koboldbeine reden.«

»Gestern Abend hast du dich nicht beschwert.«

»Und ich beschwere mich auch jetzt nicht. Sicher, sind das nicht die feinsten Koboldbeine im ganzen *Tír na nÓg*?«

»Verpiss dich.«

»Na gut.«

Abgesehen vom Vogelgezwitscher ist das einzige Geräusch das Knirschen von Stiefeln auf feuchten Blättern und das gelegentliche Rascheln des Windes im Blätterdach über uns. Es ist ... friedlich. Fast schon entwaffnend. Ich traue dem Ganzen nicht.

»Also gut«, sagt er plötzlich und durchbricht die Stille. »Du bist dran.«

»Wofür bin ich an der Reihe?«, frage ich, obwohl ich ganz genau weiß, worauf das hinausläuft. Er hat den ganzen Tag versucht, an den Rändern meines sorgfältig gehüteten Privatlebens herumzustochern und mit einer Mischung aus Charme und Hartnäckigkeit Schicht für Schicht freizulegen.

»Um deine Entstehungsgeschichte zu erzählen.« Er neigt seinen Kopf zu mir. »Du hast meine gehört – Nesthäkchen der Familie, schwarzes Schaf, Goldjunge, bla, bla, bla. Jetzt will ich wissen, wie Lara Yates zur Königin des Rotstifts und des bissigen Feedbacks wurde.«

»Königin des Rotstifts?«, schnaube ich. »Der ist neu.«

»Na los. Spucks aus. Wann hast du zum ersten Mal

gemerkt, dass du hauptberuflich die Träume von Schriftstellern zerstören willst?«

»Wow. Du hast ja echt ein Händchen für Worte«, sage ich todernst, aber er lässt nicht locker.

»Na gut«, sage ich mit einem Seufzer und rücke aus Gewohnheit meine Brille zurecht. »Wenn du es unbedingt wissen musst, ich wollte anfangs nicht Lektorin werden. Ich wollte schreiben.«

»Wirklich?« Er klingt aufrichtig überrascht, was – okay, fair. Ich bin nicht gerade das Aushängeschild für skurrile, kreative Träume. »Was ist passiert?«

»Die Realität hat mich eingeholt«, sage ich und achte darauf, meinen Ton bewusst unbeschwert zu halten. »Stellt sich heraus, Schreiben ist schwer. Und chaotisch. Und erfordert ein Maß an Verletzlichkeit, das ich damals nicht besonders kultivieren wollte. Lektorieren hingegen? Das ergab für mich Sinn. Es war sauber. Präzise. Ich konnte das Chaos eines anderen nehmen und es in etwas Stimmiges formen. Etwas ... Besseres.«

Er antwortet nicht sofort, und als ich wieder zu ihm hinüberschaue, ist sein Gesichtsausdruck nachdenklich, als würde er meine Worte in seinem Kopf hin und her wälzen und sie aus jedem Blickwinkel betrachten. Das ist verunsichernd.

»Das ist eine sehr diplomatische Antwort«, sagt er schließlich. »Aber es erklärt nicht, warum du ganz mit dem Schreiben aufgehört hast.«

»Wer sagt, dass ich aufgehört habe?« Die Lüge kommt zu schnell, zu reflexartig aus mir heraus, und ich bereue es sofort. Seine Augenbrauen heben sich zu einer stummen Herausforderung, und ich seufze wieder, diesmal schwerer. »Okay, gut. Ich habe aufgehört. Zufrieden?«

»Nicht besonders.« Sein Ton ist sanft, aber darunter liegt

ein Hauch von etwas anderem. Neugier vielleicht. Oder Sorge. »Warum hast du aufgehört?«

»Weil es nicht gut genug war.« Die Worte hängen zwischen uns in der Luft, schneidend und roh und viel zu ehrlich. Ich räuspere mich und versuche, wieder etwas Haltung zu gewinnen. »Ich meine, ich war nicht gut genug. Zumindest nicht nach meinen eigenen Maßstäben. Und wenn ich die nicht erfüllen konnte, was hatte es dann für einen Sinn?«

»Ah.« Er nickt langsam, als ob das alles erklären würde, was es absolut nicht tut. »Das alte Perfektionisten-Paradoxon. Wenn es nicht perfekt ist, ist es nicht wert, es zu tun.«

»So was in der Art«, stimme ich zu und trete einen losen Stein vom Pfad. Gott, warum habe ich mich von ihm hierher zerren lassen? Frische Luft wird überbewertet.

»Das ist lächerlich, weißt du«, sagt er, seine Stimme jetzt sanfter. »Niemand fängt perfekt an. Verdammt, niemand ist am Ende perfekt. Nicht einmal du, Königin des Rotstifts.«

»Danke für die Motivationsrede, Coach.«

»Jederzeit«, sagt er mit einem leichten Lächeln. Aber er bohrt nicht weiter nach, und dafür bin ich ihm absurd dankbar.

Wir kommen um eine Biegung des Weges, und plötzlich lichten sich die Bäume und geben eine weite, abfallende Lichtung frei, die das Tal unter uns überblickt. Die Aussicht ist atemberaubend – sanfte Hügel, getaucht in das weiche, goldene Licht des späten Nachmittags, die in einem Horizont verschwimmen, der sich unendlich zu erstrecken scheint. Für einen Moment spricht keiner von uns. Es gibt nichts zu sagen.

»Wow.«

»Ja«, sagt Rory leise und stellt sich neben mich. Er schaut aber nicht auf das Tal. Er schaut mich an.

Der Himmel über uns verändert sich jetzt, seine blassen Blautöne vertiefen sich zu satteren Bernstein- und Rosatönen.

Kaum zu glauben, dass das hier England ist. Es fühlt sich an, als stünde man am Rande von etwas Weitem und Unergründlichem, und zum ersten Mal seit langer Zeit verspüre ich nicht das Bedürfnis, die Stille zu füllen.

Die Brise frischt auf, schlängelt sich durch die Lichtung und streicht mit kühlen Fingern über meinen Nacken. Ich schaudere – nur einmal, ein kurzes, unwillkürliches Zucken. Natürlich bemerkt Rory es. Ihm entgeht nichts.

»Ist dir eine Laus über die Leber gelaufen?«, fragt er und zieht bereits seinen Mantel aus. Sein Ton ist lässig, aber die Art, wie er sich bewegt, bedächtig, aber unaufdringlich, ist etwas, das ich bewundere.

»Mir geht's gut«, sage ich schnell, obwohl das nicht stimmt. Die Abendluft hat jetzt Zähne, kalt und beißend, und mein Pullover ist dagegen lächerlich unzureichend. Aber das zuzugeben fühlt sich an, als würde ich eine unausgesprochene Schlacht verlieren, die ich nicht ganz benennen kann.

»Ach, komm schon«, sagt er ironisch und tritt näher. Bevor ich mir eine weitere Ausrede ausdenken kann, liegt sein Mantel um meine Schultern, warm und schwer und duftet schwach nach ihm. Es ist absurd klischeehaft – der galante Held, der der Jungfer in Nöten seinen Mantel leiht –, aber anstatt zu spotten, ertappe ich mich dabei, wie ich das Revers greife und ihn enger um mich ziehe.

»Die Ritterlichkeit ist also doch nicht tot«, sage ich, hauptsächlich, weil sich Sarkasmus sicherer anfühlt.

»Gewöhn dich nicht dran«, sagt er mit einem Grinsen. »Wenn die Temperatur noch zwei oder drei Grad fällt, werde ich ihn dir ohne Entschuldigung vom Leib reißen.«

»Und mich vergessen in einem Graben an Unterkühlung sterben lassen?«

»Vergessen, nein! Du wirst wahrscheinlich in der Danksagung erwähnt, zusammen mit meinen Eltern, meinem Agenten und Gott. Die allerbeste Gesellschaft.«

Ich schaue ihn von der Seite an und versuche, seinen Gesichtsausdruck zu deuten, ohne dass es zu offensichtlich ist. In seinen Augen ist jetzt kein schelmisches Funkeln, keine Spur von seinem üblichen arroganten Charme. Stattdessen gibt es eine Offenheit – eine leise, beständige Art von Wärme –, die mich völlig entwaffnet.

»Jedenfalls denke ich, dass wir es zurück zum Cottage schaffen, bevor wir schwierige Entscheidungen treffen müssen, wer wen aufessen wird.«

»Gut zu wissen.«

Wir stehen schweigend da, die Lichtung erstreckt sich weit und leer um uns herum, der Horizont in weiche, düstere Farbtöne getaucht. Es sollte sich seltsam anfühlen, so nah beieinander zu stehen und nichts zu sagen. Aber das tut es nicht. Stattdessen fühlt es sich ... einfach an. Als wären wir irgendwie in einen Rhythmus geraten, von dem keiner von uns wusste, dass wir ihn suchten.

»Hast du jemals ...«, beginne ich, dann halte ich inne und schüttle den Kopf.

»Habe ich jemals was?«, hakt er nach, sein Blick fest auf meinem Profil.

»Nichts. Vergiss es.« Ich mache eine abweisende Handbewegung, aber er lässt es nicht auf sich beruhen.

»Nein, sag schon. Was?«, fragt er noch einmal, diesmal sanfter.

»Wünschst du dir manchmal einfach ... dein Gehirn ausschalten zu können? Für fünf Minuten aufhören, alles infrage zu stellen und einfach nur *zu sein*?« Die Worte purzeln aus mir heraus, bevor ich sie aufhalten kann, roh und ungeschliffen, und ich bereue sofort, sie freigelassen zu haben.

»Ständig«, sagt Rory leise, als wäre es das Offensichtlichste auf der Welt. Und irgendwie trifft mich dieses einfache Eingeständnis härter, als es jede große Erklärung je könnte.

Ich drehe mich um, um ihn anzusehen, und für einen

Moment versinkt der Rest der Welt. Es gibt nur ihn und mich, und wir stehen am Rande von etwas, für das ich noch keinen Namen habe. Etwas, das sich gleichzeitig furchteinflößend und unausweichlich anfühlt.

»Wir sind wohl beide ein ziemliches Chaos, was?«, sage ich und versuche ein schwaches Lächeln.

»Sprich für dich selbst. Ich bin eine wahre Wonne«, schießt er zurück, sein Grinsen kehrt zurück, aber seine Augen bleiben weich.

Und genau so lässt die Spannung nach und geht in etwas Leichteres, Unbeschwerteres über. Aber sie verschwindet nicht ganz. Sie bleibt, knistert direkt unter der Oberfläche, eine leise Erinnerung an all das, was wir nicht aussprechen.

Rory tritt vor mich und versperrt mir den Weg wie eine selbstgefällige, ein Meter achtzig große Straßensperre. Er verschränkt die Arme vor der Brust, und eine Herausforderung steht ihm klar und deutlich ins Gesicht geschrieben.

»Na gut«, sagt er mit schelmischem Unterton. »Wie wäre es, wenn wir den Einsatz erhöhen? Der Erste, der zurück beim Cottage ist, gewinnt.«

»Gewinnt *was* genau?«, frage ich. Es ist eine automatische Reaktion – eigentlich nur, um Zeit zu schinden –, denn auf keinen Fall werde ich dem Blödsinn zustimmen, den er sich da gerade ausheckt.

»Natürlich das Recht zum Angeben«, sagt er und zuckt mit den Schultern. Dann fügt er mit einem Zwinkern hinzu: »Es sei denn, du hast Angst, dass ich dich im Staub zurücklasse.«

»Angst? Vor dir?« Ich deute mit einer übertriebenen Geste des Unglaubens auf ihn. »Du schreibst Liebesromane, Rory. Tun wir mal nicht so, als wärst du nebenbei ein irischer Olympionike.«

Rory erwidert: »Große Töne von jemandem, der wahrscheinlich seit der Oberschule nicht mehr gerannt ist.«

Während er das sagt, verlagert er bereits sein Gewicht und mustert den unebenen Pfad vor uns. Überall sind Wurzeln und Matschpfützen, und ich bin nicht ganz überzeugt, dass ich mir nicht in den ersten zehn Sekunden den Knöchel verknackse.

»Na schön«, füge ich nach einem Moment hinzu, denn anscheinend habe ich null Selbsterhaltungstrieb, wenn es um wetteifernde Neckereien geht. »Aber heul nicht, wenn du verlierst.«

»Keine Sorge, Yates. Ich werde ein großmütiger Sieger sein.« Und bevor ich antworten kann, ist er weg – schießt den Pfad hinunter wie ein Besessener, eine Erscheinung aus langen Beinen und rücksichtsloser Zuversicht.

»Schummler!«, rufe ich ihm nach und setze mich schon hastig in Bewegung. Der Pfad verschwimmt unter meinen Füßen, während das Knacken von Zweigen und der Rausch der kühlen Luft meine Ohren erfüllen. Irgendwo vor mir dringt Rorys sorgloses Lachen zu mir zurück.

»Pass auf den Matsch auf!«, ruft er über seine Schulter.

Es ist mir völlig egal, dass ich keuche, als ich zurückbrülle: »*Du* pass auf den Matsch auf!«

Und genau so bricht die Spannung zwischen uns völlig auf, ersetzt durch eine wilde, atemlose Energie, die sich verdammt nach Freiheit anfühlt.

VIERZEHN

Es ist unser letzter Tag im Cottage, und das leise Klopfen des Regens gegen die Fensterscheibe wirkt seltsam beruhigend, während ich auf Rorys neueste Kapitel starre. Seine Worte haben jetzt einen Rhythmus, eine Tiefe, die vorher nicht da war. Es ist, als würde man jemandem zusehen, der endlich das richtige Teil findet, um ein Puzzle zu vollenden, mit dem er schon ewig herumgefummelt hat.

»Wurde auch Zeit«, flüstere ich vor mich hin und genieße es, die Geschichte zum ersten Mal zu lesen. Nicht, dass ich es ihm gegenüber jemals zugeben würde, aber er hat echte Fortschritte gemacht. Das Tempo ist straffer, die Dialoge sind schärfer. Und die emotionalen Höhepunkte – Gott, der Mann kann Sehnsucht auf eine Weise beschreiben, die mir das Gefühl gibt, in etwas sehr Privates einzudringen.

Fiona hatte recht mit diesem Ausflug. So sehr ich auch darüber gemurrt hatte, mit einem unserer Starautoren – einem, der, seien wir ehrlich, ein Ego von der Größe Londons hat – mitten ins Nirgendwo geschleppt zu werden, sie wusste, was sie tat. Rory brauchte Konzentration und ich brauchte anscheinend ... nun ja, was auch immer das hier ist. Einen

Tapetenwechsel? Eine Erinnerung daran, dass Lektorat nicht nur Schadensbegrenzung ist, sondern manchmal auch echte Zusammenarbeit bedeutet? Was auch immer es ist, es funktioniert. Für uns beide.

Die Tür schwingt hinter mir auf, und ein feuchter Luftzug kündigt Rorys Rückkehr an. Ich blicke auf, als er hereinschreitet, riesige Einkaufstaschen an beiden Schultern hängend, und viel zu gut gelaunt für jemanden, der in einer Woche an die vierzigtausend Wörter geschrieben hat. Sein Haar ist feucht und kräuselt sich leicht an den Rändern, und auf seiner Jacke befinden sich ein paar Regentropfen, die er mit einem lässigen Schütteln loswird.

»Ich hab Vorräte besorgt«, verkündet er, seine Stimme hell und nervig selbstsicher. Er lässt die Taschen auf die Arbeitsplatte fallen und beginnt auszupacken, ohne mich auch nur eines Blickes zu würdigen. »Ich hab genug von Mikrowellengerichten und Essen zum Mitnehmen. An unserem letzten Abend gibt es ein selbst gekochtes Abendessen.«

»Wirklich? Schade, im Kühlschrank sind zwei Mikrowellen-Lasagnen, die jetzt schlecht werden.«

»Nimm sie mit nach Hause, wenn du willst, aber heute Abend, Yates, speisen wir wie die Götter. Auf meine Kosten.«

»Von mir aus, tob dich aus. Ich hoffe, was auch immer du geplant hast, ist essbar.«

»Nicht nur essbar.« Er holt ein Bündel frischer Kräuter hervor und legt es mit einer dramatischen Geste ab. »Unvergesslich. Du wirst deinen Freunden erzählen, dass du noch nie in deinem Leben besser gegessen hast.«

»Die Messlatte liegt hoch«, warne ich. Obwohl, um ehrlich zu sein, meine Neugier geweckt ist.

Rory wirkt auf mich nicht wie jemand, der viel Zeit in der Küche verbringt – zu sehr damit beschäftigt, über Liebesgeschichten zu grübeln und die Mitglieder von Online-Buchclubs zu bezaubern. Aber die Art, wie er sich jetzt bewegt, wie er Zutaten mit einer geübten Leichtigkeit aus den Taschen holt, ist beinahe ... beunruhigend.

»Schau nicht so skeptisch«, sagt er, ohne sich umzudrehen, als könnte er das Hochziehen meiner Augenbraue in meinem Schweigen hören. »Ich hab das im Griff.«

»Berühmte letzte Worte.« Ich stehe auf, strecke mich und spüre den Schmerz in meinen Schultern, weil ich stundenlang über meinem Laptop gekauert habe. Ich gehe durch den Raum und lehne mich mit verschränkten Armen an den Türrahmen zur Küche. »Was genau ist ›dies‹ denn eigentlich?«

»Geduld, Yates.« Er wirft mir ein Grinsen über die Schulter zu, die Art, die wahrscheinlich die Hälfte der Frauen in Großbritannien dahinschmelzen lässt. »Du wirst es früh genug sehen.«

»Furchteinflößend«, sage ich, aber ich bleibe, wo ich bin, und sehe zu, wie er eine Schale Kirschtomaten, eine Knoblauchknolle und einen Laib frisch gebackenes Brot auspackt. Seine Bewegungen haben einen Fluss, den ich nicht erwartet hatte, etwas beinahe Rhythmisches, als er das Gemüse wäscht und die Zutaten auf der Arbeitsplatte aufreiht. Er hat seine Jacke bereits abgelegt und die Ärmel hochgekrempelt, was diese Unterarme enthüllt, die für jemanden, der behauptet, seinen Lebensunterhalt mit Worten zu verdienen, viel zu ablenkend sind.

»Du bist seltsam zuversichtlich, was das angeht«, stelle ich fest und ziehe eine Augenbraue hoch. »Sollte ich mir Sorgen machen?«

»Nur, wenn du etwas gegen gutes Essen hast«, witzelt er und holt einen Block Parmesan hervor, den er mit einem Schwung ablegt. »Vertrau mir, ich hab das im Griff.«

»Jetzt bauschst du das aber auf. Die Erwartungen sind geweckt.« Ich lege den Kopf schief und beobachte ihn, wie er eine Flasche natives Olivenöl herausholt. »Dir ist schon klar, dass ich so lange überlebt habe, ohne jemandem zu vertrauen, der unironisch ›Vertrau mir‹ sagt, oder?«

»Ah, aber ich bin nicht irgendwer«, sagt Rory, ohne mit der Wimper zu zucken. Seine Hände arbeiten schnell, holen ein Messer aus der Schublade und legen es neben ein Schneidebrett. »Ich bin der Mann, dessen Manuskript *du* als vielversprechend bezeichnet hast. Das muss doch für etwas gut sein.«

»Potenzial ist ein relativer Begriff. Ich neige dazu, ihn für alle neuen Autoren zu verwenden, unabhängig von ihren Fähigkeiten«, necke ich ihn.

»Siehst du? Das ist von dir praktisch eine glühende Empfehlung«, sagt er grinsend, während er die holzigen Stiele von einem Bund Spargel abschneidet. »Vielleicht wirst du ja weich.«

»Wohl kaum«, erwidere ich, obwohl ich mich nicht vom Türrahmen wegbewege. Es hat etwas seltsam Fesselndes, ihn so zu beobachten – so entspannt, so ... zielgerichtet.

Rory bewegt sich in der winzigen Küche, als wäre er hier seit Jahren der Chefkoch. Das Messer in seiner Hand blitzt auf, als er eine Zwiebel mit einer Präzision schneidet, die ich bei jemandem, der an unserem zweiten Morgen hier zerdrückte Avocado auf Toast als »sein Spezialgericht« bezeichnete, nicht für möglich gehalten hätte.

Das rhythmische Geräusch der Klinge auf dem hölzernen Schneidebrett erfüllt den Raum, und ich fühle mich langsam ein wenig verlegen, dass ich nichts tue, um zu helfen.

Er wirft die gehackte Zwiebel mit einer geübten Bewegung seines Handgelenks in eine bereitstehende Pfanne und greift dann nach einer roten Paprika.

»Hast du kochen gelernt, Kurse belegt oder –?«

»Mum hat es mir beigebracht.«

»Kluge Frau.«

»Das ist sie«, sagt er und schneidet mit der gleichen

schnellen Präzision in die Paprika. »Es war eher ein Ultimatum. Ich hatte mit fünfzehn beschlossen, Vegetarier zu werden – dachte, das würde mich irgendwie cool machen. Sie sah mich nur an und sagte: ›Schön, aber ich koche nicht jeden Abend zwei verschiedene Gerichte.‹« Er grinst, sichtlich amüsiert von der Erinnerung. »Also hieß es: entweder kochen lernen oder für immer von Karottensticks und Hummus leben.«

»Lass mich raten«, sage ich und ziehe eine Augenbraue hoch. »Du hattest eine Phase, in der alles, was du gemacht hast, Tofu enthielt.«

»Woher wusstest du das?«, lacht er und legt vorsichtig zwei Lachssteaks in die Pfanne, die daraufhin zufriedenstellend zischt. »Eine Zeit lang gab es nur Pfannengerichte und traurige Linseneintöpfe. Aber dann bin ich an Kochshows hängen geblieben und habe angefangen zu experimentieren. Es stellt sich heraus, dass es eine Art Spaß macht, wenn man merkt, dass ein Rezept nur eine Anregung ist, ein Vorschlag, und die wahre Magie erst entsteht, wenn man das Selbstvertrauen findet, einfach Zeug hineinzuwerfen.«

»Spaß«, spotte ich. »Ich verlasse mich da mal auf dein Wort.«

»Ach, komm schon. Du hast doch sicher schon mal einfach so aus Spaß an der Freude gekocht?« Sein Gesichtsausdruck schwankte irgendwo zwischen neckisch und wirklich neugierig.

»Zählt Popcorn aus der Mikrowelle?«

»Du bist eine tragische Gestalt, Lara Yates«, sagt er kopfschüttelnd. »Daran müssen wir arbeiten.«

»Ich passe, danke.«

»Wie auch immer«, fährt er fort und rührt in der Pfanne, während der Duft von Knoblauch und Zwiebeln die Luft erfüllt, »meine Mum hat immer gesagt, kochen zu können wäre nützlich, falls ich jemals jemanden beeindrucken wollte.«

»Ist es das, was hier gerade passiert?«, frage ich und deute zum Herd. »Ein ausgeklügelter Versuch, mich mit deinen Kochkünsten zu blenden?«

»Wer sagt denn, dass ich dich beeindrucken muss?« Seine Augen treffen meine, dunkel und verschmitzt. Dann zuckt er völlig lässig mit den Schultern. »Aber wenn ich es kann, warum nicht?«

»Ganz schön selbstbewusst, was?«

»Selbstbewusst genug.« Er streut etwas Grünes und Duftendes über die Pfanne – Petersilie, vielleicht. Koriander? – und rührt ein letztes Mal um. »Du wirst schon sehen. Das Abendessen ist fast fertig, und ich verspreche dir, es wird besser als Instantnudeln.«

Das Cottage riecht unglaublich. Es ist diese Art von Geruch, der deinen Magen vergessen lässt, dass er jemals satt war – duftender Pfeffer, erdige Kräuter, die in der Hitze aufblühen, und etwas Kräftiges und Würziges, das ich nicht ganz zuordnen kann.

»So, der Moment der Wahrheit«, verkündet er und reißt mich aus meinen Gedanken.

Er dreht sich um und hält zwei perfekt angerichtete Teller. Zum Lachs gibt es gebratenen Spargel und Knoblauch-Prinzessbohnen. Es sieht lebendig und frisch aus, rote Chiliflocken, die sich von den karamellisierten grünen Spargelstangen abheben. Es ist fast zu schön, um es zu essen.

»Lass dich von der Aufmachung nicht täuschen«, warnt er. »Beim Lachs hat man nur ein Zeitfenster von etwa zehn Sekunden, bevor er entweder zu roh oder zu durch ist.«

»Es sieht fantastisch aus«, sage ich, während ich mich über den Teller beuge, um die wundervollen Aromen einzuatmen.

»Das finde ich auch, nicht wahr? Ich nehme es dir nicht übel, wenn du um einen Nachschlag bettelst.«

»Zur Not gibt es immer noch die Lasagnen im Kühlschrank als Plan B.« Ich nehme meine Gabel und ziele mit absichtlicher Langsamkeit auf ein Stück Spargel, während er mit verschränkten Armen dasteht und zusieht – der Inbegriff von Selbstvertrauen.

Na schön. Was soll's.

Der erste Bissen trifft mich wie eine Offenbarung. Die Aromen sind klar und vielschichtig – die Süße von gerösteten Tomaten, die Spritzigkeit von Zitrone, die subtile Schärfe von Chili, die auf meiner Zunge verweilt. Es ist die Art von Mahlzeit, die man auskosten sollte, aber ich will eigentlich nur allein gelassen werden, um sie in mich hineinzuschlingen.

»Na?«, fragt er und schneidet seinen Lachs an. Er wartet, wartet wirklich, und für eine Sekunde habe ich vergessen, wie man spricht.

»Okay«, bringe ich endlich hervor, nachdem ich geschluckt habe. »Es ist ... essbar.«

»Essbar?« Er zieht eine Augenbraue hoch, aber ich sehe die Erleichterung in seinen Augen, die Art und Weise, wie sich seine Schultern nur einen winzigen Bruchteil entspannen.

»Gut«, gebe ich zu und lege meine Gabel mit übertriebenem Widerwillen ab. »Es ist unglaublich. Absolut köstlich.«

»Ha! Und ich dachte schon, es wäre schwerer, dich zu überzeugen.«

»Überzeugen?«, spotte ich. »Lass uns mal nicht voreilig werden. Es ist nur Lachs.«

»Ja«, sagt er leise, sein Blick bleibt nur einen Wimpernschlag zu lang auf meinem haften. »Nur Lachs.«

Rory dreht seine Gabel und hebt ein paar Bohnen auf. »Weißt du«, fängt er an, ein schelmisches Funkeln in seinen Augen, das mich sofort alarmiert, »das ist wahrscheinlich das erste Mal, dass ich ein Abendessen mit jemandem nicht komplett verhauen habe.«

»Das fällt mir schwer zu glauben, nachdem ich dich heute Abend in Aktion gesehen habe.«

»Ob du es glaubst oder nicht, es ist wahr.« Er greift nach der Weinflasche und füllt mein Glas auf. »Da war dieses eine Mal – erstes Date, sehr schick, oder zumindest dachte ich damals, es wäre schick. Ich beschloss, dieses ... Wie habe ich es genannt? Oh! ›Rustikales mediterranes Festmahl‹ zuzubereiten.«

»Das klingt ehrgeizig.«

»Ehrgeizig ist gar kein Ausdruck.« Er gestikuliert so lebhaft, dass er dabei fast sein Weinglas umstößt. »Stell dir vor: ein Festmahl aus halbgarer Aubergine, verbranntem Couscous und Hummus, der so knoblauchlastig war, dass er kilometerweit Vampire hätte abwehren können.«

»Wow«, sage ich und lege meine Gabel ab, um ihm meine volle Aufmerksamkeit zu schenken. »Und wie hat dein Date auf dieses kulinarische Meisterwerk reagiert?«

»Zuerst hat sie versucht, höflich zu sein«, sagt er und seufzt theatralisch. »Aber dann ... konnte sie einfach nicht mehr. Sie hat mitten im Satz einen Mundvoll Couscous ausgespuckt. Es ist sozusagen überall hingeflogen.«

»Überall?«

»Überall«, bestätigt er und deutet vage im Raum umher, als würde ihn die Erinnerung immer noch verfolgen. »Der Tisch. Der Boden. Mein Hemd. Ehrlich gesagt, ich glaube, ein Teil davon ist in ihrer Tasche gelandet. Es war ein Gemetzel.«

»Gab es ein zweites Date?«

»Leider nicht.«

Rory lehnt sich in seinem Stuhl zurück, ein träges Grinsen umspielt seine Lippen, als er über den Rand seiner Gabel leckt. Es ist nichts – nur eine geistesabwesende Geste –, aber aus irgendeinem unerklärlichen Grund trifft es mich wie ein Stromschlag. Mein Blick zuckt zu seinem Mund, und ich spüre, wie sich die Luft zwischen uns verändert, subtil, aber aufgeladen, wie die Sekunden vor einem Sommergewitter.

»Du starrst«, sagt er mit leiser, neckender Stimme. Die Worte sind unbeschwert, aber seine Augen – sie sind jetzt auf meine gerichtet, dunkel und eindringlich, und plötzlich kann ich nicht mehr atmen.

»Tu ich nicht.«

»Tust du doch.« Sein Grinsen wird breiter, selbstgefällig und zum Verrücktwerden, und ich möchte es ihm aus dem Gesicht wischen. Oder vielleicht ... etwas ganz anderes tun.

»Schon gut«, sage ich und schiebe meinen Stuhl mit mehr Kraft als nötig zurück. »Du hast da etwas Olivenöl oder so am Kinn.«

»Netter Versuch.« Er wischt sich mit dem Handrücken über den Kiefer und beobachtet mich dabei immer noch amüsiert. »Aber da ist nichts, oder?«

»Jetzt nicht mehr«, bestätige ich und stehe abrupt auf. Mein Puls rast, meine Gedanken sind ein einziges Durcheinander, und ehrlich gesagt, brauche ich Raum. Abstand. Perspektive. Aber anstatt wie ein vernünftiger Mensch wegzugehen, mache ich genau einen Schritt auf ihn zu.

Und dann küsse ich ihn.

Es ist nicht geplant. Nicht im Entferntesten. In der einen Sekunde starre ich noch auf dieses dümmlich selbstzufriedene Gesicht, und in der nächsten umgreifen meine Hände sein Hemd und ziehen ihn zu mir, während meine Lippen auf seine krachen.

Einen Herzschlag lang erstarrt er. Gerade lange genug, damit sich Panik breitmacht – *Oh Gott, was tue ich da?* – und dann sind seine Hände an mir, fest und eindringlich, und ziehen mich näher. Der Kuss vertieft sich, anfangs langsam, aber dann steigert er sich schnell zu etwas Heißem und Drängendem und völlig Unkontrollierbarem.

Seine Finger verfangen sich in meinem Haar, legen

meinen Kopf in den Nacken, und ich keuche an seinen Mund. Er nutzt die Gelegenheit, seine Zunge streift meine und die Empfindung jagt mir einen Schauer über den Rücken. Das ist Wahnsinn. Reiner, ungefilterter Wahnsinn. Aber sein Griff ist fest, gibt mir Halt, und ich merke, wie ich mich hineinlehne, in ihn.

»Verdammt, Lara, ich hab noch nicht mal den Nachtisch serviert«, sagt er. Da ist ein Anflug von Zögern, gerade genug, um mir die Chance zu geben, mich zurückzuziehen, wenn ich wollte.

Will ich aber nicht.

»Halt die Klappe, Keane«, flüstere ich und ziehe ihn wieder zu mir herunter.

Der Stuhl scharrt laut über den Boden, als er aufsteht und mich mühelos hochhebt. Instinktiv schlinge ich die Arme um seinen Nacken, und ehe ich mich versehe, stolpern wir in Richtung Sofa und stoßen unterwegs gegen Möbel. Er lässt mich auf die Kissen sinken, sein Gewicht drückt mich nieder, fest und warm und absolut überwältigend.

»Warte«, bringe ich hervor, meine Stimme kaum hörbar über dem Pochen in meinen Ohren. »Was ist mit-«

»Später«, sagt er bestimmt und schneidet mir mit einem weiteren Kuss das Wort ab. Seine Hände gleiten an meinen Seiten hinab, finden den Saum meines Pullovers, und plötzlich ist er weg, irgendwohin hinter uns geschleudert. Ich sollte protestieren – das ist leichtsinnig, impulsiv, absolut nicht das, wofür ich hergekommen bin – aber als seine Lippen meinen Hals hinabwandern, löst sich jeder zusammenhängende Gedanke in Luft auf.

»Gott, du bist unmöglich«, sage ich, obwohl es eher wie ein Stöhnen klingt.

»Beschwerst du dich?«, grinst er, während seine Finger geschickt den Verschluss meines BHs öffnen.

»Werd nicht übermütig«, schieße ich zurück, obwohl den

Worten jeder Biss fehlt. Besonders, als seine Hand unter den Stoff gleitet, über nackte Haut streicht und ich mich reflexartig an ihn drücke.

»Zu spät.«

Sein Mund findet wieder meinen, und der Rest ist ein Rausch aus Hitze und Bewegung – sein Hemd, das sich zu meinen Kleidern auf dem Boden gesellt, seine Hände, die jeden Zentimeter von mir erkunden, mein Bein, das sich über seine Hüfte schiebt, als er sich zwischen uns niederlässt. Es ist hektisch und chaotisch und so gar nicht meine Art, aber Gott, es fühlt sich richtig an. Als wäre bis jetzt alles nur grau gewesen und das hier – *das hier* – wäre Technicolor.

Rorys Brust hebt und senkt sich unter meiner Wange, seine Haut noch immer warm und feucht von dem Chaos, das wir gerade entfesselt haben. Mein Atem hat sich auch noch nicht ganz beruhigt und kommt in flachen Zügen, während ich mich auf die Holzbalken an der Decke über uns konzentriere. Einer von ihnen ist schief, stelle ich fest, denn anscheinend ist jetzt der richtige Zeitpunkt für Architekturkritik.

»Also«, sagt Rory, seine Stimme tief und rauer als sonst, und bricht die Stille. Er bewegt sich leicht unter mir, richtet sich so aus, dass eines meiner Beine – nackt, verschlungen mit seinem – nicht unbeholfen vom Sofa baumelt. »Wenn das deine Reaktion auf meine Kochkünste ist, habe ich fast Angst davor, was passiert, wenn ich dich wirklich beeindrucke.«

Ein Lachen perlt aus mir heraus, bevor ich es aufhalten kann. Es ist nicht fair, wie leicht ihm das fällt – mich aus dem Gleichgewicht zu bringen und dann so zu tun, als wäre es nie eine große Sache gewesen. Ich stütze mich auf einen Ellbogen und sehe ihn mit zusammengekniffenen Augen an, obwohl meine Lippen zucken.

»Steig dir das bloß nicht zu Kopf. Ich brauche noch ein Essen, um zu überprüfen, dass du kein One-Trick-Pony bist.«

Ich rücke ein wenig zur Seite, gerade so weit, dass ich mich aufsetzen und die Decke von der Sofalehne wie eine Rüstung um meine Schultern ziehen kann. Meine Brille liegt irgendwo im Zimmer, im Eifer des Gefechts beiseitegeschleudert, und ohne sie sieht die Welt weicher aus – verschwommene Kanten und gedämpfte Farben. Irgendwie passend, angesichts des Zustands meiner Gedanken.

»Hey.« Rory stützt sich ebenfalls auf, sein dunkles Haar köstlich zerzaust und sein Blick fest auf mich gerichtet. Jetzt kein Grinsen, keine lockere Neckerei, hinter der er sich verstecken könnte. Nur er – offen und ungeschützt auf eine Weise, die ich nicht erwartet hatte. »Alles in Ordnung bei dir?«

»Ja«, sage ich schnell, zu schnell. Ich sehe ihm nicht in die Augen; stattdessen beschäftige ich mich damit, die Decke über meinem Schoß glatt zu streichen und so zu tun, als gäbe es da eine unsichtbare Falte, die dringend geglättet werden muss. »Denke nur nach.«

»Denkst nach«, wiederholt er in einem undurchschaubaren Ton. Aber er hakt nicht nach. Drängt nicht auf eine Erklärung oder versucht, die Stimmung mit einem Witz aufzulockern. Stattdessen setzt er sich ganz auf, sein Knie streift meins, und wartet. Geduldig. Beständig.

Das Problem ist, dass ich *nicht* aufhören kann nachzudenken. Darüber, wie er mich vorhin angesehen hat, als wäre ich etwas, wonach er gesucht hat, ohne es zu wissen. Darüber, wie sehr ich diese Woche, seine Gesellschaft, unsere Abmachung genossen habe – die Kontrolle zu verlieren, ihn zu wollen, ihn zu nehmen. Darüber, wie viel schlimmer es wehtun wird, wenn das hier unweigerlich in die Brüche geht.

Denn das wird es. Das muss es. Das sollte nur ein bisschen Spaß sein. Eine für beide Seiten vorteilhafte Vereinbarung. Unverbindlich. Es sollte nicht *das* hier sein. Er. Wir.

»Bereust du es?« Rorys Stimme durchbricht meine Gedankenspirale, sanft, aber fest, und holt mich in die Gegenwart zurück. In seiner Stimme liegt kein Vorwurf – nur Neugier. Als wappne er sich für eine Antwort, die er nicht hören will.

»Ehrlich?« Ich zwinge mich, ihn anzusehen, nehme die leichte Falte auf seiner Stirn wahr, die vorsichtige Hoffnung, die in seinem Ausdruck liegt. Meine Brust zieht sich schmerzhaft zusammen, und ich hasse es – wie sehr es mich kümmert, wie sehr ich wünschte, es wäre mir egal. »Ich weiß es nicht.«

Es ist keine Lüge. Ich bereue es nicht – nicht, wie sich seine Hände auf mir angefühlt haben, oder wie er mich auf eine Weise lebendig fühlen ließ, wie ich es seit Jahren nicht mehr getan habe. Aber ich bereue, wie gefährlich nah ich am Rande von etwas balanciere, das ich vielleicht nicht unversehrt überstehen werde. Etwas Tieferes, Chaotischeres, Realeres, als ich es je hatte werden lassen wollen.

»Fair genug«, sagt er nach einem Moment, lehnt sich wieder in die Kissen zurück, sein Blick weicht meinem nicht. In seiner Stimme liegt keine Enttäuschung, kein Urteil – nur stille Akzeptanz, als würde er mehr verstehen, als ich laut zugeben will.

Und vielleicht ist es das, was mir am meisten Angst macht.

Er greift nach der Decke und zieht sanft daran, bis ich nachgebe und zulasse, dass er mich wieder an sich zieht. Seine Arme legen sich um mich, fest und warm, und für einen kurzen, flüchtigen Moment erlaube ich mir, mich hineinzulehnen. In ihn. In die unmögliche, erschreckende Vorstellung, dass ich vielleicht, nur vielleicht, nicht alles allein durchstehen muss.

Aber selbst als meine Augen zufallen, weigert sich mein Verstand, zur Ruhe zu kommen. Denn wenn die heutige Nacht eines bewiesen hat, dann, dass ich schon tiefer drinstecke, als ich je vorhatte – und es ist nicht abzusehen, wie – oder *ob* – ich jemals wieder herausfinden werde.

FÜNFZEHN

Das schrullige Falafel-Restaurant, das sich irgendwie zu einer monatlichen Pilgerstätte entwickelt hat, kommt in Sicht, als ich um die Ecke biege. Meine Absätze klackern in einem Stakkato-Rhythmus auf dem Pflaster, der meinen Herzschlag widerspiegelt. Zu spät. Wieder einmal. Meine übliche Pünktlichkeit wurde von einem endlosen Vormittag mit aufeinanderfolgenden Meetings, einem mit Manuskripten überquellenden Posteingang und – ach, nicht zu vergessen – der absolut charmanten Verspätung der U-Bahn sabotiert, die mich zwischen einen Mann, der einmal im Monat badet, und eine Teenagerin, die Kaugummi kaute, als hätte es ihr etwas angetan, zwängte.

Ich entdecke Danny sofort. Natürlich ist er schon da und lümmelt an unserem Stammtisch im hinteren Teil, als würde ihm der Laden gehören. Er hält eine Gabel in der einen und sein Getränk in der anderen Hand und entschuldigt sich, dass er schon mal bestellt hat.

»Schau an, wer sich doch noch blicken lässt«, ruft er, noch bevor ich den Tisch erreiche, sein Grinsen ist breit und unerträglich. »Mit Absicht zu spät oder einfach nur zu spät? Antworte nicht, ich weiß es schon.«

»Hallo, Danny, es tut mir so leid«, schnaufe ich, lasse mich auf den Stuhl ihm gegenüber fallen und stelle meine Tasche mit mehr Kraft als nötig ab. Ich ziehe meine Jacke aus – heute Morgen um sieben war sie eine gute Idee, jetzt nicht mehr so sehr – und hänge sie über die Stuhllehne. »Auch schön, dich zu sehen.«

»Was war es diesmal? Telefonkonferenz aus der Hölle? Lektoren-Notfall? Oder ...« – sein Tonfall wird jetzt spöttisch-konspirativ – »... sollte ich dir gratulieren, dass du endlich ein Leben hast?«

»Die Arbeit«, antworte ich kurz angebunden und wedle mit der Hand, als wollte ich eine Fliege verscheuchen. »Du weißt ja, wie das ist. Deadlines, Autoren, Wörter auf einer Seite. Alles sehr glamourös.«

»Klar. Denn das erklärt natürlich, warum du so strahlst, als hätte dir gerade ein Dichter mit nacktem Oberkörper ein Ständchen unter dem Balkon gebracht.«

»Wie bitte?«, meine Stimme klingt höher als beabsichtigt, aber ich greife nach der Speisekarte vor mir und vergrabe mein Gesicht darin, so tuend, als wüsste ich nicht auswendig, was drinsteht. Alles, um seinem Blick – und diesem wissenden Lächeln – auszuweichen.

Ich nehme das Glas Minztee, das Danny für mich bestellt hat – Gott sei Dank kennt er wenigstens meine Prioritäten – und nehme einen langen Schluck. Oder ich versuche es. In der Sekunde, in der der Rand meine Lippen berührt, dringt seine Stimme zu mir herüber, triefend vor diesem für ihn so typischen Sarkasmus.

»Ah, da ist es ja«, sagt Danny und lehnt sich mit einem Ausdruck theatralischer Genugtuung in seinem Stuhl zurück. Er verschränkt die Arme vor der Brust wie ein allwissendes

Orakel. »Das unverkennbare Strahlen von jemandem, der ausgiebig ... gewürdigt wurde.«

Der Schluck, den ich nehmen wollte? Abgeblasen. Stattdessen atme ich plötzlich heftig ein, und der Tee beschließt, seinen großen Auftritt lieber in meiner Luftröhre als in meinem Magen zu haben. Ich huste heftig und knalle das Glas beinahe auf den Tisch, während ich versuche, wieder zu Atem zu kommen.

»Jesus, Danny!« Meine Stimme kommt erstickt heraus, meine Augen tränen sowohl vom Angriff auf meinen Hals als auch von der Demütigung, die an mir nagt. »Kannst du das bitte lassen?«

»Entschuldige«, sagt er gedehnt und sieht dabei nicht im Geringsten reumütig aus. Tatsächlich grinst er jetzt noch breiter, sichtlich erfreut über meine Nahtoderfahrung. »Aber das war eine Steilvorlage. Strahlende Haut, ein zusätzliches Funkeln in den Augen, zu spät kommen? Wenn das nicht die Aura von gutem Sex ist, dann weiß ich auch nicht, was es ist.«

»Du bist unerträglich«, stottere ich und greife nach einer Serviette, um den Tee abzutupfen, den ich mir auf die Hand geschüttet habe.

»Gib es zu«, dringt er in mich, neigt den Kopf und mustert mich, als wäre ich eine Art kurioses Kunstwerk, das er zu entschlüsseln versucht. »Jemand sorgt in letzter Zeit für etwas Schwung in deinem Leben. Wer ist er? Oder sie? Oder sie? Spuck's aus, Frau.«

»Da ist niemand«, sage ich bestimmt und schaffe es endlich, mich so weit zu fassen, dass ich ihn wütend anstarren kann. Es ist jedoch ein schwacher Blick – es ist schwer, echte Empörung aufzubringen, wenn man bei einer Lüge ertappt wird.

»Aha.« Er zieht die Augenbrauen hoch und deutet vage mit einer Hand in meine Richtung. »Dann erklär mir das Erröten, Liebes. Und komm mir nicht mit dem ‚Es ist warm hier drin'-Blödsinn. Das hier ist England, und es ist permanent kalt und nass.«

»Du bildest dir das ein«, sage ich und hebe mein Kinn in einer Haltung, die hoffentlich lässiges Desinteresse ausstrahlt, mich aber wahrscheinlich nur verstopft aussehen lässt. »Das nennt man Make-up, Danny. Ich weiß, du bist mit dem Konzept nicht vertraut, aber manchmal tragen Frauen so etwas.«

»Netter Versuch«, schießt er sofort zurück. »Aber solange Boots keinen ,Ich-komme-gerade-nach-einer-leidenschaftlichen-Nacht-aus-dem-Bett'-Bronzer verkauft, bleibe ich bei meiner ursprünglichen Theorie.«

»Du bist lächerlich.« Ich fülle mein Glas aus der silbernen Teekanne, entschlossen, einen letzten Rest Würde zu bewahren, aber meine Hand verrät mich, als sie ganz leicht zittert. Natürlich bemerkt Danny das. Wie sollte es auch anders sein?

»Lächerlich? Vielleicht«, sagt er mit leichtem Ton. »Aber ich habe auch recht.«

»Na schön. Du gewinnst. Zufrieden?«

»Überglücklich«, antwortet er geschmeidig. »Aber hör da nicht auf. Mach schon, wer ist der glückliche Schlingel?«

»Rory«, sage ich und unterbreche ihn, bevor er anfangen kann, Namen aufzuzählen. Das Wort landet wie eine fehlgeleitete Granate zwischen uns, und ich mache mich auf den Einschlag gefasst.

Für einen Moment starrt Danny mich nur an, blinzelt ein-, zweimal, als hätte ich vielleicht in fremden Zungen gesprochen. Dann schießen seine Augenbrauen so hoch, dass sie praktisch in seinem Haaransatz verschwinden. »Rory *Keane*?« Seine Stimme wird höher, ungläubig, und ich weiß, dass ich mir das jetzt für immer anhören kann. »Der internationale Liebesroman-Herzensbrecher Rory?«

»Kennst du noch einen?«

»Also, nein«, gibt Danny zu. »Aber ich hätte *ihn* nicht

gerade als deinen Typ eingeschätzt. Was ist passiert? Hat er dich mit tragischen Metaphern und geflüsterten Sonetten verführt?«

»Nichts ... Dramatisches. Es ist einfach ... passiert. Ganz natürlich.«

»Klar. Denn nichts schreit mehr nach ‚natürlicher Entwicklung‘ als mit einem Mann ins Bett zu springen, dessen Buchcover eine Warnung vor spontanen Ohnmachtsanfällen tragen sollten.«

»Kannst du aufhören, deswegen so ...« Ich suche nach dem richtigen Wort, finde aber keins. »So *typisch du* zu sein?«

»Niemals«, sagt er fröhlich, aber dann wird sein Grinsen sanfter, nachdenklicher. »Also, wenn ich das richtig verstehe, schläfst du mit Rory Keane. *Deinem Klienten.*« Seine Betonung auf »Klienten« ist subtil, aber gezielt, wie ein sanfter Stups mit einem spitzen Stock.

»Nicht *mein* Klient«, korrigiere ich ihn und tippe an den Rand meines Glases. »Der Klient von Scott & Drake. Das ist ein Unterschied.«

»Sicher. Okay.« Danny macht eine vage Handbewegung, aber seine Stirn legt sich in tiefere Falten. »Und was? Das ist nur so eine lockere, unverbindliche Sache? Ein bisschen Spaß?«

»Genau.« Meine Stimme klingt fest und selbstsicher, als hätte ich diesen Satz vor dem Spiegel geübt. Was ich, um ehrlich zu sein, vielleicht sogar getan habe.

»Aha.« Danny sieht nicht überzeugt aus. Tatsächlich wirkt er jetzt ausgesprochen skeptisch und presst die Lippen zu einem dünnen Strich zusammen. »Lara, du weißt schon, über wen wir hier reden, oder? Rory Keane? Der Typ, dessen Ruf eine ganze Google-Suchergebnisseite füllen könnte – und nicht alles davon ist schmeichelhaft?«

»Ja, das ist mir bewusst«, sage ich. »Ich weiß alles über seinen Ruf, danke der Nachfrage.«

»Dann erklär mir mal, warum du dachtest, es wäre eine gute Idee, Geschäftliches mit Privatem zu vermischen«, sagt er, und seine Stimme hat jetzt einen entnervten Unterton. »Denn als dein Freund – und als jemand, der deine Reaktionen auf selbst das kleinste Drama am Arbeitsplatz miterlebt hat – fällt es mir schwer zu erkennen, wie das gut ausgehen soll.«

»Gott, du klingst wie ein Personalhandbuch.«

»Mag sein«, sagt er und zuckt mit den Schultern. »Aber ich klinge auch wie jemand, der dich besser kennt, als du denkst, Lara. Und ich sage dir – du spielst hier mit dem Feuer. Rory Keane ist nicht gerade für seine ... Stabilität bekannt.«

»Ich auch nicht«, witzel ich, um die Stimmung aufzulockern, aber Dannys Miene verzieht sich nicht. Er ist jetzt ernst, seine Sorge steht ihm deutlich ins Gesicht geschrieben. Das beunruhigt mich mehr, als ich zugeben will.

»Hör zu«, sagt er leise und faltet die Hände auf dem Tisch. »Ich sage nicht, dass du nicht auf dich selbst aufpassen kannst. Gott weiß, du bist klug. Aber das hier? Er? Sei einfach ... vorsichtig, okay?«

»Bin ich immer«, antworte ich leichthin und zwinge mich zu einem Lächeln, das sich ein bisschen zu gezwungen anfühlt.

Danny antwortet nicht sofort. Stattdessen beobachtet er mich einen langen Moment lang, sein Blick ist schwer von etwas, das ich nicht ganz benennen kann. Schließlich atmet er aus und fährt sich mit einer Hand durch sein ohnehin schon zerzaustes Haar.

»Na gut«, sagt er schließlich, sein Ton ist leichter, aber immer noch von einer unterschwelligen Sorge geprägt. »Aber komm nicht heulend zu mir, wenn dir die Sache um die Ohren fliegt.«

»Werde ich nicht«, sage ich. »Lass es mich dir klipp und

klar sagen, damit wir alle mit unserem Leben weitermachen können, ja?«

Danny zieht eine Augenbraue hoch und neigt den Kopf wie ein verdutzter Golden Retriever. »Oh, das kann ja heiter werden.«

»Rory und ich –«, ich halte kurz inne und weigere mich, mich von dem amüsierten Ausdruck in seinem Gesicht aus dem Konzept bringen zu lassen. »Wir sind zwei erwachsene Menschen, die zufällig zusammenarbeiten und ... gelegentlich die Gesellschaft des anderen auf eine sehr lockere Art und Weise genießen. Das ist alles. Keine Verpflichtungen. Keine Komplikationen. Keine emotionale Investition.«

»Klar«, sagt Danny gedehnt. »Weil *du* ja so ein Ausbund an emotionaler Distanz bist. Erzähl mir mehr über deine neu entdeckte Fähigkeit, Gefühle einfach so auszublenden, denn die Mitteilung dazu muss ich verpasst haben.«

»Ach, komm schon, Danny. Das ist doch kein Hexenwerk.«

Er schnaubt. »Nein, aber es geht um *dich*. Du bist nicht gerade das Paradebeispiel für ›unverbindliche Affären‹. Ich meine, du bist dieselbe Frau, die geweint hat, als sie aus Versehen ihre Sims-Figur umgebracht hat.«

»Das war was anderes!«, fauche ich und fuchtle mit meiner Gabel in seine Richtung. »Mortimer Grusel hat etwas Besseres verdient, und das weißt du!«

»Du bist nicht für lockere Geschichten gemacht. Glaub mir, ich muss es wissen – ich bin seit dem Studium bei jeder einzelnen Beziehung dein Kummerkasten gewesen. Und sagen wir einfach, keine davon schrie nach ›entspanntem Flirt‹.«

»Tja, vielleicht habe ich mich geändert«, kontere ich. »Menschen entwickeln sich weiter, Danny. Nicht jeder bleibt so in seinen Gewohnheiten stecken wie du, mit deinen zehn

Jahre alten Spotify-Playlists und deiner Weigerung, Hafermilch zu probieren.«

»Hafermilch schmeckt nach Reue«, sagt er ernst, aber seine Augen verlassen meine nicht. »Du magst denken, dass du das im Griff hast, Lara, aber ich sage dir – du spielst hier ein gefährliches Spiel. Rory Keane ist nicht irgendein harmloses Experiment. Er ist ... kompliziert. Und du? Du bist nicht annähernd so distanziert, wie du denkst.«

»Danke für den Vertrauensbeweis, *bester Freund.*«

»Ich versuche nicht, dir in die Suppe zu spucken oder so, okay? Ich ... ich kenne dich einfach. Und ich will nicht zusehen, wie du verletzt wirst, weil du zu sehr damit beschäftigt bist, dir einzureden, dass alles nur Spaß und ohne Gefühle ist. Du steckst schon mit einem Bein drin, auch wenn du es nicht zugeben willst.«

»Okay. Danke für die Sorge. Hör zu, wir haben Spaß. Das ist alles. Spaß. Punkt. Aus. Ende der Geschichte.«

»Jaaa, klar.« Danny zieht eine Augenbraue hoch. »Es ist süß, wie du denkst, dass es wahr wird, nur weil du zwölfmal in einem Satz ›Spaß‹ sagst.«

Da lache ich, hauptsächlich, weil ich sonst vielleicht schreien würde – oder schlimmer noch, seinen Punkt tatsächlich *in Betracht ziehen* würde. »Oh, mein Gott, Danny. Deine Sorge ist zur Kenntnis genommen und unter ›Unnötig‹ abgelegt. Können wir jetzt weitermachen?«

»Gut, damit endet meine heutige Predigt«, schießt er grinsend zurück. »Wirst du zufällig die Süßkartoffelpommes bestellen?«

»Fragst du, weil du sie klauen willst?«

»Vielleicht.«

»Deshalb traut niemand Projektmanagern. Nehmen sich immer Freiheiten heraus.«

»Nein. Sie schmecken einfach besser, wenn sie vom Teller eines anderen kommen. Es ergibt keinen Sinn, aber es ist eine unumstößliche Wahrheit, und davon lasse ich mich nicht abbringen.«

Wir bestellen die Pommes und eine frische Kanne Pfefferminztee, und ich lehne mich in meinem Stuhl zurück, entschlossen, den Rest meiner Mittagspause zu genießen. Was auch immer als Nächstes passiert – in welches Chaos ich mit Rory auch hineinspazieren mag – ich weiß, dass Danny immer noch da sein wird. Grinsend. Pommes klauend. Mich auf meinen Blödsinn hinweisend.

Und ehrlich gesagt? Das reicht. Zumindest für den Moment.

SECHZEHN

Wir sind schon fast eine Woche wieder in London, als ich Rory vorschlage, uns wieder persönlich zu treffen. In dem Moment, als wir von dem belebten Bürgersteig in das Antiquariat treten, ist es, als hätte jemand für ganz London den Ton abgestellt. Das Chaos der Stadt löst sich hinter uns auf, ersetzt durch das leise Summen der Leuchtstoffröhren über uns und das sanfte Rascheln von Seiten, die irgendwo im hinteren Teil des Ladens umgeblättert werden. Die Luft riecht nach altem Papier, Holzpolitur und einem Hauch von Staub – als würde man eine Erinnerung betreten, von der man gar nicht wusste, dass man sie hat. Meine Brust zieht sich zusammen, aber nicht auf unangenehme Weise; es fühlt sich an wie nach Hause zu kommen.

»Wow«, haucht Rory neben mir, seine Stimme zu einem ehrfürchtigen Flüstern gesenkt, als wäre er in eine Kirche getreten und nicht in einen vollgestopften Buchladen, der zwischen einem Café und einer Reinigung eingeklemmt ist. »Das ist ... was ganz Besonderes.«

»Was Gutes?«, frage ich und sehe ihn von der Seite an, bemerke, wie sein sonst so keckes Lächeln zu etwas Ruhigerem geworden ist. Aufrichtig. Das bringt mich für einen Moment aus dem Konzept, bevor ich mich mit einem Schulterzucken wieder fange. »Ich meine, es ist nicht Foyles, aber es erfüllt seinen Zweck.«

»Willst du mich auf den Arm nehmen? Dieser Ort sieht so aus, als würden die Bücher nach Ladenschluss lebendig werden.« Er grinst wie ein Schuljunge.

»Vorsicht«, sage ich trocken und gehe zum nächsten Gang. »Wenn du diesen Ort zu sehr romantisierst, könnte ich denken, du gehörst zu den Leuten, die Bücher nur wegen der Ästhetik kaufen und sie nie lesen.«

»Wer sagt, dass ich das nicht tue?« Er folgt mir, nah genug, dass ich seine Anwesenheit spüren kann, ohne hinsehen zu müssen, was ... ablenkend ist.

»Nun, das werde ich ja bald wissen«, kontere ich und lasse meine Finger leicht über die Buchrücken der gebundenen Ausgaben gleiten. »Wenn du anfängst, Austen falsch zu zitieren oder Hemingway ›unterschätzt‹ zu nennen, lasse ich dich hier zurück, damit du dich allein durchschlagen kannst.«

»Das merke ich mir«, verspricht Rory, aber unter seinem Atem liegt ein Lachen.

Wir schlängeln uns durch die engen Gänge, vorbei an schiefen Türmen aus Romanen und wackelig aufgetürmten Stapeln von Memoiren. Ich bleibe abrupt an einem Regal im hinteren Teil stehen und lege den Kopf schief, um einen vertrauten Titel zu betrachten.

»Das hier«, sage ich, ziehe ein abgenutztes Taschenbuch heraus und halte es ihm hin, damit er es sehen kann. Das Cover ist verblasst, die Ecken haben Eselsohren. »*Rebecca*. Habe ich zum ersten Mal gelesen, als ich vierzehn war. Ich bin die ganze Nacht aufgeblieben, weil ich es nicht aus der Hand legen konnte.«

»Du Maurier«, sagt Rory sofort. »Das unheimliche Haus,

die obsessive Eifersucht, die finsteren Untertöne. Klingt ganz nach der vierzehnjährigen du.«

»Wie bitte?«, frage ich und ziehe eine Augenbraue hoch, obwohl ich insgeheim erfreut bin, dass er es kennt. »Willst du damit andeuten, dass ich ein launischer Teenager war?«

»Andeuten? Nein. Klipp und klar feststellen? Absolut.«

»Schön«, gebe ich zu und schiebe das Buch zurück ins Regal. »Vielleicht hatte ich ein paar ... tiefgründig-melancholische Anwandlungen. Aber ich habe auch die handwerkliche Kunst zu schätzen gewusst. Das Tempo, die Spannung, die Art, wie sie eine unheilvolle Stimmung aufbaut, ohne alles auszusprechen. Damals wurde mir zum ersten Mal klar, dass Geschichten das können.«

»Das ergibt Sinn«, sagt er, sein Ton jetzt sanfter. »Du lektorierst wie jemand, der von Autoren wie ihr gelernt hat – präzise, unnachgiebig, aber ... elegant.«

Ich blinzle ihn an, überrascht von dem Kompliment. Es macht mich so verlegen, dass ich schnell weitergehe und ihn zu einer anderen Abteilung führe.

»Hier drüben«, sage ich forsch und deute auf eine Sammlung von Gedichtanthologien. »Meine liebste Fluchtroute, wenn sich Romane zu gewaltig anfühlten. Poesie hat sich immer ... überschaubar angefühlt. Wie eine einzelne Szene, die auf ihre reinste Form reduziert wurde.«

»Lass mich raten«, sagt Rory und überfliegt die Buchrücken. »Sylvia Plath für die dunkleren Tage, Mary Oliver für die heitereren?«

»Nicht schlecht. Obwohl ich, wenn du es genau wissen musst, auch eine ernsthafte Pablo-Neruda-Phase hatte. Sehnsucht auf Spanisch wirkt einfach stärker.«

»Sehnsucht, hm?«, fragt er mit neckischem Unterton. »Du hast also *doch* eine weiche Seite.«

»Gewöhn dich nicht dran.«

»Zu spät.«

Rory geht neben mir her. Sein Arm streift kurz meinen, eine leichte Berührung, die länger in meinen Gedanken verweilt, als sie sollte.

Es ist alles gut. Alles ist in Ordnung. Nur zwei Kollegen, die zusammen in Büchern stöbern. Daran ist nichts Weltbewegendes.

Außer natürlich, dass es sich nach so viel mehr anfühlt.

Der Garten liegt versteckt hinter dem Laden, für alle sichtbar und doch verborgen. Ein schmales Eisentor knarrt, als ich es aufstoße, seine Scharniere protestieren gegen Jahre der Vernachlässigung. Der Duft von blühendem Jasmin und feuchter Erde begrüßt uns wie ein alter Freund und mildert die kühle Abendluft. Hier ist es ruhiger, das ferne Summen des Londoner Verkehrs ist nur noch ein leises Flüstern im Wind. Für einen Moment ist es, als wären wir in eine andere Realität getreten – eine, in der die Stadt nicht ganz so schwer auf der Brust lastet.

»Wusstest du, dass das hier hinten ist?«, fragt Rory mit leiser, fast ehrfürchtiger Stimme. Er fährt mit der Hand über die efeubewachsene Ziegelmauer, seine Finger streichen über die Blätter, als hätte er Angst, sie könnten unter seiner Berührung zerbröseln.

»Natürlich«, sage ich und führe ihn weiter hinein. »Es ist nicht gerade ein Geheimnis, aber die meisten Leute machen sich nicht die Mühe, nach Stille zu suchen, wenn Lärm so leicht verfügbar ist.«

»Klingt wie etwas, das du in eine deiner Lektoratsnotizen schreiben würdest. ›Finden Sie die Stille. Lassen Sie die Geschichte atmen.‹« Er sieht mich an, aber ohne jede Bosheit – nur mit Wiedererkennung.

»Vorsicht, Keane«, entgegne ich und verenge meine Augen. »Denk an meine Anmerkung zu schlechten Metaphern.«

Er grinst, aber ausnahmsweise gibt es keine bissige Antwort.

Ich zeige auf eine verwitterte Bank unter einem Baum in der Ecke, ihr Holz von Zeit und Regen grau gebleicht. »Setzen wir uns, bevor du anfängst, Gedichte über die ›versteckte Oase‹ zu dichten oder welchen Unsinn du auch immer in deinem Kopf ausbrütest.«

»Führe mich nicht in Versuchung«, sagt er und folgt mir, als ich mich auf die Bank sinken lasse. Das Holz knarrt unter uns und stöhnt unter dem Gewicht von zwei Personen.

Wir sitzen einen Moment lang schweigend da, eine Stille, die nicht gefüllt werden muss. Wider Willen entspannen sich meine Schultern, und ich lasse meinen Blick über die flackernden Teelichter wandern, die wahllos in den Ästen verteilt sind. Es ist ... friedlich. Und auf eine ärgerlich intime Weise, auf die ich nicht vorbereitet war.

»Na gut dann«, durchbricht Rory als Erster die Stille, lehnt sich zurück und legt einen Arm über die Lehne der Bank. Lässig, als wären wir nur zwei Freunde, die den Nachmittag genießen, und nicht dieses komplizierte Etwas, was auch immer wir eigentlich sind. »Lieblingsautor. Los.«

»Das ist eine unglaublich vereinfachende Frage«, spotte ich. »Man kann nicht ein ganzes Leseleben auf einen einzigen Namen reduzieren.«

»Klar kann man das. Schau her.« Ohne mit der Wimper zu zucken, sagt er: »Toni Morrison. Fertig.«

»Angeber.« Aber ich kann das Lächeln nicht unterdrücken, das sich auf meine Lippen schleicht. »Na schön. Virginia Woolf. Zufrieden?«

»Zugegebenermaßen beeindruckt«, sagt er und neigt seinen Kopf zu mir. »Warum Woolf?«

»Ihre Prosa fühlt sich lebendig an. Fließend. Als würde sie den Raum zwischen den Dingen beschreiben und nicht die Dinge selbst.« Ich zucke mit den Schultern, plötzlich verlegen. »Außerdem hatte sie keine Angst vor Unvollkommenheit. Ihre Entwürfe waren unordentlich, ja sogar chaotisch, aber irgendwie wurde aus diesem Chaos etwas Geniales.«

»Ah.« Er nickt langsam, sein Ausdruck wird weicher, nachdenklicher. »Chaos zu Genialität. Klingt nach einem guten Lebensmotto.«

»Oder danach, wie es ist, deine Manuskripte zu lektorieren.«

»Fairer Punkt«, gibt er zu. »Und nur fürs Protokoll, du hast nicht unrecht mit Woolf. Aber wenn wir schon von fließender Prosa reden, kann Baldwin ihr locker das Wasser reichen.«

»James Baldwin?«, frage ich, um sicherzugehen, dass wir vom selben Autor sprechen. »Interessante Wahl für jemanden, der heiße, zeitgenössische Liebesromane schreibt.«

»Warum? Weil er keine Happy Ends schreibt. Er beschönigt nichts. Er wühlt im ganzen Schlamassel – Liebe, Schmerz, Identität – und schafft es trotzdem, es wunderschön zu machen. Das ist es, was ich anstrebe. Oder es zumindest versuche.«

»Chaotisch, aber wunderschön«, wiederhole ich leise, mehr zu mir selbst als zu ihm. Mein Instinkt sagt mir, ich soll ablenken, eine weitere Schicht Sarkasmus auflegen, um das Gespräch sicher an der Oberfläche zu halten. Aber ... ich tue es nicht.

»Okay, du bist dran«, sagt er und seine Stimme durchbricht den Knoten in meinen Gedanken. »Was ist deine Lesesünde? Und sag mir nicht, du hast keine. Jeder hat eine.«

»Na schön«, gebe ich mit einem dramatischen Seufzer zu. »Taschenbuch-Regency-Romane. Je lächerlicher die Titel, desto besser.«

»›The Duke Who Dared‹?«, rät er grinsend. »›Her Scandalous Earl‹?«

»Versuch's mit ›The Viscount's Secret Vow‹«, sage ich, und

er lacht wieder, der Klang warm und unbeschwert in der kühlen Nachtluft.

»Das würde ich zu gern sehen. Lara Yates, zusammengekauert mit einem Schmachtfetzen. Die Brille schief, während sie wütend mit roter Tinte Anmerkungen an den Rand kritzelt.«

»Sei nicht albern«, entgegne ich und kämpfe gegen ein Lächeln. »Ich würde niemals Anmerkungen in ein Taschenbuch machen. Das ist ein Sakrileg.«

»Gut zu wissen, dass du Grenzen hast«, neckt er mich und stößt mich leicht mit seiner Schulter an.

»Jemand muss ja welche haben.« Ich sehe ihn an, die Worte rutschen mir heraus, bevor ich sie aufhalten kann. »Gott weiß, du hast keine.«

»Autsch!« Sein Grinsen wird schief, sein Blick hält meinen nur einen Moment zu lang fest.

»Wie auch immer«, sage ich barsch, rücke meine Brille zurecht und schaue weg. »Wir sollten weiter. Dieser Garten ist schön, aber nicht gerade isoliert. Ich friere.«

»Stimmt«, sagt Rory, steht auf und reicht mir eine Hand. Ich zögere nur einen Sekundenbruchteil, bevor ich sie ergreife, sein Griff warm an meinen durchgefrorenen Fingern. »Wir wollen ja nicht, dass du dich erkältest, Yates. Ich kann es mir nicht leisten, dass meine Lektorin außer Gefecht ist.«

»Genau«, sage ich, aber die Ausrede fühlt sich selbst für mich fadenscheinig an. Als wir durch das Tor zurück in den Trubel der Stadt treten, riskiere ich einen Blick auf ihn. Sein Gesichtsausdruck ist unergründlich, aber er hat eine stille Intensität, die mir noch lange nach diesem Moment im Gedächtnis bleibt.

Das ist in Ordnung. Alles ist in Ordnung.

Nur dass es sich natürlich überhaupt nicht in Ordnung anfühlt.

Der Aufzug piept und Rory tritt als Erster heraus, hält mir mit einer lässigen Bewegung seines Handgelenks die Tür auf, während ich ihm folge. Typisch. Immer gerade genug Charme, um es mühelos aussehen zu lassen. In der Dachterrassenbar herrscht bereits ein leises Summen, obwohl sie bei Weitem nicht überfüllt ist. Glasgeländer umgeben den Bereich und bieten einen atemberaubenden Blick auf die Flickenteppich-Skyline von London.

Es ist die Art von malerischem Moment, der eine weniger gefasste Person wehmütig seufzen lassen würde – oder schlimmer noch, sie würde ihr Handy zücken, für einen Insta-gram-Post mit dem Hashtag #*gesegnet*. Aber ich stehe nur da, die Arme verschränkt, und versuche, Rory nicht die Genug-tuung zu geben, zu wissen, dass es wunderschön ist ... und, das muss ich zugeben, romantisch.

»Schön, nicht wahr?«, sagt er von irgendwo hinter mir, seine Stimme tief und ohne Eile. Kein Anflug von Selbstgefäl-ligkeit, was ärgerlich ist, denn ich war fest darauf vorbereitet, mit den Augen zu rollen.

»Akzeptabel«, sage ich stattdessen.

»Von jemandem, der seinen Lebensunterhalt damit verdient, Liebesromane zu lektorieren«, kontert er und tritt näher – nah genug, dass ich die leichte Wärme spüre, die von ihm ausgeht, noch bevor seine Schulter meine berührt, »klingt das fast wie ein Kompliment.«

Wir stehen einen Moment lang da und beobachten, wie die Lichter in der Ferne aufleuchten, als würden Sterne erwa-chen. Es ist so nervtötend romantisch.

»Also, worauf sollen wir anstoßen, um den Anlass zu feiern? Etwas Prätentiöses mit einem Rosmarinzweig drin?«

»Überlass das mir.« Er wirft mir die Worte über die

Schulter zu, während er zur Bar geht. Ich bleibe stehen, die Hände in den Manteltaschen vergraben, und versuche, mich nicht befangen zu fühlen.

Es dauert nicht lange, bis er zurück ist, zwei Gläser in der Hand. Er stellt eines mit einer schwungvollen Geste vor mich hin, die bernsteinfarbene Flüssigkeit reflektiert das warme Licht der Lichterketten über uns.

»Old Fashioned«, sagt er schlicht und lässt sich auf den Stuhl gegenüber von mir gleiten. »Kein Rosmarin, kein Schnickschnack. Genau wie du es magst.«

Ich blinzle überrascht. »Woher ...«

»Schau nicht so schockiert, Yates.« Er lehnt sich zurück, ein Mundwinkel zuckt belustigt. »Du hast es auf deinem Instagram erwähnt. Bei dieser furchtbaren Branchenveranstaltung, erinnerst du dich? Du hast irgendeinen schnippischen Kommentar über den Trend der dekonstruierten Cocktails gemacht.«

»Das war ... vor Monaten.« Meine Stimme stockt leicht. »Du hast all meine Social-Media-Seiten durchgelesen?«

»Natürlich. Als Fiona anrief, um mir zu sagen, dass du meine neue Lektorin bist, musste ich wissen, mit wem ich mich da ins Bett lege, sozusagen.« Sein Ton ist leichthin, aber da schwingt etwas mit.

»Na ja«, sage ich, ergreife das Glas und nehme einen bedächtigen Schluck, um meine Reaktion zu verbergen. Das Getränk brennt sanft und süß die Kehle hinunter, genau so, wie ich es mag. »Gut zu wissen, dass du zumindest grundlegende Recherche beherrschst.«

»Ich würde behaupten, meine Nachforschungen sind überaus gründlich«, sagt er mit einem Augenzwinkern.

»Prost«, sage ich und stoße leise mit seinem Glas an. Die Stadt erstreckt sich unter uns, lebendig und glitzernd, und für einen Moment versinke ich in ihrem leisen Summen. Aber dann spüre ich seinen Blick auf mir, fest und unnachgiebig, und er zieht mich zurück wie die Schwerkraft.

»Also gut, Yates«, sagt er. »Wenn du ein Buch – ein einziges Buch – auswählen müsstest, das du für den Rest deines Lebens lesen dürftest, welches wäre es?«

»Das ist eine unmögliche Frage«, sage ich sofort und nehme noch einen Schluck von meinem Drink. »Kein ernsthafter Leser würde das beantworten. Das ist, als würde man mich bitten, ein Lieblingskind auszuwählen.«

»Hast du Kinder?«, fragt er und zieht eine Augenbraue hoch.

»Offensichtlich nicht.« Ich verdrehe die Augen. »Es ist hypothetisch.«

»Na schön«, gibt er nach und grinst wie ein Schuljunge. »Ich schränke es ein. Du sitzt auf einer einsamen Insel fest –«

»Warum strande ich in diesen Szenarien eigentlich immer?«, falle ich ihm ins Wort, ich kann einfach nicht anders. »Bin ich schiffbrüchig? Flugzeugabsturz? Habe ich Poseidon verärgert?«

»Konzentrier dich, Yates«, sagt er grinsend. »Ein Buch. Welches ist es?«

»Etwas Praktisches. *Wie man mit minimalen Mitteln ein Floß baut*«, schlage ich vor, und sein Lachen ist plötzlich und hell.

»Natürlich würdest du ein Überlebenshandbuch wählen«, sagt er. »Du würdest es wahrscheinlich sogar währenddessen lektorieren.«

»Nur, wenn es nötig wäre. Also gut, du bist dran«, sage ich und stelle mein leeres Glas mit einem leisen Klacken ab. »Einsame Insel. Ein Buch.«

»Ganz einfach«, sagt er ohne zu zögern. »*Stolz und Vorurteil*.«

»Im Ernst?« Ich bin aufrichtig überrascht. »Mr. Darcy persönlich?«

»Mach es nicht schlecht«, sagt er und beugt sich näher, die Ellbogen auf den Tisch gestützt. »Es ist ein Meisterwerk. Zeitlos. Außerdem, wenn ich auf einer Insel festsitze, könnte ich die Inspiration gebrauchen, um richtig zu grübeln.«

»Natürlich«, sage ich, und meine Lippen zucken. »Würdest du deine Tage damit verbringen, in Kniebundhosen aus dem Wasser zu steigen?«

»Jetzt hast du es kapiert«, sagt er lachend, und ich zwinge mich, mitzulachen, auch wenn sich die Luft zwischen uns subtil, fast unmerklich verschiebt. Sein Lachen verklingt und hinterlässt eine spürbare Stille.

»Rory –«, setze ich an, aber die Worte bleiben mir im Hals stecken, denn plötzlich ist er näher. Nicht viel, aber genug. Genug, dass ich die leichten Bartstoppeln an seinem Kiefer sehen kann, wie sein Blick für eine halbe Sekunde zu meinen Lippen wandert, bevor er wieder meinen trifft. Mir stockt der Atem, und zum ersten Mal fällt mir keine einzige bissige Bemerkung ein, mit der ich ablenken könnte.

»Darf ich –«, beginnt er mit leiser Stimme, aber er beendet den Satz nicht. Er rückt nur näher und überbrückt die verbleibende Distanz mit einer leisen Gewissheit, die mir den Boden unter den Füßen wegreißt.

Der Kuss ist warm, weich, und ich wünschte, er würde ewig dauern. Ich beuge mich ein winziges Stück vor, und alles andere verblasst.

Die Luft zwischen uns fühlt sich brüchig an, als könnte eine falsche Bewegung sie vollständig zersplittern lassen. Mein Herz hämmert so laut, dass es sicher von den Dachziegeln widerhallt, aber Rory sagt kein Wort. Ich auch nicht. Wir sitzen da, gefangen in dieser seltsamen, summenden Stille, und ich starre auf sein Profil, während er über die Stadt blickt, sein Kiefer angespannt, seine Finger trommeln auf seinem Knie.

»Hör zu, Rory ...« Ich lasse den Satz ausklingen, unsicher,

was ich wirklich sagen will. »Den Tag mit dir zu verbringen war … nett.«

»Genau«, sagt er schnell. »*Nett.*«

»Okay, es war viel netter als nett, aber ich gehe heute Abend allein nach Hause.«

Ich greife in meine Tasche und ziehe den USB-Stick heraus, den ich den ganzen Tag bei mir getragen habe, den, den ich in der Wohnung erst zusammensuchen musste, beladen mit seinen neuesten Manuskriptkorrekturen. Ihn ihm zu überreichen, fühlt sich seltsam geschäftlich an nach allem, was gerade zwischen uns passiert ist, aber es fühlt sich auch sicher an. Als würde ich den Deckel auf eine Kiste knallen, die niemals hätte geöffnet werden dürfen.

»Hier. Deine Anmerkungen. Ich dachte mir, du willst sie lieber früher als später haben.«

»Arbeit«, sagt er und nimmt den USB-Stick mit einem kleinen, humorlosen Lachen. »Bei dir geht es immer wieder zurück zur Arbeit, was?«

»Jemand muss dich ja im Zaum halten. Wir haben drei Wochen, Rory. Du musst diese Frist einhalten. So einfach ist das. Wir treffen uns erst wieder, wenn du diese Änderungen vorgenommen hast.«

»Verstanden«, sagt er wieder und steckt den Stick in seine Jackentasche. Für eine Sekunde sieht es so aus, als wolle er mehr sagen. Stattdessen steht er einfach auf und bietet mir eine Hand an. »Komm. Ich bringe dich nach unten.«

»Danke«, sage ich und lasse mich von ihm auf die Beine ziehen. Die Wärme seiner Hand verweilt noch lange, nachdem er losgelassen hat.

Wir fahren schweigend im Aufzug nach unten, die Nacht ist abrupt vorbei. Draußen summt die Stadt in ihrem eigenen Rhythmus, aber er fühlt sich merkwürdig fern an, als würde ich sie durch Glas betrachten. Ich bleibe am Bordstein stehen und drehe mich zu ihm um.

»Gute Nacht, Rory«, sage ich leise und rücke aus Gewohnheit meine Brille zurecht.

»Nacht, Lara«, erwidert er, seine Stimme ebenso gedämpft. Er zögert einen Moment, dann winkt er mir kurz zu, bevor er sich abwendet und seine Gestalt in der Menge verschwindet.

Ich bleibe noch einen Moment wie angewurzelt stehen, der Geist dieses Kusses haftet immer noch auf meiner Haut. Dann schüttle ich den Kopf, straffe die Schultern und ermahne mich, zu atmen.

Es war nur ein Kuss, sage ich mir entschieden, *nicht anders als die vielen, die wir schon geteilt haben*. Aber als ich mich auf den Weg zur U-Bahn-Station mache, kann ich mich des Gefühls nicht erwehren, dass sich etwas Grundlegendes verschoben hat und ich gerade Neuland betreten habe, und es gibt keine Karte, die mir den Weg zurückweist.

SIEBZEHN

Der Zug hält mit einem Rucken an, und ich trete auf den Bahnsteig. Die Luft ist schwer von dieser süßlich-klebrigen Mischung aus Dieselabgasen und feuchtem Beton. Es ist seltsam, wie sich sogar der Geruch wie ein Urteil anfühlt. Willkommen zu Hause, Lara Yates, wo du immer zu viel oder nicht genug bist.

Ich rücke den Gurt meiner Laptoptasche auf der Schulter zurecht, dessen Gewicht mich leicht aus dem Gleichgewicht bringt. Der Bahnhof sieht genauso aus wie vor vierzehn Jahren, als ich zur Universität aufgebrochen bin, bis hin zu dem »AUSSER BETRIEB«-Schild, das mit Tesa an den Verkaufsautomaten geklebt ist. Nostalgie überkommt mich nicht – sie schleicht sich an, langsam und heimtückisch, und schlingt sich um mich wie Efeu durch Risse in altem Gestein.

Die Taxifahrt vom Bahnhof zum Haus meiner Eltern ist ereignislos, was so viel heißt wie erstickend vertraut. Reihen identischer Backsteinhäuser verschwimmen vor dem Fenster, jedes ununterscheidbar vom nächsten, abgesehen von der gelegentlichen, mutigen Zurschaustellung von Individualismus in Form von Zementputz. Als ich vor dem Haus halte, schnürt sich mir die Brust zu, als hätte ich seit dem Aussteigen aus dem Zug die Luft angehalten.

Die Haustür schwingt auf, bevor ich überhaupt meinen Sicherheitsgurt lösen kann, und da ist sie – Mum. Immer noch blickt sie mit dieser besonderen Mischung aus Besorgnis und leiser Missbilligung in die Welt, die sie schon immer wie eine Rüstung getragen hat, die Arme fest vor der Brust verschränkt. Ihr Haar ist kürzer, als ich es in Erinnerung habe, gefärbt in einem Ton, der zu dunkel ist, um natürlich auszusehen. Sie winkt nicht, steht nur da, eingerahmt im Türrahmen, als wappne sie sich für die Version von mir, die dieses Mal aufgetaucht ist.

»Na, du hast es ja geschafft«, sagt sie, als ich meinen Koffer die Stufen hochschleppe. Kein Hallo, keine Umarmung. Nur diese fünf Worte, in diesem Tonfall, der es irgendwie schafft, gleichzeitig erleichtert und enttäuscht zu klingen.

»Japp.« Ich zwinge mir ein Lächeln auf, das sich eher wie eine Grimasse anfühlt. »Ich bin offenbar immer noch fähig, mit öffentlichen Verkehrsmitteln zu fahren.«

»Gerade so«, erwidert sie und mustert meine Schuhe, als würden sie sie beleidigen. Es sind vernünftige flache Schuhe, aber anscheinend nicht *vernünftig genug*.

Drinnen riecht das Haus nach Zitronenpolitur und etwas leicht Angebranntem – eine Kombination, die ebenso hartnäckig wie uneinladend ist.

Dad erscheint in der Tür zum Wohnzimmer, seine Lesebrille auf der Nasenspitze. Er blickt von seinem Kreuzworträtsel lange genug auf, um ein halbherziges »Hallo, Liebes« zu murmeln, bevor er sich wieder in die Festung seines Sessels zurückzieht.

»Hallo, Dad«, antworte ich, obwohl er schon wieder hinter dem Rascheln der Zeitungsseiten verschwunden ist. Typisch.

»Hast du im Zug gegessen?«, fragt Mum, ihr Blick huscht zu meiner Laptoptasche. Nicht, weil es sie kümmert, ob ich gegessen habe, natürlich, sondern weil sie darauf brennt zu fragen, ob ich die ganze Fahrt über gearbeitet habe.

»Ja«, lüge ich, denn zu erklären, dass ich zwei Stunden damit verbracht habe, darüber zu lesen, wie ein fiktiver Herzog eine Gräfin vernascht, würde nur zu Fragen führen, auf die ich nicht vorbereitet bin.

»Gut«, sagt sie, das Wort kurz und bündig. »Du siehst müde aus.«

»Danke«, strahle ich. »Genau das, was jede Frau hören will.«

Sie lacht nicht, sondern schürzt nur die Lippen auf eine Weise, die mich fühlen lässt, als wäre ich etwa zehn Jahre alt.

»Also, steh da nicht einfach nur rum«, sagt sie barsch und wendet sich bereits der Küche zu. »In einer Stunde gibt es Abendessen, und deine Cousine Emma kommt vorbei.«

Natürlich kommt sie. Denn nichts sagt so sehr »willkommen zu Hause« wie daran erinnert zu werden, inwiefern man im Vergleich zu jemand anderem versagt.

»... und dann denken wir an eine Frühlingshochzeit«, zwitschert Emma, ihre Stimme so hell und zuckersüß wie die Limonade, die Mum Gästen servieren muss. »Weißt du, Kirschblüten, zarte Pastellästhetik, vielleicht eine Zeremonie im Freien – wenn das Wetter mitspielt, natürlich.«

»Natürlich«, wiederhole ich geistesabwesend und stochere mit meiner Gabel im zerdrückten Brokkoli auf meinem Teller. Er wurde zu Tode gedämpft, was angesichts meines derzeitigen emotionalen Zustands passend erscheint.

Emma scheint nicht zu bemerken – oder es ist ihr egal –, dass mein Enthusiasmus ungefähr so echt ist wie Mums Komplimente. Sie prescht vor, fuchtelt mit einer manikürten

Hand in der Luft, als würde sie bereits einen Brautstrauß werfen. »Wir wollten einfach nichts zu Aufwendiges, weißt du? Tim und ich stehen total auf *Schlichtheit*.«

»Mm«, sage ich unverbindlich und blicke zu meinen Eltern auf der anderen Seite des Tisches. Dad konzentriert sich auf sein Brathähnchen, als enthielte es die Antworten auf die großen Rätsel des Lebens, während Mum zu Emmas Monolog nickt, ihr Gesichtsausdruck irgendwo zwischen höflichem Interesse und selbstgefälliger Zufriedenheit.

»Das klingt … nett«, füge ich hinzu, denn jemand muss ja etwas sagen, und anscheinend bin dieser Jemand ich.

»Nicht wahr?«, strahlt Emma, auf eine Weise leuchtend, wie es nur Menschen mit makelloser Haut und grenzenlosem Selbstvertrauen sein können. »Ich meine, ich weiß, es ist nicht für jeden etwas« – ihr Blick schnellt zu mir, nur kurz genug, um zu stechen – »aber Tim und ich fühlen uns einfach so bereit, weißt du? So nach dem Motto, warum warten?«

»Warum auch«, murmele ich vor mich hin. Emma hört mich nicht, aber Mum schon. Ihr spitzes Einatmen ist fast theatralisch.

»Emma, Liebes«, sagt Mum und lenkt das Gespräch wie ein Profi. »Habt ihr euch schon für Brautjungfern entschieden?«

»Noch nicht offiziell«, kichert Emma, obwohl es offensichtlich ist, dass sie genau weiß, wer an ihrem großen Tag neben ihr stehen wird – und wer nicht. Spoiler-Alarm: Ich bin es nicht.

»Nun, du wirst genug Zeit haben, das zu klären«, versichert ihr Mum, bevor sie ihre Aufmerksamkeit auf mich richtet. Und da kommt er – der Schwenk. »Apropos Zeit, Lara, wie ist die Arbeit? Hält dich sicher immer noch auf Trab, nehme ich an.«

»Immer«, antworte ich und zwinge mir ein knappes Lächeln auf. »Du weißt ja, wie das ist.«

»Tatsächlich?«, entgegnet sie und legt den Kopf auf diese Art schief, bei der ich am liebsten in ein Kissen schreien würde. »Ich meine, du arbeitest doch ständig, oder nicht? Selbst an den Wochenenden?«

»Die Verlagsbranche ist nicht ganz wie der Lehrerberuf, Mum«, sage ich und achte darauf, einen leichten Tonfall beizubehalten, obwohl sich die Spannung in meiner Brust zusammenzieht. »Bei uns läutet keine Glocke, nach der wir alle nach Hause gehen können. Abgabetermine kennen keine freien Tage.«

»Hm«, macht sie, während sich ihre Lippen kaum merklich schürzen. »Aber du könntest doch sicher Zeit finden, um …«

»Um was, Mum?«, falle ich ihr ins Wort. »Eine Hochzeit zu planen? Denn solange du keinen Bräutigam in der Speisekammer versteckt hältst, komme ich, glaube ich, ganz gut klar.«

Die Worte hängen unbeholfen und schwer in der Luft, bis Emma sich sichtlich unwohl räuspert. »Ich glaube, Hochzeiten werden, ähm, für manche Leute überbewertet«, wirft sie ein, und ihre Stimme zittert gerade so sehr, dass ich es bereue, sie angefahren zu haben.

»Entschuldigung«, sage ich und lasse meinen Blick auf meinen Teller sinken. Die Brokkoliröschen starren mich wenig hilfreich an.

»Ich wollte doch nur sagen«, fährt Mum fort und ignoriert die Spannung wie ein echter Profi, »dass es nicht schaden würde, ab und zu eine Pause zu machen. Du arbeitest so hart, Lara – wirklich zu hart. Du solltest nicht allein sein. Nicht in deinem Alter.«

»Danke, Mum, genau das wollte ich hören.«

»Nun, ich sage das nur, weil du mir wichtig bist«, sagt sie in einem Tonfall, der schon fast abwehrend ist. »Und weil ich mir, ehrlich gesagt, manchmal Sorgen um dich mache. Du steckst so viel Energie in deine Karriere, aber …«

»Aber was?«, hake ich nach, meine Stimme jetzt leiser. Kleiner.

»Nichts«, sagt sie schnell und wischt imaginäre Krümel von der Tischdecke. »Vergiss, dass ich etwas gesagt habe.«

»Erledigt«, erwidere ich, obwohl der Ärger in mir hochzukochen beginnt.

Emma rutscht auf ihrem Stuhl hin und her, offensichtlich verzweifelt darum bemüht, das Thema zu wechseln. »Also, äh, wie auch immer, wegen der Torte ...«

Ihre Worte werden zu einem Hintergrundgeräusch, während ich mich darauf konzentriere, mein Hähnchen in präzise, gleichmäßige Stücke zu schneiden und so zu tun, als würde sich der Tisch nicht um mich herum zusammenziehen. Die Worte meiner Mutter hallen in meinem Kopf wider, mit jeder Wiederholung lauter: *Du arbeitest zu hart. Du siehst müde aus. Ich mache mir Sorgen um dich.*

Übersetzung: *Du bist nicht genug. Du warst noch nie genug.*

»Entschuldigt mich«, sage ich abrupt und schiebe meinen Stuhl vom Tisch zurück. »Ich muss mal auf die Toilette.«

Niemand hält mich auf, als ich nach oben in mein altes Kinderzimmer schlüpfe. Ich lehne mich gegen die Rückseite der geschlossenen Tür, starre auf die blassen Abdrücke der Klebeknete, die immer noch anzeigen, wo meine Poster einst ihren Ehrenplatz hatten, und zwinge mich zu atmen. Es loszulassen.

Aber der Knoten bleibt, verknotet und hartnäckig, und weigert sich, sich zu lösen.

Die gedämpften Geräusche der Unterhaltung von unten – Emmas Lachen, die Stimme meiner Mum, durchdringend, selbst wenn sie versucht, freundlich zu sein – werden leiser, aber nicht genug. Niemals genug.

Das Zimmer ist kleiner, als ich es in Erinnerung habe. Oder vielleicht bin ich einfach zu groß dafür geworden, wie eine alte Strickjacke, die ich aus falsch verstandener Sentimentalität hinten im Schrank aufbewahre.

Die Regale sind vollgestopft mit Büchern, ihre Rücken in ungleichen Reihen aufgereiht, manche lehnen sich gefährlich zur Seite, als wären sie erschöpft davon, sich all die Jahre aufrecht zu halten. Titel, die ich in Stunden verschlungen habe, Welten, in die ich geflohen bin, wenn sich dieses Haus zu erdrückend anfühlte. Es ist überwältigend und tröstlich zugleich, als wäre man in eine Decke gehüllt, die schwach nach Staub und Traurigkeit riecht.

Ich knie mich neben das Bett und ziehe die geblümte Steppdecke hoch, die hier liegt, seit meine Mum sie im Angebot bei Marks & Spencer gekauft hat, als ich zwölf war. Meine Finger tasten blind umher, bis sie auf Pappe stoßen. Der Karton ist schwerer als erwartet, oder vielleicht bin ich einfach nur aus der Übung, das Gewicht meines jugendlichen Ichs zu heben.

Ich ziehe ihn hervor und setze mich im Schneidersitz auf den Boden. Der Deckel leistet einen Moment Widerstand, bevor er nachgibt und seinen chaotischen Inhalt enthüllt: Notizbücher, lose Blätter und ein paar verknitterte Umschläge. Eine Zeitkapsel voller Ängste und Ambitionen.

Das erste Tagebuch, das ich in die Hand nehme, hat einen glitzernden lila Einband. Wie auch sonst. Ich schlage es auf und werde sofort von meiner eigenen Handschrift begrüßt – große, schnörkelige Buchstaben, die mit der Dringlichkeit von jemandem, der dachte, jedes Wort sei von Bedeutung, auf die Seite gekritzelt waren.

Mein erster und einziger Versuch, ein Tagebuch zu führen. Ich begann den ersten Eintrag am 1. Januar und schaffte es nur bis zum 5. Februar. Oh Gott. Nein. Ich klappe es zu, mein Gesicht brennt, als könnte jemand hereinkommen und es sehen. Als ob es jemanden interessieren würde, was mein vierzehnjähriges Ich über … Ich werfe einen weiteren

Blick auf die Seite. »*... ob Ben heute meinen neuen Haarschnitt bemerkt hat.*« Herrgott nochmal.

»Weiter im Text«, sage ich leise und wühle tiefer in dem Karton. Ein anderes Notizbuch fällt mir ins Auge, dieses hier schwarz und spiralgebunden, mit Rändern, die davon ausgefranst sind, dass es in zu viele Rucksäcke gestopft wurde. Als ich es öffne, sind die Seiten gefüllt mit halbfertigen Geschichten, Dialogfetzen, Ideen, die in hektischer Kurzschrift notiert sind.

Eine erregt meine Aufmerksamkeit – eine Szene zwischen zwei Charakteren, deren Namen ich nicht mehr wiedererkenne, die über etwas Dramatisches und Lebensveränderndes streiten. Der Dialog ist eindeutig von Brontë und Hugo beeinflusst, die ich damals las, und trieft vor Melodramatik, aber er hat etwas Rohes an sich. Ehrliches. Ich kann die Version von mir, die das geschrieben hat, beinahe spüren, wie sie genau auf diesem Boden gekauert und alles, was sie hatte, in diese Worte gegossen hat, weil sie nicht wusste, wohin sonst damit.

Ich blättere schneller durch weitere Seiten. Es gibt Anfänge von Geschichten – so viele Anfänge –, aber keine davon ist beendet. Jede einzelne mitten im Satz, mitten im Gedanken abgebrochen, als wären sie in der Sekunde aufgegeben worden, in der sie mehr verlangten, als ich zu geben bereit war.

»Typisch«, flüstere ich und lehne mich gegen den Bettrahmen. Der vertraute Knoten zieht sich in meiner Brust zusammen, derselbe, den ich seit dem Abendessen mit mir herumtrage. Seit einer Ewigkeit.

Denn hier liegt er, offen vor mir: der Beweis, dass ich schon immer gut darin war, Dinge anzufangen, und furchtbar schlecht darin, sie zu beenden. Der Beweis, dass ich schon damals – noch vor Abgabeterminen, Redaktionssitzungen und dem ständigen Druck, die Arbeit anderer Leute zu korrigieren

– daran zweifelte, ob ich gut genug war, um etwas zu schaffen, das es wert war, behalten zu werden.

Ich lasse das Notizbuch geschlossen in meinen Schoß fallen und starre an die Decke. Die Leuchtsterne-Aufkleber sind immer noch da, verblasst und sich ablösend. Früher lag ich nachts hier und stellte mir vor, sie wären echt, und fragte mich, wie es sich anfühlen würde, nach etwas so Weitentferntem zu greifen und es tatsächlich festzuhalten.

»Armselig«, sage ich laut, obwohl meine Stimme bei dem Wort bricht. Ich wische mir über die Wange, bevor ich überhaupt merke, dass die Tränen da sind.

Ich schiebe das Notizbuch zurück in den Karton und schiebe ihn mit dem Fuß unter das Bett, als ob das irgendwie das Durcheinander an Gefühlen begraben würde, das sich meinen Hals hinaufkämpft. Aus den Augen, aus dem Sinn – das rede ich mir zumindest ein. Nur dass das Gewicht nicht verschwindet. Es liegt einfach da, schwer und unwillkommen, und drückt auf meine Brust wie eine dieser Gewichtsdecken, von denen die Leute schwören, dass sie einen beruhigen sollen. Spoiler: Es funktioniert nicht.

»Reparieren«, sage ich laut. Meine Stimme hallt von den Wänden wider und erschreckt mich. Ich fahre mir mit der Hand über das Gesicht und versuche es noch einmal, diesmal leiser. »Ich bin gut darin, Dinge zu reparieren.«

So viel ist wahr. Gib mir ein Manuskript voller Logiklöcher und flacher Charaktere, und ich bringe es auf Vordermann. Die Prosa straffen, die Szenen neu anordnen, die Spannung hochschrauben – das ist mir mittlerweile quasi in Fleisch und Blut übergegangen. Ich habe Jahre damit verbracht, diese Fähigkeit zu verfeinern und mir meine kleine Nische in der Verlagswelt zu schaffen, in der ich die Problemlöserin bin. Die Chirurgin. Die Person, die die Geschichten anderer Leute besser macht.

Aber etwas von Grund auf neu zu erschaffen? Das ist ... anders. Es ist furchteinflößend.

Das letzte Mal, als ich es versucht habe – also, *richtig* versucht habe – war vor acht Jahren, als ich gerade als Lektoratsassistentin bei Scott & Drake angefangen hatte und jeden Abend wie eine Besessene in die Tasten haute, als hinge mein Leben davon ab. Und vielleicht tat es das auch, auf eine kleine, melodramatische Art und Weise. Ich wollte so verzweifelt gut darin sein. Etwas zu schreiben, das nicht nur passabel, sondern großartig war. Etwas, das von Bedeutung war.

Und als ich es nicht konnte? Als die Worte auf der Seite nicht mit denen in meinem Kopf übereinstimmten? Habe ich hingeschmissen. So wie ich es immer tue.

»Gott.« Ich ziehe mir ein Kissen über das Gesicht, als könnte das die Gedanken zum Schweigen bringen, die außer Kontrolle geraten. »Was mache ich hier eigentlich?«

Es geht nicht nur ums Schreiben. Es geht um alles. Mein Job, mein Leben, meine endlose Kette sorgfältig gepflegter Routinen, die es so aussehen lassen, als hätte ich mein Leben im Griff, obwohl ich in Wirklichkeit das Gefühl habe, die meiste Zeit auf Autopilot zu laufen. Lektorieren ist sicher. Bequem. Ich weiß, was von mir erwartet wird, und ich erfülle diese Erwartungen mit rücksichtsloser Effizienz, denn das ist es, was ich tue. Das ist es, wer ich bin.

Oder nicht?

Unter dem Kissen atme ich langsam und zittrig aus. Die Wahrheit – die hässliche, unbequeme Wahrheit – ist, dass ich es nicht mehr weiß. Ich weiß nicht, worauf ich hinarbeite oder warum. Ich weiß nicht, ob ich in der Verlagswelt noch höher aufsteigen will oder ob ich das Ende der Fahnenstange bereits erreicht habe. Ich weiß nicht einmal, ob das Lektorieren genug ist. Nicht, wenn die Vorstellung vom Schreiben immer noch in meinem Hinterkopf herumspukt, hartnäckig und schmerzhaft, wie eine alte Wunde, die nie ganz verheilt ist.

Mein Handy ist in meiner Hand, bevor ich überhaupt merke, dass ich danach gegriffen habe. Dieser endlose Kreislauf der Ablenkung ist inzwischen instinktiv. Instagram, E-Mails, irgendetwas, alles, um mein Gehirn davon abzuhalten, sich zu sehr mit sich selbst zu beschäftigen. Nur ist das WLAN hier genauso schlecht wie im Zug und der Empfang kaum vorhanden. Trotzdem wische ich ziellos über den Bildschirm und schaue dem kleinen Ladekreis zu, wie er sich dreht, als könnte er irgendwann die Geheimnisse des Universums lüften – oder mir zumindest ein Meme bescheren, das lustig genug ist, damit sich die Reise heute Abend gelohnt hat.

Der Bildschirm flackert, friert ein und wirft mich dann zurück auf meinen Startbildschirm. Perfekt. Ich stoße einen Atemzug aus, der sich eher wie ein Knurren anhört, und lasse das Handy auf meinen Bauch fallen. Es hüpft einmal auf, bevor es dort liegen bleibt und mich mit seinem leeren, nutzlosen Display verspottet.

Ich schließe die Augen, aber das macht alles nur noch schlimmer. Da es nichts anderes gibt, was den Platz zwischen meinen Ohren einnimmt, schweifen meine Gedanken ab. Und wohin gehen sie? Direkt zu Rory Keane, wie immer, wenn ich nicht aufpasse.

Es ist wirklich dumm. Er ist nur dieser ... Typ. Ein lächerlich charmanter, nervtötend talentierter Typ, der mich irgendwie dazu gebracht hat, diesem Was-auch-immer zuzustimmen. Freunde. Liebhaber. Freunde, die manchmal miteinander schlafen, aber definitiv nicht über Gefühle reden, weil das die ganze lockere Atmosphäre ruinieren würde. Ja, das sind wir. Locker. Völlig normal.

Und doch sind wir hier. Oder besser gesagt, hier bin ich, liege auf einem Einzelbett in meinem alten Kinderzimmer, starre auf Leuchtsterne, die schon längst ihren Glanz verloren haben, und frage mich, ob Rory heute überhaupt an mich gedacht hat.

»Gott«, stöhne ich und schiebe mir das Kissen wieder über das Gesicht. »Du bist so erbärmlich.«

Aber das hält die Fragen nicht auf. Hat er an mich gedacht? Ist es ihm egal, dass ich hier in der Vorstadt gestrandet bin und langsam den Verstand verliere? Oder geht es ihm bestens, lebt er sein bestens funktionierendes Leben, völlig ahnungslos, dass ich jedes Detail unserer letzten Gespräche überanalysiere?

Locker. Als ob es wahr würde, wenn ich es mir nur oft genug im Kopf vorsage. Denn darauf haben wir uns geeinigt. Keine Bindungen. Keine Komplikationen. Nur zwei Menschen, die zufällig die Gesellschaft des anderen genießen – und gelegentlich auch das Bett des anderen.

Nur ist es nicht so einfach, oder? Das ist es nie.

Ohne nachzudenken, greife ich wieder nach meinem Handy. Mein Daumen schwebt über dem Bildschirm, und bevor ich mich selbst aufhalten kann, scrolle ich durch meine Kontakte. Vorbei an Arbeitskollegen, alten Freunden, Nummern, die ich schon vor Jahren hätte löschen sollen. Und dann ist er da.

Rory.

Sein Name steht da und leuchtet schwach im schummrigen Licht des Zimmers, als würde er mich herausfordern, ihn zu drücken. Anzurufen. Eine Nachricht zu schreiben. *Irgendetwas* zu tun.

Aber was würde ich überhaupt sagen? *Hi, ich wollte nur mal nachfragen, ob du immer noch unerträglich attraktiv und emotional unerreichbar bist. Cool, super, bis bald.*

Ja, nein danke. Ich sperre den Bildschirm und werfe das Handy mit dem Display nach unten neben mich, als ob das Verstecken auch das Chaos in meinem Kopf verstecken würde. Aber sein Gewicht bleibt spürbar, schwer und eindringlich, und zieht meine Gedanken immer wieder zu ihm zurück, egal wie sehr ich versuche, sie in eine andere Richtung zu lenken.

Uns geht es gut, sage ich mir. Wir sind genau das, was wir zu sein versprochen haben. Nicht mehr und nicht weniger.

Ich lege mich wieder auf das Bett und starre an die Decke, als ob sie irgendeine Antwort bereithielte. Sie besteht nur aus beiger Farbe und einem feinen Riss, der vage wie Italien aussieht, wenn man die Augen zusammenkneift. Dieselbe Decke, die ich mit sechzehn angestarrt habe, als ich von Dingen wie dem College, dem Verlassen dieser Stadt oder, Gott steh mir bei, der Heirat mit Jake Gyllenhaal geträumt habe. Und doch liege ich hier, zweiunddreißig Jahre alt, an genau derselben Stelle, und bin der Antwort auf die Frage, was ich will, kein Stück nähergekommen als damals.

Nur dass ich jetzt, anstatt von Jake in seiner US-Marines-Uniform zu tagträumen, an Rory Keane und seine dumm-perfekte Kieferpartie denke. Nicht gerade ein Fortschritt.

Die Wahrheit, die, um die ich seit Wochen herumtanze, schleicht sich durch die Risse, die ich so sorgfältig zu verputzen versucht habe. Ich mag ihn. Nicht auf die lockere »du bist nett zum Abhängen«-Art. Sondern auf die gefährliche, herzklopfende, »warum-hat-er-noch-nicht-zurückgeschrieben«-Art. Die Art, die mehr will. Mehr Zeit. Mehr Nächte. Mehr ... alles.

Aber das laut zuzugeben? Selbst nur mir gegenüber? Fühlt sich an, als würde ich dünnes Eis betreten und es unter mir knacken hören.

Denn was passiert, wenn ich es sage – wenn ich zugebe, dass ich die einzige Regel, die wir aufgestellt haben, bereits gebrochen habe, er aber nicht? Was, wenn diese ganze Sache für ihn wirklich so einfach ist, wie wir es uns versprochen haben? Was, wenn es ihm absolut nichts ausmacht, die Dinge locker zu halten, während ich hier drüben im Kopf unser

Kennenlernen zu etwas umschreibe, das Nicholas-Sparks-Niveau an Tragik erreicht?

Ich setze mich abrupt auf und werfe das Kissen zur Seite. Mein Handy liegt immer noch da, mit dem Display nach unten auf der Matratze, und summt praktisch vor Anklage. Nennt mich einen Feigling, ohne auch nur aufzuleuchten.

Okay, denke ich. *Sagen wir mal, ich schreibe ihm eine Nachricht. Sagen wir, ich erzähle ihm, dass ich Dinge fühle, die ich nicht fühlen sollte. Was ist das Schlimmste, was passieren kann?*

Er würde zögern. Er würde mir nicht direkt einen Korb geben – nicht Rory –, aber es gäbe eine Pause, einen Moment zu lang, bevor er antworten würde. Und in dieser Stille würde ich alles hören, was ich bereits weiß, aber zu dumm war, es zu akzeptieren. *Oh, Lara,* würde er anfangen, weil er mich nicht enttäuschen will, und dabei wahrscheinlich ernst meine Hand halten. Und dann würde er mich daran erinnern – sanft, immer sanft –, dass das nicht das ist, was wir vereinbart haben. Das hier sollte ihm helfen, das bestmögliche Buch zu schreiben. Nicht mehr und nicht weniger.

Und er hätte recht.

Ich lasse mich zurück aufs Bett fallen und atme schwer aus. *Du benimmst dich lächerlich,* sage ich mir, aber die Worte kommen nicht so an, wie sie sollten.

Denn die Wahrheit ist, Rory hat nichts getan, was mich glauben lassen könnte, dass er genauso fühlt. Ganz im Gegenteil, er war konsequent. Zärtlich, ja. Aufmerksam. Aber niemals mehr als das, was wir sein wollten. Nichts, was darauf hindeutet, dass *dies* – was auch immer *dies* ist – außerhalb unserer vorübergehenden Lektorin-Autor-Beziehung, jenseits der Seiten seines Manuskripts, existieren könnte.

Und der eigentliche Hammer? Ich wusste, worauf ich mich einlasse. Ich habe dem zugestimmt. Ich kannte die Gefahren. Warum also liege ich hier und zerpflücke jeden

Blick, jede Berührung, jede lange Pause, als ob irgendetwas davon tatsächlich etwas bedeuten würde?

Tut es nicht.

Das Buch ist das, was zählt. Das hat Priorität. Deswegen tue ich das. Und wenn ich auch nur ein Fünkchen Selbstachtung übrig habe, werde ich mich zusammenreißen und mich konzentrieren.

Ich schließe die Augen und zwinge die Anspannung aus meinem Körper. Es hat keinen Sinn mehr, diesem Gedanken nachzuhängen, keinen Sinn, sich törichten Fantasien hinzugeben. Ich habe eine Aufgabe zu erledigen. Ich werde nicht die Lektorin sein, die zu nah an ihn herankommt, die die Dinge ohne Grund verkompliziert. Ich werde nicht der Grund sein, warum dieses Buch nicht fertiggestellt wird.

Also, was auch immer ich zu fühlen glaube? Es spielt keine Rolle.

Ich atme tief ein, dann noch einmal. Ich werde es vergraben. Es wegsperren.

Das Buch geht vor. Das muss es.

ACHTZEHN

Das ganze Wochenende über widerstehe ich dem Drang, Rory anzurufen, ihm zu schreiben oder ihn auf irgendeine andere Weise zu kontaktieren, bevor wir morgen unser vereinbartes Lektoratstreffen haben. Ich will ihm den Freiraum zum Schreiben geben, und er – nun ja, er hat mich auch nicht angerufen –, was mir nur recht gibt.

Als die SMS also ankommt, just in dem Moment, als ich es mir mit einer Tasse Tee und meinem neuesten heimlichen Vergnügen – einem absurd dramatischen historischen Liebesroman mit Miederaufreißern und Piraten – auf der Couch gemütlich mache, rechne ich wirklich nicht damit. Mein Handy vibriert auf der Armlehne, und meine sofortige Reaktion ist Verärgerung.

> Heute Abend was trinken? Lass uns übers Buch reden. Rory x

Die Neugier nagt an mir; wenn sein letzter Entwurf irgendein Anhaltspunkt war, dann bin ich wirklich gespannt darauf, die neueste Fassung zu lesen und zu sehen, wie er meine Anmerkungen eingearbeitet und die Geschichte zu seiner eigenen gemacht hat. Mein Daumen schwebt über der Tastatur. Einerseits ist es wahrscheinlich nichts – nur Rory, wie er leibt und lebt, voller Charme und Spontaneität. Andererseits ... Nein, es gibt kein Andererseits.

Trotzdem zögere ich. Aber die Wahrheit ist, dass ich nicht aufhören konnte, über sein Buch nachzudenken. In den letzten Wochen hat es sich von mittelmäßig zu gut entwickelt, was keine geringe Leistung ist, wenn man bedenkt, wo wir angefangen haben. Obwohl es noch weit davon entfernt ist, fertig zu sein, fühlt es sich auch roher an als seine übliche glattpolierte Kost, so, als hätte er einen verborgenen Teil von sich freigelegt und als würde er wirklich versuchen, als Schriftsteller zu wachsen.

Na gut.

Ich frage nach den Details, bevor ich es mir anders überlegen kann.

Wo und wann?

Die Antwort kommt sofort, als hätte er nur darauf gewartet, dass ich nachgebe.

20 Uhr. Flanaghan's, Piccadilly. Die erste Runde geht auf mich.

Als ich die schwere Holztür des Flanaghan's aufstoße, bereue ich das Ganze bereits. Die Bar ist schummrig beleuchtet, alles dunkles Holz und warme, bernsteinfarbene Lichter, und die Luft ist erfüllt vom leisen Stimmengewirr und klirrenden

Gläsern. Es ist gemütlich, aber überfüllt; die Art von Ort, an den die Leute kommen, um nach langen Arbeitstagen in Jobs, die sie insgeheim hassen, abzuschalten.

Mein Lektorengehirn schaltet sich fast augenblicklich ein und scannt all die kleinen Details. Die gerahmten Vintage-Poster an den Wänden. Die abgenutzten Ledernischen, die aussehen, als stünden sie schon seit Jahrzehnten hier. Der Barkeeper, der gekonnt einen Schwall blauer Flüssigkeit in ein Glas gießt, ohne einen Tropfen zu verschütten.

Und dann sehe ich ihn. Rory. Er sitzt an einem kleinen Ecktisch, halb im Schatten einer hängenden Edison-Glühbirne verborgen. Mein verräterischer Magen macht bei seinem Anblick einen Satz, aber ich schiebe dieses Gefühl beiseite und zwinge meine Hormone zum Gehorsam.

Ich schlängele mich durch die Menge, weiche einem Mann aus, der wild mit seinem Bierglas gestikuliert, und einem Paar, das leise, aber intensiv streitet. Je näher ich Rorys Tisch komme, desto offensichtlicher wird, dass er ... herausgeputzt ist. Nicht auf eine übertriebene Art und Weise, aber genug, um mich mitten im Schritt innehalten zu lassen.

Er trägt ein dunkles Hemd, die Ärmel genau richtig bis zu den Ellbogen hochgekrempelt. Die oberen beiden Knöpfe sind offen und lassen gerade genug Haut frei, um eine lässige Mühelosigkeit anzudeuten, während er trotzdem ärgerlich gut gestylt aussieht. Sein Haar – immer ein wenig zerzaust auf diese »Oh, das war ein Versehen«-Art – ist heute Abend verdächtig perfekt, als hätte er sich tatsächlich Zeit dafür genommen.

»Wirklich?«, frage ich, als ich näherkomme. »Nur ein zwangloses Getränk?«

Ich rede mir ein, dass das einfach Rory Keane ist. Es geht nicht um mich. Er versucht definitiv nicht, mich zu beeindrucken.

... Oder?

»Na«, sage ich, als ich mich auf den Stuhl ihm gegenüber gleiten lasse und meine Tasche betont abstelle, »siehst du nicht aus, als wärst du gerade vom Set eines GQ-Fotoshootings spaziert?« Ich lasse meinen Blick gezielt von seinem Hemd zu seinen sauber hochgekrempelten Ärmeln wandern. »Habe ich die Kleiderordnung verpasst? Gab es eine für heute Abend?«

Rorys Lippen verziehen sich zu einem Grinsen, wobei ein Mundwinkel höher gezogen wird als der andere. Es ist zum Verrücktwerden selbstsicher, als wüsste er genau, was er tut. Denn natürlich tut er das.

»Darf sich ein Kerl nicht mal ein bisschen Mühe geben?« Er lehnt sich in seinem Stuhl zurück, seine Finger streichen über sein Glas. »Außerdem ist alles andere im Wäschekorb.«

»Mm.« Ich verschränke die Arme und neige den Kopf. »Und was, verrat mir doch mal, hättest du getan, wenn es sich hierbei um eine echte Manuskriptbesprechung gehandelt hätte? Ein Smokingjackett aus Samt mitgebracht? Ein Monokel?«

»Verlockend«, sagt er geschmeidig, und seine Augen funkeln im schummrigen Licht. »Aber ich dachte mir, es wäre schwierig, mit zusammengekniffenen Augen Notizen zu machen.«

»Ah, die Praktikabilität siegt also.«

»Immer.« Er hebt sein Glas, um einen Schluck zu nehmen. Dann, als er es gerade so weit senkt, dass er meinen Blick erwidern kann, fügt er hinzu: »Obwohl ich zugeben muss, dass es schön ist zu sehen, dass ich deine Aufmerksamkeit erregt habe.«

»Ich bin Lektorin. Details zu beobachten, ist buchstäblich mein Job.«

»Nennen wir das jetzt so?«

Welches Spiel er auch immer spielt, ich bin entschlossen,

ihn nicht gewinnen zu lassen. Selbst wenn ein Teil von mir – ein sehr kleiner, sehr dummer Teil – sich fragt, ob er vielleicht, nur vielleicht, doch versucht, mich zu beeindrucken.

»Na gut«, sage ich und nehme das Glas Stout, von dem Rory verspricht, es sei das beste außerhalb Irlands. Meine Finger streifen das Kondenswasser an meinem Glas, während ich ihn mit etwas ansehe, von dem ich hoffe, dass es als distanzierte Professionalität durchgeht. »Bitte sag mir, dass du die Änderungen vorgenommen hast.«

»Direkt zur Sache«, sagt er. »Wirst du nicht mal fragen, wie mein Tag war? Mich vielleicht mit ein wenig Smalltalk darauf einstimmen?«

»Dein Tag ist irrelevant dafür, ob wir bereit sein werden, etwas an die Korrekturleser zu schicken.«

»Du wirst die Änderungen hoffentlich zu deiner Zufriedenheit finden. Die Datei wartet in deinem Posteingang auf dich. Ich habe sie abgeschickt, bevor ich gegangen bin, bereit, damit du sie in der Luft zerreißen kannst.«

»Ich zerreiße nichts in der Luft«, korrigiere ich ihn, während ich mein Handy überprüfe und sehe, dass tatsächlich eine E-Mail von Rory mit einem Anhang da ist. »Ich würde es eher … im Namen der Verbesserung sanft zerlegen.«

»Ah.« Er beugt sich vor und stützt die Unterarme auf dem Tisch ab. Die Bewegung lenkt meine Aufmerksamkeit – unglücklicherweise – darauf, wie seine hochgekrempelten Ärmel gerade genug Unterarm enthüllen, um ablenkend zu sein. »Sanftes Zerlegen. Nennst du so die dreiundfünfzig Kommentare, die du allein zu den ersten beiden Kapiteln hinterlassen hast?«

»Zweiundfünfzig«, schieße ich zurück und werfe ihm einen vielsagenden Blick zu. »Einer davon war kein Kommentar, sondern eine Frage.«

»Stimmt. Mein Fehler.«

Ich sollte wegschauen. Aber ich tue es nicht. Stattdessen

bleibt mein Blick an dem kleinen Grübchen hängen, das am Rand seines Lächelns erscheint – ein Merkmal, das ich genau zweimal zuvor bemerkt habe, aber ich weigere mich zuzugeben, dass ich es charmant finde. Mein Griff um das Glas wird fester, und ich zwinge mich, mich auf etwas anderes zu konzentrieren, auf *irgendetwas* anderes.

Die Beleuchtung in der Bar verändert sich unbemerkt, ein leises Dimmen, das die Konturen von allem weicher macht. Die Deckenleuchten, die noch vor einer Stunde so hell und klinisch waren, leuchten jetzt in einem warmen Bernsteinton, als hätte jemand den Raum in Honig getaucht. Selbst das Stimmengewirr um uns herum scheint leiser geworden zu sein, das einst laute Summen ist auf leises Murmeln und gelegentliche Lacher aus fernen Ecken reduziert. Es ist, als hätte sich das Universum selbst gegen mich verschworen und Rory und mich in diesen unbeabsichtigten Kokon der Intimität gehüllt.

»Alles in Ordnung? Du bist plötzlich so still«, sagt Rory und reißt mich aus meinen Gedanken. »Gehen dir etwa schon die Anmerkungen für mich aus?«

»Kaum«, schieße ich zurück und wirble den letzten Rest der dunklen Flüssigkeit in meinem Glas herum, um etwas zu tun zu haben. »Ich versuche nur zu entscheiden, welchen Fehler ich als Nächstes auseinandernehmen soll. Es gibt so viele Möglichkeiten.«

Sein Lachen ist tief und voll, der Klang kräuselt sich wie Rauch in dem kleinen Raum zwischen uns.

»Du verletzt mich, Yates. Wirklich.«

»Gut. Lass es bluten – das stärkt den Charakter.« Ich hebe mein Glas, als wollte ich auf ihn anstoßen.

»Gib es zu«, sagt er mit so leiser Stimme, dass sie unter dem Summen der Gespräche um uns herum abtaucht. »Das hier könnte als Date durchgehen.«

»Könnte es das?«, kontere ich und ziehe eine Augenbraue

hoch. Mein Ton ist unbeschwert – geübt –, aber die Frage landet schwerer in der Luft, als ich beabsichtigt hatte. Das Wort *Date* schwebt zwischen uns, gewichtiger, als es sein sollte.

»Also, mal sehen.« Er neigt den Kopf, sein Grinsen wird wolfsähnlich. »Wir haben eine Bar, Drinks, eine fragwürdige Beleuchtung. Alles klassische Anzeichen, würdest du nicht sagen?«

»Es fehlt ein entscheidendes Element«, merke ich an und zwinge mich, unberührt zu klingen.

»Und das wäre?« Sein Blick ist direkt – zu direkt – und ich muss wegschauen, bevor ich darin ertrinke.

»Romantik«, sage ich ausdruckslos.

»Du hast recht. Nicht eine Spur davon. Nicht das kleinste bisschen.« Seine Leugnung verstärkt nur die Tatsache, dass Rory Keane – ein Mann, der dafür bezahlt wird, über große Gesten und gestohlene Küsse zu schreiben – neben mir sitzt und mich ansieht, als wäre *ich* die Wendung in der Handlung, die er nicht hat kommen sehen. Und was noch schlimmer ist? Ich hasse es nicht.

»Okay«, sagt er nach einem Moment und dreht sich leicht, sodass er mir mehr zugewandt ist. In seinem Ausdruck liegt jetzt etwas anderes – eine Veränderung, die ich nicht ganz einordnen kann. »Kann ich dich etwas fragen?«

»Seit wann bittest du um Erlaubnis?«

»Guter Punkt«, gibt er zu. »Aber diese Frage ist wichtig.«

»Dann schieß los«, sage ich und wappne mich für … ja, wofür eigentlich? Ich bin mir nicht sicher. Eine Frage zu den Änderungen vielleicht. Oder ein kaum verhüllter Versuch, etwas Anzügliches zu sagen. Was ich *nicht* erwarte, ist –

»Warum schreibst du nicht deine eigenen Bücher?«

Ich blinzle. »Was?«

»Du hast mich gehört.«

»Rory ...«, lache ich nervös und stelle mein Glas ab. »Wo kommt das denn her?«

»Von dem Manuskript auf dem USB-Stick, den du mir gegeben hast.« Seine Stimme ist ruhig, gefasst, als hätte er nicht gerade eine Bombe mitten in unser Gespräch platzen lassen. »Dem, von dem du wahrscheinlich vergessen hast, dass er noch darauf gespeichert war.«

Mir sackt der Magen in die Kniekehlen. »Wovon redest du?«

»Eine alte Datei«, sagt er und beobachtet mich jetzt genau, als würde er abschätzen, ob ich gleich die Flucht ergreife. »Sie war nicht beschriftet oder so. Na ja, sie hieß doc.doc, also hätte ich sie fast nicht geöffnet. Aber die Neugier hat mich übermannt, und ... nun ja ...« Er zuckt mit den Schultern, als wäre der Rest des Satzes nicht von monumentaler Bedeutung. »Sagen wir einfach, ich habe nicht aufgehört zu lesen.«

Ich starre ihn an, zum ersten Mal heute Abend fehlen mir die Worte. Vielleicht zum ersten Mal überhaupt.

»Seite eins«, fährt er leise fort und lehnt sich näher. »Das war alles, was es brauchte. Du hast mich von Seite eins an gefesselt, Lara. Und als ich fertig war, konnte ich es nicht fassen. Ich konnte nicht fassen, dass du *dieses* Talent die ganze Zeit versteckt hast.«

»Rory«, bringe ich heraus, obwohl meine Stimme leiser klingt, als ich es beabsichtige. »Das solltest du nicht sehen. Das ist ... das ist nichts. Nur ein alter Entwurf, mit dem ich vor Ewigkeiten herumgespielt habe.«

»Nichts?« Seine Augenbrauen ziehen sich ungläubig zusammen. »Lara, es ist *brillant*. Die Charaktere, das Tempo, die Dialoge – es ist alles da. Es ist roh, sicher, aber es ist echt. Und es ist gut. So gut.«

»Hör auf«, sage ich schnell und schüttle den Kopf. Meine Handflächen fühlen sich feucht an, und der Raum scheint irgendwie kleiner, als würden die Wände näher rücken. »Das spielt keine Rolle. Es ist nicht –«

»Nicht was?«, hakt er sanft nach. »Nicht fertig? Nicht perfekt? Denn Überraschung: Kein Buch ist das jemals. Das weißt du besser als jeder andere.«

»Rory –«, setze ich an, aber er unterbricht mich.

»Weißt du, wie viele Autoren für dein Gespür töten würden? Für deine Stimme? Du hast deine Karriere damit verbracht, die Geschichten anderer Leute besser zu machen, dich hinter deinem Rotstift zu verstecken, aber Lara ...« Er hält inne, sein Blick fixiert sich auf meinen. »Du verdienst es auch, gesehen zu werden.«

Ich kann nicht atmen. Oder denken. Oder sprechen. Alles, was ich tun kann, ist hier zu sitzen, völlig von der Rolle, während seine Worte einsinken – tiefer, als es mir lieb ist.

Meine Finger krallen sich um die Tischkante und geben mir Halt, während sich das Gewicht von Rorys Worten auf meine Brust legt. *Du verdienst es auch, gesehen zu werden.* Sie hallen in meinem Kopf wider, ungebeten und unerbittlich, wie ein Ohrwurm, den ich nicht mehr loswerde.

»Rory«, sage ich schließlich, und meine Stimme ist fester, als ich erwartet hätte. »Es ist nicht das, was du denkst. Dieses Manuskript ... Es war nicht dafür gedacht, dass es jemand anderes sieht. Niemals.«

Er legt neugierig den Kopf schief, seine dunklen Augen immer noch auf mich gerichtet, als würde er versuchen herauszufinden, wie ich ticke.

»Warum nicht?«

»Weil es alt ist.« Mein Lachen klingt brüchig und wenig überzeugend. »Und chaotisch. Und unfertig. Und«, ich atme tief durch und rücke meine Brille zurecht, obwohl sie perfekt sitzt, »*persönlich*.«

»Genau.« Er sagt es, als wäre es das Offensichtlichste auf

der Welt, als hätte er gerade erklärt, dass der Himmel blau oder Wasser nass ist. »Deshalb ist es ja so gut.«

»Rory.« Sein Name entweicht mir wie ein Seufzer. »Du verstehst das nicht. Ich habe das geschrieben ...« Ich halte inne und suche nach den richtigen Worten, aber alles, was mir einfällt, würde zu viel von mir preisgeben. »Das ist lange her. Ich habe nur herumgesponnen. Es ist nicht ...«

»Nicht wert, es zu teilen?«, beendet er den Satz für mich, sein Tonfall ist sanft, aber bohrend. »Vertrau mir, wenn ich sage, du bist besser als die Hälfte der Autoren auf der Liste von Scott & Drake.«

»Bitte hör auf«, fahre ich ihn an. Es ist einfacher, gereizt zu klingen, als die Wahrheit zuzugeben – dass seine Worte etwas in mir treffen, das ich seit Jahren vergraben habe. Etwas Zerbrechliches, Törichtes und viel zu Hoffnungsvolles.

»Ich bin ehrlich.« Seine Lippen verziehen sich zu einem kleinen, wissenden Lächeln, aber es hat nichts Selbstgefälliges an sich. Wenn überhaupt, dann ist es entwaffnend. Verdammt sei er. »Du versteckst dich vor aller Augen, Lara. Du lektorierst die Arbeit anderer Leute, obwohl du deine eigene veröffentlichen solltest. Du hast das Talent. Die Stimme. Den Mut ...«

»Hör auf«, unterbreche ich ihn. »Ich habe nicht den ...« Meine Stimme bricht. *Mut? Das Selbstvertrauen? Die Dummheit? Alles davon?*

»Doch, hast du«, kontert er bestimmt und wischt mein Zögern beiseite, als wäre es nichts. »Du willst es dir nur nicht eingestehen.«

»Warum tust du das?«, rutscht mir die Frage heraus, bevor ich sie zurückhalten kann. »Warum ist es dir überhaupt wichtig?«

»Weil ich weiß, wie es ist.« Seine Antwort kommt sofort. »An sich selbst zu zweifeln. Jedes Wort, das man zu Papier bringt, infrage zu stellen und sich zu fragen, ob es gut genug ist. Aber das ist es, Lara. *Du* bist es.«

Die Luft zwischen uns fühlt sich jetzt unmöglich dick an, schwer von ungesagten Dingen und Dingen, von denen ich nicht sicher bin, ob ich bereit bin, sie zu hören. Ich schaue weg und konzentriere mich auf die flackernde Kerze in der Mitte des Tisches. Ihr sanfter Schein scheint mich zu verspotten und einen Moment zu romantisieren, der sich nicht so bedeutsam anfühlen sollte, wie er es tut.

»Schau«, sagt Rory nach einer kurzen Pause mit direkter Stimme. »Wenn du mir nicht glaubst, glaubst du vielleicht der Tatsache, dass ich es nicht aus der Hand legen konnte. Ich bin bis drei Uhr morgens wach geblieben, um es zu lesen – und dann habe ich es am nächsten Tag noch einmal gelesen – und du sagst, das ist ein Rohentwurf? Stell dir vor, was daraus werden könnte, wenn du es tatsächlich fertigstellen würdest.«

»Rory ...« Ich weiß nicht einmal mehr, was ich eigentlich sagen will. Meine Gedanken sind ein wirres Durcheinander, jeder stößt an den nächsten, bevor ich ihn greifen kann. Ich weiß nur, dass ich mich entblößt fühle, als ob er einen Teil von mir sieht, von dem ich nicht einmal wusste, dass ich ihn so vehement beschütze.

»Denk einfach darüber nach«, sagt er sanft. »Das ist alles, was ich sage.«

»Ich bin nicht gut genug.«

»Das ist Bullshit«, sagt er rundheraus.

Ich blinzle erneut. Hat er gerade ...?

»Wie bitte?«

»Das. Ist. Bullshit.« Jedes Wort ist wie ein kleiner Schlag, und irgendwie fühlt es sich weniger wie eine Beleidigung an, sondern eher, als würde er mir einen Spiegel vorhalten, in den ich nicht schauen will. »Du machst niemandem etwas vor, am allerwenigsten mir. Ich glaube, du hast einfach nur Angst.«

»Angst?« Mein Lachen ist humorlos. »Bitte. Ich *lektoriere*

Schriftsteller, erinnerst du dich? Ich bin vollkommen glücklich damit, dort zu bleiben, wo ich hingehöre – hinter den Kulissen. Nicht jeder will ins Rampenlicht gezerrt werden, Keane. Manche von uns vermeiden lieber die unvermeidliche Bruchlandung.«

»Ja, sicher«, sagt er mit einem Tonfall, der vor Sarkasmus trieft. »Weil das Vermeiden von Misserfolg ja genau dasselbe ist wie das Vermeiden von Erfolg.«

»Nicht jeder braucht auch Erfolg«, entgegne ich, obwohl die Worte bitter schmecken, selbst als sie meinen Mund verlassen.

»Red dir das nur weiter ein«, sagt Rory.

»Nicht jeder *muss* gesehen werden. Manche von uns sind vollkommen zufrieden damit, andere Leute das Rampenlicht für sich beanspruchen zu lassen, während wir die Schwerstarbeit im Hintergrund leisten. Weißt du, die Dinge, die *wirklich* zählen.«

»Richtig.« Er zuckt nicht einmal mit der Wimper, verzieht keine Miene bei dem bissigen Ton, den ich in Redaktionssitzungen perfektioniert habe. Nein, Rory Keane sitzt einfach nur da, die Ruhe selbst, als hätte er auf genau diesen Moment gewartet. »Weil du ja so selbstlos bist, oder? Nur eine bescheidene Lektorin, die dafür sorgt, dass der Rest von uns seine goldenen Sternchen bekommt.«

Rory drückt sich den Nasenrücken und seufzt. »Hören wir mit dem Scheiß auf, Lara. Es geht nicht um das Rampenlicht, oder? Es geht darum, was passiert, wenn jemand zu genau hinsieht. Wenn er dich wirklich sieht.«

»Das ist lächerlich«, sage ich schnell, aber es klingt sogar in meinen eigenen Ohren schwach. »Nicht alles ist irgendein tiefenpsychologischer ...«

»Ist es das nicht? Ich glaube, du hast Angst, Lara. Und ich verstehe es. Sich zu präsentieren? Die Leute deine Arbeit beurteilen zu lassen? Das ist furchteinflößend. Aber sitz nicht hier und erzähl mir, du würdest lieber unsichtbar bleiben, wenn die Wahrheit ist, dass du nur Angst davor hast, gesehen zu werden.«

»Hör auf.« Ich bin fertig. Fertig mit diesem Gespräch. Fertig mit ihm. Ich muss hier raus.

Die Erkenntnis trifft mich wie eine kalte, erschütternde Ohrfeige, und plötzlich bin ich auf den Beinen, bevor ich mich vollständig dazu entschieden habe. Mein Stuhl scharrt laut über den Boden, der Klang schneidet wie ein Messer durch die aufgeladene Stille. Meine Hände fummeln nach meiner Tasche, ungeschickt und unkoordiniert, auf eine Weise, die mich wütend macht, weil es der Beweis ist – der unbestreitbare Beweis –, dass er mir unter die Haut gegangen ist.

»Lara? Wohin gehst du?« Seine Stimme ist ruhig, aber sie hat einen scharfen Unterton, einen Anflug von Unglauben, der mich fast innehalten lässt. Fast.

»Nach Hause«, höre ich mich sagen, obwohl ich nicht ganz sicher bin, ob ich das auch meine. Mein Herz hämmert so heftig, dass es jeden Moment meinen Brustkorb durchbrechen könnte, und ich spüre das Brennen von Tränen, die sich hinter meinen Augen sammeln. Nein. Nicht hier. Nicht vor ihm.

»Tu es nicht«, fängt er an, aber ich bin schon auf halbem Weg zur Tür, meine Finger umklammern den Riemen meiner Tasche so fest, dass die Knöchel weiß hervortreten. Mein Blick verengt sich, fixiert auf den Ausgang, als wäre er das Einzige, was mich über Wasser hält. Ich traue mich nicht, zurückzuschauen. Wenn ich es täte, könnte ich völlig die Fassung verlieren, und das kann ich mir nicht leisten – nicht hier, nicht jetzt und definitiv nicht vor Rory Keane.

Ich bin auf halbem Weg zur Tür, als seine Stimme hinter mir durch die Luft schneidet, direkt und unerbittlich.

»Lauf davor nicht weg, Lara.«

Es ist nicht laut, aber es reicht, um mich erstarren zu lassen. In seinem Ton liegt etwas – Frustration, sicher, aber auch Sorge, als ob er glaubt, ich würde gleich etwas Unumkehrbares tun. Als wäre das Verlassen dieses Zimmers eine Art Grenze, die ich nicht mehr überschreiten kann.

Meine Finger verkrampfen sich um den Riemen meiner Tasche, das Leder schneidet sich in meine Handfläche. Ich stehe mit dem Rücken zu ihm, aber ich spüre seinen Blick wie ein Gewicht, das zwischen meinen Schulterblättern lastet. Für eine Sekunde – den Bruchteil einer Sekunde – überlege ich, mich umzudrehen. Etwas zu sagen. Irgendetwas. Aber was sollte ich schon sagen? Dass er falschliegt, dass er es nicht kapiert, dass ich nicht die Person bin, für die er mich anscheinend unbedingt halten will?

Stattdessen stehe ich einfach nur da, wie angewurzelt, mein Atem geht flach und unregelmäßig. Die Stille dehnt sich, schwer und erwartungsvoll, und fordert mich heraus, sie zu durchbrechen. Und für einen schrecklichen Moment tue ich es beinahe. Meine Lippen öffnen sich, aber es kommt kein Ton heraus.

»Natürlich«, sagt Rory leise und füllt die Leere, die ich hinterlasse. »Du rennst lieber weg, als zu riskieren, gesehen zu werden.«

Die Worte treffen mich wie ein Schlag, präzise und niederschmetternd. Ich spüre, wie sie sich in mir festsetzen, heiß und unwillkommen, und jeder Nerv in meinem Körper schreit danach, mich zu wehren. Mich umzudrehen und ihm genau zu sagen, wohin er sich seine Hobby-Psychoanalyse stecken kann. Aber was dann? Ihm recht geben, indem ich die Beherrschung verliere?

Nein. Nicht hier. Nicht mit ihm.

»Schreib einfach dein eigenes verdammtes Buch zu Ende und mach dir keine Sorgen um meins.« Ich schüttle den Kopf und marschiere zur Tür.

Die Luft draußen ist kühler, die Straße ruhiger, aber das kann den Sturm, der in mir tobt, nicht im Geringsten besänftigen. Mein Herz rast, meine Brust ist eng und meine Gedanken sind ein chaotisches Durcheinander aus Wut, Demütigung und – Gott steh mir bei – etwas, das der Hoffnung gefährlich nahekommt.

Hoffnung worauf genau? Dass er recht hat? Dass ich keine Angst haben sollte? Dass er vielleicht, nur vielleicht, etwas in mir sieht, für das es sich zu kämpfen lohnt?

NEUNZEHN

Es ist Jahre her, dass bei Scott & Drake die letzte Krisensitzung einberufen wurde. Damals war ich Juniorlektorin, noch relativ neu im Verlagswesen. Es war eine brutale Angelegenheit, bei der das gesamte Produktionsteam auf der Anklagebank saß, weil es kurz vor einer großen Buchveröffentlichung den Drucker gewechselt hatte, ohne eine sorgfältige Prüfung durchzuführen – oder Fiona und den Rest des Vorstands zu informieren. Der neue Drucker lieferte ein minderwertiges Produkt, das eingestampft werden musste. Das kostete den Verlag einen Haufen Ärger und zehntausende für den Neudruck. Den Leiter der Produktion und zwei leitende Manager kostete es ihre Jobs.

Ich hatte gehofft, so etwas nie wieder miterleben zu müssen. Aber das Thema – oder zumindest eine Hauptverantwortliche – dieser Sitzung zu sein? Das ist der peinlichste Moment meiner gesamten beruflichen Laufbahn. Ich stoße die schwere Glastür auf und für den Bruchteil einer Sekunde drehen sich alle Köpfe zu mir, bevor sie wieder zu ihren Laptops schnellen. Alle Köpfe, außer Rorys, dessen Blick mir durch den Raum folgt und noch lange auf mir ruht, nachdem ich mich auf meinen Platz gesetzt habe. Die Spannung ist greifbar, sie hängt in der Luft wie eine Gewitterwolke, die die ganze Woche schon zu platzen drohte.

Ihnen allen ist bewusst, dass Rorys neustes Manuskript ein Chaos ist. Schließlich wurde das Meeting aus diesem Grund einberufen. Die meisten haben es wahrscheinlich nicht gelesen, nicht in Gänze, aber die Mängel wurden sicherlich im erweiterten Team herumgereicht, und sie sind besorgt. Und das zu Recht.

Ich kann mir nicht erklären, was schiefgelaufen ist, denn das ist nicht die Geschichte, an der wir in dem Cottage gearbeitet haben, oder ähnlich den Entwürfen, die er seitdem geschrieben hat. Was wir jetzt haben, ist etwas völlig anderes. Rory hat nicht nur das Kind mit dem Bade ausgeschüttet, er hat auch gleich die Badewanne aus dem Fenster geworfen und zur Krönung noch eine Granate im Badezimmer gezündet.

Meine Hände sind ruhig, Gott sei Dank, obwohl ich spüre, wie mir die Hitze den Nacken hochkriecht. *Professionell. Kühl. Distanziert.* Das sage ich mir, während ich mich setze und mit langsamer Präzision den Reißverschluss meiner Ledermappe vor mir öffne. Mein Stift ist gezückt, ein überzeugender Versuch, das Chaos in meinem Kopf zu verbergen.

»Sieh ihn nicht an«, ermahne ich mich, denn wenn ich es tue, habe ich Angst davor, was ich ihm sagen könnte. Ein Bestsellerautor für Liebesromane, der sein Buch anscheinend nicht fertigstellen kann, und außerdem der Mann, dem es gelungen ist, mein ohnehin schon kompliziertes Leben in eine einzige große redaktionelle Migräne zu verwandeln. Hier gibt es keinen Platz für persönliche Gefühle – nicht, wenn so viel auf dem Spiel steht. Nicht, wenn wir Termine im Nacken haben, die enger sitzen als Fionas maßgeschneidertes Jackett.

»Also gut.« Fionas Stimme schneidet durch das Geplapper und Tastaturgeklapper und gebietet sofortige Stille. Sie erhebt ihre Stimme nicht; das muss sie nie. Autorität strahlt sie förmlich aus, von der bedächtigen Kadenz ihrer Worte bis zum entschiedenen Klicken ihres Stiftes, als sie die Kappe aufsetzt. »Kommen wir direkt zur Sache. Wir haben acht Tage, um dieses Manuskript zu den Druckern zu bringen – oder wir haben überhaupt kein Buch.«

Der Raum erstarrt kollektiv, die Schwere ihrer Worte legt sich wie Blei auf uns. Ich werfe ihr einen Blick aus dem Augenwinkel zu, als sie sich leicht nach vorne lehnt, die Handflächen flach auf dem Tisch. Fiona Scott im knallharten Profimodus ist ein Anblick für sich: beherrscht, unerbittlich und gerade einschüchternd genug, um alle auf Trab zu halten.

»Hier geht es nicht nur darum, eine Frist einzuhalten«, fährt sie in scharfem Ton fort, jedes Wort ein perfekt gezielter Pfeil. »Hier geht es um Glaubwürdigkeit. Unseren Ruf. Rory, Ihre letzten beiden Bücher haben alle nur erdenklichen Charts angeführt. Wenn wir dieses hier vermasseln, sehen wir inkompetent aus. Sie sehen inkompetent aus. Und Inkompetenz, meine Damen und Herren, verkauft keine Bücher.«

Ich nicke leicht, tue so, als würde ich etwas notieren, während sich mein Magen in immer kreativere Knoten schlägt. Kein Druck also. Nur die Zukunft unseres profitabelsten Autors und die des Verlags, die gefährlich über einem Abgrund schwebt. Perfekt.

»Nun«, sagt Fiona, ihr Blick verengt sich, »brauchen wir Lösungen. Keine Ausreden, keine Verzögerungen – Lösungen. Dieses Manuskript gleitet uns durch die Finger, und wenn es nicht bald jemand zu fassen bekommt, werden wir es ganz verlieren.« Sie lässt die Worte für einen Moment im Raum hängen.

»Fragen? Anmerkungen?« Ihre Augen schweifen erneut durch den Raum und fordern jeden heraus, etwas zu sagen. Ich halte den Mund, aber meine Gedanken rasen. Lösungen. Was Fiona wirklich meint, ist, dass wir herausfinden müssen, wie wir Rorys Schlamassel beheben können, ohne ihm auf die

Füße zu treten – oder anscheinend mir, da ich die Lektorin bin, die dafür verantwortlich ist, dieses Desaster zur Veröffentlichung zu bringen. Keine große Sache. Nur ein ganz normaler Donnerstag bei Scott & Drake.

Rory, mit fest vor der Brust verschränkten Armen – das Bild eines Mannes, der nicht hier sein will und es ganz sicher nicht gewohnt ist, dass über ihn gesprochen wird, anstatt mit ihm. Sein Kiefer ist angespannt, und er starrt auf das Manuskript vor sich, als hätte es seine Mutter beleidigt. Ich kann nicht sagen, ob er gleich mit ihr streiten oder spontan in Flammen aufgehen wird, aber beides scheint wahrscheinlich.

»Tja«, sagt er schließlich mit schneidender Stimme, »ich bin froh, dass wir uns heute hier versammelt haben, um meine Seele vor versammeltem Publikum zu sezieren.«

»Deine Seele?«, kontere ich und ziehe eine Augenbraue hoch. »Komisch, ich wusste nicht, dass deine Seele eine Nebenhandlung hat, die immer noch absolut ins Leere läuft.«

Sein Blick schnellt zu mir hoch. Oh, prima. Dann machen wir das also jetzt.

»Sich eine Auszeit zu nehmen, um sich neu zu orientieren, ist für Sophie unerlässlich«, feuert er zurück. »Das knüpft an das Hauptthema an ...«

»Von was? Selbstverliebter Nabelschau?«, unterbreche ich ihn und halte meinen Tonfall gleichmäßig, professionell. Größtenteils. »Rory, als ich vorschlug, die Verfolgungsjagd durch etwas Bodenständigeres zu ersetzen, sprach ich von der Kulisse. Die Erzählstruktur erfordert immer noch denselben emotionalen Antrieb, nur eben nicht in einem Fahrzeug. Jetzt suhlt sich Oliver drei Kapitel lang nur in Selbstmitleid. Das haben wir immer und immer wieder besprochen.«

»Verzeih mir, dass ich Charaktere mit Tiefe schreibe«, schnauzt er, seine Frustration schwingt in jeder Silbe mit. »Nicht jeder will Pappfiguren, Lara. Einige von uns streben nach Nuancen.«

»*Nuance*«, wiederhole ich und lasse das Wort zwischen uns hängen, schmecke seinen bitteren Beigeschmack. »Rory, es gibt einen Unterschied zwischen Nuance und Unentschlossenheit. Dieser Entwurf fühlt sich wie ein Rückschritt an. Jetzt verbringt Oliver eine übermäßige Menge an Zeit damit, aus Fenstern zu starren und über seine vergangenen Fehler zu brüten. Das ist keine Tiefe – das ist Füllmaterial.«

»Ja, klar, denn Gott bewahre, dass ein Liebesroman tatsächlich emotionale Komplexität hat«, schießt er zurück, und seine Stimme wird gerade so laut, dass er Seitenblicke von den unglücklichen Umstehenden am Tisch erntet.

Fiona zuckt nicht einmal mit der Wimper, was ihre Anwesenheit nur noch bedrohlicher wirken lässt. Wie eine Löwin, die zum Sprung ansetzt.

»Emotionale Komplexität ist nicht das Problem«, sage ich mit leiser, kontrollierter Stimme. »Aber die Leser müssen sich dafür interessieren, was als Nächstes passiert. Und im Moment? Das werden sie nicht, denn außer ein paar witzigen Wortgefechten passiert nichts. Das Pacing stimmt nach der Mitte immer noch nicht, Rory. Wenn du es nicht straffst, werden sie das Buch nach der Hälfte weglegen.«

»Vielleicht fallen ihnen die Tempoprobleme nur auf, weil die Lektorin ihre Arbeit nicht gemacht hat«, sagt er leise vor sich hin, aber laut genug, dass ich es höre. Laut genug, dass alle es hören.

Im Raum wird es still. Mir schießt die Röte ins Gesicht, aber ich bewahre meine Fassung – oder hoffe es zumindest. Ich werfe Fiona einen verstohlenen Blick zu, die uns beide mit einer Art geübter Neutralität beobachtet, die auch als Todesblick durchgehen könnte. Großartig.

»Wie bitte?«, frage ich mit täuschend ruhiger Stimme, obwohl mein Griff um den Stift sich verfestigt, als wäre er das Einzige, was mich bei Verstand hält.

»Du hast mich schon verstanden.« Rory lehnt sich in

seinem Stuhl zurück, die Arme immer noch verschränkt, und sein Ausdruck fordert mich heraus, ihm zu widersprechen.

»Soweit ich weiß«, sage ich und richte mich auf, »ist es nicht mein Job, dein Buch neu zu schreiben. Es ist mein Job, dafür zu sorgen, dass dein Buch lesenswert ist. Wenn du mit meinen Anmerkungen unzufrieden bist, solltest du dich vielleicht darauf konzentrieren, das Manuskript zu überarbeiten, anstatt mir die Schuld dafür zu geben, dass ich die Schwachstellen aufzeige.«

»Schwachstellen«, wiederholt er. »Du meinst die Teile der Geschichte, die dir einfach nicht gefallen? Gib es zu, Lara. Es geht hier nicht um das Buch – es geht darum, dass du alles in deine kleinen, sauberen Schubladen stecken willst.«

»Schubladen?« Das Wort hat einen säuerlichen Nachgeschmack. »Ach, bitte. Glaubst du, ich will nicht, dass dieses Buch ein Erfolg wird? Dass ich nicht will, dass *du* Erfolg hast? Verzeih mir, wenn es mir wichtig ist, etwas herauszubringen, das sich nicht wie eine einzige lange Therapiesitzung liest, die als Handlung getarnt ist.«

»Vielleicht würdest du es verstehen, wenn du dich auch nur ein einziges Mal lockermachen würdest«, fährt er mich an, und seine Worte sind mit etwas Dunklerem durchzogen, etwas Persönlichem. Zu persönlich.

»Lockermachen?« Meine Stimme bebt, mehr vor Wut als vor etwas anderem. »Willst du damit ernsthaft –«

»Genug!« Fionas Stimme durchschneidet die Spannung wie ein Peitschenhieb und bringt uns beide augenblicklich zum Schweigen. Ihr Gesichtsausdruck ist unleserlich, aber ihre Geduld hängt offensichtlich am seidenen Faden.

Ich löse meinen Blick von Rory und konzentriere mich stattdessen auf die gekritzelten Notizen in meinem Block, die plötzlich verschwommen wirken. Mein Herz hämmert, meine Gedanken rasen. Ich sehe ihn nicht wieder an, aber ich spüre seinen Blick, schwer und unerbittlich, der sich wie eine

Anklage in mich einbrennt, gegen die ich mich nicht zu verteidigen weiß.

»Ich kann nur mit dem Material arbeiten, das mir vorgelegt wird, ich kann nicht –«

»Ich sagte, es reicht.« Fionas Stimme schneidet mit der ganzen Anmut einer Guillotine durch den Raum. Die Luft scheint unter ihrem Gewicht zu erzittern, und ich zucke beinahe zusammen. Beinahe.

Mir gegenüber lehnt sich Rory mit verschränkten Armen und angespanntem Kiefer in seinem Stuhl zurück. Sein Trotz strahlt wie Hitze von heißem Asphalt, aber vorerst bleibt er still. Klug.

»Muss ich Sie beide daran erinnern, was hier auf dem Spiel steht?«, fragt Fiona, ihr Tonfall langsam und bedächtig – als würde sie mit besonders dämlichen Kindern sprechen. Sie legt ihre Hände flach auf den Tisch, ihre manikürten Nägel klackern gegen das polierte Holz, und mustert uns beide mit einem starren Blick. »Hier geht es nicht nur um ein Buch. Hier geht es um *Ihren* Ruf, Rory. Und um den Ruf von Scott & Drake als Verlag, der jedes einzelne Mal Qualitätsarbeit liefert. Wir sind nicht im Geschäft mit halbgaren Geschichten oder persönlichem Groll, der sich als kreative Differenzen tarnt.«

»Persönlichem –«, setze ich an, aber der Blick, den sie mir zuwirft, lässt mir die Worte im Hals gefrieren.

»Lassen Sie mich ausreden«, schnauzt sie, ihre scharf betonten Vokale landen wie ein Hammerschlag. »Es ist mir egal, was für ungelöste ... was auch immer das hier ist« – sie gestikuliert vage zwischen Rory und mir – »Sie beide in diesen Raum mitgebracht haben. Was mich interessiert, ist die Ablieferung eines Manuskripts, das das Exzellenzniveau widerspiegelt, für das wir bekannt sind. Ihr kleiner Schlagabtausch« – ihr Blick verengt sich – »hilft niemandem. Am allerwenigsten Ihnen selbst.«

Ich sehe das schwächste Zucken von Rorys Mund, als würde er ein Grinsen unterdrücken.

Oh nein, Sonnenschein, die Nummer ziehen wir jetzt nicht ab. Ich funkle ihn an und fordere ihn heraus, etwas Dummes zu sagen, aber zum Glück entscheidet er sich für Schweigen. Ausnahmsweise.

»So läuft das jetzt«, fährt Fiona fort, ihre Stimme wie ein Trommelschlag der Endgültigkeit. »Sie werden das klären. Heute noch. Mir ist egal, wie Sie das anstellen, aber Sie werden einen gemeinsamen Nenner finden, und zwar ohne weitere meiner Zeit zu verschwenden. Habe ich mich klar ausgedrückt?«

»Glasklar«, sagt Rory geschmeidig, obwohl eine Schärfe in seiner Stimme liegt, eine Anspannung, die andeutet, dass er das zurückhält, was er wirklich sagen will.

Natürlich klingt er charmant, selbst wenn er sich kaum noch beherrschen kann.

Muss schön sein.

»Gut.« Fiona richtet sich auf und streicht mit geschäftiger Effizienz die Vorderseite ihres Blazers glatt. Sie blickt zu mir, dann zu Rory und seufzt – die Art von Seufzer, die jahrelange Erfahrung im Umgang mit schwierigen Menschen in sich trägt. »Denn wenn dieses Buch auch nur annähernd nicht perfekt erscheint, wenn es herauskommt, dann stehen nicht nur Ihre Köpfe auf dem Spiel, sondern auch meiner. Und das werde ich nicht zulassen.« Damit nimmt sie ihr Notizbuch und schreitet zur Tür, ohne sich noch einmal umzusehen. Der Rest des Marketing- und Verlagsteams steht sofort auf, jeder von ihnen blickt auf sein Handy, während sie ihr folgen.

Die Letzte, die geht, hat die Geistesgegenwart, die Tür hinter sich zu schließen, und die zurückgelassene Stille ist fast erstickend. Ich tippe mit meinem Stift auf mein Notizbuch und starre auf die unordentlichen Kritzeleien, die ebenso gut in Sanskrit geschrieben sein könnten, so wenig Sinn ergeben sie jetzt. Meine Brust fühlt sich eng an, aber ich zwinge mich, gleichmäßig zu atmen, meine ganze Frustration in das rhythmische Klick-Klick-Klick des Stiftes zu kanalisieren. Es ist alles in Ordnung. Alles ist gut. Ich bin eine professionelle Lektorin. Ich kriege das hin.

»Na, das hat ja Spaß gemacht«, sagt Rory und durchbricht die Stille. In seiner Stimme liegt eine Bitterkeit, die neu ist – weniger verspielt, mehr scharfkantig. »Alles okay bei dir? Du siehst aus, als würdest du meinen Mord planen.«

»Mir geht's gut«, sage ich trocken, obwohl meine Hände den Stift etwas fester umklammern als nötig. Ich halte meinen Blick starr auf die Seite vor mir gerichtet und weigere mich, ihm in die Augen zu sehen, denn ich weiß – ich *weiß* – dass ich, wenn ich es täte, diese verdammte Mischung aus Arroganz und Verletzlichkeit sehen würde, die mir immer das Gefühl gibt, am Rande eines Abgrunds zu stehen. »Ich dachte, wir wären auf einem guten Weg, aber dieser letzte Entwurf –«

»Genau. Entweder geht es nach Laras Nase, oder es geht gar nicht, stimmt's? Eine Übung im Abhaken von Kästchen.«

»Verdammt noch mal, Rory.« Meine Frustration bricht schärfer aus mir heraus, als ich beabsichtigt hatte, und ich bereue es sofort. Aber bevor er antworten kann, stoße ich mich vom Tisch ab, wobei die Beine meines Stuhls laut über den Boden schrammen. Meine Haut fühlt sich zu eng an, meine Gedanken sind zu laut, und ich brauche ... Abstand. Luft. Irgendetwas, um den Knoten aus Gefühlen zu entwirren, der sich in mir verdreht.

Während ich meine Sachen zusammenpacke, versuche ich, mich auf Fionas Worte zu konzentrieren, auf das, was auf dem Spiel steht und was sie mir eingehämmert hat. Die Zukunft des Buches, des Verlags, unserer Karrieren – all das steht auf dem Spiel. Darauf kommt es an. Das ist das Einzige, was zählt, sage ich mir bestimmt. Und doch, egal wie oft ich es wie ein verzweifeltes Mantra wiederhole, werde ich das lastende Gefühl von Rorys Blick nicht los, oder die Art, wie sich seine Worte wie Splitter unter meine Haut bohren.

Konzentrier dich, es ist noch nicht zu spät, das wiedergutzumachen. Ich packe meine Sachen zusammen und gehe zur Tür. Es gibt nichts mehr zu sagen. Professionalität. Haltung. Distanz. Das sind meine Grundpfeiler. Nicht ... was auch immer dieses Gefühlschaos ist. Definitiv nicht das.

Ich bin schon auf halbem Weg den Flur entlang, als mir klar wird, dass ich meinen Lieblingskugelschreiber auf dem Tisch habe liegen lassen. Aber umkehren ist keine Option.

»Soll er sich doch darum kümmern«, sage ich laut, während ich in mein Büro stürme. Mein Puls ist ein Gewitter, das ich nicht zum Schweigen bringen kann und das bei jedem Schritt durch mich donnert. Und doch fliehe ich hier vom Schlachtfeld wie eine Praktikantin, die an ihrem ersten Tag aus Versehen auf »Allen antworten« geklickt hat.

Der Uber fährt weg und lässt mich auf dem Bürgersteig vor Rorys Haus stehen. Es fühlte sich vorhin wie ein kleiner Sieg an, einfach abzuhauen, aber ich weiß, dass es kleinlich und selbstsabotierend war. Rory hat eine Deadline, was bedeutet, dass *wir* eine Deadline haben. Dank meines Wutanfalls haben wir einen Nachmittag und einen Abend verloren, die wir hätten nutzen können, um zu versuchen, dieses Chaos zu beseitigen.

Ich klopfe an seine Tür und denke erst jetzt daran, dass es vielleicht klug gewesen wäre, zuerst zu prüfen, ob er noch wach und, was noch wichtiger ist, zu Hause war.

Die Tür schwingt so schnell auf, dass ich zurückzucke, meine Faust noch halb in der Luft erhoben. Rory steht da, barfuß, in einem zerknitterten T-Shirt und Jeans. Sein Haar ist ein einziges Chaos, dunkle Wellen, die in alle erdenklichen Richtungen abstehen, als wäre er sich mit den Händen hindurchgefahren – oder hätte sie sich ausgerissen. Er blinzelt mich an, und seine Verwirrung weicht etwas Dunklerem.

»Lara«, sagt er, und mein Name ist ein leises Krächzen, das sich anfühlt, als würde es an den Rändern meiner Entschlossenheit schaben. »Was ...«

»Ich musste mit dir reden.« Die Worte kommen zu schnell heraus, abgehackt und zittrig, als könnten sie zerspringen, wenn ich versuche, sie länger zurückzuhalten. Meine Kehle ist trocken und mein Herz hämmert so heftig, dass ich sicher bin, er kann es hören.

Er lehnt einen Arm an den Türrahmen, seine Augen verengen sich, während er mich mustert. »Es ist fast Mitternacht. Hätte das nicht bis morgen warten können?«

»Wahrscheinlich«, sage ich und zwinge mir ein Lachen ab, das brüchig klingt. »Aber ich wollte mich entschuldigen.«

Sein Mund formt einen perfekten Kreis der Überraschung, aber er tritt zur Seite. »Oh, dann solltest du besser reinkommen.«

Ich rühre mich nicht. Nicht sofort. Stattdessen stehe ich nur da und starre ihn an, die Art, wie das T-Shirt sich an seine Schultern schmiegt, den leichten Schatten von Bartstoppeln auf seiner Kieferpartie, das Flackern von Erschöpfung und Verärgerung in seinen Augen. Und für eine Sekunde hasse ich ihn – dafür, dass er hier ist, dass er mich so ansieht, dass er sein Buch so drastisch geändert hat, ohne mir Bescheid zu geben.

Aber am meisten hasse ich mich selbst. Dafür, wie ich mich verhalten habe. Dafür, dass es mir nicht egal ist. Dafür, dass ich hergekommen bin. Dafür, dass ich ihn auf eine Weise brauche, die ich nicht einmal ansatzweise entwirren kann, ohne alles zu riskieren, was ich um mich herum aufgebaut habe.

»Lara«, sagt er wieder, diesmal leiser, und etwas in seinem

Ton lässt den zerbrechlichen Faden reißen, der mich zurückgehalten hat.

Ich trete ein, und bevor ich es mir anders überlegen kann, bevor ich ihm – oder mir selbst – die Chance geben kann, Fragen zu stellen oder Mauern zu errichten, packe ich ihn am T-Shirt und stoße ihn gegen die Wand neben der Tür. Sein Atem stockt, und seine Hände fahren instinktiv nach oben, um sich abzustützen – oder vielleicht, um mich zu stützen –, aber ich höre nicht auf. Ich denke nicht nach. Ich küsse ihn einfach.

Hart.

Es ist nicht anmutig oder elegant oder auch nur besonders koordiniert. Es ist verzweifelt, chaotisch, voller Zähne und Hitze und Frustration, die in einer einzigen rücksichtslosen, unumkehrbaren Bewegung aus mir herausblutet. Seine Lippen sind warm, weich, aber fest auf meinen, und für einen erschreckend perfekten Moment rührt er sich nicht. Er lässt mich einfach nehmen, lässt mich jedes Quäntchen Wut und Sehnsucht und Verwirrung in ihn hineinströmen.

Und dann küsst er mich zurück.

Es ist, als würde man ein Streichholz an eine Benzinlache halten. Seine Hände gleiten zu meiner Taille, ziehen mich näher, verankern mich, selbst als alles andere – der Raum, die Welt, meine sorgfältig aufgebaute Selbstbeherrschung – zerfällt. Eine Hand vergräbt sich in meinem Haar und neigt meinen Kopf gerade so weit, dass der Kuss tiefer wird, während die andere gegen mein Kreuz drückt und mich mit einer Kraft an ihn presst, die meine Knie weich werden lässt.

Ich grabe meine Finger in seine Schultern, meine Nägel verhaken sich im Stoff seines Hemdes, während ich mich fester andrücke, weil ich etwas Festes, etwas Echtes spüren muss, selbst als sich alles in mir auflöst. Es gibt keinen Raum mehr zwischen uns, keinen Platz für Luft oder Zweifel oder Logik. Nur diese intensive, elektrische Anziehung zu ihm, zu diesem Moment, zu der wahnsinnigen, unbestreitbaren Wahrheit, die ich seit Monaten zu vergraben versuche.

Als wir uns endlich keuchend voneinander lösen, ruht meine Stirn an seiner, und zum ersten Mal seit einer gefühlten Ewigkeit lasse ich mich atmen. Wirklich atmen.

»Okay«, sagt Rory, seine Stimme rau und ungleichmäßig, seine Finger immer noch in meinem Haar verkrallt. »Also ... machen wir das jetzt?«

»Anscheinend«, bringe ich hervor, obwohl meine Stimme kaum mehr als ein Flüstern ist. Meine Lippen kribbeln noch immer, mein Herz rast, und ich kann mich nicht dazu durchringen, ihn direkt anzusehen, denn ich weiß – Gott, ich *weiß* –, dass ich, wenn ich es täte, genau das widergespiegelt sehen würde, was ich fühle.

Und dann hätte ich keine andere Wahl, als mich dem zu stellen.

Rorys Shirt landet auf dem Boden. Meine Hände sind überall, fahren über die harten Flächen seiner Brust, die Wölbung seiner Schulterblätter, als würde ich versuchen, ihn allein durch Berührung auswendig zu lernen. Seine Haut ist warm unter meinen Handflächen, unmöglich warm, und für einen schwindelerregenden Moment frage ich mich, ob ich Feuer fangen werde, weil ich ihm so nahe bin.

»Bist du dir da sicher?«, fragt Rory, und die Worte streifen über meine Haut und jagen mir einen Schauer über den Rücken.

»Red nicht«, fahre ich ihn an und zerre mit mehr Kraft als nötig am Bund seiner Jeans. Meine Finger fummeln zitternd und ungeduldig am Knopf herum. »Einfach ...«, sage ich und schlucke schwer, als mir der Atem stockt. »Einfach ... nicht.«

Denn wenn er redet, wird es real, und wenn es real ist, muss ich mich mit allem auseinandersetzen, was danach kommt. Den Konsequenzen, dem Chaos, der unerträglichen Wahrheit dessen, was ich in den letzten Wochen verleugnet habe. Und im Moment kann ich es mir nicht leisten zu denken. Ich kann es mir nicht leisten, etwas anderes zu fühlen als das hier – die Hitze seines Körpers, den Druck seines Mundes auf meinem, diese rohe, schmerzhafte Anziehung, die es unmöglich macht, aufzuhören.

»Okay«, sagt er leise, und in seinem Ton schwingt etwas mit, das ich nicht benennen will. Er drängt nicht, er widerspricht nicht, er überlässt mir einfach die Führung, selbst als seine Hände meine Taille finden, mich stabilisieren, mich auf eine Weise erden, die ich verzweifelt brauche und gleichzeitig hasse.

Meine Jacke gleitet von meinen Schultern und landet zu meinen Füßen, dicht gefolgt von meiner Bluse. Seine Finger streichen über die nackte Haut meines Rückens, als er mit geübter Leichtigkeit meinen BH öffnet, und ich atme ein, mein ganzer Körper spannt sich als Reaktion darauf an. Es ist zu viel und nicht genug zugleich, und Gott steh mir bei, ich glaube, ich könnte hier in seinen Armen tatsächlich zerbrechen.

»Nur ...«, ich beiße mir auf die Lippe, frustriert darüber, wie unsicher ich klinge. »Lass mich das einfach tun.«

»Dich lassen?«, seine Lippen verziehen sich zu einem halben Lächeln, aber es liegt kein Humor darin, nur eine leise, schneidende Traurigkeit, die ich mit aller Macht zu ignorieren versuche. »Du lässt mir hier nicht gerade viel Wahl.«

»Gut«, erwidere ich und zwinge mir ein Grinsen auf, das ich nicht fühle. »Vielleicht hörst du ja zur Abwechslung mal zu.«

Er stößt ein kurzes Lachen aus, sagt aber nichts weiter. Stattdessen gleiten seine Hände tiefer, umfassen meine Hüften und führen mich rückwärts, bis meine Beine an die Kante des Sofas stoßen. Bevor ich zu viel darüber nachdenken kann, ziehe ich ihn mit mir nach unten, ziehe ihn näher an mich heran, weil ich jeden Zentimeter Abstand zwischen uns auslöschen muss.

Das ist in Ordnung. Das ist gut. Körperlich. Einfach. Eine Lösung, kein Problem.

Aber selbst während ich mich davon überzeuge, gibt es irgendwo tief in mir einen Riss, eine feine Spalte, die mit jeder Berührung, jedem Kuss, jedem geflüsterten Seufzer, der meinen Lippen entweicht, bevor ich ihn zurückhalten kann, größer wird. Denn das hier ist nicht einfach, und das war es nie, nicht mit ihm. Nicht mit uns.

Als mein Rock sich zu dem wachsenden Haufen Kleidung auf dem Boden gesellt, presse ich die Augen fest zusammen und hoffe, die Dunkelheit würde die Stimme in meinem Kopf ertränken, die mich anschreit, aufzuhören. Mich zurückzuziehen. Aber es funktioniert nicht. Wenn überhaupt, verstärkt die Dunkelheit nur das Gewicht seiner Hände auf meiner Haut, die Art, wie er meinen Namen flüstert, als wäre es eine Art Gebet, als wäre ich etwas, das es wert ist, verehrt zu werden.

»Nicht, dass ich mich beschwere«, sagt er mit träger, amüsierter Stimme, »aber ich muss zugeben ... so hatte ich mir unser nächstes Gespräch nicht gerade vorgestellt.«

Wir liegen nackt auf dem Sofa. Seinem Sofa. Und es fühlt sich gut an. »Ach, halt den Mund.«

Er lacht. »Aber mal im Ernst. Ich hatte eine ganze Rede vorbereitet. Dachte, ich müsste zu Kreuze kriechen. Ehrlich gesagt hatte ich Bammel davor. Stattdessen tauchst du einfach auf, fällst über mich her und ...«

Ich werfe ein Kissen nach ihm. Er weicht aus, immer noch grinsend. »Nur damit das klar ist, das bedeutet nicht, dass alles vergeben ist.«

Er reibt meine Schulter, seine Finger gleiten über meine Haut, auf eine Art, die für einen Mann, der mir noch ein ganzes Buch schuldet, viel zu ablenkend ist. »Oh, das ist mir sehr bewusst«, sagt er und zieht mich ein kleines bisschen näher an sich heran. »Aber du bist gerade hier hereingestürmt und hast deinen Willen mit mir durchgesetzt, also verzeih mir, wenn es mir schwerfällt, deine Empörung ernst zu nehmen.«

Ich reiße meine Schulter los, schüttle den Kopf, entschlossen, mich nicht von ihm ablenken zu lassen. »Deswegen bin ich eigentlich hier. Um über das Buch zu reden. Nicht, um dein Ego zu streicheln.«

Seine Augenbrauen heben sich. »Du bist hergekommen, um über das Buch zu reden? Darf ich sagen, dass ich diesen neuen redaktionellen Ansatz von ganzem Herzen befürworte? Unorthodox, gewiss. Aber deine Argumente sind laut und deutlich.«

»Hör auf damit. Wir müssen uns auf die Richtung der Geschichte einigen und dabei bleiben.«

Sein Grinsen schwindet ein wenig, gerade so, dass ich weiß, dass er sieht, dass es mir ernst ist. Er atmet aus und fährt sich mit einer Hand durch die Haare.

»In Ordnung. Was ist der Plan?«

Ich verschränke die Arme vor der Brust und wappne mich. »Zuerst einmal, keine Überraschungen mehr. Keine impulsiven strukturellen Änderungen mehr, nur weil dir danach ist. Wir müssen an einem Strang ziehen, sonst ist das Spiel aus.«

Seine Augen mustern mein Gesicht, als ob er nach etwas sucht, dann nickt er. »Okay.«

»Okay?«, ich blinzele. »Das ist alles?«

Er breitet die Hände aus. »Du hast recht. Es tut mir leid, dass ich dich überrumpelt habe. Ich werde zur letzten Fassung zurückkehren.«

Ich habe seine Zustimmung und ich weiß, ich sollte es dabei belassen. Aber ich tue es nicht. Ich kann nicht.

»Was ist passiert? Warum die drastische Änderung?«

Rory atmet tief ein. Sein ganzer Brustkorb hebt sich und dann atmet er aus. »Ich hatte das Gefühl, ich schreibe eher eine Biografie als einen Roman. Ob es nun deine Vorschläge waren oder mein Unterbewusstsein, es war nicht mehr die Geschichte von Sophie und Oliver. Es war die von Lara und Rory.«

Ich schüttle sofort den Kopf. »Ich glaube nicht, dass das stimmt ...«

»Ach, komm schon.« Sein Blick hebt sich und trifft meinen, ernst, aber nicht unfreundlich. »Das war es. Der Dialog, der Schauplatz, der Konflikt – wir waren es. Jede Szene fühlte sich an wie etwas aus meinem eigenen Leben. Von *uns*. Und ich ... ich kann *das* nicht schreiben. Noch nicht.«

Seine Worte treffen mich wie ein Faustschlag, den ich nicht habe kommen sehen. Ich starre ihn an, mein Puls beschleunigt sich, und ich weiß nicht, was ich sagen soll.

»Also, was?«, bringe ich hervor, meine Stimme viel zu angespannt. »Du hast Panik bekommen und bist in alte Muster verfallen?«

Rory atmet aus und fährt sich mit einer Hand durchs Haar. »Ich habe das getan, was ich immer tue, wenn mir etwas zu nahe kommt – ich habe mich zurückgezogen. Ich habe es auf etwas Sicheres, Vertrautes reduziert. Etwas, von dem ich *weiß*, dass es funktioniert.«

»Schema F«, sage ich, bevor ich mich zurückhalten kann.

Sein Mund zuckt. »Genau.«

»Und du denkst, das, was du eingereicht hast, ist die bessere Version? Die, die du wirklich veröffentlicht sehen willst?«

Ein Moment der Stille. Dann ...

»Nein.« Sein Kiefer spannt sich an. »Aber es ist die, die ich beenden konnte.«

Die Worte stehen zwischen uns, schwer, unausgesprochene Wahrheiten drängen sich an den Rändern auf.

Ich will ihn drängen, ihm sagen, er hätte sich durchkämpfen sollen, dass er die echte Version hätte schreiben sollen, die unordentliche, unvorhersehbare – aber vielleicht habe ich nicht das Recht dazu. Vielleicht sollte ich dankbar sein, dass er einen Rückzieher gemacht hat. Denn wenn Rory nicht bereit ist, *diese* Geschichte zu schreiben ... bin ich vielleicht nicht bereit, sie zu lesen.

»Außerdem, nur fürs Protokoll, ich bin absolut nicht wie Sophie.«

»Ach, wirklich? Warum glaubst du dann nicht an ›und sie lebten glücklich bis ans Ende ihrer Tage‹?«, fragt Rory, seine Stimme leise, fast zögerlich, als würde er das Wasser testen und wäre voll darauf vorbereitet, dass ich ihm den Kopf abreiße.

Mein Magen macht einen Satz nach unten. Nicht wegen der Frage an sich – sie wurde mir schon früher gestellt, wenn auch nie so direkt –, sondern wegen der Art, wie er mich jetzt ansieht.

»Ich kann mich nicht erinnern, jemals gesagt zu haben, dass ich nicht an ›glücklich bis ans Ende ihrer Tage‹ glaube.«

»Musstest du auch nicht«, kontert er, legt den Kopf leicht schief, sein Blick verengt sich, als würde er jedes meiner Worte, jede meiner Bewegungen analysieren. »Es steht überall in deinen Anmerkungen. Die Art, wie du Sentimentalität herausschneidest, als wäre es Schimmel auf vollkommen gutem Brot. Die Art, wie du jede romantische Szene auf das Wesentliche reduzierst, als hättest du Angst, die Charaktere zu viel fühlen zu lassen.«

»Das nennt man Prosa straffen«, schieße ich zurück. »Und wenn du dir all meine Kommentare noch einmal ansiehst, anstatt dir nur das herauszupicken, was deine Theorie stützt, würdest du sehen, dass ich viel Raum für emotionale Tiefe gelassen habe. Ehrlich gesagt, bewahre ich dich eher davor, deine Leser in überzogenen Klischees zu ertränken.«

Er schaut nicht weg. Lässt mich nicht vom Haken.

»Hör zu, Rory, wir sind nicht hier, um meine Ansichten über … was auch immer das sein soll, zu diskutieren. Wir sind hier, um sicherzustellen, dass wir dieses Buch fertigbekommen. Das ist der Job. Das ist alles, was im Moment zählt.«

»Glaubst du, dass es Liebe wirklich gibt?«, fragt er, seine Worte vorsichtig, bedacht. »Nicht in Büchern oder Filmen oder … was auch immer. Einfach nur echt.«

Ich erstarre. Ausnahmsweise habe ich keine schlagfertige Erwiderung parat, nicht einmal eine Ausflucht. Alles, was ich habe, ist die Wahrheit, die sich wie das Letzte anfühlt, was ich in diesem Moment mit ihm teilen möchte.

»Manchmal«, sage ich schließlich, meine Stimme kaum hörbar. »Aber nicht für jeden.«

»Warum nicht für dich?« Sein Blick hält meinem stand, ruhig und geduldig, als wäre er bereit, die ganze Nacht hier zu sitzen und auf eine Antwort zu warten.

»Weil …«, zögere ich, das Wort bleibt mir im Hals stecken. *Weil es einfacher ist, nicht zu hoffen. Weil Enttäuschung weitaus weniger schmerzhaft ist als die Alternative.* Aber ich sage nichts davon. Ich kann es nicht.

»Weil ich gesehen habe, was passiert, wenn sie zerbricht«, sage ich stattdessen in einem schroffen, distanzierten Ton. Es ist keine Lüge, aber es ist auch nicht die ganze Wahrheit. Es ist die Version der Geschichte, die ich einstudiert habe, die, die die Leute davon abhält, weitere Fragen zu stellen.

»Fair genug«, sagt Rory nach einem Moment mit neutraler Stimme, obwohl ich etwas Tieferes in seinen Augen aufblitzen sehe. Enttäuschung? Verständnis? Vielleicht beides.

ZWANZIG

»Sechzig ist schon eine Hausnummer, was?«, fragt Rory, ohne von seinem Laptop aufzusehen. Seine Stimme ist lässig, eine beiläufige Bemerkung, als würde er mich bitten, ihm das Salz zu reichen, und nicht, als würde er mich einladen, seine *Familie* kennenzulernen. »Mum schmeißt heute Abend eine große Sause – Kuchen, Cousins, Chaos. Die halbe Welt und ihre Verwandtschaft ist aus Irland rübergekommen. Du solltest kommen, dann lernst du die ganze Bande auf einen Schlag kennen.«

Mitten in der Bewegung, als ich nach meiner Teetasse greifen will, erstarre ich. Meine Finger umklammern den Keramikgriff. Ich sehe über meine Brille zu ihm hinüber und versuche abzuschätzen, wie ernst er es meint. Sein Ton mag flapsig sein, aber ich kenne Rory. Er versteckt ernste Dinge in beiläufigen Bemerkungen, so als würde er ein Geheimnis in einen Witz schmuggeln und hoffen, dass es niemandem auffällt.

»Kommen ... zur Geburtstagsfeier deiner Mum?«, wiederhole ich langsam, als wären die Silben fremd auf meiner Zunge. »*Mit dir?*«

»So laufen diese Dinge normalerweise ab, ja.« Er lehnt sich in seinem Stuhl zurück und streckt sich, bis sich sein Hemd über seiner Brust spannt. Der Inbegriff der Lässigkeit. »Sie wird dich lieben. Und du hast mich schon überlebt, also wird der Rest des Keane-Clans ein Kinderspiel sein.«

»Rory ...«, setze ich an, habe aber keine Ahnung, worauf dieser Satz hinauslaufen soll. Meine Gedanken hängen bei *Sie wird dich lieben* fest und der mühelosen Art, wie er es gesagt hat, als sei es eine in Stein gemeißelte Tatsache. Als würde der Gedanke, mich seiner Familie vorzustellen, mir nicht einen ausgewachsenen Herzinfarkt bescheren.

»Hör zu«, unterbricht er mich und schenkt mir dieses entwaffnende Grinsen, das ihm aus mehr Schwierigkeiten geholfen hat, als es sollte. »Du kannst es als Recherche betrachten. Autoren und ihre tragischen Hintergrundgeschichten. Ich liefere dir hier Stoff, Yates.«

»Recherche«, wiederhole ich und hasse es, wie schwach meine Stimme klingt. Seine *Mum* kennenlernen? Das ist nicht beiläufig. Das ist ... bedeutsam.

»Zerbrich dir nicht den Kopf darüber«, fügt er hinzu, als wüsste er genau, was ich gerade tue. Sein Blick huscht zu mir, wird für den Bruchteil einer Sekunde weicher. »Es ist nur eine Party. Kein Druck.«

Kein Druck. Genau. Als hätte diese Einladung kein Gewicht. Als würde es nicht etwas Größeres bedeuten, als wir beide zuzugeben bereit sind, wenn ich seine Welt betrete. Aber alles, was ich zustande bringe, ist ein unbeholfenes Nicken, bevor ich etwas darüber murmle, dass ich nichts anzuziehen habe, während mein Herz mir viel zu laut in den Ohren hämmert.

Das Auto summt gleichmäßig unter uns, während wir den Moloch London hinter uns lassen. Alles scheint viel grüner und üppiger zu werden, und die Skyline schrumpft im Rückspiegel. Rory trommelt mit den Fingern im Takt eines Liedes, das leise im Radio läuft, auf das Lenkrad – eine folkloristische Melodie, die ich nicht erkenne. Er sieht so entspannt aus, eine Hand lässig über das Lenkrad gelegt, als wären wir nur auf dem Weg zum Supermarkt und nicht in die Höhle des Löwen, die sich als sein Elternhaus tarnt.

Währenddessen umklammere ich meine Handtasche, als enthielte sie Staatsgeheimnisse, und starre aus dem Beifahrerfenster, als hätte die Dunkelheit dahinter Antworten auf die Fragen, die ich mir unaufhörlich stelle. *Was bedeutet das? Warum jetzt? Sind wir ... etwas?*

»Du bist ungewöhnlich still«, sagt Rory und wirft mir einen Seitenblick zu. »Wenn ich es nicht besser wüsste, würde ich sagen, du bist nervös.«

»Wer, ich? Nervös?«, spotte ich, obwohl ich vermute, dass es weniger überzeugend klingt, als ich es beabsichtigt hatte. »Ich bereite mich nur mental auf den Familienzirkus vor, in den du mich gleich werfen wirst.«

»Ach, der Keane-Clan ist gar nicht so schlimm.« Er grinst, seine Stimme ist warm und neckend. »Ein bisschen laut, vielleicht. Aber das schaffst du schon. Du bist zäher, als du aussiehst.«

»Klar. Weil nichts so sehr nach ›zäh‹ schreit wie Bleistiftröcke und farbkodierte Kalender«, sage ich todernst und ernte ein leises Lachen von ihm. Es ist unfair, wie gut dieser Klang darin ist, die Spannung aufzulösen.

»Verkauf dich nicht unter Wert. Unter der polierten Oberfläche hast du Krallen.«

»Krallen hin oder her, ich komme nicht gut mit Menschenmengen klar. Oder mit Smalltalk. Oder ...« Ich halte inne. Zuzugeben, dass es sich unerträglich intim anfühlt, seine

Familie kennenzulernen – dass es mir Angst macht –, bin ich noch nicht bereit, laut auszusprechen. Noch nicht.

»Entspann dich«, sagt Rory, seine Stimme jetzt sanfter. »Ich hab dir doch schon gesagt, sie werden dich lieben.«

»Mich lieben? Und auf welcher Grundlage, bitte schön?«

»Auf der Grundlage, dass ich es tue«, erwidert er leichthin und zuckt dann sofort zusammen, als wären ihm die Worte ohne Erlaubnis herausgerutscht. Er räuspert sich und konzentriert sich ein wenig zu angestrengt auf die Straße vor ihm. »Ich meine – sie werden dich lieben, weil du ... ähm, großartig bist. Ist doch klar.«

Mein Herz stolpert, als es über die Tragweite seiner Worte strauchelt. *Er liebt mich?* Nein, sicher nicht. Das konnte er nicht *so* gemeint haben. Oder doch?

»Ist doch klar«, sage ich, starre geradeaus und mein Puls rast. Die darauffolgende Stille ist dick und aufgeladen mit allem, was wir nicht sagen.

Und plötzlich fühlt sich die Fahrt viel länger an, als sie ist.

Das Auto rollt vor einem weiß verputzten Doppelhaus, das förmlich Wärme ausstrahlt, aus. Lichterketten sind am Verandageländer aufgereiht, die fröhlich in der Dämmerung flackern, und das gedämpfte Geräusch von Gelächter dringt durch ein offenes Fenster irgendwo oben nach draußen. In der Einfahrt und entlang der Straße parkt bereits eine Ansammlung von Autos, viele mit irischen Kennzeichen, was auf die Anzahl der Menschen hindeutet, die sich im Inneren drängen.

»Da wären wir«, verkündet Rory, als wären wir gerade bei der nächsten Pizzeria vorgefahren und nicht im Epizentrum meiner sozialen Ängste für diesen Abend.

Er stellt den Motor ab und lehnt sich mit lässiger Selbstsicherheit auf seinem Sitz zurück. Währenddessen bin ich wie erstarrt und umklammere meine Tasche, als wäre sie eine Rettungsweste.

»Großartig.« Meine Stimme ist ausdruckslos und verrät

nichts von dem Chaos, das gerade in meiner Brust tobt. »Sieht ... lebhaft aus.«

»Keine Sorge«, sagt er und sieht mich mit einem Grinsen an, das so entwaffnend ist, dass es mit einem Warnhinweis versehen sein sollte. »Sie beißen nicht. Meistens.«

»Gut zu wissen«, sage ich nur halb im Scherz, als ich das Haus wieder ansehe. Das ferne Klirren von Geschirr und Gesprächsfetzen werden vom Wind herübergetragen, untermalt von etwas, das sich verdächtig danach anhört, wie jemand leicht schief ein Lied schmettert. »Es sei denn, der Gesang zählt als Körperverletzung.«

»Das ist bestimmt Onkel Declan«, sagt Rory mit einem Kichern und steigt bereits aus dem Auto. »Und das tut es absolut.«

Als ich es endlich schaffe, meine Finger von meiner Tasche zu lösen und auszusteigen, wartet er schon auf der Beifahrerseite auf mich, eine Hand ausgestreckt. Ich zögere – denn anscheinend bringt mich Ritterlichkeit immer noch aus dem Konzept –, aber schließlich nehme ich sie. Seine Handfläche ist warm und erdet mich, während er mich den Weg zum Haus hinaufführt.

»Entspann dich«, flüstert er und streicht mit seinem Daumen leicht über meinen, bevor er loslässt. »Dir wird nichts passieren.«

Ein Schlüsselbund steckt in der Tür, und bevor ich mich umdrehen und fliehen kann, schließt er bereits auf und tritt ein.

Zuerst trifft mich der Lärm – eine Kakophonie aus Stimmen, Lachen und Musik, alles durcheinandergemischt. Dann kommt der Geruch: gebratenes Fleisch, Knoblauch, etwas Süßes und Zimtiges in der Mischung. Es ist die Art von Aroma, die zu einem Zuhause gehört, nicht nur zu einem Haus, und es rührt an etwas, das tief in meiner Brust vergraben ist. Etwas, von dem ich lieber hätte, es bliebe vergraben.

»Rory!«, ruft eine Frauenstimme von irgendwo aus dem Schwarm von Leuten, der sich im Wohnzimmer versammelt hat. Ein Gewirr von Gesichtern dreht sich zu uns um, und plötzlich fühle ich mich, als wäre ich mitten in ein Theaterstück geplatzt, ohne meinen Text zu kennen.

»Hey, Ma! Alles Gute zum Geburtstag«, erwidert Rory und gleitet mühelos in den Raum, als hätte er das schon tausendmal getan. Was er natürlich auch hat. Seine Hand legt sich auf meinen unteren Rücken, ein subtiler Druck, der mich vorwärts drängt. Es gibt mir Halt und lässt mein Herz gleichzeitig wie wild schlagen.

»Leute, das ist Lara«, verkündet er in einem Ton, der lässig und doch bestimmt ist. »Lara, das sind ... na ja, alle.«

»Hallo«, schaffe ich es herauszubringen, meine Stimme eine Spur zu hoch. Reflexartig rücke ich meine Brille zurecht.

»Ah, das ist also *diese* Lara«, sagt ein Mann, der Onkel Declan sein muss, nach dem Pint in der einen Hand und dem schelmischen Funkeln in seinen Augen zu urteilen. »Rory war sehr–«

»Declan«, unterbricht ihn Rory sanft, sein Lächeln gezwungen, aber sein Griff an meinem Rücken fest. »Heb dir die Geschichten vielleicht für später auf, ja?«

»Schon gut, schon gut.« Declan zwinkert mir zu. »Aber denk nicht, dass du so leicht davonkommst, Lara.«

»Würde mir nicht im Traum einfallen«, erwidere ich, mein Ton trocken genug, um ein überraschtes Lachen zu ernten. Gut. Sarkasmus ist im Moment sicherer als Aufrichtigkeit.

»Komm, setz dich, Liebes«, sagt Rorys Mutter, eilt herbei und schließt ihn in eine kurze Umarmung, bevor sie ihre Aufmerksamkeit auf mich richtet. Sie ist klein, hat ein rundes

Gesicht und strahlt eine Energie aus, die wahrscheinlich eine Kleinstadt versorgen könnte. Ihr Lächeln ist warm, echt und vollkommen überwältigend. »Schön, dich endlich kennenzulernen! Ich bin Rorys Mami, Evelyn. Er hat uns so viel von dir erzählt.«

»Hat er das?«, werfe ich Rory einen Blick zu, aber er zuckt nur ungerührt mit den Schultern.

»Nur Gutes, versprochen«, beharrt sie, nimmt kurz meine Hände in ihre, bevor sie mich weiter ins Chaos zieht. »So, und jetzt besorgen wir dir was zu essen. Hast du schon Declans berüchtigte Würstchen im Blätterteig probiert? Oh, und es gibt Trifle – oder Pavlova, wenn du das lieber magst. Oder beides!«

»Beides klingt großartig«, sage ich kleinlaut, da ich nicht weiß, was ich sonst antworten soll.

Rory folgt dicht hinter mir, seine Hand weicht nie von meinem Rücken, als ob er genau spüren könnte, in welchem Moment ich die Flucht ergreifen könnte.

»Und mit etwas Glück ist vielleicht noch ein kleines Stück Apfelkuchen übrig. Oh, und falls dir nichts davon schmeckt, habe ich noch eine Packung Ben & Jerry's in der Tiefkühltruhe–«

»*Mum*. Wir finden schon was. Mach dir jetzt keinen Stress, es ist dein Geburtstag. Entspann dich.«

»Ich kann mich nicht entspannen, ich hab Cocktailwürstchen im Ofen, die gewendet werden müssen, und ich habe Shiv zum Laden an der Ecke geschickt, um noch mehr Mayo für die Thousand-Island-Sauce zu holen. Lara, ich hole dir in der Zwischenzeit etwas zu trinken, du musst ja einen Bärendurst haben.«

Evelyn geht den Flur entlang in Richtung Küche, eindeutig auf der Mission, sicherzustellen, dass ich gut mit Essen und Trinken versorgt bin.

»Siehst du?«, flüstert er, leise genug, dass nur ich es hören kann. »Hab dir doch gesagt, dass sie dich lieben wird.«

»Darüber lässt sich streiten«, erwidere ich, was ihm ein weiteres Lachen entlockt. Aber als ich sehe, wie seine Mutter sich umdreht und ihn anstrahlt – und mich –, frage ich mich, ob er vielleicht doch recht haben könnte. Na ja, größtenteils.

Das Wohnzimmer summt von sich überlappenden Gesprächen, Lachanfälle durchbrechen die Luft wie eine Melodie, der ich nicht ganz folgen kann. Jede Ecke ist besetzt – Cousins und Cousinen jeden Alters lümmeln auf dem Boden und blättern in alten Fotoalben, Tanten thronen mit Weingläsern in der Hand auf Armlehnen, und Rory mittendrin, völlig entspannt. Sein Lachen dröhnt durch den Raum, als einer seiner Onkel ihm auf die Schulter klopft, und ich spüre einen scharfen, unbekannten Stich. Neid? Vielleicht. Oder einfach nur die schiere Fremdheit, jemanden zu beobachten, der so vollkommen dazugehört.

Ich sitze auf der Kante des Sofas, die Knöchel übereinandergeschlagen, und versuche, mich so gut wie möglich mit den Möbeln verschmelzen zu lassen. Mein Weinglas ist praktisch voll, denn daran zu nippen fühlt sich an, als würde ich mich auf ein Maß an Entspannung einlassen, von dem ich nicht sicher bin, ob ich es heute Abend erreichen werde. Hin und wieder wirft mir jemand einen Blick zu – ein höfliches Lächeln hier, eine beiläufige Frage dort –, aber meistens bin ich eine Beobachterin. Leicht überfordert von der hektischen Energie im Haus.

»Bequem?«, dröhnt Rorys Stimme über mir, tief und warm, als er sich zu meinem Ohr hinunterbeugt. Seine Hand streift meine Schulter, lässig, aber erdend.

»Wie ein Elefant im Porzellanladen«, antworte ich, was ihm dieses schiefe Grinsen entlockt. Er sieht viel zu zufrieden mit sich selbst aus, der Verräter.

»Du machst das großartig«, sagt er leise und richtet sich wieder auf. »Sie sind schon ganz vernarrt in dich.«

»Vernarrt in die Frage, ob ich gleich implodiere, vielleicht.«

»Das auch.« Er zwinkert, bevor er wieder in ein anderes Gespräch gezogen wird, diesmal mit einem Cousin in seinem Alter. Ich beobachte, wie er sich durch den Raum bewegt, mühelos charmant, der Mittelpunkt, um den alle kreisen. Es ist wahnsinnig liebenswert.

Ich atme tief durch und versuche, mich auf etwas Greifbares zu konzentrieren – die gerahmten Fotos auf dem Kaminsims, die bunt zusammengewürfelten Kissen, den leichten Duft von Lammbraten und Rosmarin, der aus der Küche weht. Aber es ist unmöglich, die unterschwellige Energie in der Luft zu ignorieren, das Gefühl, dass etwas – oder jemand – fehlt. Gerade als ich denke, ich bilde es mir nur ein, quietscht die Haustür auf, und ein Schwall kühler Abendluft strömt ins Zimmer.

»Ist das ...?«, fängt jemand an, seine Worte werden von einem kollektiven Keuchen verschluckt. Köpfe schwenken zur Tür, und plötzlich verändert sich die Atmosphäre, aufgeladen mit einer neuen Art von Aufregung.

»AOIFE!«, ruft Rorys Mutter, ihre Stimme eine Mischung aus Schock und unverhohlener Freude. Der Raum bricht in Chaos aus – Stühle scharren, Leute stehen auf, Stimmen überschlagen sich in einer Kakophonie aus Namen und Begrüßungen.

Rory erstarrt mitten im Lachen, sein Gesichtsausdruck wechselt zwischen Unglauben und Entzücken. »Das gibt's doch nicht«, murmelt er und bewegt sich bereits auf die Tür zu.

Ich folge seinem Blick, und da ist sie – ein auffälliger Wirbelwind aus schwarzen Locken und einem leuchtend grünen Mantel, der einen riesigen Rucksack von der Schulter gleiten lässt. Sie grinst, als sie eintritt, die Wangen von der

Kälte gerötet, und der ganze Raum scheint sich ihr zuzuneigen, wie von einem Magneten angezogen.

»Überraschung!«, verkündet sie, ihre Stimme melodisch und singend, als ob ihre bloße Anwesenheit nicht schon eine genug wäre.

»Herrgottnochmal, Aoife«, ruft Rory aus und erreicht sie mit drei langen Schritten. »Ich dachte, du wärst noch in Thailand.« Er zieht sie in eine Bärenumarmung, die sie vom Boden abheben lässt, und sie lacht, ein Lachen, das hell und übersprudelnd ist. Es ist die Art von Lachen, bei der man einfach mitlachen möchte, selbst wenn man den Witz nicht kennt.

»Lass mich runter, du großer Tölpel«, tadelt sie ihn, obwohl ihr Tonfall alles andere als unfreundlich ist. Sobald ihre Füße den Boden berühren, schlägt sie ihm spielerisch auf den Arm, bevor sie sich umdreht, um den Rest der Familie zu begrüßen, der um ihre Aufmerksamkeit buhlt. Die allergrößte Umarmung hebt sich Aoife für ihre Mutter auf. Evelyn wischt sich die Tränen von den Wangen, während sie versucht, alle verfügbaren Essensmöglichkeiten herunterzurattern und gleichzeitig zu fragen, wie ihre Zeit im Ausland war.

Ich bleibe wie angewurzelt stehen und beobachte die Szene, die sich vor mir abspielt, mit einer seltsamen Mischung aus Faszination und Unbehagen. Aoife hat etwas Entwaffnendes an sich – ein müheloses Charisma, das die Leute anzieht, ähnlich wie bei Rory, aber weicher, weniger geschliffen. Sie bewegt sich durch den Raum, als würde sie in jeden Winkel gehören, umarmt und lacht und gibt jeder Person irgendwie das Gefühl, dass sie den ganzen Abend nur darauf gewartet hat, sie zu sehen.

Mein Blick schnellt zurück zu Aoife und Rory – Bruder und Schwester –, die dicht beieinanderstehen und mit zusammengesteckten Köpfen reden. Zwischen ihnen herrscht eine Leichtigkeit, eine Vertrautheit, die aus jahrelanger gemeinsamer Geschichte geboren wurde und die mir plötzlich schmerzlich bewusst macht, wie wenig ich wirklich über Rory weiß.

»Mit Aoife hat man einen Heidenspaß. Eine Stimme wie Celine Dion«, fährt Declan fort, sein Ton erfüllt von unverkennbarem Stolz. »Sie ist immer auf Achse, aber wenn sie auftaucht, ist es, als ob Weihnachten vorgezogen wurde.«

»Scheint so«, bestätige ich und kann den Blick nicht abwenden. Rorys Gesicht strahlt auf eine Weise, die ich noch nie zuvor gesehen habe, offen und arglos, und Aoife steht ihm in nichts nach, während sie beim Sprechen lebhaft mit den Händen gestikuliert. Welche Spannung auch immer zuvor in der Luft lag, hat sich völlig verflüchtigt und wurde durch etwas Wärmeres, Intimeres ersetzt. Und aus Gründen, die ich mir nicht ganz erklären kann, bringt es meine Nerven wieder zum Flattern.

»Na, sieh mal an«, sagt Aoife, und ihre Stimme hallt durch den Raum wie Sonnenlicht, das durch die Wolken bricht. »Das ist also die berühmte Lara.«

Instinktiv richte ich mich auf, überrascht von der schieren Wärme, die von ihr ausstrahlt, als sie auf mich zukommt.

Ihr Händedruck ist fest, aber unprätentiös, und ihr Lächeln – breit, strahlend, umwerfend echt – gibt mir das Gefühl, sowohl gesehen als auch sofort auf den Prüfstand gestellt zu werden.

»Berühmt?«, bringe ich hervor, wobei mein Ton weitaus kühler ist als das, was unter der Oberfläche brodelt. Mein Herz hämmert einen unregelmäßigen Takt. »Das ist wohl etwas übertrieben.«

»Ganz und gar nicht«, sagt Aoife, ihre Augen funkeln irgendwo zwischen Schelmerei und Bewunderung. »Er schreibt heutzutage nur noch über dich. Na ja, über dich und die Arbeit. Aber hauptsächlich über dich.«

»Hauptsächlich über die Arbeit«, wirft Rory sanft ein und taucht mit einem leichten Grinsen an meiner Seite auf.

Seine Hand schwebt wieder in der Nähe meines Rückens, berührt kaum den Stoff meines Kleides und ich kann nicht sagen, ob es mich oder ihn selbst beruhigen soll. Vielleicht beides.

»Sicher, sicher«, neckt Aoife ihn, und ihr irischer Akzent wird durch ihre Belustigung noch deutlicher. »Die Arbeit. Die du übrigens einzig und allein mir zu verdanken hast. Oder hast du bequemerweise vergessen, wer dir den Start ermöglicht hat?«

»Start?« Das Wort rutscht mir heraus, bevor ich es aufhalten kann. Beide sehen mich an – Rory schnell, misstrauisch; Aoife mit einer unbeschwerten Neugier, als wäre ihr gerade aufgefallen, dass ich vielleicht zuhöre.

»Ah, also«, sagt sie und lacht leise auf. »Das schmutzige kleine Geheimnis des Keane-Familienimperiums.« Sie wackelt dramatisch mit den Fingern, als würde sie eine große Verschwörung enthüllen. »Rory schreibt die Worte, aber ich schleife die Rohdiamanten.«

»Schleifst«, wiederholt Rory, obwohl sich sein Kiefer nun auf eine Weise anspannt, die noch vor wenigen Augenblicken nicht da war. »So kann man es auch ausdrücken.«

»Lass dich von ihm nicht täuschen«, sagt Aoife und beugt sich verschwörerisch zu mir, ihre Locken hüpfen bei der Bewegung. »Er ist brillant, natürlich. Aber manchmal braucht ein Bruder einfach eine Schwester, die ihm sagt, wenn seine Hauptfigur sich wie eine totale Idiotin benimmt oder wenn seine Liebesszenen eher zum Fremdschämen als zum Dahinschmelzen sind.«

»Verstehe«, sage ich schwach und meine Lippen formen ein höfliches Lächeln, das sich wie aufgesetzt anfühlt. Mein Kopf überschlägt sich bereits bei dem Versuch, das, was ich gerade gehört habe, zusammenzusetzen. Rorys Bücher – die millionenfach verkauften Bestseller, der Scott-&-Drake-Goldesel – waren ... was? Ein Gruppenprojekt?

»Sie übertreibt«, wirft Rory ein, seine Stimme leise und bedacht. »Es ist nicht...«

»Übertreibe ich?«, unterbricht ihn Aoife und zieht eine Augenbraue in gespielter Empörung hoch. »Was, erinnerst du dich nicht an die Nächte, in denen wir bis zum Morgengrauen wach blieben, um dieses grottenschlechte Ende von *Lakewood Hearts* zu überarbeiten? Oder als ich die Hälfte von *Falling for April* umschreiben musste, weil dein Held klang, als hätte er einen Thesaurus verschluckt? Wie bist du diesmal alleine zurechtgekommen, ohne mein Genie, das alles repariert, hm? Da hattest du sicher alle Hände voll zu tun, Lara, da habe ich keinen Zweifel.«

»Genug, Aoife«, sagt Rory, dessen Lächeln nun völlig erstirbt. In seiner Stimme liegt eine Schärfe, die sie nur noch lauter lachen lässt, ohne die wachsende Spannung zwischen uns zu bemerken – oder vielleicht war es ihr auch einfach egal.

»Wie auch immer«, fährt sie unbeirrt fort und wendet sich mit einem Augenzwinkern wieder mir zu. »Du weißt ja, wie er ist – immer große Ideen und keine Geduld. Jemand muss doch dafür sorgen, dass diese großen Gesten auf dem Papier auch wirklich ankommen, oder?«

»Aoife, bitte.«

»Keine Sorge, Lara. Er ist immer noch das Genie, für das ihn alle halten. Ich bin nur die unsichtbare Heldin hinter dem Vorhang.«

Unsichtbar. Das Wort landet wie ein Stein in meiner Brust, schwer und kalt. Mein Blick zuckt zu Rory, auf der Suche nach einer Art Dementi, einer Bestätigung, dass das alles nur die spielerische Übertreibung einer Schwester ist. Aber sein Gesichtsausdruck – zugeknöpft, schuldbewusst, defensiv – verrät mir alles, was ich wissen muss.

»Interessant«, sage ich, obwohl meine Stimme dünner klingt, als mir lieb ist. Meine Kehle fühlt sich trocken und kratzig an, als würde sie sich zuschnüren.

»Nicht wahr?«, strahlt Aoife, sichtlich zufrieden mit sich selbst. »Und ich dachte, *du* wärst die Einschüchternde, als so eine große Nummer im Verlag und so. Aber sieh dich an...« Sie gestikuliert in meine Richtung, ihr Ton ist warm, aber deutlich bevormundend. »Vollkommen normal. Sogar reizend.«

»Danke«, sage ich, obwohl sich mein Magen mit jeder Sekunde fester zusammenknotet. Normal. Reizend. Unsichtbar.

Ich zwinge mich, einen Schluck von dem Wein zu nehmen, den Rory mir vorhin gegeben hat, aber er schmeckt jetzt bitter, wie Essig auf meiner Zunge. Quer durch den Raum lacht Rorys Mutter über etwas, das ein anderer Gast gesagt hat, der Klang ist fröhlich und unbekümmert. Die Luft fühlt sich erstickend an, die Wärme des Hauses drückt wie ein Gewicht, das ich nicht abschütteln kann, auf meine Haut.

»Entschuldigt mich für einen Moment«, sage ich und stelle mein Glas mit bedächtiger Präzision auf einen nahen Tisch. Meine Stimme klingt sogar in meinen eigenen Ohren distanziert, aber das ist mir im Moment egal.

»Alles in Ordnung?«, fragt Rory mit gerunzelter Stirn, aber ich sehe ihn nicht an, als ich an ihm vorbeigehe.

»Alles bestens«, lüge ich, während meine Absätze auf dem Hartholzboden klackern, als ich mich aus dem Wohnzimmer in Richtung Flur bewege.

Denn ich brauche Abstand. Luft. Etwas, woran ich mich festhalten kann, während der Boden unter meinen Füßen nachgibt.

Co-Autor. Lektorat. Wie auch immer sie es nennen wollen. Die Details spielen jetzt kaum eine Rolle. Was zählt, ist, dass der Mann, an den ich wochenlang geglaubt habe – der Mann, in den ich mich ... Gott, in den ich mich gerade verliebe – nicht der ist, für den ich ihn gehalten habe.

Und das fühlt sich irgendwie schlimmer an als all die Lügen selbst.

Mir bleibt die Luft weg.

Ich stehe direkt hinter der Türschwelle zum Wohnzimmer und umklammere den Rahmen, als könnte ich so verhindern, dass sich die Welt weiterdreht. Meine Brust fühlt sich eng an, mein Herzschlag ist ein wildes Trommeln, das das Stimmengewirr um mich herum übertönt. Die Hitze, die in meinem Nacken prickelt, hat nichts mit dem überfüllten Haus oder dem Wein zu tun, den ich kaum angerührt hatte. Quer durch den Raum lacht Rory über etwas, das seine Cousine gesagt hat, und legt den Kopf auf diese unbekümmerte, lässige Art zurück, als würde sich das Universum selbst verbiegen, um es ihm recht zu machen.

Co-Autor, hatte Aoife mit ihrer singenden, amüsierten Stimme gesagt, als hätte sie nicht gerade eine Bombe direkt vor mir gezündet.

Ich schlucke schwer, das Geräusch ist in meinen Ohren ohrenbetäubend. Meine Finger zucken am Türrahmen. Meine Haut fühlt sich zu eng an, als wäre der Verrat in jede einzelne meiner Zellen gesickert und ich müsste ihn nun tragen. Ihn mit mir herumschleppen.

»Hey.«

Rorys Stimme durchbricht den Nebel, plötzlich und viel zu nah. Ich blinzle und stelle fest, dass er vor mir steht. Sein Lächeln erstirbt, als er sieht, was auch immer mir ins Gesicht geschrieben stehen muss. Für eine halbe Sekunde sieht er verwirrt aus, aber dann verändert sich etwas. Seine Augen weiten sich und sein Gesichtsausdruck – Gott, es ist, als würde einem Zauberer mitten im Trick die Maske vom Gesicht rutschen.

»Ist es wahr?«, schneidet meine Stimme durch die Geräuschkulisse, die aus dem vorderen Zimmer dringt. Es ist mir sogar egal, wer es hört. Meine Hände zittern jetzt, also balle ich sie neben mir zu Fäusten. »Was Aoife gesagt hat? Über deine Bücher?«

Sein Kiefer spannt sich an. Es ist derselbe Blick, den er aufsetzt, wenn er sich während einer unserer Lektoratsbesprechungen aus einem Logikloch in der Handlung herausbluffen will. Nur dass diesmal kein Manuskript zwischen uns liegt. Keine professionelle Distanz, um den Schlag abzufedern.

»Lara ...«, seine Stimme ist jetzt sanfter, fast flehend, aber davon dreht sich mir der Magen nur noch mehr um.

»Lass es.« Ich mache einen Schritt zurück und hebe eine Hand, als könnte ich ihn damit körperlich davon abhalten, näher zu kommen. »Einfach ... lass es.«

Seine Schultern sacken in sich zusammen und zum ersten Mal, seit ich ihn kenne, sieht Rory Keane absolut verloren aus. Verletzlich auf eine Art, die nicht zu ihm passt und es vielleicht auch nie wird. Der Charme, die Angeberei – alles ist weg. Ersetzt durch einen Jungen, der aussieht, als wäre er mit der Hand in der Keksdose erwischt worden. Aber darauf kann ich mich nicht konzentrieren, nicht, wenn mein Atem in flachen Stößen kommt und mein Gehirn nicht aufhört, mich anzuschreien, *das in Ordnung zu bringen*, obwohl ich nicht weiß, wie.

»Lass es mich erklären«, sagt er, seine Stimme nun leise und eindringlich. »Es ist nicht ...«

»Nicht das, wonach es sich anhört?«, mein Lachen ist bitter. »Beleidige uns nicht beide, indem du so tust, als wäre das nicht genau das, wonach es sich anhört, Rory.«

Sein Mund öffnet sich, aber es kommen keine Worte heraus. Und für einmal spricht sein Schweigen lauter als alles, was er hätte sagen können.

Ich warte nicht darauf, dass er es noch einmal versucht. Meine Füße bewegen sich, bevor mein Verstand nachkommt, und tragen mich zur Haustür, als wäre sie das einzige Rettungsboot auf einem sinkenden Schiff. Das Haus ist plötzlich zu laut und zu leise zugleich – das gedämpfte Summen der Gespräche stirbt ab, das Klirren der Gläser stoppt mitten im Anstoßen. Es ist eine Kakofonie des fassungslosen Schweigens, die mich auf meinem Weg verfolgt.

»Wo willst du hin ...«, dringt Rorys heisere und verzweifelte Stimme durch, aber ich drehe mich nicht um. Wenn ich ihn jetzt ansehe – sein dümmlich-ernstes Gesicht, diese flehenden Augen –, könnte ich zusammenbrechen. Und das kann ich mir nicht leisten. Nicht hier. Nicht vor seiner ganzen Familie.

Meine Absätze klackern bei jedem Schritt, ein Hammer, der Nägel in den Sarg von dem schlägt, was auch immer diese ... Sache zwischen uns hätte werden sollen. Ich erreiche die Haustür, meine Hand fummelte nach der Klinke. Die Luft fühlt sich dick an, als würde ich durch Sirup waten, und meine Finger wollen nicht gehorchen. Natürlich. Natürlich verschwört sich jetzt sogar die Tür gegen mich.

»Lass mich dir helfen ...«, wieder Rory. Diesmal näher. Zu nah.

»Wag es ja nicht.« Endlich bekomme ich die Tür auf, die kalte Nachtluft schlägt mir wie eine Art kosmischer Wiederbelebungsversuch ins Gesicht, und ich trete nach draußen, ohne zurückzublicken, und lasse die Tür mit einem befriedigenden *Wumms* hinter mir ins Schloss fallen.

EINUNDZWANZIG

Die kühle Abendluft schneidet mir in die Wangen, während ich die Auffahrt hinunterstürme. Der Verrat liegt mir schwer im Magen, dreht und windet sich, als wäre er etwas Lebendiges.

»Wie hast du dich diesmal allein geschlagen, ohne mein Genie, das alles wieder in Ordnung bringt, hm?« Ihre genauen Worte. Plötzlich ergibt alles einen Sinn. Die ganze Zeit, jeder Entwurf, jeder nächtliche Anruf wegen Wendungen in der Handlung und Tempoproblemen. Aoife. Seine Schwester. Seine heimliche Muse.

Wie konnte ich das nur übersehen? Die Hinweise waren da, verstreut wie Brotkrumen – seine vagen Antworten, wenn ich fragte, woher er seine Ideen nahm, die Art, wie er immer das Thema wechselte, wenn ich nachhakte, warum dieses Buch so anders war als die anderen. Und Aoife ... Sie fügte sich in den Abend ein, als würde sie dorthin gehören, als wäre sie das fehlende Puzzleteil, von dem ich nicht gewusst hatte, dass ich danach suchte.

Die ganze Zeit ... Meine Kehle schnürt sich zu, und ich blinzle heftig gegen das Brennen in meinen Augen an, das überzulaufen droht. Nein. Nicht jetzt. Nicht hier. Ich weigere mich, Rory Keane – oder überhaupt irgendjemanden – sehen zu lassen, wie ich so zusammenbreche.

»Verdammt, Lara, warte!«, durchschneidet Rorys Stimme die Stille der Nacht, aber ich drehe mich nicht um.

Natürlich folgt er mir. Er muss immer das letzte Wort haben, nicht wahr? Ich beschleunige meine Schritte, der Kiesweg geht in Steinplatten über. Jeder Schritt fühlt sich an wie ein Ausrufezeichen hinter den Gedanken, die durch meinen Kopf rasen: *Wie kann er es wagen? Wie* kann *er es wagen?*

»Nur ...«, knirschen seine Schritte hinter mir, schneller jetzt, näher. »Lara, bleibst du bitte nur eine Sekunde stehen?«

»Warum?«, werfe ich das Wort über die Schulter, ohne langsamer zu werden. Meine Stimme ist bissig, grenzt ans Hysterische. Gut. Soll er doch die Schärfe darin hören. Soll er doch daran ersticken. »Damit du mir eine neue Geschichte auftischen kannst? Oder vielleicht ein neues Ende ausarbeiten, Rory? Etwas ... zufriedenstellenderes für dein Publikum?«

»Können wir einfach darüber reden? Bitte?«

»Reden?«, fahre ich ohne Vorwarnung herum und zwinge ihn, ein paar Meter von mir entfernt abrupt stehen zu bleiben. Durch die plötzliche Bewegung rutscht mir meine Brille die Nase hinunter, und ich schiebe sie mit mehr Kraft als nötig wieder zurecht. »Worüber genau reden, Rory? Denn ich glaube, wir haben bereits mehr als genug gesagt.«

Dann sieht er mich an, sieht mich wirklich an. In seinem Ausdruck liegt etwas Rohes – etwas fast Jungenhaftes in der Art, wie sein dunkles Haar ihm unordentlich in die Stirn fällt, sein Atem vom Nachlaufen unregelmäßig geht. Aber darauf falle ich nicht herein. Nicht dieses Mal.

»Schau«, fängt er an und fährt sich durch die Haare, als wolle er Zeit schinden. »Ich wollte nicht ...«

»Lass es«, unterbreche ich ihn und hebe eine Hand.

»Wage es nicht, das wegerklären zu wollen. Du kannst das nicht mit deinen charmanten kleinen Reden oder was auch immer du tust, um die Leute vergessen zu lassen, dass du voller ...«

»Hör auf«, schnauzt er und tritt näher. Seine Stimme ist jetzt lauter, wütender, und das erschreckt mich genug, um mich mitten im Satz verstummen zu lassen.

Für eine Sekunde stehen wir einfach nur da, die Spannung zwischen uns knistert in der kalten Nachtluft. Seine Augen suchen meine, verzweifelt, wild, als versuche er, dort etwas zu finden, von dem er weiß, dass er es bereits verloren hat.

»Bitte«, sagt er wieder, diesmal leiser. Seine Stimme bricht bei dem Wort, und etwas in mir zieht sich schmerzhaft zusammen.

Verdammt sei er. Verdammt sei seine dämliche Aufrichtigkeit, seine dämliche Ernsthaftigkeit, sein dämliches Alles.

»Dann sag es mir«, sage ich mit leiser, aber tödlicher Stimme. »Wie passt Aoife da rein?«

Er erstarrt. Nur für eine Sekunde, aber lange genug, dass ich es bemerke. Lange genug, damit der winzige, törichte Teil in mir, der sich an die Hoffnung klammerte, zusammenschrumpft und stirbt. Sein Mund öffnet sich, aber es kommen keine Worte. Es ist, als würde man einem Fahrschüler zusehen, der bei Grün den Motor abwürgt, und ich denke: *Oh Gott, das ist es also, oder?*

»Rory.« Meine Stimme bricht, aber ich mache weiter. »Du wolltest, dass ich an dich glaube. Dir vertraue. Und jetzt kannst du mich nicht einmal ansehen und mir die Wahrheit sagen?«

Endlich begegnet er meinem Blick. Er schluckt schwer. Zögert. Schon wieder.

Meine Stimme wird lauter, angefacht von der schieren Dreistigkeit seines Schweigens. »Sag was! Irgendetwas! Oder soll ich einfach selbst eins und eins zusammenzählen? Denn lass mich dir sagen, Rory, das Bild, das sich mir bietet, ist nicht gerade rosig.«

Immer noch nichts. Sein Kehlkopf bewegt sich, als versuche er, die Worte herauszupressen, aber sie stecken irgendwo zwischen seinem Ego und dem letzten Rest Anstand fest, den er noch besitzt. Je länger er schweigt, desto lauter wird alles andere – das Rascheln der Blätter, das ferne Summen des Verkehrs, das Tosen in meinen Ohren.

»Unglaublich«, sage ich und trete einen Schritt zurück. Meine Brust fühlt sich eng an, als wäre die ganze Luft aus der Welt gesaugt worden. »Das ist es also. Das bist du wirklich.«

»Warte«, sagt er endlich, seine Stimme rau und zögerlich, als wisse er, dass es zu wenig und zu spät ist. »Lara, es ist nicht …«

»Lass es.« Ich unterbreche ihn und schüttle den Kopf. Meine Wut beginnt zu bröckeln, bekommt Risse an den Rändern und macht Platz für etwas Tieferes. Etwas Schwereres. »Du begreifst nicht einmal, was du getan hast, oder?«

Und da ist er – dieser flüchtige Anflug von Schuld in seinem Ausdruck. Ein Funke des Bedauerns, der mich nur noch wütender macht, weil er nicht ausreicht. Er wird niemals ausreichen.

Ich werfe die Hände in die Luft, eine plötzliche Geste, die die aufgeladene Stille zwischen uns durchbricht. »Weißt du, was das Lustige ist, Rory? Ich habe tatsächlich angefangen, dir zu glauben.« Meine Stimme ist lauter, als ich es beabsichtigt hatte, aber das ist mir egal. Die Worte zittern am Rande der Wut, als hätten sie auf diesen Moment gewartet, um auszubrechen. »All das Gerede über die Schreibblockade und dass du deine Inspiration wiedergefunden hast – Gott, ich war so eine Idiotin.«

Seine Augen weiten sich, sein Mund öffnet sich, als wollte

er mich unterbrechen, aber ich walze einfach weiter und ersticke jeden Versuch seinerseits zu sprechen im Keim.

»Hast du *irgendeine* Ahnung, wie demütigend es sich anfühlt, auf die harte Tour herauszufinden, dass ich nur ... Was? Ein bequemer Ersatz für deine Schwester war? Eine Abkürzung für deine angebliche kreative Durststrecke?«

»Das ist nicht ...«

Ich unterbreche ihn mit einem Lachen, das bitter in meiner Kehle schmeckt.

»Versuch es gar nicht erst, Rory. Lass es.« Ich deute mit zitterndem Finger auf ihn, hoffe aber, dass er es nicht sieht. »Du saßt da, Tag für Tag, und hast mir eine Leier nach der anderen darüber vorgesungen, wie sehr du in der Klemme steckst. Wie sehr du mich brauchst. Und während der ganzen Zeit hat Aoife –« ihr Name brennt wie Säure auf meiner Zunge »– was genau getan? Die Lücken für dich gefüllt, während du das gequälte Genie gespielt hast?«

Er tritt näher, die Hände erhoben, als würde er einen Schlag abwehren. »Lara, hör auf. Lass es mich einfach ... lass es mich einfach erklären.«

»Oh, bitte sehr«, fahre ich ihn an und verschränke die Arme vor der Brust. »Ich würde nur zu gerne die Erklärung dafür hören, warum du mich angelogen hast. Warum du mich benutzt hast.«

»Ich habe dich nicht benutzt!« Er fährt sich mit der Hand durch die Haare, die Geste ist so hektisch, dass es fast so aussieht, als wolle er sie sich ausreißen. »Ich schwöre, Lara, so war es nicht. Ich nur ... Aoife war an diesem Buch überhaupt nicht beteiligt. Beim Leben meiner Mutter, kein einziges Wort davon.«

»Das scheint angesichts ihres kleinen Geständnisses da drinnen eher unwahrscheinlich.«

»Sie ist auf Reisen gegangen, bevor ich die Idee zu *Vollkommen, für immer* hatte. Sie sollte eigentlich nur einen

Monat weg sein, hat sich dann aber in jemanden verliebt und mir gesagt, dass sie nicht zurückkommt und ich bei diesem Buch auf mich allein gestellt bin.«

»Oh, komm schon. Es gibt E-Mails und Videochats und –«

»Ich habe den ersten Entwurf komplett allein geschrieben. Ich musste. Sie war am anderen Ende der Welt und wollte damit nichts zu tun haben.«

Er macht einen Schritt auf mich zu, und ich weiche einen Schritt zurück.

»Als ich merkte, dass sie es ernst meinte, habe ich angefangen zu schreiben. Ich wollte beweisen, dass ich es allein schaffen kann.«

»Na, herzlichen Glückwunsch«, sage ich und breite die Arme in gespielter Feierlaune aus. »Du hast auf jeden Fall etwas bewiesen. Du hast bewiesen, dass du ein Lügner bist.«

Sein Gesicht entgleist leicht, und für eine halbe Sekunde denke ich, ich könnte einen wunden Punkt getroffen haben. Aber dann spricht er, und die Worte sprudeln in einem Schwall aus ihm heraus, jedes einzelne verzweifelter als das letzte.

»Ich habe nicht gelogen. Nicht über die Blockade, nicht darüber ... nicht darüber, dass ich dich brauche. Gott, Lara, du musst das verstehen.« Seine Stimme bricht, und er presst die Handflächen aneinander, als würde er beten, dass ich ihm glaube. »Der Druck, die Erwartungen, es ist wie ein Gewicht, das mich jede Sekunde erdrückt. Jeder erwartet von mir, dass ich brillant bin, einen weiteren Bestseller abliefere, und ich konnte es einfach nicht allein. Ich war wie erstarrt.«

»Also dachtest du dir: ›Hey, ich ziehe einfach Lara in den Schlamassel mit rein‹«, schieße ich zurück. »Denn sie hat ja offensichtlich nichts Besseres zu tun, als Rory Keane vor sich selbst zu retten.«

»Nein!«, sagt er schnell, zu schnell. »Ich habe nicht geplant, dass das passiert. Ich dachte nur ... ich dachte, wenn ich jemanden hätte, der das versteht, jemanden, der an die Arbeit selbst glaubt –« Seine Stimme stockt, und er stößt einen frustrierten Atemzug aus. »Ich wollte dich nicht verletzen.«

Ich starre ihn an, die Arme immer noch verschränkt, meine Nägel graben sich in meine Unterarme.

»Nun, nochmals herzlichen Glückwunsch, denn das hast du trotzdem geschafft.«

Er zuckt zusammen, und für einen kurzen Moment sehe ich es – seine Maske verrutscht. Der charmante, selbstbewusste Rory Keane bröckelt und gibt etwas Rohes und Ungeschliffenes darunter preis. Etwas, das mich beinahe – beinahe – dazu bringt, weich zu werden. Aber dann erinnere ich mich an das Schweigen vorhin, an das Zögern, das lauter schrie als jede Entschuldigung es je könnte, und der Funke Mitgefühl erlischt.

»Du verstehst es nicht«, sage ich leise, meine Stimme jetzt gefährlich ruhig. »Du hast mich nicht nur angelogen. Du hast mich an etwas glauben lassen. An dich.« Meine Brust zieht sich zusammen, und ich hasse das Zittern, das sich in meine Stimme schleichen will. »Und dann hast du es weggerissen, als hätte es nichts bedeutet.«

»Es hat *alles* bedeutet«, sagt er, und seine Stimme bricht bei dem Wort. »Du bedeutest alles, Lara. Ich habe es nur ... ich habe es verbockt, okay? Ich habe einen Fehler gemacht.«

Ich schüttle langsam den Kopf, mein Kiefer spannt sich an, als ich den Kloß in meinem Hals hinunterschlucke. *Fehler*. Das Wort fühlt sich so klein an im Vergleich zu dem klaffenden Loch, das er in meinem Herzen hinterlassen hat. »Ein Fehler ist, wenn man die Kaffeebestellung von jemandem vergisst, Rory. Was du getan hast? Das ist kein Fehler. Das ist eine Entscheidung.«

»Lara, bitte –«

»Nein.« Das Wort schneidet aus mir heraus, bevor ich es aufhalten kann, wie eine meiner roten Korrekturen. »Keine

Ausreden mehr. Keine Halbwahrheiten mehr. Beantworte mir nur das hier ...« Meine Stimme bebt, nicht vor Schwäche, sondern vor einer Wut, die so stark ist, dass es sich anfühlt, als könnte sie mich bei lebendigem Leib verbrennen. »War irgendetwas davon echt? Oder war ich für dich nur ein weiteres Handlungselement?«

Er zuckt zusammen, als würde ihm die Frage körperlich die Luft aus den Lungen schlagen.

Gut. Soll er doch zappeln.

»Das ist nicht fair«, sagt er mit leiser, angespannter Stimme. »Du weißt, dass es echt war.«

»Tatsächlich?« Mein Lachen ist hohl, bitter und so untypisch für mich, dass ich es kaum wiedererkenne. »Denn im Moment sieht es irgendwie so aus, als ob all das hier« – ich deute zwischen uns hin und her, meine Hand zittert trotz meiner Bemühungen – »nur eine bequeme Methode für dich war, den gequälten Künstler zu spielen, während ich deine Sauerei aufgeräumt habe. Brauchtest du *mich*, Rory? Oder brauchtest du eine Co-Autorin, die guten Kaffee kocht und keine Überstunden berechnet?«

»Hör auf damit«, fleht er, seine Augen suchen verzweifelt meine, als ob er glaubt, den richtigen Hebel zu finden, um alles ungeschehen zu machen, was zwischen uns zusammenbricht. »Du verdrehst das zu etwas, was es nicht war. Glaubst du, ich habe das geplant? Dass ich mich hingesetzt und gedacht habe: ›Oh, weißt du, was bei meiner Schreibblockade wirklich helfen würde? Ich suche mir einen Ersatz für Aoife.‹ Glaubst du, ich hätte *das* hier inszenieren können?«

»Warum nicht?«, kontere ich, meine Worte sind schnell und bissig. »Du hast es geschafft, alle anderen zu täuschen. Die Verleger. Die Leser. Verdammt, du hattest sogar mich überzeugt. Also sag mir, warum ich nicht glauben sollte, dass du mich nur benutzt hast, um dein Buch für dich zu schreiben.«

»Weil ich –«, stottert er und erstickt sichtlich an jeder Ausrede, die er ausspucken will. Wäre dies eines seiner Bücher, wäre das der Teil, in dem der Held eine große Erklärung abgibt, etwas Schwungvolles und Poetisches, das alles mit einer sauberen Schleife versieht. Aber ohne Aoifes führende Hand, die ihm diese Szene schreibt, sieht er einfach nur … verloren aus.

»Weil ich dir das nicht antun würde«, sagt er schließlich, seine Stimme bricht unter dem Gewicht der Worte. »Das könnte ich nicht.«

»Könntest oder würdest nicht?«, hake ich nach und lasse die anschließende Stille wirken. »Ein großer Unterschied, Rory.«

Seine Hände sinken hilflos an seine Seiten, die Finger zucken, als wollten sie nach mir greifen, trauen sich aber nicht.

»Es war echt«, sagt er, und da ist etwas Rohes in seiner Stimme, als er nach Luft schnappt. »Alles davon. Jeder einzelne Moment. Das musst du mir glauben, Lara.«

»Muss ich?«, flüstere ich und hasse das Beben in meiner Stimme, hasse die Tränen, die mir in die Augen steigen.

»Ja!« Er macht einen weiteren Schritt nach vorn, fast nah genug, um mich zu berühren, aber er hält sich zurück – und irgendwie schmerzt diese Zurückhaltung mehr, als wenn er mich gepackt hätte. »Du warst nicht nur jemand, auf den ich mich gestützt habe, als es schwierig wurde. Du *bist* es, Lara. Das Einzige, was das alles wert gemacht hat.« Seine Worte sprudeln aus ihm heraus, verzweifelt und ungeschliffen, jedes einzelne wie ein Flehen. »Wegen dir wollte ich besser sein. Für dich. Für uns.«

»Wir«, wiederhole ich bitter, und das Wort fühlt sich fremd und scharf auf meiner Zunge an. »Das ist ja die Höhe, von jemandem, der mir wochenlang dreist ins Gesicht gelogen hat.«

»Ich wollte dich nicht verletzen«, sagt er, und seine

Stimme bricht erneut. »Ich schwöre, ich dachte ... ich dachte, wenn ich das Buch nur mit deiner Hilfe fertigstellen könnte, dann wäre ich vielleicht ... genug.«

»Genug für wen?«, fahre ich ihn an, während die Wut wieder heiß in mir aufsteigt. »Für mich? Denn, Neuigkeiten, Rory – ich habe dich nie gebeten, irgendetwas zu beweisen. Ich wollte nie, dass du perfekt bist. Ich wollte nur, dass du ehrlich bist.«

»Tja, da habe ich wohl versagt, was?«, erwidert er bitter, »aber wag es ja nicht, hier zu stehen und so zu tun, als wäre das, was wir hatten, nicht echt gewesen. Ich weiß, du hast es auch gespürt. Sag mir, dass ich falschliege, Lara. Sieh mir in die Augen und sag mir, dass du es nicht gespürt hast.«

Ich erwidere seinen Blick, und die Schwere seiner Worte legt sich mir wie ein Stein in den Magen. Aber dann erinnere ich mich an die Lügen, den Verrat, und zwinge mich, standhaft zu bleiben.

»Vielleicht habe ich das«, sage ich leise, meine Stimme kalt und abgehackt. »Aber das ändert nichts an der Tatsache, dass du es zerstört hast.«

Ich schüttle den Kopf, die Bewegung klar und endgültig wie eine zuschlagende Tür. Ich verschränke die Arme vor der Brust, als könnte ich mich so zusammenhalten und verhindern, dass die Risse sich weiter ausbreiten.

»Gott, du kapierst es wirklich nicht, oder? Du hast mich nicht nur angelogen, Rory. Du hast mich *benutzt*. Wie einen deiner verdammten Gliederungsentwürfe oder eine deiner Charakterskizzen – nur ein weiteres Werkzeug, um deine Geschichte dorthin zu bringen, wo du sie haben wolltest.«

»Lara–«

»Lass es«, fahre ich ihn an und hebe eine Hand, um ihn aufzuhalten. »Steh nicht hier und versuch, das umzuschreiben, Rory. Ich bin Lektorin, erinnerst du dich? Ich erkenne ein Handlungselement, wenn ich eines sehe.«

Er zuckt zusammen, und für einen flüchtigen Moment tut er mir fast leid. Fast. Aber dann erinnere ich mich an die Wochen, die ich über sein Manuskript gebeugt verbracht habe, es verbessert habe, im Glauben, dass jedes Wort, jeder Moment, den wir teilten, auf etwas Echtes hinauslief. Nicht auf das hier. Nicht auf … nichts.

»Hast du irgendeine Ahnung, wie demütigend das ist?«, fahre ich fort, meine Stimme wird lauter, trotz des Kloßes, der sich in meinem Hals bildet. »Zu denken, dass, während ich mich in dich verliebt habe, du nur –« Ich mache eine vage, wütende Geste, als könnten die Worte in der Luft zwischen uns erscheinen. »*Was?* Notizen gemacht? Material gesammelt?«

»Du bist mir wichtig – ich *liebe* dich. Das war kein Spiel für mich. Ich habe es vermasselt, okay? Ich habe Fehler gemacht, aber alles, was ich für dich gefühlt habe – das war echt. Das ist es immer noch.«

»Na, dann herzlichen Glückwunsch«, sage ich, und der Sarkasmus tropft wie Gift von meinen Worten. »Aber die Sache ist die, Rory: Liebe ist nicht genug. Nicht ohne Vertrauen. Und du? Du hast es ausgelöscht. Ich bin fertig, Rory.«

Ich gehe von ihm weg und schaue nicht zurück. Wenn ich es täte, könnte ich völlig zerbrechen – und das kann ich mir nicht leisten. Nicht jetzt. Nie wieder.

Ich reiße mein Handy aus der Tasche, meine Finger zittern, als ich den Bildschirm entsperre. Die kühle Nachtluft beißt in meine Haut, aber das ist nichts im Vergleich zu dem Frost, der sich in meiner Brust ausbreitet. Mein Daumen schwebt für den Bruchteil einer Sekunde über der Uber-App, bevor ich darauf drücke, denn Gott bewahre, ich zögere lange genug, dass Rory denken könnte, ich würde es mir anders überlegen.

»Lass mich dich nach Hause fahren«, sagt er hinter mir, seine Stimme leise, rau, verzweifelt.

»Auf keinen Fall«, fauche ich, ohne mich auch nur die Mühe zu machen, ihn anzusehen. Wenn ich es täte, würde ich dieses Gesicht sehen – diese dümmlich-ernsten Augen, dieser unrasierte Kiefer, der ihn irgendwie nur noch irritierender attraktiv macht – und ich könnte ... nein. Nein. Das mache ich nicht mit. Nicht noch einmal.

Die App lädt langsam und verspottet mich, und ich umklammere das Handy fester, als könnte ich es physisch dazu zwingen, sich schneller zu bewegen. Eine Nachricht erscheint: »Suche nach Fahrern in deiner Nähe.« Großartig. Einfach großartig. Ich wippe mit dem Fuß, jeder Stoß auf den Boden eine Mahnung, mich zusammenzureißen. Linker Fuß, rechter Fuß. Einatmen, ausatmen. Hör auf zu weinen. Nicht hier. Nicht vor ihm.

»Lara ...«, seine Stimme bricht.

»Geh wieder rein, Rory. Deine Schwester ist zurück, geh und schreib dein Buch fertig. Sollte jetzt ja einfach sein.«

Endlich nimmt ein Fahrer die Anfrage an, und ich atme zittrig aus, Erleichterung und Furcht verknoten sich in meinem Hals. Sieben Minuten. Sieben weitere Minuten davon kann ich überleben.

»Leb wohl, Rory«, bringe ich heraus, die Worte bleiben mir leicht im Hals stecken. Ich warte nicht auf seine Antwort. Ich weiß nicht einmal, ob er eine hat. Stattdessen überquere ich die Straße und warte am Bordsteinrand, starre die leere Straße hinunter, als ob sie irgendeine Art von Erlösung bereithielte.

ZWEIUNDZWANZIG

Die letzten drei Monate habe ich damit verbracht, so zu tun, als ob Rory Keane nicht existiert. Es war einfacher, als ich erwartet hatte. Routine ist eine verlässliche Sache, und meine hat mich vollkommen verschluckt – Morgenkaffee, Manuskripte neuer Autoren, an denen ich arbeiten muss, Meetings, die ineinander verschwimmen. Ich habe mich in den Worten anderer Leute vergraben, habe Geschichten korrigiert, verfeinert und perfektioniert, die nicht seine sind. Das ist es, was ich am besten kann.

Nachdem ich die letzte Korrektur seines Buches abgeschlossen, meinen Namen auf die letzte Seite gesetzt und es an die Korrekturleser geschickt hatte, sagte ich mir, das war's. Erledigt. Vorbei. Ein abgeschlossenes Kapitel – eines, das von Anfang an nie hätte geschrieben werden sollen.

Und doch hallt es nach. Nicht auf die offensichtliche Art. Ich google nicht seinen Namen oder suche nach dem neuesten Tratsch aus der Branche. Ich frage mich nicht, wo er ist, was er tut. Ich denke ganz sicher nicht darüber nach, wie es sich anfühlte, an seiner Seite zu arbeiten, mit ihm zu streiten, ihn zu wollen. Aber hin und wieder schnappe ich im Büro eine beiläufige Bemerkung auf, eine zwanglose Erwähnung seines Buches oder der bevorstehenden Veröffentlichung. Und es trifft mich wie ein Papierschnitt – klein, scharf, unsichtbar, bis es brennt.

Ich schiebe den Gedanken beiseite, als ich meinen Platz in der wöchentlichen Akquise-Sitzung einnehme. Rory Keane ist Schnee von gestern. Im Moment ist es meine Aufgabe, mich auf das zu konzentrieren, was als Nächstes kommt. Und was auch immer das ist, es hat nichts mit ihm zu tun.

»... Was wir hier wirklich sehen, ist die Sättigung des Marktes mit Läuterungsgeschichten von Milliardären«, sagt Claire, ihre Stimme schießt wie ein gut gezielter Pfeil durch den Konferenzraum.

Ich nicke, mein Stift schwebt über meinem Notizbuch, als würde ich tatsächlich etwas aufschreiben wollen. Milliardäre, die an den unwahrscheinlichsten Orten ihr Herz finden – in einem Hundepark, einem Cupcake-Laden, bei einem Ziegen-Yoga-Retreat. Das ist alles sehr *kenn ich, hab ich schon lektoriert*. Normalerweise würde ich zu diesem Meeting mit präzisen Einblicken und einem Hauch sardonischem Flair beitragen, denn, seien wir ehrlich, nichts schreit so sehr nach ›engagiert‹ wie eine clevere Bemerkung über die Unwahrscheinlichkeit, dass ein Wall-Street-Tycoon weiß, wie man Scones backt. Aber heute fühlt sich mein Gehirn an, als würde es puffern.

»Gedanken, Lara?«, Fionas Tonfall ist neutral, ihre hochgezogene Augenbraue jedoch ganz und gar nicht.

»Äh, ja«, sage ich und richte mich in meinem Stuhl auf. Ich überfliege die Stichpunkte im Anschreiben des Literaturagenten und versuche, etwas Schlüssiges hervorzubringen. »Ich denke ... wenn wir mit Geschichten in dieser Art weitermachen wollen, müssen wir uns auf einzigartige Schauplätze oder Einsätze konzentrieren, die sich frisch anfühlen.«

»Wie zum Beispiel?«, Fiona will mehr. Wie ein Hund mit

einem Knochen wird sie nicht lockerlassen. Sie lehnt sich in ihrem Stuhl zurück, die Arme verschränkt, und wartet darauf, dass ich liefere.

»Nun ...«, ich zögere – nur für eine Sekunde, aber lange genug, um zu spüren, wie mir die Hitze in den Nacken steigt. *Denk nach, Lara. Denk nach.* »Wir könnten die Autorin bitten, ihr Buch in einer ... weniger konventionellen Branche anzusiedeln. Vielleicht ein Tech-Milliardär, der alles hinter sich gelassen hat, um ein Weingut zu führen?«

»Interessant«, sagt Fiona, obwohl ihr Gesichtsausdruck undurchschaubar bleibt. Die Art von Undurchschaubarkeit, die einen dazu bringt, jede Entscheidung, die man je getroffen hat, infrage zu stellen, angefangen bei der Berufswahl.

»Oder«, wirft Claire, eine der Lektoratsassistentinnen, ein und lenkt dankenswerterweise das Scheinwerferlicht von mir ab, »wir setzen auf Nostalgie. Ein Milliardär, der die Bibliothek seiner Heimatstadt kauft, um sie davor zu bewahren, in einen Wohnblock verwandelt zu werden.«

Ein zustimmendes Murmeln geht durch den Raum, und ich schaffe ein kleines, professionelles Lächeln. Krise abgewendet. Vorerst. Aber die nagende Frustration über mich selbst bleibt.

Ich hätte nicht zögern dürfen. Ich hätte es nicht nötig haben dürfen, dass Claire einspringt. Eigentlich bin ich diejenige, die unerschütterlich ist, die immer die klügste Meinung im Raum hat. Das ist mein Ding. Nur dass mein Ding anscheinend gerade irgendwo weit weg von diesem Konferenzraum Urlaub macht – ich bin ein einziges Durcheinander und schaffe es anscheinend nicht, mich zusammenzureißen.

»Kommen Sie mit«, sagt Fiona, sobald die Sitzung beendet ist, ihr knapper Tonfall lässt keinen Raum für Widerworte.

»Natürlich«, antworte ich und halte Schritt mit ihr, als sie den Flur entlangschreitet.

»Sie haben gute Arbeit bei Rorys Buch geleistet. Sie sollten stolz auf sich sein.«

»Danke. Das bin ich.«

Ein echtes Kompliment von Fiona. Wenn ich wetten würde, dann würde ich wetten, dass da noch was nachkommt –

»Also, wie fanden Sie, ist das Meeting gelaufen?«, fragt sie, ohne mich anzusehen.

»Gut«, sage ich und achte darauf, dass meine Stimme fest bleibt. »Wir haben einige starke Titel ausgewählt, und ich denke, unsere Angebote sind überzeugend.«

»Haben wir das?«, Fiona bleibt abrupt stehen und dreht sich zu mir um. »Denn was ich gesehen habe, war, dass Claire die mutigen Entscheidungen traf und Sie sich einfach nur haben mitreißen lassen.«

Autsch. Volltreffer. Ich unterdrücke den Drang, meine Brille zurechtzurücken – ein verräterisches Zeichen, das Fiona nur zu gut kennt – und zwinge mich, ihr in die Augen zu sehen. »Ich gebe zu, dass ich gerade nicht in Bestform war.«

»Nicht nur heute«, sagt Fiona, ihre Stimme wird gerade so weich, dass die Worte nur noch härter einschlagen. »Lara, Sie haben Rory Keane geholfen, sein bisher stärkstes Manuskript abzuliefern. Man konnte es wirklich nicht aus der Hand legen. Sie sind eine der talentiertesten Lektorinnen, mit denen ich je gearbeitet habe. Aber in den letzten paar Monaten, seit er es eingereicht hat, scheinen Sie ... abgelenkt. Auf eine für Sie untypische Weise.«

»Ich hatte eine Menge um die Ohren«, sage ich, und die Ausrede schmeckt hohl, noch während ich sie ausspreche.

»Jeder hat eine Menge um die Ohren«, kontert Fiona.

»Das bringt dieser Job nun mal mit sich. Und während wir mit Tellern jonglieren, müssen wir auch sicherstellen, dass keiner davon zerbricht. Ich brauche Sie jeden Tag in Topform, besonders bei unseren Midlist-Autoren, die darauf angewiesen sind, dass wir ihre Arbeit aufwerten. Nicht jeder Kunde ist ein Rory Keane, aber sie alle verdienen das gleiche Maß an Aufmerksamkeit.«

Da ist er wieder. Sein Name, wie eine Granate zwischen uns fallen gelassen. Mein Magen verkrampft sich, aber ich lasse mir nichts anmerken.

»Verstanden«, sage ich bestimmt, auch wenn sich das Wort anfühlt, als würde ich Glas schlucken.

»Gut«, sagt Fiona, ihr Tonfall ist wieder geschäftsmäßig. »Denn ich möchte dieses Gespräch nicht zweimal führen. Sie können das besser, Lara. Enttäuschen Sie mich nicht.«

Damit dreht sie sich um und geht weg. Sie lässt mich im Flur stehen, und die Last ihrer Worte drückt mich nieder wie ein Felsbrocken. *Besser als das.* Bin ich das? Oder habe ich die ganze Zeit alle an der Nase herumgeführt – mich eingeschlossen?

Fionas Worte hallen in meinem Kopf nach, als ich die Tür zu meinem Büro aufstoße und eintrete. Ich schließe sie fest hinter mir, als wollte ich ihre Stimme – und den nagenden Zweifel – auf der anderen Seite halten. Die Vertrautheit meines Büros beruhigt mich normalerweise, aber heute fühlt es sich abgestanden an, wie das Leben eines anderen. Nicht meines.

Ich lasse mich in meinen Stuhl fallen, das Leder knarrt unter meinem Gewicht, und starre auf den Stapel Manuskripte auf meinem Schreibtisch. Sie sind ordentlich angeordnet, so wie ich immer darauf bestehe, die Buchrücken aufgereiht wie Soldaten, die auf Befehle warten. Normalerweise wäre das befriedigend – ein greifbares Zeichen von Kontrolle in einer chaotischen Branche. Heute? Ich sehe nur

Gerümpel. Seiten über Seiten mit den Geschichten anderer Leute, die ich aufpolieren, perfektionieren, aufwerten soll.

»Seien Sie besser«, hatte Fiona gesagt. Als wäre es so einfach. Als müsste ich nur mit den Fingern schnippen und wieder zu einer Art Lektorats-Genie werden, unantastbar und unerschütterlich. Aber hier wird nicht geschnippt. Nur das Geräusch meines Atems – flach und unregelmäßig – während ich wie erstarrt dasitze, die Hände schlaff in meinem Schoß.

»Reiß dich zusammen, Yates«, sage ich leise und schaue auf das oberste Manuskript des Stapels. Eine Romanze. Gott steh mir bei. Der Titel, *Stürmische Sehnsüchte*, prangt in einer geschwungenen Schriftart auf dem Deckblatt. Ich nehme es in die Hand und blättere durch die ersten paar Seiten. Ein Klischee nach dem anderen – unglücklich Verliebte, verbotene Leidenschaft, eine stürmische Nacht, in der sich alles ändert. Normalerweise wäre ich rücksichtslos, würde die Klischees mit meinem Rotstift zerpflücken und den Prozess genießen.

Heute kann ich nicht einmal die Energie aufbringen, es lustig zu finden.

Stattdessen blitzt Rorys Gesicht vor meinem inneren Auge auf – sein schiefes Lächeln, seine dämlichen Grübchen, seine absurde Selbstsicherheit, die Verletzlichkeit irgendwie einfach aussehen ließ. Und dann, schlimmer noch, seine Stimme: *Du bist so schnell dabei, die Arbeit aller anderen zu korrigieren, Lara. Hast du jemals darüber nachgedacht, warum du deiner eigenen keine Chance gibst?*

»Hör auf damit«, zische ich und knalle das Manuskript auf den Tisch. Das Geräusch hallt von den Wänden wider und erschreckt mich. Meine Hand zittert, als ich sie zurückziehe.

Die Sache ist ... er hatte nicht unrecht. Das ist es, was am meisten brennt. Unter dem Charme und den Halbwahrheiten und der Fähigkeit, zu viel zu schnell zu sehen, hat er mich wirklich gesehen. Und ich habe es gehasst. Hasse es immer noch.

Verdammt. Der Raum fühlt sich immer noch zu klein an, die Wände kommen mir zu nah, die Last der Erwartungen drückt mir auf die Brust.

Dieser Job hat mich früher begeistert. Hat mir das Gefühl gegeben, lebendig zu sein. Jetzt fühle ich mich nur noch festgefahren – als würde ich im Kreis laufen, Fristen hinterherjagen, Fehler vermeiden, die Dinge für alle anderen in Ordnung bringen, nur nicht für mich selbst. Vielleicht hat Fiona recht. Vielleicht bin ich dem nicht mehr gewachsen.

Nein. Nein. Ich weigere mich, in diese Spirale zu geraten.

Ich presse meine Handflächen an meine Schläfen und versuche, den Zweifel zu vertreiben. Draußen höre ich gedämpftes Lachen aus einem benachbarten Büro. Jemand anderes ist erfolgreich – schließt wahrscheinlich gerade einen Vertrag ab oder gibt geniales Feedback oder was auch immer »bessere« Lektoren tun.

Ich schaue wieder auf *Stürmische Sehnsüchte*. Dann auf den Rest des Stapels mit den Einsendungen – jedes Manuskript repräsentiert die Träume, die Ambitionen, die Seelen der Autoren. Jedes einzelne repräsentiert Monate und möglicherweise Jahre aus dem Leben des Schriftstellers. Es ist meine Aufgabe, sie durchzuarbeiten und zu entscheiden, ob sie gut genug für Scott & Drake sind. Mein Magen dreht sich um. Ich will, dass es mir wichtig ist. Gott, es *muss* mir wichtig sein. Aber im Moment spüre ich nur die schwere, schmerzende Distanz zwischen der, die ich bin, und der, die ich einmal war.

Okay, eins nach dem anderen. Nur eins.

Mein Stift rollt mir aus den Fingern und klappert auf den Schreibtisch. Ich hebe ihn nicht auf.

Stattdessen schiebe ich meinen Stuhl zurück, stehe auf und schreite die kurze Länge meines Büros auf und ab. Drei Schritte zum Fenster. Drei Schritte zurück zur Tür. Ich kann mich auf nichts konzentrieren. Nicht jetzt. Nicht mit *seiner*

Stimme, die in meinem Kopf in einer Endlosschleife läuft, als hätte sie eine Art Generalschlüssel, um mich heimzusuchen.

Du hast Angst davor, gesehen zu werden, Lara.

Ich schnaube leise und verschränke die Arme fest vor der Brust. Diese Frechheit. Diese absolute Dreistigkeit von Rory Keane, mich so bloßzustellen, als wäre er eine Art Orakel für persönliche Wahrheiten. Als würde er mich besser kennen als ich mich selbst.

Was soll das überhaupt heißen?

Aber die Wahrheit ist, ich weiß genau, was er meinte. Und schlimmer noch – ich weiß, dass er nicht unrecht hatte.

Ich höre auf, auf und ab zu gehen, und lehne mich gegen die Kante meines Schreibtisches. Meine Hände umklammern das kühle Holz, als könnte es mir Halt geben. Ein Film der Momente, in denen ich die Sicherheit dem Risiko vorgezogen habe, die Unsichtbarkeit der Verletzlichkeit, läuft vor meinem inneren Auge ab.

Universität. Dort hat es angefangen, nicht wahr? Als mein Dozent für kreatives Schreiben vorschlug, meine Kurzgeschichte beim *The London Magazine* einzureichen. Ich hatte höflich gelächelt, ihm für seine »freundlichen« Worte gedankt und das Manuskript dann so tief in einer Schublade vergraben, dass es genauso gut ein Grab hätte sein können. Zu riskant. Zu exponiert. Was, wenn sie es hassen würden? Was, wenn sie es lieben würden? So oder so, ich konnte damit nicht umgehen.

Besser im Hintergrund bleiben, habe ich immer gedacht. Es ist bequem. Es ist vertraut. *Dort ist es sicherer.*

Und oh, wie ich mich in diese Sicherheit geflüchtet habe. Die Arbeit anderer Leute zu lektorieren, ihre Fehler zu korrigieren, *ihre Geschichten zu formen*. Niemals meine. Immer ihre. Denn die Geschichte eines anderen zu formen, erfordert nicht, dass man verletzlich ist. Erfordert keine Bestätigung von jemand anderem. Verlangt nicht, dass man sein Herz auf die

Seite legt und riskiert, dabei zusehen zu müssen, wie es in Stücke gerissen wird.

»Gott«, stöhne ich und klemme mir den Nasenrücken unter meiner Brille. »Wann bin ich zu so einem Klischee geworden?«

Rorys Gesicht blitzt in meinen Gedanken auf – die Art, wie sich sein Kiefer anspannte, als er diese Worte sagte, als würde er mich herausfordern zu widersprechen, aber bereits wusste, dass ich es nicht tun würde. Er hat mich vollkommen durchschaut. Durch die tadellos gebügelten Blusen und die schneidenden Kritiken und die Aura unerschütterlicher Professionalität, die ich über Jahre perfektioniert habe.

Du hast Angst davor, gesehen zu werden.

Er hatte es wie eine Herausforderung gesagt. Als hätte er versucht, mich zu provozieren. Und verdammt, es funktioniert.

Ich schließe meine Augen fest, aber die Erinnerungen kommen immer wieder. Die Art, wie seine Stimme weicher geworden war, als er hinzufügte: »Du versteckst dich, Lara. Und das ist eine Schande. Weil mehr Talent in dir steckt, als du ahnst.«

Meine Kehle schnürt sich zu, Hitze sticht mir in die Augenwinkel. Ich hasse das. Ich hasse es, dass er mich erwischt hat. Ich hasse es, dass seine Worte ins Schwarze getroffen haben und mich zwingen, mich Dingen zu stellen, die ich jahrelang sorgfältig weggeschlossen habe.

Denn die Wahrheit ist, ich habe schon immer an mir gezweifelt. Bin immer davon ausgegangen, dass das, was ich zu sagen hatte, nicht gut genug, nicht klug genug, nicht wichtig genug war. Deshalb war ich in Besprechungen still, es sei denn, ich war mir absolut sicher, dass ich recht hatte. Deshalb habe ich Manuskripte mit chirurgischer Präzision lektoriert, aus Angst, etwas zu übersehen und Fiona – oder irgendjemand anderem – zu beweisen, dass es ein Fehler war, mir zu vertrauen.

Und deshalb habe ich Rory nie die Wahrheit gesagt. Darüber, wie sehr ich seine letzte Einreichung bewundert habe. Darüber, wie sehr ich an seine Geschichte glauben wollte, selbst als meine Zweifel lauter schrien. Darüber, wie sehr ich–

Nein. Ich schüttle den Kopf und unterbreche den Gedanken, bevor er Wurzeln schlagen kann. So weit werde ich nicht gehen. Nicht jetzt. Vielleicht niemals.

Aber eines ist klar: Rory hat etwas in mir gesehen, von dem ich mir mein ganzes Leben lang eingeredet habe, dass es nicht existiert. Und egal, wie sehr ich ihn abtun will, ihn als Lügner, Betrüger und selbstverliebten Narzissten abschreiben will, ich kann die Wahrheit hinter seinen Worten nicht ignorieren.

»Mehr Talent, als mir bewusst ist«, sage ich und lasse mir den Satz auf der Zunge zergehen. Er fühlt sich fremd an. Unangenehm. Aber da ist etwas – ein Aufflackern von Möglichkeit, klein und zerbrechlich, aber unbestreitbar lebendig.

»Vielleicht hat er recht«, gebe ich leise zu. Die Worte hängen in der Luft, schwer von der Last all dessen, was sie andeuten.

Vielleicht ist es an der Zeit, aufzuhören, mich zu verstecken.

Ich blicke auf meine Umhängetasche hinunter.

Ich atme tief durch, greife in das Reißverschlussfach, nehme den Speicherstick heraus und stecke ihn in meinen Laptop. Für einen Moment passiert nichts. Dann beginnt ein kleines grünes Licht zu blinken. Es gibt nur zwei Dateien: einen frühen Entwurf von Rorys Geschichte mit Hunderten von nachverfolgten Änderungen, bevor ich ihn überzeugt hatte, die Verfolgungsjagd mit dem Auto und den explosiven

Mittelpunkt zu streichen, und mein Manuskript. *Meine* Geschichte. Zur Abwechslung mal nicht die von jemand anderem.

Ich starre auf den Dateinamen eines Dokuments, das ich seit acht Jahren nicht mehr geöffnet habe.

Doc.doc

Acht Jahre. Lange genug, um meine Haare wachsen zu lassen und mich davon zu überzeugen, dass dieses besondere Versäumnis besser in einem digitalen Sarg aufgehoben war.

»Öffne es einfach«, flüstere ich mir zu, als ob das Selbstgespräch die Sache irgendwie weniger jämmerlich machen würde. Meine Finger schweben über dem Trackpad. Sie bewegen sich nicht. Gott, jetzt proben sogar meine Hände den Aufstand.

Aber mein Herz hämmert, als wäre ich einen Marathon gelaufen, jeder Schlag schreit mich an, ihn auszuwerfen. Nimm ihn raus. Geh weg. Bearbeite wieder die Werke anderer Leute, nimm ihre Sätze auseinander, während meine hier liegen, unberührt, ungeprüft, ungesehen.

»Okay. Na gut.« Ich versuche, die Selbstzweifel zu vertreiben, und mache einen Doppelklick auf die Datei. Der Bildschirm flackert, und da ist es: *Die Sehnsucht zwischen uns, von Lara Yates*, geschrieben in einer unerträglich hoffnungsvollen Schriftart, deren Wahl ich jetzt bereue. Es fühlt sich an, als würde ich eine jüngere, naivere Version von mir selbst betrachten, die dachte, sie könnte das hier tatsächlich durchziehen. Armes Ding. Ich kann immer noch nicht fassen, dass Rory es gelesen hat.

Der erste Satz starrt mich an, eine Zeile, über die ich mir einst wochenlang den Kopf zerbrochen habe. Ich fange an zu lesen. Zuerst ist es, als würde man eine alte Wunde öffnen – empfindlich und vertraut, aber nicht völlig unerträglich. Dann, irgendwo auf Seite zwei, setzt der Schmerz ein.

Meine Protagonistin, Ashley, eine pragmatische junge

Lektorin, die sich in ihrem eigenen chaotischen Liebesleben zurechtfindet, fühlt sich jetzt beunruhigend vertraut an. Zu vertraut. Habe ich das wirklich geschrieben? Oder hat mein Unterbewusstsein nur Notizen über meine Zukunft gemacht und beschlossen, Brotkrumen zu hinterlassen?

Die Parallelen sind verblüffend. Der männliche Protagonist, Matthew, ein mürrischer, aber unwiderstehlicher Baumpfleger mit einem spöttischen Grinsen und jeder Menge Ballast ... Ja, er könnte genauso gut Rorys Namen auf der Stirn tätowiert haben. Ashleys Angewohnheit, jede Interaktion zu zerdenken und gleichzeitig so zu tun, als wäre es ihr egal? Check. Die Art, wie sie Leute von sich stößt, weil es einfacher ist, als zuzugeben, dass sie vielleicht tatsächlich etwas – oder jemanden – will? Doppelter Check.

»Heiliger Bimbam.«

Aber anstatt die Datei zu schließen und sie in den Papierkorb zu ziehen, wo sie hingehört, mache ich weiter. Seite für Seite, Szene für Szene werde ich tiefer in diese Welt hineingezogen, die ich erschaffen habe, und in die Emotionen, die darunter brodeln. Es ist roh, an manchen Stellen holprig, aber im Kern steckt etwas Wahres, etwas, das ich vorher nicht gesehen habe. Damals war ich zu sehr damit beschäftigt, es perfekt zu machen, die Kanten abzuschleifen, bis es sich steril anfühlte. Jetzt sehe ich, dass es strukturell solide ist; es muss nur überarbeitet werden, um das Tempo zu verbessern.

Vergraben unter der Unbeholfenheit schimmert etwas. Eine Redewendung hier, eine unerwartete Beobachtung dort. Winzige Funken von etwas Kraftvollem, ungeschliffen, aber lebendig. Es ist, als würde man einen staubigen Dachboden durchwühlen und eine alte Kiste mit vergessenen Schätzen finden – die eine Hälfte ist sicher Müll, aber die andere Hälfte? Die andere Hälfte ist faszinierend.

»Okay, nicht übel«, gebe ich widerwillig zu. »Definitiv zu retten.«

Meine Hände finden fast ohne nachzudenken die Tastatur. Es beginnt mit kleinen Korrekturen – die Prosa straffen, Füllwörter streichen, Klischees durch präzisere Bilder ersetzen. Dann, bevor ich es merke, schreibe ich ganze Abschnitte neu, flechte Details und Selbstreflexionen ein, die ich mich damals nie getraut hätte. Dinge, die ich seither gesehen, gefühlt, durchlebt habe. Ein Seitenhieb auf die Last der Erwartungen. Ein unbeholfenes, zu ehrliches Geständnis mitten in einem Streit. Ein Moment des Schweigens, der mehr sagt, als Worte es je könnten.

Je mehr ich arbeite, desto weniger fühlt es sich wie Lektorieren an und desto mehr wie Ausatmen, nachdem man jahrelang die Luft angehalten hat. Ich erlaube mir, unordentlich und unvollkommen zu schreiben, ohne mir Gedanken darüber zu machen, ob es ausgefeilt oder marktfähig ist oder irgendetwas von dem, was ich von einem meiner Autoren verlangen würde. Zur Abwechslung mache ich mir keine Sorgen darüber, wer es lesen wird – ich schreibe nur für mich.

»Sie fiel nicht anmutig«, tippe ich und lösche den ursprünglichen, peinlichen Eröffnungssatz ohne Umschweife. »Sie fiel wie ein vom Blitz getroffener Baum – plötzlich, heftig und unmöglich zu ignorieren.«

Ich halte inne und lese den Satz noch einmal. Ist er perfekt? Nein. Aber er ist ehrlich und faszinierend. Und im Moment fühlt sich das wie genug an.

Als ich den Mittelpunkt erreiche – einen spannungsgeladenen Streit zwischen Ashley und Matthew, der in einem Kuss endet, den keiner von beiden zugeben will, gewollt zu haben –, muss ich aufhören zu lesen. Mein Herz hämmert, mein Kopf dreht sich. Es ist so offensichtlich, was verbessert werden muss. Der Dialog ist steif, die Spannung verwässert. Ich habe sie nicht genug fühlen lassen, habe *mich* nicht genug fühlen lassen, als ich es schrieb. Wenn ich am Ende des ersten Akts ein paar zusätzliche Kapitel einfügen würde, würde das die emotionale Wunde, die Ashley mit sich trägt, besser erklären, und das würde sich später im Roman stärker auszahlen.

Nur ein paar Kommentare, versuche ich mir einzureden, während ich das Dokument in den Korrekturmodus schalte. Meine Finger beginnen fast automatisch, neue Kommentare zu tippen, halten Ideen fest, schreiben Dialogfetzen, die später eingefügt werden können. Die Worte füllen den rechten Rand wie ein Bewusstseinsstrom, schneller, als ich sie ordnen kann, aber ich höre nicht auf. Wenn ich aufhöre, schleichen sich wieder die Zweifel ein und flüstern mir zu, dass ich meine Zeit verschwende. Dass ich es niemals mit echten, professionellen Autoren wie Rory aufnehmen kann, die auf jeder Seite Brillanz zu verströmen scheinen.

Rory. Allein sein Name schnürt mir die Brust zu. Ich schüttle das Gefühl ab und konzentriere mich auf die Notizen vor mir. Hier geht es nicht um ihn. Jedenfalls nicht ganz. Aber so ungern ich es auch zugebe, die Begegnung mit ihm – die Streitereien, die Intimität, die Art, wie er mich einfach zu *verstehen* scheint – hat etwas in mir verändert. Und vielleicht, nur vielleicht, war das genau das, was ich gebraucht habe, um diese Geschichte endlich hinzubekommen.

Ich markiere Prosaabschnitte, füge immer mehr Kommentare hinzu und lösche ganze Szenen, als ob ich meinen eigenen Zweifeln davonlaufen wollte.

»Ashley würde das nicht *sagen*.« Ich markiere eine Dialogpassage in leuchtendem Gelb. *Sie würde ... sie würde ausweichen. Statt zuzugeben, was sie fühlt, würde sie irgendeine sarkastische Bemerkung machen.*

Ich tippe ein neues Gespräch. Der erste Akt fügt sich Stück für Stück zusammen, ist jetzt temporeicher, lebendiger. Ich füge einen Kommentar für später hinzu: *Mehr Spannung hier. Lass sie ihn wollen, aber sich stärker dagegen wehren.*

Ein kleines Lächeln huscht über meine Lippen, während ich weitermache und die Geschichte zu etwas forme, das sich mehr nach meiner eigenen anfühlt. Rorys dämliche Stimme schleicht sich wieder in meinen Kopf – *Du hast Angst davor, gesehen zu werden.*

»Ja, nun«, sage ich, während meine Finger über die Tasten fliegen, »vielleicht bin ich ja bereit, gesehen zu werden.«

Der Cursor blinkt mich an, erwartungsvoll und unnachgiebig. Meine Finger schmerzen leicht vom Tippen – ich weiß nicht einmal, wie lange ich schon hier sitze, über meine Tastatur gebeugt wie eine Art koffeinsüchtiger Kobold. Die Tasse neben mir ist leer, ein Lippenstiftfleck am Rand getrocknet. Wahrscheinlich habe ich Kaffeesatz zwischen den Zähnen. Glamourös.

Ich lehne mich in meinem Sessel zurück und strecke die Arme über den Kopf, bis meine Wirbelsäule protestierend knackt. Ein Atemzug entweicht mir – lang, tief, zittrig auf eine Art, die sich für ein leeres Büro zu persönlich anfühlt. Mein Blick fällt auf den Bildschirm. Worte. *Meine* Worte. Seitenweise. Manche geschliffen, andere rauer als Rorys Fünf-Uhr-Schatten, aber sie sind da. Echt. Meine.

Ein nervöses Lachen perlt aus mir heraus, bevor ich es unterdrücken kann, von Unglauben gefärbt. Es ist nicht perfekt – nicht einmal annähernd –, aber zum ersten Mal fühlt es sich nicht wie ein Scheitern an. Es fühlt sich ... ehrlich an. Als hätte ich eine Schutzschicht zurückgezogen, von der ich nicht einmal wusste, dass ich sie trug, und etwas Rohes durchscheinen lassen.

»Na also«, flüstere ich und rücke meine Brille zurecht, als ob ich dadurch irgendwie gerader und klarer sehen könnte. »Da bist du ja, du unordentliches kleines Ding.«

Das Manuskript starrt mich an, unmissverständlich, und fordert mich heraus, weiterzumachen. Ich sollte panische Angst haben. Und das habe ich auch. Ein bisschen. Aber unter dieser Angst liegt etwas anderes, etwas Wärmeres, Stärkeres: Entschlossenheit.

Jahrelang war ich die Stille – die, die repariert, die, die poliert, das unsichtbare Gerüst, das das Meisterwerk eines anderen stützt. Ich habe mir eingeredet, dass ich damit zufrieden bin, dass es zu mir passt, im Hintergrund zu sein. Aber jetzt, wo ich hier sitze und auf diese unvollkommenen, wild lebendigen Sätze starre, spüre ich, wie diese Lüge in sich zusammenfällt. Vielleicht hatte Rory recht. Vielleicht habe ich so viel Zeit damit verbracht, mich hinter den Geschichten anderer Leute zu verstecken, dass ich vergessen habe, dass ich eine eigene habe.

Und vielleicht – nur vielleicht – ist es an der Zeit, das zu ändern.

Ich fahre mit der Maus über das Speichern-Symbol, meine Hand zittert leicht. Es ist wirklich lächerlich. Das Speichern eines Word-Dokuments sollte sich nicht so monumental anfühlen, aber das tut es. Es fühlt sich an, als würde ich mich für etwas entscheiden – als würde ich *mich* wählen. Ich klicke.

Der Bildschirm blinkt einmal und bestätigt, dass die Datei sicher ist. Es gibt natürlich noch mehr zu überarbeiten. Ich habe die letzten hundert Seiten noch nicht einmal wieder angesehen. Es gibt Tempoprobleme, besonders im Mittelteil, und vielleicht ändere ich die beste Freundin noch in einen besten Freund, um mehr mit der Eifersucht des männlichen Protagonisten zu spielen. Aber es gibt einen klaren Weg. Einen Weg nach vorn.

Mein Herzschlag verlangsamt sich. Ich lehne mich wieder zurück, die Hände ruhen nutzlos in meinem Schoß, während sich eine seltsame, ungewohnte Ruhe über mich legt. Nicht die Abwesenheit von Nervosität – davon schwirrt immer noch genug herum –, sondern eine leise Gewissheit darunter. Ich tue es. Auf Gedeih und Verderb, ich arbeite endlich nach einer achtjährigen Pause wieder an meinem Manuskript. Wozu das alles? Ich bin mir noch nicht ganz sicher, aber es fühlt sich einfach gut an, wieder mittendrin zu stecken.

Als ich zum Fenster schaue, schneidet das späte Nachmittagssonnenlicht durch die Jalousien und malt goldene Streifen auf meinen Schreibtisch. Draußen summt die Stadt vor sich hin, gleichgültig gegenüber dieser winzigen Revolution, die sich im Eckbüro von Scott & Drake Publishing abspielt. Aber ich spüre ihn – einen Funken Hoffnung, hartnäckig und neu, der in mir Wurzeln schlägt.

»Okay«, flüstere ich zu niemand Bestimmtem, das Wort leise, aber fest, ein Versprechen an mich selbst. »Mal sehen.«

DREIUNDZWANZIG

Der Konferenzraum ist so makellos, dass mir die Haut kribbelt. Der Schreibtisch aus Stahl und Glas zwischen uns könnte glatt als Laufsteg durchgehen – wenn Laufstege dazu entworfen wären, einzuschüchtern. Ich rutsche leicht auf meinem Stuhl hin und her und glätte meinen Rock, der sich plötzlich zu eng, zu einengend anfühlt. Mir gegenüber beugt sich Vanessa Scott – Mitbegründerin von Scott & Drake Publishing und die Allzweckwaffe, wenn es darum geht, Egos zu zerstören – mit laserartiger Konzentration nach vorn. Ihre manikürten Nägel trommeln rhythmisch auf eine offene Akte. Mein Name steht säuberlich gedruckt ganz oben.

»Nun, Lara«, sagt sie, »dieses Mal hast du dich selbst übertroffen.«

Ich zwinge mich zu einem Lächeln. *Mich selbst übertroffen?* Das impliziert, dass meine Arbeit normalerweise nicht diesem Standard entspricht – ich bin mir nicht sicher, ob in dem Kompliment eine Spitze steckt oder nicht. Ich nicke, denn was soll man auch sonst tun, wenn die Chefin deiner Chefin einen ansieht, als wäre man ein Zaubertrick, den sie noch nicht ganz durchschaut hat?

»Rorys Vorverkaufszahlen haben offiziell die zweihunderttausend geknackt, und es ist noch eine Woche bis zur Veröffentlichung«, fährt Vanessa fort, und ihre Lippen verziehen sich zu einem seltenen, aber kalkulierten Lächeln. »Du hast einen guten Schriftsteller genommen und ihn außergewöhnlich gemacht. Das ganze Team schwärmt davon. Ein solcher Erfolg kommt nicht von ungefähr.« Sie macht eine Pause und lässt das Kompliment wie einen Köder in der Luft hängen.

»Vielen Dank«, sage ich und rücke meine Brille zurecht, obwohl sie es gar nicht nötig hat. Meine Kehle fühlt sich trocken an, also schlucke ich und bereue es sofort, als das Geräusch in der Stille unnatürlich laut erscheint. »Es war ... eine Teamleistung.«

»Sei nicht so bescheiden«, erwidert Vanessa und wischt meine Abwehr mit einer Handbewegung beiseite. »Schriftsteller wie Rory findet man nicht alle Tage, aber tun wir nicht so, als hinge sein jüngster Erfolg nicht direkt mit deiner redaktionellen Brillanz zusammen. Fiona hat einen frühen Entwurf gesehen und meinte, er ließe sehr zu wünschen übrig.« Ihre Augen verengen sich leicht, abwägend. »Was mich zu dem Punkt bringt, warum ich dich heute herbestellt habe.«

Da kommt er. Der Hinterhalt. Ich setze mich aufrechter hin und versuche, gefasst auszusehen – oder zumindest so, als würde ich nicht gleich die Flucht ergreifen.

»In Anbetracht deiner Erfolgsbilanz«, sagt Vanessa, »möchten wir Ihnen die Position der Verlagsleiterin anbieten. Mit sofortiger Wirkung.« Sie sagt es so beiläufig, als würde sie fragen, ob ich Milch in meinem Kaffee möchte.

Mein Herz setzt einen Schlag aus. Verlagsleiterin. Die Worte sollten mich triumphieren lassen – mir Bestätigung geben. Aber stattdessen windet sich dieses Unbehagen tief in meinem Magen. Leiterin. Also verantwortlich. Also sichtbar.

»Wow«, bringe ich mit ruhiger, fester Stimme hervor. Im

Inneren herrscht Chaos. »Das ist ... ein unglaubliches Angebot.«

»Ja, das ist es«, stimmt Vanessa mit einer Zuversicht zu, die nahelegt, dass es nicht zur Debatte steht. »Wir brauchen jemanden, der verborgene Juwelen entdecken, sie fördern und Risiken eingehen kann.« Ihr Blick fesselt mich und fordert mich heraus, mit der Wimper zu zucken. »Du hast bewiesen, dass du den Instinkt – und die Hartnäckigkeit – hast, genau das zu tun. Rorys Buch ist der beste Beweis dafür.«

Ich nicke erneut, mein Kopf bewegt sich, als wäre er vom Rest meines Körpers losgelöst. Meine Gedanken sind ein einziges Durcheinander aus Stolz und Panik. Stolz, denn, na hallo, Karriere-Meilenstein. Panik, weil ich das Tuscheln schon hören kann: *Sie hatte nur Glück.*

»Natürlich«, fährt Vanessa fort, ohne von der Hochstapler-Syndrom-Party zu ahnen, die in meinem Kopf tobt, »wird diese Rolle ein gewisses Maß an Kühnheit erfordern. Debütautoren zu fördern bedeutet, Risiken einzugehen – für sie und für sich selbst. Bist du dazu bereit?«

Bin ich das? Meine Brust wird eng. Ich sollte Ja sagen. Ja, ich bin bereit, rohes Talent zu Bestseller-Gold zu formen. Ja, ich werde mich der Herausforderung stellen. Ja, natürlich gehöre ich hierher. Aber die Wahrheit ist, ich weiß nicht, ob ich es bin. Denn was, wenn ich scheitere? Was, wenn Rorys Buch ein Glückstreffer war und ich nur eine Hochstaplerin mit einem Rotstift und einem Talent fürs Täuschen bin?

»Absolut«, sage ich stattdessen, denn anscheinend nimmt mein Mund keine Rücksicht auf meine existenzielle Krise.

»Gut.« Vanessa lächelt wieder, diesmal breiter, aber nicht weniger einschüchternd. »Wir werden es bei der Mitarbeiterbesprechung am Freitag offiziell bekannt geben. In der Zwischenzeit fang an, darüber nachzudenken, wer dein erstes Projekt sein wird. Ich will jemanden Unerwartetes. Jemanden, dessen Potenzial nur du sehen kannst.«

»Verstanden«, sage ich, obwohl mein Gehirn schreit: *Abbruch! Abbruch!* Die Vorstellung, neue Talente persönlich auszuwählen, ist berauschend – und absolut furchteinflößend. Was, wenn ich die falsche Person auswähle? Was, wenn ich ihre Karriere ruiniere, bevor sie überhaupt begonnen hat?

»Herzlichen Glückwunsch, Lara«, sagt Vanessa, steht auf und streckt mir die Hand entgegen. »Das ist wohlverdient.«

»Vielen Dank«, erwidere ich, mache ihre Bewegung nach und schüttle ihre Hand mit, wie ich hoffe, professioneller Gelassenheit und nicht aus reiner Verzweiflung.

Als ich den Konferenzraum verlasse, fühlen sich meine Beine an, als würden sie sich wie von selbst bewegen.

»Herzlichen Glückwunsch, Lara!«, zwitschert jemand, als ich an der Teeküche vorbeigehe, aber die Stimme dringt kaum durch das Rauschen des Blutes, das in meinen Ohren pocht. Ich schaffe ein gequältes Lächeln und hebe eine Hand in einer vagen Andeutung eines Winkens, aber mein Tempo lässt nicht nach. Wenn ich stehen bleibe, zerfalle ich vielleicht genau hier, mitten in den sehr glänzenden, sehr öffentlichen Fluren von Scott & Drake, in tausend Stücke aus Selbstzweifeln.

Der Ort ist voller Bewegung – Assistenten eilen mit wackligen Manuskriptstapeln vorbei, Lektoren kauern in Türrahmen und diskutieren über Coverentwürfe, das Summen der Drucker spuckt Verträge aus, die wahrscheinlich das Leben von jemandem verändern werden. Es ist alles so vertraut, und doch fühlt es sich heute an, als würde ich in der falschen Haut hindurchgehen, wie eine Hochstaplerin, die versucht, sich in einer Welt zu tarnen, in die sie versehentlich hineingestolpert ist.

»Verlagsleiterin«, probiere ich den neuen Titel aus, als ich einer Gruppe von Praktikanten ausweiche, die sich um die Kaffeemaschine drängen. Die Worte klingen fremd, ja sogar absurd, als gehörten sie jemand ganz anderem. Jemandem, der nicht insgeheim panische Angst davor hat, als Betrügerin entlarvt zu werden.

Als ich den Empfang erreiche, sind meine Gedanken ein heilloses Durcheinander aus *Was-wäres* und *Wie-zum-Teufels*.

Wie zum Teufel bin ich da nur hineingeraten? Was, wenn Vanessa einen Fehler gemacht hat? Was, wenn ich ihren Erwartungen nicht gerecht werden kann?

Die kühle Brise trifft mich, sobald ich auf die Straße trete, und vertreibt die erstickende Stille der Büroluft. Ich bleibe auf dem Gehweg stehen und lasse den Lärm Londons über mich hereinbrechen. Er ist chaotisch, aber seltsam erdend – als würde die Stadt selbst mich daran erinnern, einzuatmen, auszuatmen, zu wiederholen.

Ich blicke zum Himmel auf, grau und wolkenverhangen, dann hinunter auf meine polierten Schuhspitzen. Meine Hände stemmen sich in die Hüften, und ich schließe für einen Moment die Augen, um den Sturm zu übertönen, der in meinem Kopf tobt.

Reiß dich zusammen, Yates. Aber die Worte verfangen nicht. Stattdessen schweifen meine Gedanken zu Rory ab – an sein sonst so sicheres Auftreten, das bröckelte wie alter Lack, an sein leises Geständnis bei einem Glas Wein spät am Abend, dass er nicht sicher war, ob sein neues Buch »genug« sei. Dass er sich nicht sicher war, ob *er* selbst genug war.

Und jetzt, wo ich hier auf dem überfüllten Gehweg stehe, begreife ich es. Oh Gott, und wie ich es begreife.

Denn so sehr ich ihm damals auch gut zugeredet und ihm gesagt habe, dass er nichts beweisen müsse, die Wahrheit ist, ich bin nicht sicher, ob ich diesen Worten Glauben schenken würde, wenn sie jemand zu mir sagte. Nicht, wenn sich jeder Teil von mir so anfühlt, als wäre ich ins kalte Wasser geworfen worden, ohne schwimmen zu können.

Die Last dessen drückt mich nieder – diese Angst, dass wir

beide uns vielleicht nur etwas vormachen und darauf warten, dass es jemand bemerkt. Aber dann denke ich daran, wie Rory sich aus dieser Spirale herausgekämpft hat, wie er jeden Funken Zweifel und Unsicherheit in etwas Echtes, etwas Greifbares verwandelt hat. Und vielleicht ... vielleicht kann ich das auch.

»In Ordnung«, flüstere ich, richte meine Jacke und straffe die Schultern. Die Stadt pulsiert um mich herum, aber irgendwie fühlt sich das tröstlich an. Als ob es keine Rolle spielt, ob ich scheitere oder Erfolg habe; die Welt wird sich so oder so weiterdrehen.

Ich atme tief durch und trete vor, verschmelze mit dem Strom der Fußgänger. Der Zweifel nagt immer noch an den Rändern meines Verstandes, aber da ist auch Entschlossenheit, stur und unnachgiebig. Denn wenn Rory seine Dämonen bekämpfen kann, kann ich vielleicht – nur vielleicht – auch meine bekämpfen.

VIERUNDZWANZIG

Das Manuskript liegt auf meinem Couchtisch. Dreihundertachtzig Seiten, einseitig bedruckt, doppelter Zeilenabstand, DIN-A4. Ich habe so gut wie jedes Wort am Bildschirm überarbeitet, poliert, optimiert und geändert, aber das ist das erste Mal, dass ich mit einer Papierversion arbeite. Mein letzter Sicherheitscheck, bevor ich mit Zuversicht sagen kann, dass es fertig ist.

Wahrscheinlich.

Vielleicht.

Kommt drauf an, wie das Lesen läuft.

Mit einem tiefen Atemzug strecke ich die Hand aus und schlage die Titelseite um. Meine Hand zittert leicht, aber ich ignoriere es. Die erste Seite starrt mich an: Kapitel Eins.

Los geht's.

Ich fange an zu lesen und erwarte das Schlimmste. Mache mich auf Klischees, holprige Metaphern und steife Dialoge gefasst, aber ich stelle fest, dass es genau das Gegenteil ist. Dichte, kluge Prosa, die so natürlich fließt, dass ich sie fast nicht als meine eigene wiedererkenne. Für eine Sekunde frage ich mich, ob ich sie abgeschrieben habe.

Na ja, das ist … unerwartet.

Und dann lese ich weiter. Mein Lektorengehirn übernimmt das Steuer, zerlegt jedes Wort, jedes Komma, jeden Takt. Ich kann nicht anders – so arbeite ich nun mal. Aber anstatt auf ein Chaos zu stoßen, finde ich eine Geschichte. Ein Pacing, das funktioniert. Charaktere, die lebendig sind. Und dann kommen die neueren Kapitel – die, die ich geschrieben habe, nachdem Rory wie eine Art überheblicher Tornado in mein Leben gerauscht ist.

Diese Kapitel? Sie sind lebendig.

Ich kann ihn darin sehen, im charmanten Witz meines Helden, in der ungeschliffenen Verletzlichkeit meiner Heldin. Seine Fingerabdrücke sind überall, und das nicht, weil er mir Anmerkungen oder Feedback oder so etwas gegeben hätte. Es ist subtiler. Er ist in das Gefüge der Geschichte selbst eingewoben. Kleine Momente, kleine Wahrheiten, direkt aus Gesprächen entliehen, von denen wir damals nicht wussten, wie wichtig sie waren.

Die Ironie entgeht mir nicht. Rory hat unsere Geschichte zuerst in Fiktion verwandelt, Teile von uns geformt und verdreht, um sie für die Leser schmackhaft zu machen, zu etwas Erstrebenswertem. Und jetzt sitze ich hier und tue genau dasselbe.

Außer … es ist anders.

Denn das hier ist keine Show. Ich forme aus uns keine glänzende, perfekt strukturierte Romanze. Es gibt keine saubere Drei-Akt-Auflösung, keine große Liebeserklärung auf Kommando. Hier geht es nicht darum, Schmerz in eine perfekt vermarktbare Liebesgeschichte zu verwandeln. Es geht darum, ihn zu verstehen. Ihn zu verstehen. Mich selbst zu verstehen.

»Natürlich tauchst du auch hier auf«, spotte ich und schüttle den Kopf, während ich die Seite umblättere. »Du kannst es einfach nicht lassen, was?«

Doch selbst als ich die Augen verdrehe, lässt sich die Wärme nicht leugnen, die sich in meiner Brust ausbreitet. Denn irgendwo auf dem Weg hat sich das hier nicht mehr wie eine Übung in Selbstkasteiung angefühlt, sondern wie … Hoffnung.

Ich blättere eine weitere Seite um, meine Finger verschmieren die Tinte leicht. Die Worte verschwimmen für einen Moment, und ich blinzele heftig, um sie wieder scharf zu stellen. Ich sitze schon seit Stunden daran – oder vielleicht Minuten; Zeit fühlt sich dehnbar an, wenn man versucht zu entscheiden, ob man brillant oder komplett wahnsinnig ist. So oder so, eines ist klar: Rory mag Teile von mir genommen und sie zu Fiktion gesponnen haben, aber er hat sie sich nur geliehen. Ich habe Teile von ihm genommen und verstanden.

Und deshalb ist es diesmal anders.

Die Szene, die ich gerade lese, ist eine der neueren – einer von Rorys unfreiwilligen Gastauftritten. Meine Heldin tigert durch ihre Wohnung und streitet sich am Telefon mit dem Helden. Ihre Neckereien sind treffend, aber von etwas Schwererem, etwas Unausgesprochenem überlagert. Es ist gut. *Wirklich* gut. Die Art von Dialog, bei der man sich vorbeugt, bei der man das Gefühl hat, etwas Echtem zu lauschen.

»Okay«, sage ich laut, denn anscheinend habe ich das Stadium erreicht, in dem ich meinem eigenen Manuskript antworte. »Das war nicht übel.«

Aus *nicht übel* wird schnell *eigentlich ziemlich großartig*, während ich weiterlese und jede Seite mich tiefer in diese Welt hineinzieht, die ich Stück für mühevolles Stück aufgebaut habe. Natürlich braucht es eine dritte Partei, einen anderen Lektor, um die Fehler zu finden. Aber das, was funktioniert, ist … irgendwie alles. Es hat eine Stimme, einen Rhythmus. Charaktere, die sich wie Menschen anfühlen, nicht wie Marionetten. Es hat Herz.

Als ich das Ende des Kapitels erreiche, sitze ich aufrechter da, mein Lektorengehirn ist untypisch still. Für einmal zerlegt oder hinterfragt es nichts. Stattdessen hat sich etwas ganz anderes eingeschlichen – ein Gefühl, vor dem ich jahrelang davongelaufen bin. Stolz.

Da trifft es mich: *Das ist nicht nur gut. Das ist es* wert.

Und dieser Gedanke? Dieser einzelne Funke der Bestätigung? Er ist zugleich berauschend und erschreckend. Denn wenn es das wert ist – wenn *ich* es wert bin –, dann habe ich keine Ausrede mehr. Keinen Schild, hinter dem ich mich verstecken kann, keine selbstironischen Witze darüber, dass ich »nur« eine Lektorin bin, die ein bisschen schreibt. Wenn ich an diese Geschichte glaube – auch nur ein kleines bisschen –, muss ich vielleicht tatsächlich etwas damit anfangen.

Ich lege die Seiten weg und stehe abrupt auf. Mein Herzschlag ist laut, zu laut, als könnte das Geräusch allein diese zerbrechliche Erkenntnis erschüttern. Das Manuskript liegt da, leise anklagend, während ich mein Wohnzimmer auf und ab gehe. Ein Schritt, zwei Schritte, Drehung. Und von vorn.

»Es einreichen?«, murmle ich vor mich hin. »Klar. Warum nicht? Reißen wir doch einfach meine Brust auf und reichen jemandem mein noch schlagendes Herz, wenn wir schon dabei sind.«

Denn genau das wäre es, oder? Dieses Manuskript einzureichen bedeutet, jemand anderen einzuladen, alles zu sehen – mein ganzes Ich –, die Teile, die ich so lange versteckt habe, dass ich fast vergessen hätte, dass sie existieren. Es bedeutet Risiko. Verletzlichkeit. Potenziell katastrophale Demütigung.

Und doch ... kann ich nicht aufhören, an Rory zu denken. Er war es, der mir vor Monaten zwischen den Entwürfen seines eigenen Buches gesagt hat: »Gerade die Angst bedeutet, dass man auf dem richtigen Weg ist. Niemand hat Angst vor Mittelmäßigkeit.« Damals hatte ich so heftig die Augen verdreht, dass ich dachte, ich hätte mir etwas gezerrt, aber jetzt? Jetzt fühlt es sich an, als hätte er direkt zu mir gesprochen, als hätte er irgendwie gewusst, dass dieser Moment kommen würde.

Rory versteht das. Er weiß, wie es ist, etwas zu jagen, das sich zu groß und zu persönlich und zu unmöglich auf einmal anfühlt. Er weiß, wie es ist, sich zu zeigen, selbst wenn jeder Instinkt einen anschreit, klein und sicher zu bleiben. Und er tut es trotzdem. Jedes Mal.

»Muss schön sein«, brumme ich, obwohl keine wirkliche Hitze dahintersteckt. Nur eine leise, widerstrebende Bewunderung.

Und vielleicht auch ein bisschen Neid. Denn die Wahrheit ist, ich will diesen Mut. Ich will die Person sein, die den Sprung wagt, die genug an sich glaubt, um das Scheitern zu riskieren. Oder ich will zumindest wissen, dass, wenn ich eine Bruchlandung hinlege, es nicht daran liegt, dass ich es nicht einmal versucht habe.

Ich blicke zurück zum Manuskript, das geduldig auf dem Couchtisch liegt, seine Seiten an den Ecken leicht aufgewellt und mit dem unverkennbaren Gewicht der Möglichkeit. Mein Magen zieht sich zusammen, halb aus Furcht, halb aus Hoffnung.

Also. Was wird es sein?

Die Frage schwebt in der Luft, unbeantwortet, aber lebendig, und fordert mich heraus, es herauszufinden.

Es ist fertig. Oder zumindest so fertig, wie es nur sein kann. Ich habe Wochen damit verbracht, daran herumzufeilen, alles infrage zu stellen und mich davon zu überzeugen, dass es nur noch einen weiteren Durchgang braucht. Aber die Wahrheit ist, dass ich keine Angst vor den Überarbeitungen habe – ich habe Angst vor dem, was als Nächstes kommt. Dem Einreichen. Dem Beurteiltwerden. Dem öffentlichen Scheitern.

Genau deshalb kann ich es an niemanden bei Scott & Drake schicken. Wenn sie es ablehnen würden, müsste ich jeden Tag zur Arbeit gehen und wüsste, dass meine Kollegen – *die Leute, die mich als Lektorin sehen, diejenige, die Geschichten korrigiert, nicht schreibt* – wissen, dass ich nicht gut genug war. Und wenn sie es annehmen würden? Ich würde nie wissen, ob es daran lag, dass das Buch es verdient hat, oder ob sie sich nur verpflichtet gefühlt haben.

Also schicke ich es stattdessen an eine Literaturagentin. Ein frischer Blick. Jemand, der mich nicht kennt, dem die Büropolitik egal ist – nur die Arbeit zählt. Denn wenn dieses Buch eine Chance hat, will ich, dass es für sich allein steht. Und wenn nicht? Dann muss ich die Einzige sein, die es weiß.

Der Cursor blinkt mich an, als würde er mich verhöhnen und herausfordern zu kneifen. Meine Hände schweben über der Tastatur und zittern leicht – diesmal nicht vom Koffein, sondern von etwas Schwererem, etwas Roherem. Vielleicht Angst. Oder Hoffnung. Sie fühlen sich gleich an, wenn sie so nah beieinander liegen.

Der erste Schritt ist einfach genug: das Einreichungsportal öffnen. Die Website lädt langsam, und jedes sich drehende Rad ist eine weitere Gelegenheit für Zweifel, sich einzuschleichen. Aber ich lasse es nicht zu. Nicht dieses Mal. Stattdessen konzentriere ich mich auf die Mechanik – das Klicken der Maus, das Tippen auf die Tasten –, als ob die Zerlegung in kleinere Aufgaben mich davon abhalten würde, die Tragweite dessen zu bemerken, was ich im Begriff bin zu tun.

Ich tippe den Titel des Buches in das Feld. Meine Finger zögern für eine halbe Sekunde, bevor ich sie zwinge, weiterzumachen. *Autorin. Das bin ich dann wohl.*

»Datei-Upload«, lese ich und ziehe die Datei mit den

ersten drei Kapiteln in das leuchtend blaue Feld. Meine Brust wird eng, als der Fortschrittsbalken sich vorwärtsbewegt und die Sekunden sich unmöglich in die Länge ziehen. Zuletzt füge ich mein Anschreiben ein. Das ist es. Der Punkt, an dem es kein Zurück mehr gibt.

Bevor ich zu sehr darüber nachdenken kann, drücke ich auf Senden.

Es gibt ein leises Zischen, als die Datei im Cyberspace verschwindet, und für einen Moment wird alles still. Leise. Als ob das Universum selbst neben mir den Atem anhält.

Und dann trifft es mich – ein Adrenalinstoß, so heftig, dass mir schwindelig wird. Ich lehne mich in meinem Stuhl zurück und atme zittrig aus, während die Tragweite dessen, was ich gerade getan habe, einsinkt. Es ist weg. Da draußen. Unwiderruflich. Meine Arbeit, mein Herz, mein Risiko – all das liegt jetzt in den Händen eines anderen.

Unerwartet sprudelt ein Lachen aus mir heraus, das mich mit seiner Helligkeit erschreckt. Es ist nicht wirklich Erleichterung oder gar Triumph. Es ist etwas, das der Freiheit näherkommt und sich in mir entrollt wie ein Band, das endlich von seinem Knoten befreit wurde. Zum ersten Mal seit Jahren fühle ich mich ... schwerelos.

Ich blicke aus dem Fenster, wo die Lichter der Stadt am Nachthimmel flackern wie winzige Punkte der Möglichkeit. Irgendwo da draußen könnte bald jemand meine Worte lesen, sie beurteilen. Sie hoffentlich mögen.

Ich stehe auf und dehne die Anspannung, die sich wie gespannte Federn in meinen Schultern festgesetzt hat. Mein Stuhl knarrt protestierend hinter mir, als ich ihn zurückschiebe. Es ist still hier drin – zu still –, die Art von Stille, die einen überdeutlich auf die eigene Atmung, die eigenen Gedanken aufmerksam macht. Das Summen des Kühlschranks in der Küche ist plötzlich ohrenbetäubend.

Die Reise ist nicht vorbei. Verdammt, sie fängt vielleicht

gerade erst an. Aber als ich hier barfuß in meinem Wohnzimmer stehe und auf die Bestätigungsnachricht auf meinem Bildschirm starre, fühle ich mich endlich bereit dafür – für alles. Was auch immer als Nächstes passiert, ich glaube, ich werde klarkommen.

FÜNFUNDZWANZIG

Die Southbank pulsiert vor Leben, eine chaotische Symphonie aus Straßenmusikern, Stimmengewirr und dem gelegentlichen Kreischen eines übermütigen Kleinkindes. Ich versuche, mich auf Dannys Stimme zu konzentrieren, während er sich neben mir durch die Menge schlängelt, die Hände lässig in den Jackentaschen vergraben.

»Bilde ich mir das nur ein«, sagt er und weicht einem verirrten Skateboarder mit der Eleganz von jemandem aus, der an das Chaos der Großstadt gewöhnt ist, »oder fühlt es sich hier immer so an, als hätten alle gemeinsam beschlossen, das Konzept von persönlichem Freiraum zu vergessen?«

»Typisch London«, erwidere ich und weiche einem Pärchen aus, das Selfies mit einer lebenden Statue macht. »Ein Meisterkurs im Umgang mit räumlicher Nähe.«

»Eher im Missmanagement von Nähe.«

Wir gehen noch ein paar Schritte, bevor Dannys Kopf zu etwas vor uns herumschwenkt. Sein Gesichtsausdruck hellt sich auf wie bei einem Kind, das den Weihnachtsmann entdeckt, was mich sofort nervös macht. Dieser Blick bedeutet Ärger.

»Ah, genau *das* meine ich«, verkündet er und steuert leicht nach rechts, ohne auf meine Antwort zu warten. Mein Blick folgt seinem und landet auf – natürlich – einem Eisstand. Dabei ist es keine zwanzig Minuten her, dass wir zu Mittag gegessen haben.

»Denk nicht mal dran«, warne ich, obwohl meinem Ton jeder wirkliche Biss fehlt. Er überfliegt bereits die Angebotstafel, als wäre es der Stein von Rosette.

»Ach, komm schon, Lara«, sagt er und zieht meinen Namen auf diese melodramatische Art in die Länge, von der er weiß, dass sie mich irritiert. »Das Leben ist zu kurz, um an Softeis vorbeizugehen, ohne seine Existenz zu würdigen.«

Ich ziehe eine Augenbraue hoch. »Wir haben buchstäblich gerade erst gegessen. Also, wirklich *gerade eben*.«

»Details«, winkt er ab und tritt näher, um die Auswahl zu inspizieren. »Außerdem geht es beim Nachtisch nicht um Hunger. Es geht um die Seele. Und meine Seele sagt, dass ich eine doppelte Kugel gesalzenes Karamell mit Streuseln brauche.«

»Streusel?«, wiederhole ich ungläubig, denn natürlich ist *er* die Art von Mensch, die Streusel bestellt, als wäre er acht Jahre alt. »Dir ist schon klar, dass du ein erwachsener Mann bist, oder?«

»Klar«, sagt er leichthin und wirft mir einen Blick über die Schulter zu. »Aber was nützt es, ein erwachsener Mann zu sein, wenn man sich nicht ab und zu wie ein Kind benehmen kann? Solltest du auch mal versuchen. Könnte dich ein wenig lockerer machen.«

»Danke, ich passe.« Seine Begeisterung ist fast ansteckend, selbst wenn sie sich auf etwas so Lächerliches wie Eiscreme richtet.

»Wie du meinst«, antwortet er mit einem übertriebenen Schulterzucken. »Aber komm später nicht weinend zu mir, wenn dich der Dessertneid überkommt. Du bekommst keinen einzigen Bissen.«

»Ja, das werde ich überleben«, sage ich und verschränke die Arme, während ich ihm zusehe, wie er seine Bestellung aufgibt. Der Verkäufer reicht ihm eine Waffel, die gefährlich hoch mit goldenen Wirbeln und – ja, tatsächlich – einer absurden Menge an bunten Streuseln und Himbeersoße beladen ist. Danny nimmt einen triumphalen Bissen und dreht sich dann mit einem zufriedenen Gesichtsausdruck zu mir um, der in einen Werbespot gehören würde.

»Siehst du? Glück in essbarer Form.« Er hält mir die Waffel als Angebot hin. »Ein Bissen. Nur einer. Ich verspreche, er wird deine strenge Lektorenfassade nicht ankratzen.«

»Absolut nicht«, sage ich. Er kennt mich zu gut, um irgendetwas, das ich sage, für bare Münze zu nehmen, und die Wahrheit ist, dass ich nicht wirklich verärgert bin. Amüsiert, vielleicht. Widerwillig bezaubert, definitiv.

»Dein Verlust«, singt er und schlendert an meine Seite zurück wie ein Mann, der nirgendwo hinmuss und alle Zeit der Welt hat. Die Sonne fängt sich in seinem welligen Haar, die Brise zaust seine Jacke, als er einen weiteren Klecks Karamell von der Spitze seiner Waffel leckt. Er wirkt so vollkommen entspannt, so gänzlich unbeeindruckt von der hektischen Energie, die um uns herumschwirrt, dass ich ihn fast beneide. Fast.

»Okay, aber eine hypothetische Frage«, sage ich, als wir wieder nebeneinander ausschreiten. »Was passiert, wenn du das Ding fallen lässt? Muss ich dann so tun, als würde ich dich nicht kennen?«

»Ganz schön kühn von dir anzunehmen, dass ich eine solche Tragödie jemals zulassen würde«, kontert er und hält die Waffel hoch, als wäre sie ein heiliges Artefakt. »Das hier ist ein Band, das auf Vertrauen geschmiedet wurde, Lara. Ein Mann und sein Eis.«

»Klar«, sage ich und verdrehe die Augen. »Und ich dachte, deine Loyalität gilt Menschen.«

»Menschen werden überbewertet«, stellt er fest und schenkt mir dann ein schnelles Grinsen. »Anwesende natürlich ausgenommen.«

Danny biegt plötzlich nach links ab und stößt beinahe mit einem Mann zusammen, der einen ganzen Strauß Sonnenblumen in der Hand hält. Ich bleibe mitten im Schritt stehen und beobachte, wie er einen der Second-Hand-Bücherstände ins Visier nimmt, als wäre es eine verborgene Schatztruhe. Seine Eiswaffel – wie durch ein Wunder unversehrt – baumelt gefährlich in seiner Hand, aber die andere greift bereits nach einem abgenutzten Taschenbuch, das schräg aufgestellt ist.

»Ah«, sagt er und dreht das Buch dramatisch um, als würde er den Heiligen Gral inspizieren. »Hier ist es. Das Kronjuwel, nach dem ich gesucht habe: ›Rory Keanes ultimativer Leitfaden zu prätentiösem literarischem Ruhm‹.« Er wirft mir ein teuflisches Grinsen zu und tippt mit dem Zeigefinger auf den staubigen Einband.

»Sehr witzig«, sage ich und trete trotz allem näher. Das Buch ist nicht einmal von Rory – es ist irgendein uralter Selbsthilferatgeber –, aber Dannys Vorstellung hat mir ein kleines Schmunzeln entlockt, bevor ich es unterdrücken konnte. Er bemerkt es natürlich. Er bemerkt alles.

»Komm schon, gib es zu«, sagt er und fuchtelt mit dem Buch vor mir herum, als wäre es ein Schuldbeweis. »Du hoffst insgeheim, dass ich eine Raubkopie seines nächsten großen Hits finde, noch vor der offiziellen Veröffentlichung. Vielleicht etwas mit dem Titel ›Wie man kein Arschloch ist‹.«

»Erstens würde das voraussetzen, dass Rory seine Entwürfe fertigstellt, ohne dass ich ihm Händchen halten muss«, schieße ich zurück, obwohl sich mein Magen bei der Erwähnung der Veröffentlichung unangenehm verkrampft. Ich blicke auf die ordentlich aufgereihten Buchrücken auf dem Stand und tue so, als würde ich mich für einen zerlesenen Agatha Christie interessieren. »Und zweitens bist du nicht witzig.«

»Wirklich?« Danny zieht eine Augenbraue hoch und beugt sich verschwörerisch zu mir. »Denn diese kleine Stöhn-und-Augenroll-Kombination eben fühlte sich an wie ein Lachen, das zu entkommen versuchte. Wehre dich nicht, Lara, gib dem Lachen nach. Lass die Kicherer frei.«

»Glaub mir, das ist kein Lachen. Das ist Verzweiflung.« Ich weiß, was als Nächstes kommt. Ich spüre es in der Art, wie Danny mich ansieht, wie seine Neckerei in etwas weitaus Zielgerichteteres umschlägt.

»Verzweiflung? Wegen der Buchvorstellung, meinst du?« Sein Tonfall ist trügerisch lässig, aber die Absicht hinter seinen Worten ist unverkennbar. Er schiebt das x-beliebige Buch zurück ins Regal, ohne hinzusehen, und seine ganze Aufmerksamkeit richtet sich voll auf mich. »Du hast den ganzen Tag vermieden, darüber zu reden. Dachtest du, ich würde es nicht merken?«

»Vielleicht will ich dich auch einfach nicht mit dem Verlagsdrama langweilen.«

»Netter Versuch.« Danny tritt näher und versperrt mir die Sicht auf die Bücher komplett. Nicht, dass ich sie wirklich gelesen hätte. »Aber wir wissen beide, dass es das nicht ist. Also, was ist los? Angst vor dem Rampenlicht? Oder ist es nur Rory selbst, der dich dazu bringt, deinen eigenen Tod vortäuschen und aus dem Land fliehen zu wollen?«

»Weder noch«, lüge ich, meine Stimme zu schnell, zu abwehrend. »Mir geht's bestens. Es ist nur ... nicht mein Ding, das ist alles.«

»Aha. Sicher. Und ich nehme an, die Tatsache, dass du praktisch vibrierst, jetzt, wo ich es erwähnt habe, ist nur ... was? Eine lustige neue Macke?«

»Lass es gut sein, Danny«, warne ich, aber mein Versuch,

bestimmt zu klingen, landet ungefähr so gut wie ein durchnässter Papierflieger. Er rührt sich nicht vom Fleck, sein Gesichtsausdruck wird weicher, bleibt aber eindringlich.

»Hör zu, ich versteh's ja«, sagt er und seine Stimme wird gerade so leise, dass ich wie angewurzelt stehen bleibe. »Große Events, anbiedernde Leute, diese ganze ‚Hey, seht mich alle an'-Atmosphäre – das ist nicht gerade Lara Yates' Vorstellung von einem gelungenen Abend. Aber es zu vermeiden, wird nicht das Problem lösen, was auch immer in deinem überanalytischen Gehirn herumgeistert. Es ist auch dein Abend.«

Ich wende mich ab, als ob der Blick über den Fluss eine Flucht vor seinem Kreuzverhör bieten könnte.

»Es ist nicht die Buchvorstellung selbst, okay? Es ist ... alles drumherum. Rory, das Buch, die Tatsache, dass ich ...« Ich schlucke schwer. Meine Kehle fühlt sich eng an und meine Stimme wird leiser. »Die Tatsache, dass ich ihm dieses Buch quasi unter Protest aus den Rippen leiern musste. Und jetzt muss ich dastehen und so tun, als wäre ich stolz darauf. Auf ihn.«

»Warte«, sagt Danny und bleibt abrupt stehen. Er tritt einen Schritt vor, sodass auch ich langsamer werden muss. »Du musstest es ihm aus den Rippen leiern? Was soll das überhaupt heißen?«

»Genau das, wonach es klingt«, erwidere ich und mache eine vage Handbewegung. »Hast du auch nur die geringste Ahnung, wie viel von diesem Buch von *mir* stammt? Szenen strukturieren, Dialoge ausbessern, detaillierte Notizen darüber, was geändert werden musste ...«

»Aber, korrigier mich, wenn ich falschliege, ist das nicht genau das, was eine Lektorin macht?«

»Ja, aber irgendwie hat er mich durch all die Änderungen und Überarbeitungen in das Buch einfließen lassen, uns einfließen lassen. Hat uns in die Charaktere und die Charaktere in uns verwandelt.«

»Und das Ergebnis ist eine großartige Geschichte. Das hast du selbst gesagt.«

»Das ist es. Ohne Frage, es ist das Beste, was er je geschrieben hat.«

Danny sieht mich von der Seite an, sichtlich verwirrt. »Entschuldige, und das ist ein Problem, weil?«

»Weil ich keine Figur in der Geschichte eines anderen sein will. Ich will nicht, dass andere Schnipsel von dem lesen, was ich sage, wenn ich glücklich oder müde oder wütend bin.«

»Leihen sich nicht alle Schriftsteller Dinge aus dem echten Leben?«

»Vielleicht tun sie das, aber …« Ich zögere, die Worte bleiben mir kurz im Hals stecken. »Aber dann ist da noch der andere Teil. Der Teil, wo ich Dinge über Rory weiß, die sonst niemand weiß. Dinge, die all diesen Erfolg … hohl anfühlen lassen. Als hätte ich geholfen, ein Haus zu bauen, obwohl ich wusste, dass das Fundament Risse hatte.«

»Okay, stopp.« Dannys Stimme ist plötzlich scharf, und mit einem Mal steht er vor mir und versperrt mir den Weg. Ich pralle fast gegen ihn und stolpere einen Schritt zurück.

»Ernsthaft?«, sage ich und sehe zu ihm hoch. »Was machst du da?«

»Ich will dir was klarmachen.« Sein Ton ist leicht, sein Gesichtsausdruck jedoch nicht. Er stellt sich fest vor mich, die Arme vor der Brust verschränkt, als würde er mich herausfordern, an ihm vorbeizukommen. »Du machst schon wieder dieses Ding.«

»Welches Ding?«

»Dieses Ding, bei dem du dich selbst davon überzeugst, dass du der Bösewicht in den Geschichten aller anderen bist. Als wärst du eine Art Lektorats-Marionettenspielerin, die die Fäden zieht, und der arme Rory Keane ist nur deine ahnungslose Marionette.« Er schüttelt verärgert den Kopf. »Lara, komm schon. Du weißt, dass das nicht wahr ist.«

»Weiß ich das?«, schnauze ich zurück und verschränke ebenfalls die Arme. »Denn es fühlt sich verdammt nochmal so an, als hätte ich irgendwo eine Grenze überschritten. Wenn die Leute wüssten, wie viel von dem Buch mein ...«

»Stopp«, sagt er wieder, diesmal bestimmter. Sein Blick trifft meinen, ruhig und unerschütterlich. »Du hast keine Grenze überschritten. Du hast deinen Job gemacht. Verdammt, du hast mehr als nur deinen Job gemacht, so wie du es immer tust. Und ja, vielleicht hat Rory sich mehr auf dich verlassen als die meisten Autoren, aber das ist nicht deine Schuld. Das ist seine.«

Ich öffne den Mund, um zu widersprechen, aber er hebt eine Hand, um mir das Wort abzuschneiden. »Nein. Fang gar nicht erst an. Du bist nicht schuld, du untergräbst niemanden, und du bist definitiv nicht verantwortlich für die existenzielle Krise, die Rory Keane wegen seines kreativen Prozesses haben mag. Es ist dir erlaubt« – er betont das Wort, als sei es ein Fremdwort – »stolz auf das zu sein, was du beigetragen hast, ohne dich deswegen schuldig zu fühlen. Denn weißt du was? Ohne dich wäre das Buch nicht mal halb so gut, wie es ist.«

»Die Messlatte liegt ziemlich niedrig«, erwidere ich und starre auf das Pflaster.

»Tu das nicht«, sagt Danny sanft und tritt näher. Seine Stimme wird weicher, aber er rührt sich nicht vom Fleck. »Spiel es nicht herunter. Du bist brillant, Lara. Und du verdienst es, für alles anerkannt zu werden, was du einbringst – auch wenn es dir unangenehm ist, auch wenn es dir eine Heidenangst einjagt. Denn sich für immer hinter den Kulissen zu verstecken? Das ist nicht brillant. Das ist Angst.«

Ich verschränke die Arme fest vor der Brust, das universelle Signal für: *Ich bin mit diesem Gespräch fertig.*

Doch Danny gibt nicht nach. »Rory Keane schuldet dir seine Seele – okay, vielleicht seine halbe Seele. Und bei dieser Buchvorstellung? Da geht es nicht darum, aufzutauchen, um

Rorys Ego zu streicheln; es geht darum, für etwas aufzutauchen, das du miterschaffen hast. Ein gewaltiger Unterschied.«

»Für mich nicht«, brumme ich und mein Blick wandert hinunter zum Fluss. Das Wasser kräuselt sich am Ufer, und für eine Sekunde wünsche ich mir, ich könnte mich darin auflösen. Einfach in die Strömung sinken und mich von ihr weit wegtragen lassen. Irgendwohin, wo weder Rory Keane noch sein dämliches, überhyptes literarisches Meisterwerk existieren – und dieses Gespräch auch nicht.

Danny seufzt, der Ton übertrieben, aber nicht unfreundlich. »Wie wäre es damit: Du musst nicht die ganze Zeit bleiben. Tauch auf, nicke wissend während seiner Lesung, mach zwanzig Minuten lang höflichen Small Talk und schleich dich dann hinten raus, wenn die Leute anstehen, um ihre Bücher signieren zu lassen. Verdammt, ich helfe dir sogar bei der Fluchtroutenplanung. Wir timen es perfekt, sodass du verschwinden kannst, während alle von den Häppchen abgelenkt sind.«

Ich sehe zu ihm auf und verenge misstrauisch die Augen. »Du bestichst mich mit einer frühen Ausstiegsstrategie?«

»Ja«, antwortet er ohne zu zögern. »Und mit Snacks. Weil ich dich kenne – du wirst vorher zu gestresst sein, um zu essen, also holen wir uns danach irgendwo noch feierlich Teigtaschen oder so. Du darfst aussuchen.«

Meine Arme lockern sich ein winziges bisschen, aber mein Ton bleibt frostig. »Du bist wirklich fest entschlossen, mich zu diesem Ding zu schleifen, was?«

»Dich zwingen? Nein.« Er grinst und beugt sich ein wenig vor, als würde er ein Geheimnis verraten. »Dich stattdessen mit Charme, Überredungskunst und unerschütterlicher Logik überzeugen? Absolut.«

SECHSUNDZWANZIG

Als ich die Haupthalle des Naturkundemuseums betrete, fühle ich mich sofort, als wäre ich am Set eines fremden Films gelandet. Heute Abend wird die majestätische viktorianische Architektur in warmes, sorgfältig platziertes Scheinwerferlicht getaucht, das tanzende Schatten über Marmorsäulen und Gewölbedecken wirft. Die Pracht des Museums ist für sich allein schon beeindruckend, doch in Verbindung mit den sorgfältigen Bemühungen unseres Marketingteams wirkt der Raum geradezu magisch.

Über mir schwebt das riesige Skelett eines Blauwals – Hope, wie das Museum sie nennt – von der Decke herab, ihr kolossaler Körper in einem ewigen Tauchgang erstarrt. Die Knochen, die dank unserer Veranstaltungsbeleuchtung blau und rosa schimmern, erstrecken sich über die gesamte Länge der Halle und werfen lang gezogene Schatten an die Wände.

Weiter hinten ragt ein prähistorischer Gigant auf – der Brustkorb eines Dinosauriers wölbt sich über uns wie die Überreste eines Schiffswracks, seine Wirbel eine zackige, urzeitliche Wirbelsäule vor den Glaspaneelen und dem vergoldeten Stein.

Die Knochen sind an fast unsichtbaren Seilen aufgehängt, was die unheimliche Illusion erweckt, die Kreaturen befänden sich mitten im Flug, verzweifelt darum bemüht, einen Platz in der ersten Reihe bei der Buchvorstellung zu ergattern.

Ich sehe mich um und suche nach einer Möglichkeit zu helfen – etwas zu verbessern –, aber alles ist fertig. Die Tische sind makellos gedeckt, das Leinen ist steif, die Gestecke sind dezent, aber elegant. Anmutig ragen Projektionsflächen empor, auf denen lebhafte Bilder des Buchumschlags im Wechsel mit sorgfältig ausgewählten Zitaten aus glühenden Vorabrezensionen gezeigt werden. Im Zentrum des Ganzen befindet sich ein glänzender, überdimensionaler Stapel frisch gedruckter Hardcover, so präzise arrangiert wie Skulpturen in einer Galerie. Und dort, überlebensgroß daneben, Rorys Autorenporträt, in Schwarz-Weiß aufgenommen – sein lässiges Selbstvertrauen strahlt von der Leinwand wie ein Leuchtfeuer.

Es gibt absolut nichts mehr für mich zu tun. Meine redaktionellen Spuren sind hier unsichtbar, sauber verborgen hinter Marketingglanz und stimmungsvoller Beleuchtung. Das Buch existiert jetzt jenseits von mir, und anscheinend Rory auch.

Ich sollte gehen. Ich *will* gehen. Meine Absätze drehen sich bereits in Richtung Ausgang, als ich aus irgendeinem unerklärlichen Grund erstarre. Verdammt.

Ich blicke zurück auf den Büchertisch und das Autorenporträt daneben.

»Tu das nicht«, murmle ich vor mich hin und rücke meine Brille zurecht, als könnte sie mich irgendwie vor dem Sog der Neugier schützen, die an meiner Entschlossenheit kratzt.

Rory Keane, Bestsellerautor und mein personifizierter Schmerz im beruflichen Allerwertesten. Außerdem der Mann, mit dem ich eine Freundschaft-Plus-Beziehung eingegangen bin, der keiner von uns beiden gewachsen war. Vergiss die Tatsache, dass ich für jeden Entwurf dieses verdammten

Buches praktisch geblutet habe und es aus ihm herausgekitzelt habe, als er sich ohne seinen üblichen Co-Autor wiederfand. Vergiss die Tatsache, dass ich ihm geholfen habe, das Herz der Geschichte zu finden, die er jetzt der Welt präsentiert. Nö. Er ist mit blütenweißer Weste davongekommen und hat mich mit nichts als einem verletzten Ego, bitterer Enttäuschung und dem nagenden Gefühl zurückgelassen, dass etwas zwischen uns offen geblieben ist.

Du bist besser als das, sage ich mir und umklammere den Riemen meiner Tasche fester. »Du brauchst keinen Abschluss. Du musst ihn nicht sehen. Und du musst ganz sicher nicht in einer Menge schmachtender Fans stehen, während er sich im Glanz seines eigenen Genies sonnt.«

Trotzdem bleiben meine Füße wie angewurzelt stehen. Ich starre wieder auf das Hochglanzposter, auf Rorys Namen in großen Blockbuchstaben. Rory Keane. Der Mann, der sich nie ganz entscheiden konnte, was er wollte – von seinen Handlungssträngen, von seiner Karriere, von *mir*. Und doch hat er entgegen aller Logik trotzdem alles bekommen.

Natürlich floriert er. Warum auch nicht?

Mein Handy summt in meiner Tasche und reißt mich in die Realität zurück. Ich fische es heraus, halb in der Hoffnung auf eine Ablenkung, aber es ist nur eine E-Mail-Erinnerung an ein Meeting morgen. Nichts Dringendes. Noch keine Ausreden, um zu gehen. Und ich suche nach Ausreden.

Aber tue ich das wirklich? Denn die Wahrheit – die hässliche, unbequeme Wahrheit – ist, dass ein Teil von mir hier sein *will*. Nicht, weil ich Rory vermisse (ich vermisse Rory absolut *nicht*), sondern weil es eine kleine, kleinliche Befriedigung ist zu wissen, dass ich an seinem Erfolg beteiligt war. Ich war diejenige, die ihn gedrängt hat, tiefer zu graben, etwas Echtes zu schreiben. Wenn er da oben stehen und aus *unserem* Buch lesen wird, sollte ich es dann nicht wenigstens sehen dürfen?

Und da ist es, der Kern des Problems. Wenn ich bleibe,

muss ich mich ihm stellen. Wenn nicht, werde ich den Abend damit verbringen, mich zu fragen, was er gesagt hat, wie das Publikum auf die Lesung reagiert hat, ob er bemerkt hat, dass ich nicht da war. So oder so verliere ich.

Meine Finger ziehen sich fester um den Riemen, die Knöchel werden weiß. Ich atme tief durch und versuche, das Chaos der Gefühle in mir zu beruhigen. Verletztheit. Wut. Neugier, die verdächtig nach Hoffnung schmeckt. Nichts davon ergibt einen Sinn. Alles fühlt sich nach zu viel an.

Denk dir eine Ausrede aus und geh einfach.

Die Stimme gehört jemandem, der sich weigert, sein Leben von einem charmanten Mann mit schönen Worten weiter aus der Bahn werfen zu lassen.

Aber meine Füße? Wieder weigern sie sich, sich zu bewegen.

Ich lasse mich zum Büchertisch treiben, angezogen wie eine Motte vom Licht.

Sein Name glänzt in geprägten Goldbuchstaben auf den glänzenden Umschlägen und schreit praktisch *Bestseller*. Weil er es ist. Es ist wirklich unausstehlich.

Mein Herz macht einen Hüpfer und stolpert dann in einen unregelmäßigen Rhythmus. Natürlich tut es das. Denn nichts sagt so sehr »du bist komplett über jemanden hinweg« wie dein Herz-Kreislauf-System, das beim Anblick seines Namens einen Putsch inszeniert.

Das Buch ist schwerer, als ich erwartet hatte, solide in meinen Händen. Offensichtlich wurden bei dieser Erstauflage keine Kosten gescheut. Ich blicke mich um, irrational sicher, dass mich jemand beobachtet und für diesen Moment der Schwäche verurteilt. Niemand tut es, natürlich. So grausam ist das Universum nicht. Nur ... grausam genug, um unsere Umlaufbahnen überhaupt erst kollidieren zu lassen.

Mein Daumen streicht über den Rand des Umschlags,

und bevor ich es mir ausreden kann, schlage ich es auf. Direkt zur Widmungsseite. Wie ein Idiot. Wie jemand, der es nicht besser weiß.

Die Worte treffen mich wie ein Hammerschlag:

FÜR L.Y. –
DAFÜR, DASS DU MIR BEIGEBRACHT HAST, WAS ES BEDEUTET, MIT GANZEM HERZEN ZU SCHREIBEN.
DAFÜR, DASS DU MICH GESEHEN HAST, ALS ICH MICH SELBST NICHT SEHEN KONNTE.
FÜR ALLES. IMMER.

Mir stockt der Atem, als hätte man mir die Luft aus den Lungen geschlagen. Für eine Sekunde stehe ich nur da und starre auf die Seite, die Buchstaben verschwimmen vor meinen Augen, bis sie keinen Sinn mehr ergeben. Und doch ergeben sie *zu viel* Sinn. Jedes Wort fühlt sich wie ein sorgfältig gezielter Pfeil an, der sein Ziel präzise trifft.

»Immer«, flüstere ich vor mich hin und probiere das Wort aus, als wäre es neu und fremd. Meine Kehle schnürt sich zu, als etwas Warmes, Unerträgliches in meiner Brust aufblüht. Wut? Traurigkeit? Hoffnung? Gott, ich weiß es einfach nicht mehr. Es ist alles verknotet, ein Wirrwarr von Gefühlen, bei dem ich keine Ahnung habe, wie ich es entwirren soll.

»Im Ernst?«, zische ich und starre die Seite wütend an, als könnte sie zurückstarren. »Er darf das einfach so machen? Er darf einfach ... ein Buch widmen und dann–« Ich schlage den Einband zu und drücke den Roman an meine Brust, als könnte er entkommen. Meine Augen brennen, und für einen schrecklichen Moment denke ich, dass ich tatsächlich anfangen könnte zu weinen. Aber nein. Nicht hier. Nicht jetzt.

Ich umklammere das Buch fester, meine Nägel graben sich in den Schutzumschlag. Genau deshalb wollte ich nicht hierherkommen. Warum ich mir eingeredet habe, dass es mir egal sein würde. Weil Rory Keane nie halbe Sachen macht. Nicht bei seinem Schreiben. Nicht bei seinem Charme. Und anscheinend auch nicht bei seiner Fähigkeit, meine sorgfältig errichteten Mauern mit einem einzigen verdammten Absatz in Stücke zu reißen.

»Du bist so ein Idiot«, flüstere ich zu mir selbst, aber den Worten fehlt der Biss. Sie klingen hohl, sogar in meinen eigenen Ohren. Mein Spiegelbild starrt mich vom glänzenden Einband an, verzerrt und verformt, und ich hasse es, wie klein ich aussehe. Wie verletzlich.

Immer.

Wenn ich nur lange genug darüber nachdenke, wird es seine Macht verlieren. Aber natürlich bleibt es hängen, umhüllt mich wie Rauch und weigert sich, loszulassen. Verdammt sei er. Verdammt sei sein dummes Talent und seine dummen Worte und-

Meine Finger zittern, als ich das Buch zurück auf den Stapel lege und darauf achte, die anderen nicht zu stören. Aber es spielt keine Rolle. Der Schaden ist bereits angerichtet. Diese Worte sind jetzt in mein Gehirn eingebrannt, auf die Innenseite meiner Augenlider tätowiert.

»Geh einfach weg«, flüstere ich, meine Stimme ist zittrig, aber entschlossen. »Geh einfach.« Und dieses Mal gehorchen meine Füße. Sozusagen. Ein Schritt, dann noch einer. Aber die Last in meiner Brust wird nicht leichter. Wenn überhaupt, wird sie schwerer, zieht mich nach unten und fesselt mich an etwas, von dem ich dachte, ich hätte es hinter mir gelassen.

Immer.

Das Wort klammert sich an mich wie ein Schatten, als ich mich auf den Weg zum Ausgang mache.

Das Buch starrt mich von dem Stapel an, genau dort, wo ich es zurückgelassen habe. Sein Rücken ist glänzend und unscheinbar, aber es könnte genauso gut meinen Namen schreien. Ich hasse, wie es da liegt, so unschuldig, als ob es nicht eine Granate voller Emotionen in sich trüge, mit meinem Namen auf dem Sicherungsstift eingraviert.

Immer.

Das Wort hallt in meinem Kopf wider, krallt sich wie ein Haken unter meine Rippen und zieht mich zurück – oder vielleicht nach vorne. Auf ihn zu.

Ich verschränke die Arme fest vor der Brust und ignoriere, wie mein Puls darauf besteht, schneller zu schlagen. Die Widmung – das war nicht nur eine Aneinanderreihung von poetischem Unsinn, verpackt in Rorys üblichem Charme. Nein, das war Absicht. Kalkül. Eine Einladung, getarnt als Abschied. Ich kann fast seine Stimme hören, wie sie sich durch die Worte webt, leise und beständig, und mich herausfordert, etwas dagegen zu tun.

Ich kann jetzt nicht zur Präsentation gehen. Wie würde das überhaupt aussehen? Würde ich mich hinten aufhalten und so tun, als wäre ich nur ein weiteres Gesicht in der Menge? Oder wäre ich dumm genug, direkt auf Rory zuzumarschieren und eine Erklärung zu verlangen? Nein. Nein, es ist besser so zu tun, als wäre ich krank, und nach Hause zu gehen. Logisch. Professionell. Sicher. Darin bin ich gut, oder?

Ich drücke die Tür des Seitenausgangs auf, und die kalte Nachtluft trifft meine Haut wie ein Schlag. Die Straßen draußen sind ruhig, abgesehen von dem gelegentlichen Hupen eines Taxis und dem Stimmengewirr von Gruppen, die auf dem Weg zu aufregenderen Plänen für den Freitagabend sind. Ich atme tief durch und drücke meine Finger an meine Schläfen. Ich habe die richtige Entscheidung getroffen. Wegzugehen war die einzige Möglichkeit. Es gibt absolut keinen Grund, mich dem Zirkus da drinnen auszusetzen.

Ich bin schon auf halbem Weg den Bürgersteig hinunter, als ich meinen Namen höre.

»Lara!«

Ich drehe mich um und sehe Danny auf mich zukommen, der gleichermaßen erleichtert und genervt aussieht. Er ist leicht außer Atem, sein marineblaues Sakko sitzt schief, und sein Haar ist zerzaust, als hätte er sich mit dem Wind angelegt.

»Bist du ...« Er hält inne und mustert mich. »Warte mal. Wo zum Teufel warst du? Ich habe dich angerufen. Du solltest mich am Bahnhof treffen.«

Ich zucke zusammen und merke, dass ich mein Handy vor Stunden auf lautlos gestellt hatte. »Oh. Stimmt. Ja, tut mir leid.«

Danny mustert mich mit zusammengekniffenen Augen, dann blickt er zum großen Museumseingang hinter mir.

»Warte, warst du da drin?«

»Nein.« Ich verschränke die Arme. »Ich meine, technisch gesehen, ja. Aber jetzt nicht mehr.«

Er atmet scharf aus. »Lara, was zum Teufel?«

»Es ist kompliziert«, murmele ich und hasse schon jetzt, in welche Richtung dieses Gespräch geht.

»Oh, das glaube ich dir.« Er verschränkt die Arme und mustert mich. »Und mit kompliziert meinst du ›völlig vermeidbar, erfordert aber eine Intervention, weil du wieder einmal alles katastrophal zerdenkst‹?«

»Danny-«

»Denn«, fährt er fort und ignoriert mich, »du hast den schwierigen Teil schon hinter dir. Du hast es hierher geschafft.«

Ich starre ihn an. »Das ist ... nicht wahr.«

Er grinst. »Lara, ich kenne dich.«

»Okay, gut. Ja. Ich bin gegangen.« Ich seufze und fahre mir mit der Hand durch die Haare. »Es fühlte sich ... falsch an. Da drin zu sein. Als wäre ich mitschuldig an dieser ganzen Sache. Daran, ihn zu unterstützen.«

Danny neigt den Kopf. »Oder war es eher so, dass du etwas gefühlt hast und dir das nicht gefallen hat?«

Ich werfe ihm einen scharfen Blick zu. »Ich habe nichts gefühlt.«

»Klar.« Er atmet aus. »Okay, dann lass uns praktisch sein. Du bist Lektorin. Du hast dir für dieses Buch den Arsch aufgerissen. Du hast selbst gesagt, dass es schon jetzt nach einem Bestseller aussieht. Das ist auch dein Erfolg. Du musst nicht mit Rory reden, wenn du nicht willst, aber du solltest da drin sein. Du solltest dazu stehen.«

Ich zögere, meine Finger zucken an meinen Seiten. Er hat natürlich recht. Ich hasse es, dass er recht hat.

»Und«, fährt er fort, »wir hatten eine Abmachung. Ich bin den ganzen Weg wegen des Versprechens auf teuren Wein und der vagen Möglichkeit von Promi-Klatsch gekommen. Du kannst mich nicht allein lassen, damit ich mich in einem Raum voller Verlagsleute selbst durchschlagen muss. Ich werde sonst noch von irgendeinem hochtrabenden Literaturagenten adoptiert, der nur 600-seitige experimentelle Romane über Trauer und Kapitalismus liest.«

Ich atme scharf aus. »Also geht es hier um dein Leid, ja?«

»Offensichtlich.« Er grinst. »Aber es geht auch um dich. Schau, ich verstehe, warum du ausflippst, aber was geschehen ist, ist geschehen. Du hast an dem Buch gearbeitet. Es ist jetzt auf der Welt. Du kannst genauso gut die Tatsache feiern, dass du verdammt gute Arbeit geleistet hast.«

Ich blicke zurück zum großen Museumseingang.

Danny stupst mich an. »Komm schon, Lara. Tu es für mich. Tu es für den Wein. Tu es, weil du tief im Inneren weißt, dass du es eher bereuen würdest, hinzugehen, als es nicht zu tun.«

Ich atme langsam aus, meine Entschlossenheit schwindet.

»Na gut«, murmele ich.

Danny reißt siegessicher die Hände in die Höhe. »Da ist sie ja.«

»Halt die Klappe und geh, bevor ich es mir anders überlege.«

Er grinst und hakt sich bei mir unter, als wir uns wieder dem Museum zuwenden. »Oh, ich gehe. Direkt zur Bar, wegen meines Leidens.«

Ich rolle mit den Augen, aber als ich auf meine Uhr schaue, halte ich inne. »Warte. Die Veranstaltung beginnt erst in einer Stunde.«

Danny bleibt mitten im Schritt stehen, gespielt entrüstet. »Willst du mir etwa sagen, dass ich voller Sorge und heiliger Entrüstung hierher geeilt bin, nur um zu erfahren, dass wir eine geschlagene Stunde totschlagen müssen?« Er schnalzt dramatisch mit der Zunge und schüttelt den Kopf. »Keine Sorge, liebe Lara, denn ich habe eine Lösung.«

»Oh, Gott.«

Er richtet sich auf und setzt seinen theatralischsten Tonfall auf. »Wir werden uns ins *The Queen's Arms* begeben, und es wird uns mit den feinsten Stouts, Ales und Weinen in die Arme schließen, bis die Heiterkeit ausbricht.«

Ich atme aus, amüsiert wider Willen. »Du willst doch nur vorglühen.«

»Und wie!«, sagt er. »Und am besten noch ein paar Pommes. Ich kann eine Literaturveranstaltung nicht mit leerem Magen durchstehen.«

Ich zögere, aber er zieht sanft an meinem Arm und lenkt mich von den Museumsstufen weg.

»Na, komm schon. Ein Drink wird helfen. Den Geist stärken. Die Zweifel ertränken. Außerdem darfst du dich noch ein bisschen länger in meiner entzückenden Gesellschaft sonnen.«

Ich schüttle den Kopf und gebe schließlich nach. »Na gut. Aber wenn ich vor einer Branchenveranstaltung trinke, dann zahlst du.«

Danny drückt sich eine Hand aufs Herz. »Es wird mir eine Ehre sein.«

Und damit biegen wir in Richtung Pub ab, mein Magen immer noch ein Knoten, doch meine Entschlossenheit schon ein wenig gefestigter.

SIEBENUNDZWANZIG

Als wir wieder im Museum ankommen, summt der Veranstaltungsraum vor Energie, eine Art knisternder Erwartung, die meine Haut prickeln lässt. Sobald wir eintreten, bereue ich sofort alles. Jede *einzelne* Entscheidung, die mich hierhergeführt hat. Von den schwarzen Absätzen, die mir in die Zehen zwicken, bis hin zur Jacke, die ich in dem fehlgeleiteten Versuch gegriffen habe, mich gegen das zu schützen, was der heutige Abend auch bringen mochte. Nichts davon funktioniert. Ich fühle mich immer noch entblößt. Fast nackt.

Danny stößt mich mit dem Ellbogen in die Seite, eine stumme Erinnerung daran, dass ich in diesem Zirkus nicht allein bin.

»Atme«, murmelt er, als würde er mit einem scheuen Pferd sprechen. »Oder tu wenigstens so.«

Er greift nach meiner Hand, während wir an der Garderobe vorbei in den Hauptsaal gehen.

»Gut besucht«, sagt jemand hinter mir in einem beiläufigen Ton, als würden wir über das Wetter sprechen und nicht über die Buchvorstellung des Jahres. Ich mache einen Schritt zur Seite, lasse die Person vorbei und ziehe Danny mit mir in eine Ecke des Raumes, um zu versuchen, unsichtbar zu werden.

»Ich liebe, was du aus unserem Beobachtungsposten gemacht hast. Wenn wir uns ein bisschen ducken, gehen wir vielleicht als Zierpflanzen durch.«

Ich werfe ihm einen Blick zu. »Du hättest nicht mitkommen müssen, weißt du.«

»Und das hier verpassen?« Er deutet auf den Prunk um uns herum. »Bitte. Das ist der größte Spaß, den ich seit Jahren hatte.«

Der Versuch, mich zu verstecken, hilft nicht. Der Raum ist voller Leben – Menschen plaudern, lachen, nippen an Champagner aus zierlichen Flöten – und obwohl mich niemand ansieht, fühle ich mich beobachtet. Zu sehr beobachtet.

Warum bin ich noch mal hier? Vielleicht ist es berufliche Neugier. Vielleicht ist es Masochismus. Wahrscheinlich beides.

Meine Augen suchen den Raum wider besseres Wissen ab, suchen nach ihm. Nach Rory. Natürlich tun sie das. Denn anscheinend ist Selbstbeherrschung jetzt optional. Mein Hals fühlt sich eng an, und das nicht nur, weil die Luft nach teurem Parfüm und Anspannung riecht. Das ist nicht meine Welt. Nicht wirklich. Und doch stehe ich hier, mitten drin, mein Herz pocht, als würde ich auf etwas warten.

Korrektur: auf jemanden.

»Ein Gläschen Sekt?«, bietet Danny an, als er sich zwei vom Tisch nimmt. Ich schüttle den Kopf und er zuckt mit den Schultern. »Na ja. Jetzt habe ich es schon angefasst, da wäre es unhöflich, es nicht zu trinken.«

Die Lichter werden etwas gedimmt und das Summen der Gespräche wird leiser, als Rory die kleine Bühne betritt. Er sieht ... *gut* aus. Natürlich tut er das. Groß, souverän, in dieser nervtötend perfekten Kombination aus lässigem Selbstbewusstsein und maßgeschneidertem Charme – ein marineblaues Jackett über einem weißen Hemd, die Ärmel hochgekrempelt, als wollte er sich gleich die Hände mit etwas Kreativem und Tiefgründigem schmutzig machen. Sein dunkles Haar ist kunstvoll zerzaust, was, wie ich genau weiß, ihn mindestens fünf Minuten vor dem Spiegel kostet, während er so tut, als wäre das alles ganz mühelos.

»Guten Abend«, sagt er, und seine Stimme durchschneidet die Stille wie warmer Honig, sanft und unglaublich ruhig.

Die Menge beugt sich vor – im wahrsten Sinne des Wortes. Danny klatscht aufgeregt. Sogar ich spüre, wie ich mich leicht nach vorne neige, wie von einer magnetischen Anziehungskraft, gegen die ich nicht ankämpfen kann. Großartig. Einfach großartig. Mein Plan, mit der Tapete zu verschmelzen, läuft ja blendend.

»Vielen Dank, dass Sie alle heute Abend hier sind, um die Veröffentlichung von *Ganz und gar für immer* zu feiern.« Sein Blick schweift durch den Raum, trifft mich nicht – Gott sei Dank –, aber trotzdem zieht sich meine Brust zusammen, eine unwillkürliche Reaktion, die ich nicht genehmigt habe. »Dieses Buch ist ... Tja, es ist etwas Besonderes für mich. Aus vielen Gründen.«

Ich erstarre. Meine Handflächen fühlen sich feucht an, als sie den kühlen Stiel des Champagnerglases umklammern, an das ich mich klammere wie an einen Rettungsanker. Tu das nicht, Rory. Halt dich an dein Skript. Sprich darüber, wie lange du gebraucht hast, es zu schreiben, oder wie viel Koffein bei den Überarbeitungen draufgegangen ist. Mach einen Witz über Abgabetermine. Alles, nur nicht das, was du, wie ich befürchte, gleich sagen wirst.

Er öffnet das Buch noch nicht. Es liegt auf dem Pult wie ein Geheimnis, das darauf wartet, gelüftet zu werden, sein Cover schimmert unter dem weichen Scheinwerferlicht.

»Schreiben ist immer persönlich«, fährt er fort, sein Ton

verändert sich, wird leiser, fast nachdenklich. »Aber dieses hier ... dieses hier hat mich auf eine Weise herausgefordert, die ich nicht erwartet hatte.«

Mein Herz schlägt bei diesen Worten heftiger, denn ich weiß genau, was er meint. Ich war dabei. Bei jeder nächtlichen Brainstorming-Sitzung. Jeder Überarbeitung. Jedem Streit, bei dem sein Starrsinn frontal mit meinem Perfektionismus zusammenprallte. Jeder Berührung, jedem Gefühl, jedem Verlangen ...

»Manchmal«, sagt Rory, seine Hände umklammern nun die Kanten des Pults, »braucht man Hilfe, um seinen Weg zu finden. Eine Muse, könnte man es nennen. Eine Inspiration. Jemand, der einen sieht – selbst wenn man nicht sicher ist, was er da eigentlich ansieht. Sogar wenn man nicht sicher ist, ob man will, dass er dein wahres Ich sieht.« Seine Stimme bricht ganz leicht, ein Riss, den vielleicht niemand sonst bemerkt, aber ich schon. Gott, ich spüre es in meiner Brust. Ich spüre es auch in meiner Hand, als Danny sie fest drückt – er ist von der Rede genauso gefesselt wie alle anderen.

Rory hält inne. Eine Veränderung geht durch den Raum, ein kollektives Luftanhalten, und ich merke, dass meiner irgendwo zwischen meinem Hals und meinem Brustkorb stecken geblieben ist. Er weicht vom Skript ab. Das sehe ich. Das PR-Team von Scott & Drake, das an einem der Tische am nächsten zur Bühne sitzt, sieht es auch, und ihre Gesichter zeigen jetzt fünfzig Schattierungen von Panik. Das ist nicht einstudiert. Der Rory, den ich kenne – der professionelle, polierte Autor, der jedes Publikum bezaubern kann – tritt beiseite, um jemand anderem Platz zu machen. Jemandem, der ehrlich ist. Verletzlich.

»Bevor ich aus dem Buch vorlese«, sagt er und blickt in die Augen der Menge, schafft es aber irgendwie auf unmögliche Weise, dass es sich anfühlt, als spräche er nur mit mir, »gibt es etwas, das ich sagen muss. Etwas, das ich schon vor langer Zeit hätte sagen sollen.«

Nein. Nein, nein, nein. Mein Puls schnellt in die Höhe, Panik flammt heiß hinter meinem Brustbein auf. *Rory, wag es ja nicht-*

Der Raum ist vollkommen still, bis auf das leise Rascheln von jemandem, der sich auf seinem Stuhl zurechtrückt. Mein Griff um Dannys Hand wird fester, meine Nägel drücken sich wie Halbmonde in seine Handfläche, aber er zieht sie nicht weg. Alles, was ich tun kann, ist ihn anzustarren – Rory anzustarren – und zu versuchen, diesen Moment mit dem Mann in Einklang zu bringen, den ich zu kennen glaubte.

Eine Stille senkt sich über den großen Saal, jene Art von erwartungsvoller Stille, die nur entsteht, wenn ein Publikum weiß, dass es gleich etwas Wichtiges hören wird. Rory steht am Podium, das Mikrofon in der Hand, während hinter ihm das übergroße Cover von *Fully, Forever* auf den Bildschirmen leuchtet. Sein gewohntes Selbstbewusstsein ist da, aber da ist noch etwas anderes – etwas Schwereres.

Ich kenne diesen Blick. Ich habe ihn schon einmal gesehen, wenn er am Rande einer Idee steht und nicht sicher ist, ob er den Sprung wagen soll.

Er atmet aus, lässt den Blick über die Menge schweifen und beugt sich dann leicht zum Mikrofon. »Ich hatte für heute Abend eine Rede vorbereitet. Etwas Geschliffenes, Charmantes und voller der üblichen Danksagungen an mein unglaubliches Team bei Scott & Drake, meine Agentin Samantha und natürlich an den da oben. Und das haben sie auch verdient. Mehr, als ich in Worte fassen kann.« Sein Blick zuckt zur Menge im hinteren Teil des Saals – zu mir –, bevor er weiterschweift.

»Aber es gibt etwas, das ich zuerst sagen muss.«

Eine Welle der Neugier geht durch das Publikum. Ich drücke Dannys Hand ein wenig zu fest, und dieses Mal quietscht er vor Schmerz auf, und ich lasse los. »Schon gut«, flüstert er. »Drück ruhig zu, so fest du willst, ich hab ja noch eine.«

Rory nimmt das Mikrofon vom Ständer und beginnt auf und ab zu gehen.

»Seit Jahren habe ich das Glück, auf Bühnen wie dieser zu stehen und Lob für meine Bücher entgegenzunehmen. Bestseller. Verfilmungen. Auszeichnungen. Eine Karriere, von der die meisten Autoren nur träumen können.« Er hält inne. »Aber die Wahrheit ist ... ich habe das nie allein geschafft.«

Ein Flüstern geht durch den Raum.

Danny beugt sich zu mir und flüstert: »Ich schwör's dir, wenn das jetzt so ein großer ‚Haltet die Hochzeit auf'-Moment wird, dann filme ich das.«

Ich werfe ihm einen wütenden Blick zu.

Er grinst. »Zu früh?«

Rory holt tief Luft und fährt dann mit fester Stimme fort. »Jedes Buch, auf dessen Umschlag mein Name steht – die, die ihr gelesen, geliebt und euren Freunden empfohlen habt –, war nicht nur meins. Von Anfang an hatte ich eine Co-Autorin. Jemand, der genauso viel Herzblut in diese Geschichten gesteckt hat wie ich, wenn nicht sogar mehr. Jemand, der nie um Anerkennung gebeten oder das Rampenlicht gefordert hat.«

Er dreht sich leicht um, als würde er nach ihr suchen. »Meine Schwester, Aoife, verdient jedes bisschen Anerkennung, das ich je erhalten habe. Wahrscheinlich sogar mehr. Sie ist die beste Autorin, die ich kenne, die beste Partnerin, die ich mir hätte wünschen können, und die beste Schwester, die man sich nur wünschen kann.« Seine Stimme wird weicher. »Und das hätte ich schon vor langer Zeit sagen sollen.«

Der Raum ist totenstill. Eine Sekunde dehnt sich. Dann noch eine.

Er verlagert sein Gewicht und umklammert die Kanten

des Podiums. »Ändert das etwas an den Büchern? Ändert das, wie ihr mich seht?« Er lässt die Fragen im Raum hängen und mustert die Gesichter vor sich. »Vielleicht. Vielleicht auch nicht. Das müsst ihr selbst beurteilen.«

Ein Moment der Stille. Dann vereinzelter Applaus.

»Danke, Aoife«, sagt er, seine Stimme fest, aber von Emotionen erstickt. »Für alles.«

Ich kann nicht klatschen. Meine Hände sind wie erstarrt, mein Kopf rast. Denn wenn Rory da oben stehen kann, im grellen Licht von hundert wachsamen Augen, und sich so entblößen kann ... welche Ausrede habe ich dann noch, mich zu verstecken?

Der Applaus stottert unbeholfen, als ob das Publikum nicht sicher wäre, ob es sich darauf einlassen soll. Gedämpfte Stimmen prallen in einer unterschwelligen Strömung aus Überraschung und Verwirrung aufeinander. Jemand in meiner Nähe schnappt leise nach Luft – vielleicht dramatisch, vielleicht echt –, und ich schwöre, ich höre das Wort »skandalös« von irgendwo hinter meiner linken Schulter geflüstert. Danny reicht mir eine Flöte Prosecco, und ich nehme sie instinktiv an.

Ich kann es spüren – die Energie, die sich verschiebt, knistert und die Luft wie statische Aufladung vor einem Gewitter füllt. Die Leute beugen sich zueinander, ihre Aufregung ist greifbar, und doch stehe ich wie angewurzelt da, mein Herz schlägt wie eine wild gewordene Pauke. Mein Kopf dreht sich und versucht mitzuhalten, mit dem, was gerade passiert ist. Rory Keane – der *perfekte Rory Keane*, dessen öffentliches Image so attraktiv ist wie seine Buchcover – hat gerade seine Brust aufgerissen und dem Publikum seine blutende, schlagende Wahrheit überreicht.

Aoife. Er hat ihren Namen gesagt. Es zugegeben. Laut. Vor allen.

Meine Finger schließen sich fester um mein Glas, die

kühle Kondensation gleitet über meine Handfläche. Ich will wütend auf ihn sein – für irgendetwas, egal was –, aber die Emotion kommt nicht wirklich an. Stattdessen breitet sich dieser schreckliche, alles verzehrende Schmerz unter meinen Rippen aus, während mein Gehirn versucht, wieder Halt zu finden.

Danny muss es bemerken, denn er nimmt mir sanft das Glas aus den Fingern, bevor ich den Stiel glatt abbreche. »Fügen wir dem Drama heute Abend nicht auch noch eine ‚glasbedingte Verletzung' hinzu, ja?«

Rory, der zu seinen Schwächen steht? Rory, der unter diesen gleißenden Lichtern steht und sich selbst entblößt? Das ist kein Mann mehr, der auf Nummer sicher geht. Das ist … etwas völlig anderes. Und verdammt sei er, dass er mich das fühlen lässt.

»Das ist nicht alles«, sagt Rory, und seine Stimme durchschneidet den zunehmenden Lärm klar und deutlich.

Die Menge ist jetzt wirklich auf Empfang geschaltet. Und dann passiert es.

Seine Augen finden meine.

Es geschieht nicht sofort; er lässt erst seinen Blick durch den Raum schweifen, als ob er sucht, als ob er eine Erlaubnis bräuchte. Aber dann heften sich diese grünen Augen an meine, als wären sie durch einen unsichtbaren Faden verbunden, und plötzlich verblasst alles andere – das leise Summen der Gespräche, das Schlurfen von Füßen, sogar der zu süße Parfümduft der Frau neben mir – zu einem Rauschen.

Danny, wie immer schlagfertig, witzelt: »Wenn du jetzt abhaust, täusche ich einen Ohnmachtsanfall vor, um für Ablenkung zu sorgen.«

»Noch eine Person verdient heute Abend meinen Dank«, sagt Rory, und da ist dieses winzige Beben in seiner Stimme, so klein, dass die meisten Leute es nicht bemerken würden. Aber ich schon. Natürlich tue ich das.

»Jemand, der mich herausgefordert, frustriert und auf eine Weise an meine Grenzen gebracht hat, die ich nie für möglich gehalten hätte.«

Oh nein. Oh, auf gar keinen Fall.

»Sie ist der Grund, warum dieses spezielle Buch existiert«, fährt Rory fort, hält ein Exemplar von *Fully, Forever* hoch, sein Blick immer noch auf mich gerichtet, unerschütterlich und unerbittlich. Seine Stimme wird leiser, weicher, aber irgendwie trägt sie noch weiter. »Sie hat nicht nur den Großteil dieses Buches neu geschrieben, wofür sie meinen ewigen Dank verdient. Sie hat mich daran erinnert, wie Ehrlichkeit aussieht. Wie sich Mut anfühlt. Sie hat mich daran erinnert, wie man verletzlich ist, selbst wenn es einem eine Heidenangst macht.«

Meine Lungen ziehen sich zusammen. Ich kann nicht atmen. Ich glaube, ich falle hier mitten in diesem infernalischen Museum tatsächlich in Ohnmacht, umgeben von zwanzigjährigen Bookstagrammern und irgendeinem Typen, der rote Hosenträger über einem weißen Hemd trägt.

Er verlagert leicht sein Gewicht, und zum ersten Mal an diesem Abend ist seine Haltung nicht von mühelosem Selbstbewusstsein geprägt – es ist etwas Rohes, von jeder Schauspielerei befreit.

»Die Wahrheit ist«, sagt er, die Stimme fest trotz des Hauchs von Unsicherheit in seinem Gesichtsausdruck, »ich steckte fest.«

Die Zuschauer richten sich ein wenig auf und passen nun wirklich auf.

»Ich meine keine Schreibblockade. Ich meine, dass ich feststeckte. Weil ich zum ersten Mal in meiner Karriere das alles alleine schaffen musste. Ich musste mir selbst beweisen, dass ich etwas ohne meine Schwester an meiner Seite schreiben konnte, ohne die Person, die jedes einzelne Buch davor mitgeprägt hat. Aber ich war nicht bereit. Ich wusste nicht, wie.« Er schluckt. »Denn die Wahrheit ist, ich habe meine ganze Karriere damit verbracht, über die Liebe zu schreiben, aber ich hatte keine Ahnung, was sie wirklich war. Nicht, bis ich sie traf.«

Die Worte legen sich wie eine Lawine auf meine Brust.

Der Raum ist jetzt vollkommen still. Niemand bewegt sich. Niemand wagt es.

»Ich habe meinen Erfolg auf der Vorstellung der perfekten Liebe aufgebaut«, fährt Rory fort, seine Finger umklammern das Podium jetzt ein wenig fester. »Eine Liebe, die einer klaren Formel folgt, eine Liebe, die immer gut ausgeht. Die Art, die in einer Drei-Akte-Struktur Sinn ergibt. Aber das ist nicht das, was Lara Yates mich gelehrt hat.«

Oh Gott.

»Sie hat mich die chaotische Liebe gelehrt. Die Art, die einen herausfordert. Die einen zwingt, zu wachsen, besser zu werden. Die Art, die nicht ordentlich oder vorhersehbar ist, die Art, die sich nicht in Tropen und Happy Ends auf Abruf verpacken lässt. Die Art, die einem höllische Angst macht.« Er atmet zittrig aus, als zwänge er sich selbst zum Weitermachen, trotz des Gewichts, das auf seiner Brust lastet. »Sie hat meine Seiten zerfetzt und jede Lüge, jede faule Abkürzung, jedes Mal, wenn ich mich auf Klischees statt auf die Wahrheit gestützt habe, entlarvt. Sie hat nicht nur dieses Buch besser gemacht. Sie hat *mich* besser gemacht.«

Mein Hals ist wie zugeschnürt. Viel zu eng.

Rory bewegt sich und blickt mich dann wieder direkt an.

»Und, Lara«, sagt er, und mein Name fällt aus seinem Mund wie ein Stein in einen stillen Teich. »Ich will, dass du etwas weißt.«

Nein. Bitte nicht.

»Mit dir zu arbeiten, hat mein Leben verändert.« Seine Stimme wird tiefer, kaum mehr als ein Hauch. Dann, leiser – nicht für das Publikum, nicht für irgendjemanden außer mir.

»Dich zu lieben ...« Seine Stimme bricht, nur ganz leicht, aber genug, dass sich meine Hände zu Fäusten ballen. »Dich zu lieben war das größte Risiko, das ich je eingegangen bin. Und das Beste, was ich je tun werde.«

Die darauffolgende Stille ist ohrenbetäubend, das Gewicht seiner Worte hängt schwer in der Luft.

Ich nehme die Reaktion der Menge nur am Rande wahr – leises Keuchen, ein paar hörbare Ausrufe –, aber all das ist nur Hintergrundgeräusch zu dem Tosen in meinen Ohren. Denn das hier ist nicht real. Es kann nicht real sein. Rory Keane, Bestsellerautor und professioneller Herzensbrecher, steht nicht vor Dutzenden von Fremden auf einer Bühne und gibt zu, dass er mich liebt.

Ich spüre, wie sie mich ansehen, ihre Blicke schwer und aufdringlich, aber ich kann mich nicht bewegen. Kann nicht sprechen. Alles, was ich tun kann, ist, einfach nur dazustehen, bloßgestellt, während Rory wartet – Hoffnung und Entschlossenheit in jede Linie seines Gesichts gemeißelt. Danny bedrängt mich nicht, er sagt nichts. Er drückt nur sanft meinen Arm, als wollte er wortlos sagen: *Ich bin bei dir.*

Die Luft fühlt sich zu dick an, als würde ich versuchen, durch einen Wollpullover zu atmen. Meine Beine sind am Boden festgewurzelt, obwohl jeder Instinkt in meinem Körper mich anschreit, mich zu *bewegen*. Vorwärts, rückwärts, irgendwohin, nur nicht hierher. Rorys Worte hallen immer noch in meinem Schädel wider – »*Dich zu lieben war das größte Risiko*« – wie ein grausames Echo, das mein Gehirn kurzschließen soll.

Das kann nicht wahr sein.

Ein Teil von mir will lachen. Ein hysterisches, fast schon manisches Lachen, das mich wahrscheinlich vom Sicherheitspersonal nach draußen begleiten ließe. Denn das hier – diese große, mitreißende Liebeserklärung vor einem Publikum – ist der Stoff, aus dem Liebesromane sind. Genauer gesagt, *seine*

Liebesromane. Die, die ich monatelang lektoriere und bei all den überzogenen Reden und »Ich sterbe ohne dich«-Verkündungen mit den Augen rolle. Und jetzt, irgendwie, *erlebe* ich einen.

Die Ironie entgeht mir nicht. Wenigstens bleibt er seiner Marke treu.

»Geh einfach«, flüstere ich vor mich hin und zwinge meine Füße, sich zur Tür zu drehen. Verschwinde. Lauf. Tu *irgendetwas*, außer hier wie ein Reh im Scheinwerferlicht zu stehen, während Rory Keane vor allen seine Seele entblößt. Damit *ich* es sehe.

Aber ich bewege mich nicht. Mein verräterischer Körper bleibt wie erstarrt, meine Hände umklammern den Riemen meiner Tasche so fest, dass meine Knöchel schmerzen. Denn so sehr ich auch flüchten möchte, gibt es einen anderen Teil von mir – einen leiseren, gefährlicheren Teil –, der nicht weglaufen will. Der bleiben will. Der ihm glauben will.

Das ist nicht echt. Das ist ... ein Publicity-Stunt. Eine Masche. Die Rationalisierungen purzeln schwach und hohl durch meinen Kopf.

Er sieht mich immer noch an – direkt an – mit einer Intensität, von der ich nicht wusste, dass er dazu fähig war. Sein Ausdruck ist unverstellt, ungeschützt und so schmerzlich verletzlich, dass ich nicht wegsehen kann.

»Verdammt, Rory.« Er hätte das nicht tun sollen. Er hätte nicht *mich* zur Geschichte machen sollen.

Mein Puls hämmert mir in den Ohren. Die Aufmerksamkeit der Menge fühlt sich erstickend an, ihr Flüstern wie statisches Rauschen auf meiner Haut. Und doch ... und doch, unter all der Angst, all dem Zweifel, ist da noch etwas anderes. Etwas Warmes und Eindringliches, das an den Rändern meiner Entschlossenheit zerrt.

Hoffnung.

Sei nicht dumm. Hoffnung ist gefährlich. Wer hofft, wird

nur verletzt. Aber Rorys Worte spielen sich immer wieder in meinem Kopf ab, stur und unerbittlich: *Dich zu lieben ... war das Beste, was ich je tun werde.*

Danny beugt sich zu mir, seine Stimme ist leise und sicher. »Geh.« Ein einziges Wort, fest und unnachgiebig. Als ich zögere, fügt er hinzu: »Du wirst es bereuen, wenn du es nicht tust. Und glaub mir, ich habe nicht die Geduld, mir die nächsten zehn Jahre anzuhören, wie du das analysierst.«

Mein Hals schnürt sich zu, und bevor ich es mir anders überlegen kann, mache ich einen Schritt nach vorn.

Dann noch einen.

Und noch einen.

Jede Bewegung fühlt sich monumental an, als würde ich durch Treibsand waten, aber ich gehe weiter. Die Menge teilt sich langsam um mich herum, Gesichter verschwimmen zu einem Dunst aus Farbe und Geräuschen. Zuerst konzentriere ich mich auf den Boden – glänzende Schuhe, abgewetzte Absätze, Stuhlbeine, der Rand einer Handtasche. Alles, nur nicht Rory. Aber als ich näher komme, hebt sich mein Blick, wie von einem Magneten von ihm angezogen.

Er hat seine Augen nicht von mir abgewandt. Nicht ein einziges Mal.

Ich erreiche den Bühnenrand. Meine Handflächen sind feucht und mein Magen ist ein Sturm aus Nervosität, aber jetzt gibt es kein Zurück mehr. Was auch immer als Nächstes passiert, ich bin hier. Ich *entscheide* mich, hier zu sein.

Für ihn. Für uns. Für was auch immer das hier sein mag.

Er steht da, groß und unerschütterlich, das Mikrofon in der einen Hand, die andere hängt unbeholfen an seiner Seite, als wüsste er nicht, was er damit anfangen soll. Seine Augen sind auf mich gerichtet, weit und ungeschützt, und zum ersten Mal, seit ich ihn kenne, sieht er ... nervös aus. Rory Keane, der Mann, der einen Raum voller Literaturkritiker dazu bringen könnte, eine schlecht geschriebene Einkaufsliste zu lieben, ist nervös. Wegen mir.

»Hi«, bringe ich hervor, meine Stimme kaum lauter als ein Flüstern. Es ist wirklich absurd, denn ich bin mir ziemlich sicher, dass die Hälfte des Publikums den Atem angehalten hat, nur um zu hören, was als Nächstes passiert.

»Hi«, erwidert er, leise und bestimmt. Seine Lippen zucken, als wollte er lächeln, sich aber nicht ganz traut. Und Gott steh mir bei, ich glaube, ich liebe ihn dafür sogar noch mehr.

Es gibt eine Pause – nein, einen *Moment*. Einer dieser filmreifen Augenblicke, in denen die Welt kollektiv den Atem anzuhalten scheint. Ich spüre das Gewicht der Blicke aller, die Hitze ihrer Neugier, die auf mir lastet.

»Rory ...«, fange ich an, aber meine Stimme versagt. Verdammt. Warum habe ich das nicht geprobt? Ach ja, weil ich überhaupt nicht geplant hatte, hier zu sein!

»Nicht«, unterbricht er mich sanft und tritt näher. Das Mikrofon fällt an seine Seite, vergessen, und jetzt gibt es nur noch uns. »Du musst jetzt nichts sagen.«

»Das ist gut«, gebe ich zu. »Weil ich keine Ahnung habe, was ich sagen soll.«

Sein Lachen ist kurz, atemlos, aber ein Hauch von Erleichterung liegt darin. »Du bist da. Das ist genug.«

Genug. Das Wort liegt schwer in meiner Brust und bricht etwas in mir auf. Jahrelang hatte sich nichts, was ich tat, jemals genug angefühlt – nicht bei der Arbeit, nicht im Leben, nicht einmal in den stillen Momenten, in denen ich es wagte, von etwas mehr zu träumen. Aber Rory ... er sieht mich an, als hätte ich ihm die Sterne vom Himmel geholt, und ich denke, vielleicht, nur vielleicht, hat er recht. Vielleicht *ist* es genug, einfach da zu sein.

»Sabotierst du deine eigenen Buchvorstellungen immer mit dramatischen öffentlichen Geständnissen?«

»Nur, wenn die Person, die ich auf der Welt am meisten liebe, involviert ist«, kontert er, schlagfertig wie immer. Seine Stimme wird tiefer, leiser, und plötzlich ist sie nur für mich bestimmt. »Und nur, wenn ich absolute Todesangst habe, sie zu verlieren.«

Verdammt sei er. Verdammt sei seine dämliche, wunderschöne Aufrichtigkeit. Ich trete noch einen Schritt näher, nah genug, um die leichten Bartstoppeln an seinem Kiefer zu sehen, die Art, wie sein Puls an seinem Hals flattert. Er ist auch verletzlich, wird mir klar, und irgendwie macht das die ganze Sache sowohl einfacher als auch unendlich viel schwerer.

»Rory«, versuche ich es noch einmal, diesmal leiser. Ich bin mir nicht sicher, was ich sagen werde, aber es spielt keine Rolle, denn im nächsten Moment überbrückt er die Distanz zwischen uns.

Der Kuss ist – nun ja, er ist alles. Sanft und drängend, zögerlich und verzehrend, wie tausend ungesagte Worte, die in einem einzigen Atemzug herausströmen. Seine Hand umschließt mein Gesicht, seine Finger vergraben sich in meinem Haar, und ich schmelze an ihn, bevor ich zu viel nachdenken kann. Es gibt keinen Raum für Zweifel oder Angst, nur die überwältigende Gewissheit, dass dies, genau hier, der Ort ist, an dem ich sein soll.

Die Menge bricht in Jubel aus. Applaus, Zurufe, jemand pfeift von hinten – ich bin mir ziemlich sicher, dass es Danny ist –, aber ich nehme es kaum wahr. Rory zieht sich gerade so weit zurück, dass er seine Stirn an meine legen kann, sein Atem ist warm und unregelmäßig. Seine Augen suchen meine, und ich schwöre, in ihnen wirbelt eine ganze Galaxie von Emotionen: Hoffnung, Erleichterung, Liebe und etwas anderes, das ich nicht ganz benennen kann.

»Hi«, sagt er wieder und grinst wie ein Idiot.

»Hi«, erwidere ich, atemlos und wider Willen lächelnd.

Und zum ersten Mal seit einer sehr, sehr langen Zeit habe ich das Gefühl, dass ich vielleicht wirklich in Ordnung sein könnte.

»Das war ... dramatisch.«

»Ich musste sichergehen, dass ich deine Aufmerksamkeit habe. Du weißt doch, ich habe eine Schwäche für große romantische Gesten. Und fürs Protokoll, während einer Verfolgungsjagd wäre es sogar noch besser gewesen.«

»Herzlichen Glückwunsch«, sage ich ironisch und lasse meine Hand wieder an meine Seite fallen. »Du hast uns beide offiziell zum Spektakel gemacht. Ich hoffe, du bist glücklich.«

»Das bin ich«, erwidert er, sein Blick hält meinen gefangen. »Bist *du* glücklich?«

Glücklich. Das Wort landet sanft, aber es ist schwer, wie ein Kiesel, der über das Wasser springt, bevor er in die Tiefe sinkt. Ich blinzle zu ihm hoch, mein Verstand sucht fieberhaft nach einer Antwort, die nicht verraten würde, wie völlig aufgelöst ich mich gerade fühle. Glücklich? Wer hat Zeit, Glück zu verarbeiten, wenn man gerade öffentlich von seinem Ex-Kollaborateur-jetzt-Muse-jetzt-was-auch-immer geküsst wurde?

»Frag mich in fünf Minuten noch mal«, schaffe ich zu sagen, meine Stimme fester, als ich erwartet hatte.

»Okay«, sagt Rory, ohne den Blick von mir zu nehmen. »Aber nur fürs Protokoll, ich werde so lange fragen, bis die Antwort Ja lautet.«

Ich weiß nicht, ob ich lachen, weinen oder ihm eine scheuern soll. Stattdessen schüttle ich nur den Kopf und unterdrücke das Lächeln, das droht, durchzubrechen.

Die Menge summt immer noch – klatscht, jubelt, jemand streamt das Ganze wahrscheinlich live –, und langsam dämmert mir, dass wir hier auf einer Bühne stehen, unter sehr hellen Lichtern, und unglaublich ... sichtbar sind. Meine

Wangen werden heiß, als die Realität wieder auf mich einstürzt.

»Rory«, zische ich und lehne mich näher, meine Stimme so leise, dass nur er sie hören kann. »Die Leute starren uns an.«

»Sollen sie doch.« Sein Ton ist unglaublich gelassen, als hätte er nicht gerade mein sorgfältig aufgebautes Leben vor der halben Verlagsbranche in die Luft gejagt. »Die werden sich schon wieder einkriegen.«

»Meinst du?«, gebe ich zurück und ziehe eine Augenbraue hoch. »Ich bin mir nämlich ziemlich sicher, dass wir auf BookTok trenden werden.«

»Gut.« Er grinst, und für eine Sekunde will ich ihn dafür hassen, wie unerträglich selbstsicher er aussieht. »Ich wollte schon immer mal in den sozialen Medien viral gehen.«

Ich verdrehe die Augen so heftig, dass es ein Wunder ist, dass sie mir nicht aus dem Schädel fallen. Aber dann streifen seine Finger meine – nur die leichteste, flüchtigste Berührung – und all mein Sarkasmus löst sich auf wie Nebel in der Sonne.

»Rory ...«, fange ich an, aber meine Stimme stockt. Es gibt zu viel zu sagen, zu viel, wofür ich nicht bereit bin, und die Worte verknoten sich in meinem Hals. Er scheint es trotzdem zu verstehen, denn sein Gesichtsausdruck wird weicher, das Grinsen weicht etwas Leiserem, etwas Echtem.

»Hey«, sagt er sanft, seine Stimme wird so tief, dass sie mich erdet. »Ist schon gut. Wir kriegen das hin.«

»Was hinkriegen?«, frage ich, obwohl ich die Antwort bereits kenne.

»Alles. Dich und mich. Uns. Was auch immer das hier ist.«

Mein Herz macht diesen albernen kleinen Hüpfer, und ich fühle mich plötzlich, als stünde ich am Rande einer Klippe, der Wind peitscht durch mein Haar, der Boden meilenweit unter mir. Furchteinflößend, berauschend, unvermeidlich.

»Ganz schön kühn von dir anzunehmen, dass es ein ›uns‹ gibt«, sage ich, ziele auf trocken, lande aber eher bei atemlos.

»Kühn ist sozusagen mein Ding«, schießt er zurück.

»Rory«, sage ich wieder, diesmal sanfter, und ich weiß nicht einmal, was ich als Nächstes sagen will. Vielleicht nichts. Vielleicht alles.

»Ja?«

»Versau das nicht«, sage ich, halb scherzhaft, halb ernst. Denn wenn irgendjemand die Macht hat, das hier zu ruinieren – was auch immer das hier ist –, dann er. Oder vielleicht bin ich es. Wahrscheinlich wir beide, wenn ich ehrlich bin.

»Nicht im Traum«, verspricht er, und zum ersten Mal glaube ich, dass ich ihm tatsächlich glauben könnte.

Dann lösen wir uns voneinander, gerade so weit, dass wir uns richtig ansehen können, und die Schwere dessen, was geschehen ist – was gerade *passiert* –, legt sich wie etwas Zerbrechliches, Kostbares zwischen uns. Sein Blick trifft meinen, fest und suchend, und in diesem Augenblick fühlt es sich an, als stünden wir an der Schwelle zu etwas Großem und Unergründlichem. Etwas Furchterregendem. Etwas Wunderbarem.

Und vielleicht, nur vielleicht, ist das genug.

ACHTUNDZWANZIG

ACHTZEHN MONATE SPÄTER …

Meine Finger fahren die Kanten des Probeexemplars auf dem Tisch vor mir nach – meines Probeexemplars. Der Umschlag ist glatt, das Papier fest, schwerer, als ich erwartet hatte. Es fühlt sich … echt an. Zu echt.

Ich blättere zum wohl hundertsten Mal durch die Seiten, mein Daumen bleibt leicht an der Ecke von Kapitel eins hängen. Da ist er. Mein Name. In fetter Serifenschrift starrt er mich an, als würde er meine Dreistigkeit verspotten.

Lara Yates. *Autorin.*

»Lächerlich«, sage ich und schiebe meine Brille höher auf die Nase. Das bringt mir einen neugierigen Blick von der Barista hinter dem Tresen ein, aber ich ignoriere sie. Stattdessen starre ich auf das Buch hinunter. Mein Buch.

Meine Brust zieht sich zusammen. *Aufregung? Panik? Beides. Definitiv beides.*

Ein Schatten gleitet über den Tisch, und bevor ich aufsehen kann, lässt sich jemand mit einer mühelosen Selbstsicherheit, die ich nie verstehen werde, auf den Stuhl gegenüber von mir gleiten.

»Das ist es also?«

Rory Keane. Natürlich. Er hat dieses nachlässige Grinsen aufgesetzt, das mit einem Warnhinweis versehen sein sollte, und sein dunkles Haar fällt ihm gerade so weit in die Stirn, dass es ihm einen »Ich-bin-so-aufgewacht«-Charme verleiht. Sein Hemd hängt locker, die Jacke lässig über eine Schulter geschwungen, denn Rory Keane betritt einen Raum nicht einfach – er schlendert hinein, als gehöre ihm der Laden. Wenn er bemerkt, wie fest ich das Probeexemplar umklammere, sagt er nichts.

»Herzlichen Glückwunsch, Lara«, sagt er leise. Nicht neckisch. Einfach nur ... aufrichtig.

Rory fragt nicht. Natürlich fragt er nicht.

Bevor ich auch nur blinzeln kann, schießt seine Hand über den Tisch. Seine langen Finger streifen meine, als er das Probeexemplar direkt aus meinen Händen zupft, als wäre es irgendein beiläufiges Schmuckstück und nicht, na ja, *der Höhepunkt meiner gesamten Existenz.*

»Ah, ah«, mache ich und kneife die Augen zusammen. »Das ist als geheim eingestuftes Material.«

»Gut, dass ich Geheimnisse liebe.« Sein Grinsen ist zum Verrücktwerden, die Sorte, die vor so viel Unfug trieft, dass ein Heiliger seine Gelübde überdenken würde. Er lehnt sich in seinem Stuhl zurück und schlägt mit übertriebener Lässigkeit den vorderen Umschlag auf. »Mal sehen, was wir hier haben.«

»Rory«, warne ich, aber es klingt schwach – peinlich schwach. Meine Stimme hat diesen wackeligen Tonfall, halb streng, halb insgeheim begeistert, denn es ist vollkommen absurd, ihm dabei zuzusehen – *dem* Bestsellerautor der *Sunday Times,* dem unbestrittenen König der Liebesromane, dem professionellen Herzensbrecher –, wie er den ersten Satz *meines* Buches liest.

Er räuspert sich theatralisch und blinzelt auf die Seite, als würde er sich auf eine öffentliche Lesung vorbereiten. »›An den Rändern seines Lebens war sie immer nur eine Lektorin gewesen – bis zu dem Tag, an dem er sich in ihres hineinschrieb.‹« Er senkt das Buch ein wenig und zieht eine dunkle Augenbraue in die Höhe. »Oha. Du willst mir wohl den Rang ablaufen, was?«

»Gib es zurück.« Ich strecke die Hand aus, aber er hält es gerade außer Reichweite, sein Grinsen wird breiter. Die Dreistigkeit dieses Mannes.

»Noch nicht«, sagt er und neigt den Kopf, als würde er über etwas zutiefst Tiefgründiges nachdenken. »Du könntest tatsächlich besser sein als ich. Sollte ich mir Sorgen machen?«

»Ja. Und jetzt gib das Diebesgut zurück, bevor ich die Security rufe.«

»Security?« Sein Lachen ist tief, warm und viel zu ansteckend. Ich spüre, wie es sich wie Rauch um die Ränder meiner Entschlossenheit legt. »Lara, bitte. Du würdest mich vermissen, wenn sie mich wegschleppen würden.«

»Diskutabel.«

»Gib es zu«, fährt er fort und klopft spielerisch mit dem Rand des Buches auf den Tisch. »Das ist gut. Richtig gut. Du solltest stolz sein.«

»Das bin ich. Sehr.«

Ich kann den Blick nicht von dem Buch abwenden. Es ist meins – jedes Wort, jedes Komma, über zehn Jahre in der Entstehung, wenn man die Zeit vom Anfang bis zur Veröffentlichung rechnet. Und jetzt liegt es hier, mitten auf einem klebrigen Cafétisch neben einer halbleeren Latte-Tasse. Irgendwie ist das erschreckender als berauschend.

»Hey«, sagt Rory und durchbricht das Rauschen in meinem Kopf. Er steht auf und kommt zu meiner Seite des Tisches. Er streckt eine Hand aus, die Handfläche nach oben, und hält inne, kurz bevor er meine berührt. Ich hebe meine

Hand und ergreife sie; er wartet, bis ich seinen Blick wieder erwidere. »Es ist echt, Lara. Du hast das geschafft.«

»Ja«, flüstere ich kaum hörbar. »Das habe ich.«

Dann verschiebt sich etwas, subtil und unmöglich zu bestimmen, aber ich spüre es trotzdem. Ich stehe auf und Rory schließt die Lücke zwischen uns. Seine Stirn streift meine, warm und unerschütterlich, und mein Atem stockt vor Überraschung.

»Siehst du?«, sagt er. »Gar nicht so beängstigend, oder?«

Ich antworte nicht, jedenfalls nicht mit Worten. Stattdessen lasse ich meine Augen zufallen und lehne mich ganz leicht an ihn – in diesen Moment, flüchtig und zerbrechlich, aber unbestreitbar echt.

Und zum ersten Mal, vielleicht überhaupt, glaube ich ihm.

Rory zieht sich gerade so weit zurück, dass er mir in die Augen sehen kann, seine Stirn ist immer noch so nah, dass ich die leichte Spur von Wärme spüren kann, die dort zurückgeblieben ist. Sein Blick ist fest, suchend und – natürlich – ein kleines bisschen selbstgefällig, als wüsste er genau, was für ein Chaos er anrichtet.

»Also gut, Yates«, sagt er. »Was passiert als Nächstes?«

Ich blinzele ihn an, für einen Moment von der Frage aus der Bahn geworfen, obwohl ich das nicht sein sollte. Das ist typisch Rory – immer direkt ins kalte Wasser springen, ohne zu prüfen, ob ich Zeit hatte, eine Rettungsweste anzuziehen.

»Als Nächstes?«, wiederhole ich, um Zeit zu schinden, denn, nun ja, ich bin mir nicht sicher, ob ich mir zutraue zu antworten, ohne wie eine Idiotin zu klingen. Mein Gehirn fühlt sich an, als bestünde es nur noch aus statischem Rauschen, seit er sich vorgebeugt hat.

»Ja, als Nächstes«, wiederholt er und dehnt das Wort, als wäre es offensichtlich. »Denn jetzt bist du eine große, berühmte Autorin und so. Ich schätze ... ich muss wissen, dass du immer noch glücklich damit bist, dich mit diesem großen Tölpel abzugeben.«

Da trifft es mich, wie viel Gewicht diese Worte haben, trotz der Leichtigkeit in seinem Ton. Trotz all seiner Angeberei und seines frechen Grinsens sagt Rory solche Dinge nicht leichtfertig. Nicht, wenn es darauf ankommt. Und das hier? Das kommt definitiv darauf an.

»Rory«, setze ich an, aber meine Stimme bricht auf halbem Weg durch seinen Namen, und ich muss mich räuspern, um es noch einmal zu versuchen. »Du bist lächerlich, weißt du das?«

»Das bin ich«,

Ich blicke wieder auf das Buch hinunter, seine knisternden Seiten, gezeichnet von den Fingerabdrücken jedes Zweifels, der mich hierhergebracht hat. Der Höhepunkt von Jahren, die ich hinter den Kulissen verbracht habe, in denen ich mich selbst davon überzeugte, dass das Rampenlicht nichts für Leute wie mich ist. Und jetzt? Jetzt sitze ich der Person gegenüber, die mich unermüdlich dazu gedrängt hat, an das Gegenteil zu glauben, diejenige, die jede meiner Ausreden durchschaut hat und trotzdem geblieben ist.

»Immer«, sage ich schließlich, und das Wort rutscht mir heraus, bevor ich zu viel darüber nachdenken kann. Ich sehe auf, als ich es sage, erwidere seinen Blick direkt, und diesmal bricht meine Stimme nicht. »Du bist immer ein Teil von dem, was als Nächstes kommt.«

Das Lächeln, das sich auf seinem Gesicht ausbreitet, ist langsam, bedächtig – als würde er es auskosten – und es fühlt sich an, als würde die Sonne durch Wolken brechen, von denen ich nicht einmal wusste, dass sie noch da waren.

Rory beugt sich als Erster vor.

Nicht auf einmal, nicht in einer großen, filmreifen Geste. Nein, es ist kleiner als das – absichtsvoll, bedacht, als wüsste er genau, was er mit mir anstellt. Und natürlich weiß er das. Seine Hand hebt sich, hält kurz vor meinem Gesicht inne, als würde er darauf warten, dass ich ihn aufhalte. Aber das tue ich nicht. Gott steh mir bei, ich tue es nicht.

Immer, hatte ich gesagt, und jetzt gibt es kein Zurück mehr.

»Sag was«, fleht er, seine Stimme so leise, dass sie mir einen Schauer über den Rücken jagt. Sein Atem ist warm, nah genug, um meine Wange zu streifen. »Irgendetwas. Sag mir, dass ich aufhören soll, sag mir, dass ich weitermachen soll – nenn mich einen Idioten, es ist mir egal.«

»Du bist ein Idiot.«

»Schönen Dank auch«, sagt er. Seine Augen huschen über mein Gesicht, suchend, analysierend, wartend.

Und dann küsst er mich.

Zuerst ist er zaghaft, beinahe zögerlich, als würde er vorfühlen und abschätzen, ob ich mich zurückziehen werde. Aber das tue ich nicht. Stattdessen lehne ich mich ihm entgegen – nur ein kleines bisschen, gerade genug – und das ist alles, was es braucht. Die Welt gerät ins Wanken. Oder vielleicht bin es auch nur ich. So oder so, alles reduziert sich auf diesen einen Moment: der sanfte Druck seiner Lippen auf meinen, das leise Kratzen seiner Bartstoppeln auf meiner Haut. Es ist ... erdend. Entwaffnend. Angsteinflößend.

Perfekt.

Ich merke nicht, dass ich meine Augen geschlossen habe, bis der Rest des Cafés verschwindet – das Klirren der Tassen, das Summen der Gespräche. Alles, was bleibt, ist er. Er, und die stetige Wärme seiner Hand, die jetzt meinen Kiefer umschließt, als könnte ich verschwinden, wenn er losließe.

Ich neige meinen Kopf leicht, vertiefe den Kuss, und ein leiser Laut entfährt ihm – Überraschung, Erleichterung oder etwas ganz anderes, ich weiß es nicht. Ich nehme es kaum wahr, bevor seine andere Hand den Weg zu meinem Gesicht findet und mich in diesem Moment verankert. Jetzt liegt eine Hitze darin, eine leise Eindringlichkeit, aber es ist nie überstürzt. Niemals achtlos. Jede Bewegung fühlt sich wohlüberlegt an, absichtsvoll, als wäre er sich jeder Hürde bewusst, die wir überwunden haben, um hierher zu gelangen.

Als wir uns schließlich lösen, liegt es nicht daran, dass einer von uns es will – sondern daran, dass wir es müssen. Sauerstoff ist anscheinend nicht verhandelbar.

»Weißt du was?«, sagt er. »Wir sollten zusammen ein Buch schreiben.«

»Haben wir schon.«

»Ich meine eins, bei dem unsere beiden Namen auf dem Cover stehen.«

»Kollaborationen sind riskant.«

»Klar«, stimmt er leichthin zu. »Aber manchmal sind sie pure Magie.«

Gott, er ist zum Verrücktwerden. Und brillant. Und möglicherweise hat er recht.

»Na gut«, sage ich, stoße ein Lachen aus und beuge mich vor. »Dann eben Magie.«

»Dann eben Magie«, wiederholt er, und dann findet seine Hand meine auf dem Tisch, seine Finger verschränken sich mit meinen, als wäre es das Natürlichste auf der Welt.

Für einmal zerdenke ich es nicht. Ich analysiere nicht, zerlege nichts und suche nicht nach versteckten Bedeutungen. Ich lasse mich einfach darauf ein, es zu fühlen – die Wärme seiner Hand, das stetige Pochen der Möglichkeiten zwischen uns, die leise Gewissheit, dass wir uns allem, was als Nächstes kommt, gemeinsam stellen werden.

»Bereit?«, fragt er, seine Stimme leise und erfüllt von etwas, das sich verdächtig nach Hoffnung anfühlt.

»Immer«, sage ich, das Wort gleitet ohne Zögern von meinen Lippen.

Und als er sich für einen weiteren Kuss vorlehnt, weiß ich – ich *weiß* einfach –, dass dies der Anfang von etwas ist, das größer ist als wir beide. Etwas, das jedes Risiko wert ist.

ÜBER DIE AUTORIN

Alia Smith schreibt herzerwärmende Liebeskomödien voller Witz, Charme und genau der richtigen Prise Chaos.

Wenn sie nicht gerade Liebesgeschichten schreibt, findet man sie meistens mit einem Buch eingekuschelt, wie sie beim Reality-TV mitfiebert oder versucht, ihre Katze Galaxy – ihre wichtigste Muse – davon abzuhalten, sich auf ihre Tastatur zu setzen.

Sie lebt in einem gemütlichen Haus in Oxfordshire und ist der festen Überzeugung, dass jede große Romanze mit einer guten Tasse Tee beginnt.

www.aliasmithbooks.com

 instagram.com/aliasmithbooks

The
Maine
Event
When love collides with ambition, sparks fly.
alia smith

THE MAINE EVENT

Rachel Holmes ist eine erfolgreiche PR-Managerin mit laserscharfem Fokus auf den Erfolg. Ihr Leben dreht sich einzig und allein darum, den nächsten großen Deal an Land zu ziehen.

Dan Rhodes war früher ein Seifenopern-Star. Jetzt ist er ein alleinerziehender Vater und führt ein ruhiges Leben, fernab vom Rampenlicht.

Als Rachel durch ein Reise-Chaos auf der falschen Seite des Landes strandet, lösen sich ihre Pläne für eine karriereentscheidende Präsentation in Rauch auf. Stattdessen findet sie sich in einer unerwarteten Verbindung mit dem charmanten, aber sturen Dan und seiner Tochter Chloe wieder.

Umwege sind eigentlich nichts für Rachel, doch während sie immer tiefer in Dans Welt hineingezogen wird und eine sanftere Seite an ihren eigenen Ambitionen entdeckt, steht sie an einem Scheideweg, den sie nie hat kommen sehen.

Ihre Zukunft war immer klar vorgezeichnet ... bis jetzt.

Eine »Gegensätze ziehen sich an«-Romanze zum Dahinschmelzen – über die Liebe, die Familie und die unerwarteten Wege, die uns nach Hause führen.

EINS

---♥---

Ich atme tief durch und betrete den Konferenzraum, während meine Absätze scharf auf dem polierten Boden klackern. Die Luft ist erfüllt vom Duft teuren Kaffees und kaum verhohlener Skepsis. Ein Dutzend Führungskräfte aus der Fast-Food-Branche sitzt um den eleganten Glastisch, die Arme verschränkt, die Blicke erwartungsvoll. Sie glauben nicht, dass ich ihnen das verkaufen kann. Wie süß.

Ich setze mein bestes Geschäftsgrinsen auf und lege meine Mappe mit einem satten *Klatsch* auf den Tisch.

»Meine Herren. Stellen Sie sich einen pflanzlichen Burger vor, der nicht nur fantastisch schmeckt, sondern auch perfekt zum Nachhaltigkeitsversprechen Ihrer Marke passt«, sage ich mit klarer und fester Stimme. »Unsere Kampagne wird Ihr neues Angebot als die erste Wahl für gesundheits- und umweltbewusste Verbraucher positionieren.«

Eine Pause. Einer der Manager zieht eine Augenbraue hoch, als hätte ich gerade vorgeschlagen, dass sie anfangen sollten, Grünkohl-Milchshakes zu servieren.

Ich halte ihrem Blick stand und fahre fort. »Es ist nicht

nur ein weiterer Burger – es ist der Burger, der das Gespräch verändert.«

Als ich auf die Details der vorgeschlagenen Marketingstrategie für ihr neues gesundes Menüangebot eingehe, sehe ich, wie die Manager zustimmend nicken und alle Einwände, die sie vorbringen wollten, dahinschmelzen. Ich hebe die Hauptverkaufsargumente hervor – den köstlichen Geschmack des Burgers, seine ernährungsphysiologischen Vorteile und sein Potenzial, eine neue Kundengruppe anzuziehen. Man entwickelt einen sechsten Sinn dafür, ob eine Präsentation beim Publikum ankommt, und, ohne mir selbst zu sehr auf die Schulter klopfen zu wollen ... nach sieben Minuten fressen mir alle im Raum aus der Hand.

»Indem wir mit Influencern aus dem Wellness-Bereich zusammenarbeiten und die sozialen Medien nutzen, werden wir für Aufsehen sorgen und die Nachfrage nach Ihrer pflanzlichen Option steigern«, erkläre ich und deute auf die bunten Folien, die hinter mir projiziert werden. »Dies ist eine Gelegenheit, Ihre Marke als führend im Wandel der Fast-Food-Industrie hin zu gesünderen, nachhaltigeren Angeboten zu etablieren. Kurz gesagt, mein Team und ich werden Ihr Produkt als einen Burger positionieren, der gut für Sie, gut für den Planeten und gut fürs Geschäft ist.«

Der leitende Manager, ein grauhaariger Mann mit einem ständigen Stirnrunzeln, räuspert sich. »Das ist ... beeindruckend.«

Und wie es das ist.

Der höfliche Applaus verrät mir, dass ich voll ins Schwarze getroffen habe. Ich beantworte Fragen mit Leichtigkeit, halte meine Antworten kurz und strategisch.

Das ist mein Spielfeld, und hier bestimme ich die Regeln.

Gerade als wir zum Ende kommen, tritt ein Mann, dem ich nicht viel Aufmerksamkeit geschenkt hatte – ein großer, dunkelhaariger Manager mit der selbstbewussten Gelassenheit von jemandem, der es gewohnt ist, zu bekommen, was er will – nach vorne und lächelt.

»Großartige Präsentation.« Er reicht mir seine Hand. »Lyle.«

Ich schüttle sie, fest, aber kurz. »Rachel Holmes.«

»Sie verstehen Ihr Fach eindeutig. Ich würde das gerne weiter besprechen. Vielleicht bei einem Abendessen?« Sein Lächeln ist aalglatt, als wüsste er die Antwort bereits.

Ich erwidere es, aber meines ist professionell, unerschütterlich. »Ich habe den Grundsatz, Geschäftliches nicht mit Privatem zu vermischen.«

Sein Gesichtsausdruck gerät für den Bruchteil einer Sekunde ins Wanken, bevor er sich wieder fängt. »Nun, das ist schade.« Er gibt mir seine Karte. »Aber so oder so freue ich mich auf die Zusammenarbeit mit Ihnen.«

Ich stecke die Karte in meine Mappe und bin gedanklich schon weiter. Als ich den Flur entlanggehe, summt der vertraute Rausch des Erfolgs in meinen Adern. Ein Schritt näher dran, diesen Auftrag zu landen. Ein Schritt näher dran, Partnerin zu werden. Mein Privatleben mag eine karge Wüste sein, aber meine Karriere? *Läuft bombig.*

Die Wahrheit ist, ich war schon immer besser darin, Marken zu managen als Menschen. Erzählungen zu entwickeln und Ideen zu verkaufen, fällt mir so leicht wie das Atmen, aber Beziehungen aufzubauen? Da wird es kompliziert. Bei der Arbeit folgt alles einer Strategie – Ziele, Ergebnisse, messbare Erfolge. Wenn eine Präsentation nicht ankommt, kann ich genau feststellen, warum, daraus lernen und es erneut versuchen. Aber in meinem Privatleben? Da gibt es keine ordentliche PowerPoint-Präsentation, die mich durch das Chaos menschlicher Beziehungen führt.

Ich habe Jahre damit verbracht, mein professionelles Image zu perfektionieren – die kompetente, selbstbewusste, stets vorbereitete Frau, die jedem alles verkaufen kann. Ich weiß, wie man einen Eindruck hinterlässt, wie man einen Raum voller Ideen und Möglichkeiten zurücklässt. Aber nach Feierabend, wenn die Bürolichter ausgehen und ich allein in meiner makellosen, einsamen Wohnung bin, spüre ich das Gewicht dieser polierten Fassade auf mir lasten.

Ich denke an meine alten Freunde, die, die sich langsam aus meinem Leben verabschiedet haben, während ich die Karriereleiter erklommen habe. Geburtstagsnachrichten, die unbeantwortet blieben, Einladungen zum Abendessen, die wegen Deadlines und Meetings abgelehnt wurden. Selbst wenn ich diese Freundschaften jetzt wiederbeleben wollte, wüsste ich nicht, wo ich anfangen sollte. Ich habe mich in meinen Ehrgeiz wie in eine Schutzdecke gehüllt, überzeugt davon, dass ich niemanden brauche.

Aber manchmal – nur manchmal – erwische ich mich dabei, wie ich durch die sozialen Medien scrolle und bei Fotos von Leuten innehalte, die ich früher kannte. Lachend in über-füllten Bars, Händchen haltend im Strandurlaub, wie sie zuse-hen, wie ihre Kinder ihre ersten Schritte machen – ihr bestes Leben leben. Und es trifft mich, scharf und unerwartet: Ich habe mir ein Leben aufgebaut, das so perfekt kuratiert ist, dass ich selbst nicht mehr richtig hineinpasse.

Ich schiebe den Gedanken beiseite und konzentriere mich stattdessen auf den Siegesrausch der Präsentation. Heute ist kein Platz für Selbstmitleid. Ich habe sie über-zeugt, und das ist es, was zählt. Ich werde später darauf anstoßen – vielleicht mit einem Glas von etwas Teurem und einem stillen Toast auf mich selbst. Wer soll es denn sonst tun?

Als ich, immer noch vom Hochgefühl der erfolgreichen Präsentation getragen, den Flur entlanggehe, erblicke ich Helen durch die Glaswände ihres Büros. Meine Chefin ist das Sinnbild müheloser Autorität, perfekt gekleidet in einem maßgeschneiderten marineblauen Hosenanzug, ihre manikürten Finger ineinander verschränkt. Aber ihr Gesichtsausdruck ist unleserlich, und das – *das* – ist beunruhigend.

»Rachel, setzen Sie sich.«

Ich lasse mich auf den Stuhl gegenüber von ihrem Schreibtisch sinken, immer noch im Hochgefühl nach dem erfolgreichen Pitch. »Was gibt's? Das Meeting lief doch gut.«

»Das ist wahr«, stimmt sie zu. »Tatsächlich lief es so gut, dass ich Sie zwinge, Urlaub zu nehmen.«

Ich blinzle. »Wie bitte? Sie tun *was*?«

Helen lehnt sich zurück und mustert mich wie ein Rätsel, das sie gerade gelöst hat. »Sie haben in achtzehn Monaten keinen einzigen Tag freigenommen. Sie brauchen eine Pause, bevor Sie zusammenbrechen. Zwei Wochen. Keine Widerrede.«

»Aber-«

Sie hebt eine Hand. »Nicht verhandelbar. Lesen Sie ein Buch, verbringen Sie Zeit mit Ihrer Familie. Zum Teufel, suchen Sie sich ein Hobby.«

Ich öffne den Mund und schließe ihn wieder. Helen ist eine der wenigen Personen auf der Welt, die sturer sein kann als ich. Ich könnte dagegen ankämpfen, aber ich würde verlieren. Und die Wahrheit ist, dass niemand in meinem Leben meine Zeit beansprucht. Kein Partner. Keine Kinder. Sogar meine Freundschaften sind durch die viele Arbeit auf der Strecke geblieben.

Eine bequeme Ausrede, um mich dieser Realität nicht zu stellen.

»Na schön.« Ich atme aus. »Aber begeistert bin ich nicht.«

Helen grinst. »Das erwarte ich auch nicht von Ihnen. Und jetzt raus aus meinem Büro, bevor ich noch den Verdacht hege, dass es Ihnen hier *gefällt*. Und wer weiß? Vielleicht überraschen Sie sich ja selbst und haben tatsächlich Spaß.«

Ich schließe mit dem Schlüssel auf, den meine Schwester Claire unter einem Plastikfelsen versteckt, der, ehrlich gesagt, eine Beleidigung für jede Tarnung ist. Technisch gesehen ist es das Haus von Claire und Richard – ein großes, modernes Anwesen, das sie nach Lilys Geburt gekauft haben. Kurz darauf luden sie Mom ein, bei ihnen einzuziehen. Sie war seit Jahrzehnten allein gewesen und lebte immer noch in dem kleinen Haus, in dem wir alle aufgewachsen waren, und ihnen gefiel der Gedanke nicht, dass sie dort allein herumgeisterte. Dieses Haus hatte den nötigen Platz, und die Logik war einfach: mehr Hilfe bei der Kinderbetreuung für sie, mehr Gesellschaft für Mom.

Trotzdem riecht es in dem Moment, in dem ich eintrete, wie bei Mom zu Hause – nach Lavendel und frisch gebackenen Keksen. Ein Duft, der so tief nostalgisch ist, dass er mich fast aus der Bahn wirft.

Eine vertraute Wärme umfängt mich und weckt Erinnerungen, die ich längst vergraben glaubte. Der Grundriss ist anders, sicher, aber das Gefühl ist dasselbe. Und Moms Handschrift ist überall zu erkennen – die geblümten Kissen, die gestrickte Decke auf der Sofalehne, der Sessel, in dem sie immer noch die Zeitung bei einer Tasse Tee liest, genau wie damals, als wir noch Kinder waren.

Damals hatte ich mir eingeredet, dass es der einzige Weg war, etwas zu bedeuten, wenn ich die Beste war – in der Schule, beim Laufen, sogar bei der jährlichen Wissenschaftsmesse. Mom hat mich nie dazu gedrängt, perfekt zu sein, aber ich sehnte mich nach der Bestätigung durch lauter Einsen und Trophäen als Beweis dafür, dass ich etwas richtig machte. Einmal, nachdem ich die regionale Debattiermeisterschaft gewonnen hatte, umarmte Mom mich so fest, dass ich dachte, ich würde zerbrechen, und flüsterte, wie stolz sie sei. Aber alles, woran ich denken konnte, war der Junge, der Zweiter wurde, und wie sein Gesichtsausdruck erstarrte, als sie meinen Namen aufriefen.

In meiner Vorstellung gab es keinen Raum für Fehler oder zweite Plätze. Ich dachte, wenn ich nur hart genug arbeiten und jede Variable kontrollieren würde, müsste ich dieses nagende Gefühl der Unzulänglichkeit nie wieder spüren. Selbst jetzt, wo ich in diesem vertrauten Flur stehe, ist es schwer, den Zwang abzuschütteln, die Beste zu sein – mehr zu arbeiten, mehr zu leisten und allen, einschließlich mir selbst, zu beweisen, dass ich die Mühe wert bin.

Vielleicht habe ich deshalb nie aufgehört, mich anzutreiben – deshalb habe ich mich in Arbeit vergraben, anstatt dauerhafte Beziehungen aufzubauen, deshalb wurde Erfolg zum Synonym für Selbstwert. Wenn ich auch nur für eine Sekunde nachlasse, könnte alles zusammenbrechen. Und das ist ein Risiko, das ich nie eingehen wollte.

»Mom? Claire?«, rufe ich.

Moms Stimme reißt mich aus meinen Gedanken und holt mich in die Gegenwart zurück. »Rachel? Alles in Ordnung mit dir?«

Ich zwinge mich zu einem Lächeln und schüttle die Überbleibsel alter Unsicherheiten ab. »Ja, Mom. Ich ... hatte nur etwas Zeit übrig.«

Ich finde sie im Wohnzimmer, in ihrem Sessel zusammengekauert, die Augen auf den Fernseher gerichtet.

»Hey.« Ich schiebe etwas Spielzeug beiseite und lasse mich neben ihr auf die Couch fallen.

»Oh! Perfektes Timing. Du *musst* dir diese Serie ansehen, die ich gerade schaue.«

Ich werfe einen Blick auf den Bildschirm. Ein Mann mit markanten Zügen und durchdringenden blauen Augen ist in einen hitzigen Streit mit einer ebenso schönen Frau verwickelt. *Malibu Lagoon*, steht in der Titeleinblendung – ich habe noch nie davon gehört, aber das will nicht viel heißen. Ich habe kaum Zeit, den Fernseher einzuschalten, sodass große, angesagte Serien ständig an mir vorbeigehen. Eine schnelle Suche auf IMDb verrät, dass diese Telenovela-artige Seifenoper vier Staffeln lang lief, bevor sie vor acht Jahren abrupt abgesetzt wurde. Sie hat eine überraschend hohe Bewertung und, den Kommentaren nach zu urteilen, eine Legion von Fans wie meiner Mom.

Ich ziehe eine Augenbraue hoch. »Wirklich? Eine Seifenoper?«

Mom winkt ab. »Sie ist *sehr* gut gemacht. Und der Hauptdarsteller? *Hach*, so talentiert.«

Ich mustere den Bildschirm. Der Kerl *ist* wirklich attraktiv, eine Mischung aus brütender Intensität und dem guten Aussehen eines Filmstars. Wenn ich eine Kampagne besetzen würde, wäre er ein Traum für jede Marketingabteilung.

»Ist er nicht gut aussehend?«, schwärmt Mom, als ob sie meine Gedanken lesen könnte. »So gut.«

Ich nicke geistesabwesend, meine Gedanken driften bereits zurück zur Arbeit. Instinktiv greife ich nach meinem Handy, um meine E-Mails zu checken, aber eine Eilmeldung fällt mir ins Auge.

»Mount Spurr in Alaska erneut ausgebrochen«, lautet die Schlagzeile, begleitet von einem dramatischen Bild einer massiven Aschewolke, die aus dem Vulkan aufsteigt.

Ein Knoten bildet sich in meinem Magen. Ich kann mir nicht vorstellen, neben einer so beängstigenden Naturgewalt zu leben, die jederzeit ausbrechen könnte. Ich weiß nicht, wie diejenigen, die dort leben, nachts überhaupt schlafen können.

»Rachel, hörst du mir überhaupt zu?«, reißt mich Moms Stimme in die Realität zurück.

»Entschuldige, Mom. Ich habe mich nur kurz über das Weltgeschehen informiert. Ich bin ganz Ohr, versprochen.«

Mom seufzt und schüttelt den Kopf. »Du klebst ständig an diesem Ding. Selbst wenn du dich eigentlich entspannen sollst.«

Ein Stich des Schuldgefühls durchfährt mich, denn ich weiß, dass sie recht hat. Ich war in letzter Zeit so von der Arbeit eingenommen, dass ich kaum Zeit für etwas anderes hatte, auch nicht für Besuche bei meiner Mutter.

Ich lasse mich zurücksinken und erlaube mir, mich zum ersten Mal seit gefühlten Monaten zu entspannen. Ich war schon ewig nicht mehr zu Besuch, und es fühlt sich ... seltsam an. Fast so, als würde ich nicht mehr hierhergehören.

Ich bin bei meiner Mutter ausgezogen, sobald ich nur konnte, weil ich unbedingt etwas aus mir machen wollte. Schon in der Highschool war ich das Mädchen mit dem farbkodierten Terminkalender und einem Stapel Lehrbücher, der größer war als mein Kopf. Das Mädchen, das bis Mitternacht wach blieb, um zusätzliche Aufgaben für Extrapunkte zu erledigen, nur um sicherzugehen, dass mir niemand den Rang als Jahrgangsbeste streitig machen konnte.

Gott, ich erinnere mich noch an das Gefühl, als ich den Zulassungsbescheid der Northwestern öffnete; meine Hände zitterten so sehr, dass ich ihn fast zerrissen hätte. Es ging nicht einmal darum, von zu Hause wegzugehen – nein, dazu war ich bereit. Es ging darum zu beweisen, dass ich es schaffen konnte. Dass ich die Beste sein konnte. Dass all die langen Nächte und die stressbedingte Migräne nicht umsonst gewesen waren.

Damals machte sich Mama immer Sorgen um mich und sagte, ich würde mich zu sehr unter Druck setzen. Claire hingegen hielt mich einfach nur für verrückt. »Du bist ja wie ein Hamster am Espresso-Tropf«, witzelte sie einmal, als ich für die Abschlussprüfungen büffelte. »Entspann dich mal, Rach. Das Ding hast du doch eh schon in der Tasche.«

Aber zu entspannen kam für mich nie infrage. Nicht für mich. Ich konnte es mir nicht erlauben, nur gut genug zu sein.

Ich musste die Beste sein. Ich musste etwas aus mir machen – etwas Großes, etwas Wichtiges.

Vielleicht hatte Mama vor all den Jahren recht. Vielleicht habe ich mich wirklich zu sehr unter Druck gesetzt. Aber der Gedanke, einen Gang runterzuschalten, innezuhalten, um eine Bestandsaufnahme meines Lebens zu machen, macht mir eine Heidenangst. Denn was, wenn ich anhalte und feststelle, dass das alles überhaupt nichts wert ist?

»Ich weiß, ich weiß«, gebe ich nach und lege mein Handy weg. »Ich verspreche, ich versuche, mehr abzuschalten.«

»Das will ich dir auch geraten haben. Du bist nicht zu alt für den fliegenden Pantoffel, weißt du.«

Fairerweise muss man sagen, dass die Fähigkeit meiner Mutter, jemanden quer durch den Raum mit einem Pantoffel zu treffen, legendär ist. Als Claire und ich aufwuchsen, konnte sie deinen Arm, dein Bein oder welches Körperteil auch immer sie gerade beleidigte, aus zehn Metern Entfernung treffen. Er wurde nie mit besonderer Bosheit geworfen, aber die Präzision war erstaunlich.

»Meinst du immer noch, dass du es draufhast, Mama? Du bist nicht mehr in deinen Dreißigern und ich bin keine acht mehr.«

»Das stimmt, aber *du* bist jetzt in deinen Dreißigern, und zu meinem Glück bist du ein viel größeres Ziel. Ich schätze meine Chancen gut ein.«

Mama lässt eine Hand über ihrem Knöchel schweben, die Finger zucken über ihrem Pantoffel wie bei einem Revolverhelden, der bereit ist zu ziehen.

»Okay. Okay.« Ich gebe mich geschlagen und lege mein Handy mit dem Display nach unten auf den Couchtisch, aus den Augen, aus dem Sinn.

Sobald ich das tue, lächelt Mama und schaltet den Fernseher aus. »Also, was ist los?«

»Nichts ist los.«

»Es ist vier Uhr nachmittags. Wurdest du gefeuert?«

»Nein!«, quietsche ich, entsetzt bei dem Gedanken. »Ich bin ... ich bin im Urlaub.«

»Seit wann?«

»Seit ungefähr einer Stunde.«

Ich kläre Mama über meinen erzwungenen Urlaub auf und gebe törichterweise zu, dass ich nicht wirklich weiß, was ich mit mir anfangen soll. Aber schon als die Worte meinen Mund verlassen, weiß ich, dass das ein Fehler ist.

Mit der geschmeidigen Anmut einer Bergkatze ist sie aus ihrem Sessel aufgesprungen und wählt die Nummer meiner Schwester, bevor ich überhaupt weiß, wie mir geschieht.

Dreißig Minuten später ist mein Leben ruiniert.

»Claire holt dich am Sonntag um zehn ab«, verkündet Mama, viel zu zufrieden mit sich selbst. »Pack warme Sachen ein.«

Ich starre sie an. »Mama. Nein.«

»Ach, komm schon. Eine Hütte am Michigansee! Frische Luft! Familienzeit! Du *liebst* doch deine Nichten.«

»Ich liebe sie in kleinen Dosen«, murmele ich. »Vorzugsweise, wenn sie schlafen.«

Mama grinst. »Dann sieh das hier als charakterbildende Maßnahme.«

»Ich brauche keinen Charakter. Ich brauche WLAN und eine Kaffeemaschine, die keine Handarbeit erfordert.«

Mama tätschelt meine Wange. »Du musst ein bisschen leben, mein Schatz.«

»Danke für die Unterstützung.«

»Gern geschehen.«

»Das war sarkastisch gemeint.«

»Ich weiß. Also, ich finde es wunderbar, dass ihr alle zusammen wegfahrt«, sagt sie und wendet sich wieder ihrem Fernsehprogramm zu.

Ungläubig starre ich auf das strahlende, selbstzufriedene

Grinsen meiner Mutter. Ich mag keinen Urlaub. Ich mag erst recht kein Camping. Und ich bin eher die Art von Tante, die sagt: »Hier ist dein Geburtstagsgeschenk, jetzt geh spielen«, zumindest bis sie trocken sind und einen ganzen Satz bilden können.

Irgendwie bin ich jetzt dazu verdonnert worden, zehn Tage mit meiner Schwester, ihrem Mann und ihren beiden wilden Kleinkindern in ihrer Blockhütte am Michigansee eingepfercht zu sein. Es ist nicht so, dass ich meine Schwester und ihre Familie nicht liebe, aber die Vorstellung, von der Arbeit, von der Stadt weg zu sein, erfüllt mich mit einer beunruhigenden Angst. Irgendwie wurde ich für einen Ausflug in die Wildnis angemeldet, wo man Elche jagt und aus Bächen trinkt – oder was auch immer die Leute tun, wenn sie in der freien Natur sind.

Ich stöhne.

Das wird eine Katastrophe.

Oder zumindest zutiefst, *zutiefst* unpraktisch.

Zwei Wochen weg von der Arbeit? Weg von meinem Team, meinen Kunden, meinen *Fortschritten*? Ich arbeite seit Jahren auf eine Partnerschaft hin, und ich kann die Obrigkeit nicht beeindrucken, wenn ich irgendwo Marshmallows röste und so tue, als würde ich die Natur genießen.

Man sagt, aus den Augen, aus dem Sinn. Was, wenn in meiner Abwesenheit jemand anderes einspringt und sie beeindruckt? Was, wenn ich zurückkomme und feststelle, dass all meine harte Arbeit still und leise auf dem Teller eines anderen gelandet ist?

Ich werde es schon irgendwie hinkriegen. Ich *muss*. Denn das Letzte, was ich mir leisten kann, ist, in Vergessenheit zu geraten.

ZWEI

»Juhu, wir haben es nach Wisconsin geschafft!«, jubelt Richard, als wir an dem Schild vorbeifahren, das die Staatsgrenze ankündigt. Claire, die auf dem Beifahrersitz sitzt, grinst und gibt ihm ein High Five.

Die Fahrt zur Hütte ist schon jetzt eine Geduldsprobe, und wir sind erst seit neunzig Minuten unterwegs. Ich bin hinten zwischen zwei Kindersitzen eingequetscht, meine Nichten plappern und kichern auf beiden Seiten von mir. Die Luft ist dick vom Geruch nach Erdbeerjoghurt und Babytüchern, und ich spüre schon, wie sich ein Kopfschmerz hinter meinen Augen anbahnt.

»Rach, Rach, schau mal!« Meine ältere Nichte, Lily, streckt mir eine klebrige Handvoll Chips ins Gesicht. »Ich teile mit dir!«

»Oh, ähm, danke, Lily«, bringe ich hervor, nehme vorsichtig einen aufgeweichten Chip entgegen und versuche, nicht das Gesicht zu verziehen. »Das ist sehr nett von dir.«

Claire fängt meinen Blick im Rückspiegel auf und grinst. »Ist das nicht lustig, Rach? Genau wie in alten Zeiten, als wir zu einem Familienabenteuer aufgebrochen sind.«

»Klar, wenn du mit ‚alten Zeiten' ‚niemals' meinst, denn wir haben als Kinder definitiv nicht viele Autoreisen unternommen«, murmele ich und rutsche unbehaglich hin und her, als Lilys kleine Schwester Anna einen schrillen Schrei ausstößt.

»Ach, komm schon, wo ist dein Abenteuergeist geblieben?«, neckt Claire mich. »Das wird super, du wirst sehen. Wertvolle Familienzeit!«

Ich öffne den Mund, um etwas zu erwidern, aber plötzlich klappert und platscht es, und als ich nach unten schaue, sehe ich einen Klecks lila Joghurt meine Bluse hinuntertropfen. *Versace. Ruiniert.*

»Hoppla!«, kichert Lily und schwenkt ihren nun leeren Joghurtbecher. »Tante Rachel trägt meinen Snack!«

Ich schließe die Augen und zähle bis drei und erinnere mich daran, dass dies nur vorübergehend ist, dass ich ein bisschen Dreck und Lärm um meiner Familie willen ertragen kann. Aber als ich spüre, wie der kalte Joghurt durch den Stoff auf meine Haut sickert, frage ich mich, worauf zum Teufel ich mich da eingelassen habe.

Das ist ein Fehler, warnt mich eine Stimme in meinem Kopf. *Du solltest zurück in Chicago sein und dich auf deine Karriere konzentrieren, anstatt in irgendeiner Hütte im Nirgendwo Babysitter zu spielen.*

Aber dann erinnere ich mich an mein Versprechen an Mama und den wehmütigen Blick in ihren Augen, als sie mich drängte, etwas mehr als nur Arbeit zu finden. Und ich denke an Claire, die immer für mich da war, selbst wenn ich zu beschäftigt war, um mich zu revanchieren.

Nein, sage ich mir bestimmt. *Das ist kein Fehler. Das ist eine Chance. Eine Chance, wieder zu dem zurückzufinden, was wirklich zählt, herauszufinden, wer ich jenseits meiner Berufsbezeichnung bin.*

Ich öffne die Augen und lächele Lily an, die sich nun fröhlich Joghurt ins eigene Gesicht schmiert. »Weißt du was, Lil? Ich glaube, Lila könnte doch meine Farbe sein.«

Claire lacht vom Vordersitz aus, und ich spüre ein Fünkchen Wärme in meiner Brust. Vielleicht wird dieser Ausflug doch nicht so schlimm.

»Okay Mädels, was sollen wir morgen als Erstes machen, wenn wir im Haus am See aufwachen?«, fragt Richard Lily und Anna.

»S'mores machen!«, ruft Lily.

»Schwimmen gehen!«, kontert Anna.

Sie plappern aufgeregt weiter, während ich versuche, es auszublenden. Ich räuspere mich.

»Also, ähm, Lily ... wie läuft's im Kindergarten?«, frage ich und versuche, ein Gespräch mit meiner fünfjährigen Nichte zu beginnen.

Sie dreht sich um und blinzelt mich an. »Ich mag ihn nicht.« Eine unangenehme Pause. »Wir müssen da arbeiten. Buchstaben und Zahlen schreiben. Langweilig.«

»Oh, äh, wow. Das klingt ... spaßig.« Ich zwinge mich zu einem Lächeln.

Vor weiterem Smalltalk rettet mich mein Handy, das klingelt. Ich runzle die Stirn beim Anblick der Anrufer-ID – es ist Helen, meine Chefin. Das kann nichts Gutes bedeuten.

»Entschuldigt, ich muss rangehen. Arbeitsnotfall«, sage ich, erleichtert über die Unterbrechung. »Helen, was ist los?«

»Rachel, ich habe riesige Neuigkeiten«, sagt Helen atemlos. »Raten Sie mal, wer gerade am Telefon war und uns zu einem Pitch eingeladen hat?«

»Machen Sie es nicht so spannend. Wer?« Ich wusste sofort, wenn Helen so geheimnisvoll tat, waren es große Neuigkeiten. »Wer?!«

»Sie versuchen seit Monaten, sie abzuwerben?«

Mein Puls beschleunigt sich. »GreenShoots?«

»Genau. Sie wollen eine neue Richtung einschlagen. Aber

hier ist der Haken – sie haben den Etat zur Ausschreibung freigegeben. Vier Agenturen, uns eingeschlossen.«

Ein Schauer durchläuft mich, gefolgt von eiserner Entschlossenheit. Ich habe zu hart daran gearbeitet, Green-Shoots zu landen, um sie jetzt zu verlieren. Fast achtzehn Monate subtiler, aber ständiger Bemühungen, und es hat sich endlich ausgezahlt.

»Ein Pitch ist in Ordnung; ich kann mit der Konkurrenz umgehen. Bis wann brauchen sie den Vorschlag?«

Helen atmet aus. »Das ist der Knackpunkt. Sie wollen die Pitches morgen.«

»Morgen?!« Das Wort platzt aus mir heraus, sodass Richard besorgt zurückblickt. Ich winke ihm ab.

»Ich weiß, ich weiß. Sie machen das absichtlich, um zu sehen, wie wir unter Druck reagieren. Sie wollen frische Ideen, keine perfekt einstudierte Show«, erklärt Helen.

Meine Gedanken rasen und ich stelle mir bereits die Kernbotschaften, Taktiken und Fallstudien vor, die ich brauchen werde, um sie zu beeindrucken, Jetlag hin oder her. Ich bin die Richtige für sie, und das müssen sie wissen.

»Okay, ich kriege das hin«, sage ich bestimmt. »Schicken Sie mir alle Details zum Pitch, ich fange an, die Strategie auszuarbeiten. Sagen Sie GreenShoots, dass sie das überzeugendste verdammte Angebot bekommen werden, das sie je gesehen haben, selbst bei so kurzer Vorlaufzeit.«

»Das ist meine Spitzenkraft«, sagt Helen stolz. »Ich wusste, dass ich auf Sie zählen kann.«

Ich lege auf, während Adrenalin durch meine Adern schießt. Dieser Pitch könnte meine Karriere machen. Ich muss ihn gewinnen. Ich muss nach Portland kommen, und zwar schnell.

Aber als ich aufblicke, erinnere ich mich plötzlich daran, wo ich bin – eingekeilt im SUV meines Schwagers, der mich mit jeder vergehenden Meile weiter vom Flughafen entfernt. Mein Magen zieht sich zusammen.

Was zum Teufel soll ich jetzt nur tun?

Ich wappne mich für das Gespräch, das ich gleich führen muss. »Richard, ich brauche dich, damit du das Auto umdrehst. Ich muss zum Flughafen.«

»Was?« Claire dreht sich auf ihrem Sitz zu mir um, ihre Augenbrauen sind zusammengezogen. »Das kann nicht dein Ernst sein! Wir fahren buchstäblich in den Urlaub.«

»Ich weiß, ich weiß.« Ich hebe beschwichtigend die Hände. »Aber das ist eine riesige Chance. Ich versuche seit über einem Jahr, einen großen Kunden an Land zu ziehen, und der Pitch ist morgen. Ich muss dabei sein.«

»Unglaublich.« Claire schüttelt den Kopf, ihre Lippen sind zu einem schmalen Strich zusammengepresst. »Du ziehst wirklich die Arbeit der Familie vor? Schon wieder?«

Ich zucke bei dem Vorwurf zusammen, aber ich gebe nicht nach. »Wenn ich diesen Kunden gewinne, habe ich die Partnerstelle so gut wie sicher. Das ist alles, worauf ich hingearbeitet habe. Ich verspreche dir, sobald ich diesen Deal abgeschlossen habe, machen wir einen richtigen Urlaub, auf meine Kosten.«

Claire schnaubt verächtlich und wendet sich ab, die Arme fest vor der Brust verschränkt. Die Mädchen auf dem Rücksitz sind still geworden, ihre anfängliche Aufregung ist verflogen. Sie haben keine Ahnung, worüber wir reden, aber sie spüren, dass es nichts Gutes ist.

»Richard, bitte.« Ich beuge mich vor, meine Stimme ist eindringlich. »Ich würde dich nicht darum bitten, wenn es nicht wichtig wäre.«

Richard fängt meinen Blick im Rückspiegel auf, sein Ausdruck ist zwiegespalten. Nach einem langen Moment seufzt er. »Na gut, Rach.«

Erleichterung durchströmt mich, schnell gefolgt von

einem Anflug von Schuld, als die Mädchen anfangen zu quengeln.

»Aber Mama, das bedeutet, dass es noch länger dauert, bis wir am See sind!«

»Ich will nicht noch mehr Zeit im Auto verbringen!«

Ich blende ihre Beschwerden aus, mein Kopf schwirrt bereits vor Ideen für den Pitch. Das ist meine Chance, mich zu beweisen, allen bei Channing Gabriel zu zeigen, dass ich das Zeug zur Partnerin habe.

Während Richard den Wagen durch den Verkehr zurück nach Chicago lenkt, ziehe ich mein Handy hervor und beginne wie wild zu tippen. Ich muss eine Präsentation planen, und ich lasse mir diese Gelegenheit verdammt noch mal nicht durch die Finger gleiten.

Am Flughafen wimmelt es von Menschen, als ich durch die Schiebetüren eile. Ich entdecke meine Assistentin Emily in der Nähe der Check-in-Schalter, ihr rotes Haar ist wie ein Leuchtfeuer in der Menge.

»Emily!«, rufe ich und winke, um ihre Aufmerksamkeit zu erregen.

»Rachel, da sind Sie ja!« Sie eilt zu mir herüber und reicht mir mein Ticket, ein kleines Handgepäckstück und einen Kleidersack. »Ich habe den blauen Anzug herausgesucht, ich hoffe, das ist in Ordnung. Sie werden diesen Pitch rocken.«

Dankbar nehme ich die Sachen entgegen, ein Lächeln umspielt meine Lippen. »Sie sind eine Lebensretterin, Em. Wirklich.«

Wir bahnen uns einen Weg durch die Menge an Reisenden zur Sicherheitskontrolle. Während wir in der Schlange warten, bringt Emily mich auf den neuesten Stand des Büroklatsches, aber meine Gedanken sind bereits beim Pitch, ich gehe die wichtigsten Punkte durch und nehme mögliche Fragen vorweg. Em winkt mir zum Abschied, als ich dem Sicherheitsbeamten mein Ticket zeige.

In der Luft klappe ich meinen Laptop auf und vertiefe mich in die Präsentation, verfeinere Folien und übe meinen Vortrag. Die Stunden vergehen wie im Flug, und als das Flugzeug in Portland aufsetzt, spüre ich eine Welle der Zuversicht. Das schaffe ich.

Beim Aussteigen greife ich nach meinem Koffer im Gepäckfach, während mein Kopf immer noch die Eröffnungssätze meines Pitches durchgeht. Als ich die Fluggastbrücke betrete, durchbricht eine tiefe, wohlklingende Stimme meine Gedanken.

»Entschuldigen Sie, Miss? Ich glaube, Sie haben meinen Koffer.«

Ich drehe mich um und sehe einen auffallend gut aussehenden Mann mit gemeißelten Gesichtszügen und einem charmanten Lächeln. Es gibt markante Kieferpartien ... und es gibt ihn. Er deutet auf die Tasche in meiner Hand, und ich blicke hinunter und bemerke ein kleines rotes Band, das am Griff befestigt ist. Hitze steigt mir in die Wangen, als ich meinen Fehler bemerke.

»Oh mein Gott, das tut mir so leid!« Ich reiche ihm verlegen den Koffer, und er gibt mir meinen.

Seine Augen funkeln amüsiert. »Keine Sorge, das passiert den Besten von uns. Ich nehme an, Sie sind geschäftlich hier?«

Wir gehen nebeneinander her und plaudern ungezwungen über die Irrungen und Wirrungen des Lebens in der Geschäftswelt. Es knistert unbestreitbar zwischen uns, und ich fühle mich von seinem Witz und seiner Wärme angezogen.

Aber als wir die Fluggastbrücke verlassen, eilt eine wunderschöne Frau mit wallendem blondem Haar auf ihn zu und zieht ihn in eine feste Umarmung. »Schatz, ich habe dich so vermisst!«

Die Realität holt mich knallhart ein, und ich lache innerlich über meine Dummheit. Natürlich ist ein Mann wie er vergeben. Ich nicke höflich und drehe mich zum Ausgang, mein Fokus richtet sich wieder auf die bevorstehende Aufgabe.

Und dann sehe ich es. Das Schild, das mich wie vom Blitz getroffen innehalten lässt.

»Vacationland, willkommen im Staat Maine.«

Nein!

Das.

Kann.

Nicht.

Wahr sein?

Mein Herz sackt in die Magengrube, als die Erkenntnis bei mir einschlägt. Ich bin nicht in Portland, Oregon. Ich bin am falschen Ende des Landes.

Nein. Nein, nein, nein. Das kann nicht sein. Ich blinzle heftig, als ob ich das Schild zwingen könnte, sich zu ändern. Ich wühle in meiner Tasche, reiße dabei fast den Reißverschluss ab, als ich mein Ticket herausziehe und es mit zitternden Händen entfalte. Meine Augen überfliegen das Kleingedruckte – Portland International Jetport (PWM).

Oh mein Gott. PWM. Nicht PDX.

Mein Herz hämmert so laut in meinen Ohren, dass ich das Geplapper der anderen Passagiere um mich herum kaum höre. Ich starre auf die Buchstaben und versuche, sie zu zwingen, sich neu anzuordnen, sich auf magische Weise in den richtigen Flughafencode zu verwandeln. Aber das tun sie nicht. Weil sie es nicht können.

Ich umklammere das Ticket wie einen Rettungsanker, während mein Gehirn verzweifelt versucht, zusammenzusetzen, was zum Teufel gerade passiert ist. Wie konnte ich das nicht bemerken? Wie konnte ich das zulassen? Ich bin immer so akribisch, so organisiert – ich überprüfe alles doppelt, sogar dreifach.

Mir wird schwindelig. Ich sehe mich um, als ob jemand auftauchen und mir sagen würde, dass alles nur ein Witz ist, dass ich nicht gerade auf die verdammt falsche Seite des Landes geflogen bin – nur ein Streich mit versteckter Kamera, ein YouTube-Kanal für Pranks. Aber da ist niemand, der mit mir lacht, kein freundliches Gesicht, das mir versichert, dass es nicht so katastrophal ist, wie es scheint.

Verzweifelt ziehe ich mein Handy hervor und scrolle zur Bestätigungs-E-Mail von Emily. Da steht es, schwarz auf weiß – Portland, ME. Mein Magen macht einen Satz. Wie konnte ich das übersehen? Wie konnten wir beide es übersehen? Ich blättere noch einmal durch die Fluginformationen, als ob sich die Worte irgendwie ändern würden, aber es sind immer noch dieselben verdammten Koordinaten, die auf Vacationland statt auf die Westküste zeigen.

Meine Knie werden weich, und ich stolpere zu einer Bank und lasse mich darauf fallen. Die Tragweite meines Fehlers trifft mich wie ein Güterzug. Ich bin in Maine. Ich sollte in Oregon sein. Ich sollte morgen früh vor einem der größten potenziellen Kunden meiner Karriere eine Präsentation halten.

Ich kann nicht atmen. Ich presse meine Handfläche gegen meine Stirn und versuche, mich zu beruhigen, aber es nützt nichts. Die Realität erdrückt mich, raubt mir den Sauerstoff aus den Lungen.

»Oh, mein Gott.« Die Worte entweichen meinen Lippen, Unglaube und Panik steigen gleichzeitig in meiner Brust auf. »Was habe ich getan?«

Hektisch eile ich zum Serviceschalter der Fluggesellschaft, während mir das ganze Ausmaß meines Fehlers bewusst wird. Die Schlange scheint kein Ende zu nehmen, und jede verstreichende Sekunde fühlt sich wie eine Ewigkeit an. Ich wippe ungeduldig mit dem Fuß, mein Blick huscht zu den Abflugtafeln, und ich hoffe wider alle Vernunft, dass es einen Flug gibt, der mich rechtzeitig nach Oregon bringen kann.

Während ich warte, flimmern auf den Fernsehern über

dem Schalter Eilmeldungen. Der ernste Ton des Nachrichtensprechers liegt in der Luft. »Die Aschewolke des Vulkanausbruchs in Alaska breitet sich rasant über Kanada und die nördlichen Vereinigten Staaten aus und verursacht beispiellose Störungen im Flugverkehr. Experten sagen für die kommenden Stunden massive Verspätungen und Annullierungen voraus.«

Mein Magen dreht sich um, als ich beobachte, wie auf der Abflugtafel das Wort »VERSPÄTET« neben einem Flug nach dem anderen zu »ANNULLIERT« wird. Die Realität der Situation bricht wie eine Flutwelle über mich herein. Ich sitze fest, und es ist ausgeschlossen, dass ich zu dem Pitch fliege.

Mit zitternden Händen hole ich mein Handy hervor und suche nach alternativen Routen. Zugverbindungen, Busfahrpläne, einfach alles, was mich nach Portland, Oregon, bringen könnte. Aber tief in meinem Inneren weiß ich, dass es vergeblich ist. Die Entfernung ist zu groß, die Zeit zu knapp.

Ich trete aus der Schlange, meine Beine fühlen sich an wie Blei. Der geschäftige Flughafen scheint zu verschwimmen, während sich die Last meines Versagens auf meine Schultern legt. Ich suche mir eine ruhige Ecke, lasse mich auf einen Stuhl fallen und vergrabe mein Gesicht in den Händen.

»Denk nach, Rachel, denk nach«, murmle ich vor mich hin und versuche verzweifelt, eine Lösung zu finden. Aber je mehr ich mir den Kopf zermartere, desto klarer wird mir, dass es aus diesem Schlamassel kein Entkommen gibt.

Die Enttäuschung ist eine bittere Pille, aber ich weiß, dass ich die Realität der Situation akzeptieren muss. Der Pitch, die Partnerschaft, die Zukunft, für die ich so hart gearbeitet habe – all das rinnt mir durch die Finger, und ich kann nichts tun, um es aufzuhalten.

Schweren Herzens ziehe ich wieder mein Handy hervor, meine Finger schweben über Helens Nummer. Ich zögere und fürchte mich vor dem Gespräch, das mir bevorsteht. Aber ich weiß, dass ich es nicht länger aufschieben kann.

Als die Verbindung steht, wappne ich mich für die unvermeidlichen Konsequenzen. »Helen, hier ist Rachel. Ich habe schlechte Nachrichten ...«

Während ich erkläre, dass ich in Maine bin, bleibt sie größtenteils ruhig, obwohl man ihre Wortwahl durchaus als pikant bezeichnen könnte. Die magische Lösung, von der ich gehofft hatte, sie würde sie aus dem Hut zaubern, bleibt jedoch aus.

»Die TSA stoppt alle Flüge. Es gibt keine Möglichkeit für Sie, nach Oregon zu kommen.«

Mein Herz sackt mir in die Hose. »Aber der Pitch ...«

»Machen Sie sich darüber keine Sorgen. Angesichts der Umstände wird Zoe die Präsentation übernehmen. Sie kann von Seattle aus mit dem Auto fahren.«

»Zoe?«, mir schwillt der Kamm. »Aber ich habe monatelang daran gearbeitet, Helen. GreenShoots ist *mein* Kunde.«

»Noch nicht, Rachel. Ich habe keine Wahl. Der Pitch findet morgen statt, wir müssen vor Ort sein.«

Ich gehe auf und ab, meine Gedanken rasen. »Was, wenn ich meinen Einfluss bei GreenShoots nutze, um den Termin für den Pitch zu verschieben? Ich bin sicher, sie werden angesichts der Situation Verständnis haben.«

»Nein, Rachel«, sagt Helen bestimmt. »Sie haben den Termin festgelegt, und wir müssen uns daran halten. Wir schicken Zoe.«

»Aber Zoe hat nicht meine *grünen* Referenzen«, argumentiere ich und Verzweiflung schleicht sich in meine Stimme. »Sie arbeitet hauptsächlich für die großen Ölkonzerne, um Gottes willen. Und sie fährt einen Mustang GT mit Fünfliter-Motor. Wäre es nicht besser, per Zoom an dem Meeting teilzunehmen, um unseren CO_2-Fußabdruck zu verringern?«

Meine Argumente stoßen auf taube Ohren. »Rachel, das

steht nicht zur Debatte«, sagt Helen in einem Ton, der keinen Widerspruch duldet. »Zoe ist die nächstbeste Abschlussexpertin in der Firma, und GreenShoots ist ein Kunde, den Channing Gabriel unbedingt gewinnen muss.«

Ich spüre, wie Wut in mir aufsteigt, aber ich versuche, sie unter Kontrolle zu halten. »Heißt das, wenn Zoe den Deal an Land zieht, bekommt sie die Partnerschaft?«

Am anderen Ende der Leitung herrscht eine Pause. »Rachel, ich schlage vor, Sie genießen Ihren zweiwöchigen Urlaub in Maine und vergessen die Arbeit für eine Weile.«

»Aber Helen ...«

»Das ist ein Befehl, Rachel. Schicken Sie Ihre Präsentation und Notizen an Zoe. Sofort.«

Die Leitung ist tot, und ich starre auf mein Handy, kochend vor Wut. Ich kann nicht fassen, dass das passiert. Ich habe so hart gearbeitet, und jetzt kommt Zoe daher und stiehlt mir die Show.

Ich möchte schreien, mein Handy durch den Flughafen werfen, aber ich zwinge mich, ruhig zu bleiben. Die Beherrschung zu verlieren, wird gar nichts lösen.

Ich blicke aus dem Fenster und sehe zu, wie Flugzeuge, die eigentlich hätten starten sollen, zum Terminal zurückkehren, um ihre Passagiere auszuladen. Keiner von uns kommt hier weg.

Zwei Wochen im *Vacationland*. Sie müssen mir verzeihen, wenn ich deswegen keine Freudensprünge mache.

Das Taxi schlängelt sich durch die überfüllten Straßen von Portland, und ich beuge mich vor und suche die Gebäude nach einem Schild für ein freies Hotelzimmer ab. Ich versuche es erneut mit den unzähligen Reise-Apps auf meinem Handy, aber alles ist ausgegraut und verspottet mich mit einem »ausgebucht«-Banner. Der Fahrer blickt mich im Rückspiegel an, seine Augen voller Mitgefühl.

»Hartes Los mit all den Flugannullierungen, was?«, sagt er und schüttelt den Kopf. »Scheint, als ob alle gestrandet sind.«

Ich nicke, meine Aufmerksamkeit ist immer noch auf die vorbeiziehenden Schaufenster gerichtet. »Sie wüssten nicht zufällig ein Hotel mit freien Zimmern, oder?«

Er kichert. »Ich wünschte, ich könnte Ihnen helfen, aber ich habe den ganzen Tag Leute herumgefahren, und jedes Haus ist ausgebucht.«

Ich sacke auf den Sitz zurück, meine Gedanken rasen. Ich kann die Nacht nicht damit verbringen, durch die Straßen von Portland zu irren. Ich brauche einen Plan.

Wie auf Stichwort klingelt mein Handy. Es ist meine Mutter. Ich zögere einen Moment, bevor ich abnehme, und wappne mich für die unvermeidliche Flut von Fragen.

»Rachel, Schatz, geht es dir gut? Deine Schwester hat mir erzählt, was mit deinem Flug passiert ist.«

Ich seufze und reibe mir die Schläfe. »Mir geht's gut, Mom. Ich versuche nur, eine Unterkunft für die Nacht zu finden.«

»Ach, Liebling, sei nicht wie Maria und Josef und lande am Ende in einer Krippe. Warum mietest du dir nicht einfach ein Auto und kommst zu uns an den Michigansee? Wir würden uns riesig freuen, dich bei uns zu haben.«

Ich bin mir nicht sicher, ob Mom wirklich begreift, wie weit ich von Wisconsin entfernt bin. »Mom, ich würde Tage brauchen, um zurückzufahren ... Moment mal? Du bist bei Claire?«

»Ja, als sie dich zum Flughafen gebracht haben, ist Richard rübergekommen und hat gefragt, ob ich deinen Platz einnehmen möchte. Und jetzt bin ich hier. Unter uns gesagt, ich glaube, sie wollten einfach nur einen Babysitter, aber einem geschenkten Gaul schaut man nicht ins Maul. Komm schon, schließ dich uns an.«

Der Gedanke, den Rest meines Urlaubs bei meiner Familie zu verbringen, ist verlockend, besonders da die Alternative wäre, ihn allein in einer fremden Stadt zu verbringen. Ich bin kurz davor, den Vorschlag meiner Mom ernsthaft in Erwägung zu ziehen, als das Taxi an einem riesigen Industriekomplex vorbeifährt, auf dessen Schild in fetten Buchstaben »Harcourt Foods« steht.

Plötzlich fasst eine Idee in meinem Kopf Fuß. Harcourt Foods ist einer der größten Tiefkühlkosthersteller des Landes. Wenn ich sie als Kunden gewinnen könnte ...

»Rachel? Bist du noch dran?«

Ich werde aus meinen Gedanken gerissen. »Ja, Mom, ich bin noch da. Hör zu, ich weiß dein Angebot zu schätzen, aber ich glaube, ich bleibe noch eine Weile in Portland. Es gibt da etwas, worum ich mich kümmern muss.«

»Bist du sicher, Schatz? Wir würden uns wirklich freuen, dich zu sehen.«

»Ich weiß, und ich verspreche dir, dass ich es wiedergutmache. Aber das hier ist wichtig.«

Es gibt eine Pause, und ich kann förmlich hören, wie es in ihrem Kopf rattert. »Na gut. Ich werde aus dir einfach nicht schlau. Versprich mir, dass du anrufst, wenn du etwas brauchst?«

»Mach ich. Danke, Mom. Hab dich lieb.«

Als ich auflege, lehne ich mich vor und tippe dem Fahrer auf die Schulter. »Könnten Sie mich eigentlich zur nächsten Autovermietung bringen?«

Er nickt und wechselt auf die Abbiegespur. Ich lehne mich zurück, während mein Gehirn bereits einen Plan ausarbeitet. Partnerschaft hin oder her, ich werde Maine nicht mit leeren Händen verlassen.

Harcourt Foods, ich komme.

Die Autovermietung ist ein Bienenstock der Betriebsamkeit, in dem gestresste Reisende darum kämpfen, sich ein Fahrzeug zu sichern. Ich stelle mich in die Schlange, tippe ungeduldig mit dem Fuß auf den Boden, während ich durch mein Handy scrolle und so viele Informationen über Harcourt Foods sammle, wie ich kann. Ihr CEO, Jonathan Harcourt, hat den Ruf, ein eingefleischter Traditionalist zu sein. Von Freund und Feind gleichermaßen als ‚der alte Harcourt‘ bezeichnet, ist er sicherlich nicht für sein Engagement für Innovation und Nachhaltigkeit bekannt. Als ein Urgestein der Geflügelindustrie wird es schwer werden, ihn davon zu überzeugen, sich von den tiefgekühlten Chicken Nuggets, die sein Imperium aufgebaut haben, zu distanzieren.

Aber ... dank meiner Marktforschung für GreenShoots und IncrediBurger habe ich Daten. Jede Menge davon. Überzeugende, detaillierte Fakten und Zahlen, die eine Veränderung der Essgewohnheiten und eine wachsende Nachfrage nach pflanzlichen Alternativen zeigen. Wenn ich CGPR als die Agentur präsentieren kann, die ihr öffentliches Image aufpoliert, und ihn davon überzeugen kann, dass pflanzlich Profit bedeutet, könnte das ein Wendepunkt sein.

In Gedanken versunken, schrecke ich auf, als der Angestellte ruft: »Der Nächste, bitte!«

Ich trete an den Schalter und setze mein charmantestes Lächeln auf. »Hallo. Ich muss ein Auto mieten, vorzugsweise etwas Elektrisches, Kompaktes und Effizientes.«

Der Angestellte, ein junger Mann mit einem Namensschild, auf dem »Ethan« steht, sieht mich entschuldigend an. »Es tut mir leid, meine Dame, aber wegen der Flugannullierungen sind wir so gut wie ausgebucht. Das einzige Fahrzeug, das wir noch haben, ist ein Pickup.«

Ich blinzle und verarbeite diese Information. Ein Pickup-Truck? Das ist so ziemlich das genaue Gegenteil von meinem eleganten, urbanen, grünen Lebensstil. Aber in der Not frisst der Teufel Fliegen, nicht wahr?

»Ich nehme ihn«, sage ich und reiche ihm meine Kreditkarte.

Minuten später stehe ich vor einem Ungetüm von Truck, dessen rote Lackierung unter den Lichtern des Parkplatzes glänzt. Ich klettere auf den Fahrersitz und stelle ihn auf meine geringere Körpergröße ein. Der Motor brüllt auf, und um ehrlich zu sein, kann ich mir ein Grinsen nicht verkneifen. Es hat etwas Ermächtigendes, am Steuer dieses Biestes zu sitzen. Es schmerzt mich, das zu denken, aber vielleicht, nur vielleicht, kann ich verstehen, warum Zoe trotz des gesellschaftlichen Drucks, elektrisch zu fahren, ihren Mustang fährt.

Während ich durch die unbekannten Straßen von Portland navigiere, sprudeln die Ideen für eine mögliche Präsentation bei Harcourt Foods nur so aus mir heraus. Ich werde die Erfolgsbilanz von CGPR bei grünen Initiativen hervorheben, unsere innovativen Social-Media-Strategien und unsere Fähigkeit, jüngere, umweltbewusste Verbraucher anzusprechen. Beinahe instinktiv habe ich die Stadt verlassen und befinde mich in den ruhigeren Vororten.

Schilder nach Biddeford tauchen auf, und als ich mich der Stadtgrenze nähere, finde ich am Stadtrand ein uriges Motel, dessen Neon-Schild »Zimmer frei« nach einigen sehr anstrengenden Stunden wie ein Leuchtfeuer der Hoffnung wirkt. Der Besitzer, ein Herr Anfang vierzig, stellt sich als James vor, besteht darauf, meinen Rollkoffer auf mein Zimmer zu tragen, und reicht mir mit einem wissenden Lächeln einen Schlüssel.

»Rufen Sie einfach an der Rezeption an, wenn Sie etwas brauchen«, sagt er freundlich.

Ich nicke dankbar und spüre plötzlich, wie die Last des Tages auf mir lastet.

»Danke. Das werde ich tun.«

BINGE THE SERIES

ANMERKUNG DER AUTORIN

Hallo,

vielen Dank, dass du *Bücher, Betten und Benefits* gelesen hast!

Es hat sehr viel Spaß gemacht, es zu schreiben. Ich hoffe wirklich, es war eine unterhaltsame Lektüre.

Wenn dir das Buch gefallen hat, wäre ich unglaublich dankbar, wenn du so nett wärst, eine Rezension zu hinterlassen.

Rezensionen helfen Autoren aus mehreren Gründen wirklich sehr, nicht zuletzt, weil sie Feedback darüber geben, was den Lesern gefällt, und die Sichtbarkeit des Buches auf Online-Verkaufsseiten verbessern.

Vielen Dank im Voraus und ich freue mich darauf, deine Gedanken zu lesen.

Alia xx

BALKON
media

www.ingramcontent.com/pod-product-compliance
Lightning Source LLC
Chambersburg PA
CBHW030517190726
48283CB00006B/1662